Elisabeth Herrmann
Schattengrund

Foto: © Isabelle Grubert

DIE AUTORIN

Elisabeth Herrmann, geboren 1959 in Marburg/Lahn, ist eine der aufregendsten Thriller-autorinnen unserer Zeit. Zum Schreiben kam sie neben ihrer Tätigkeit als Journalistin erst über Umwege – und hatte dann sofort durchschlagenden Erfolg mit ihrem Thriller »Das Kindermädchen«, der von der Jury der KrimiWelt-Bestenliste als bester deutschsprachiger Krimi 2005 ausgezeichnet wurde und vom ZDF verfilmt wurde. Seitdem macht Elisabeth Herrmann Furore mit ihren Thrillern und Romanen. 2012 erhielt sie den Deutschen Krimipreis für »Die Zeugin der Toten«, die ebenfalls vom ZDF verfilmt wird. Nach »Lilienblut« ist »Schattengrund« ihr zweiter Thriller für jugendliche Leser.

Mehr über die Autorin unter :
www.facebook.com/elisabethherrmannundihrebuecher

Von Elisabeth Herrmann sind bei cbt ebenfalls erschienen:
Lilienblut (30762)
Seifenblasen küsst man nicht (30867)

ELISABETH HERRMANN

SCHATTENGRUND

THRILLER

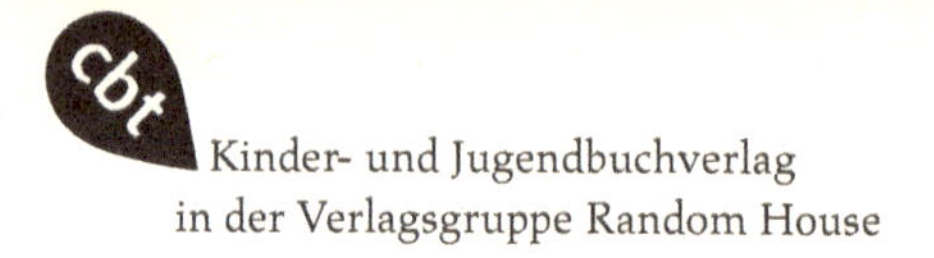

Kinder- und Jugendbuchverlag
in der Verlagsgruppe Random House

Verlagsgruppe Random House FSC® N001967
Das für dieses Buch verwendete
FSC®-zertifizierte Papier *Holmen Book Cream*
liefert Holmen Paper, Hallstavik, Schweden.

2. Auflage
Erstmals als cbt Taschenbuch August 2014

Umschlaggestaltung: © *zeichenpool,
München unter Verwendung eines Motivs
von © Shutterstock (dimitris_k, Robin Keefe,
Dudarev Mikhail, cla78, VladimirCeresnak)
jb · Herstellung: kw
Satz: KompetenzCenter, Mönchengladbach
Druck: GGP Media GmbH, Pößneck
ISBN 978-3-570-30917-9
Printed in Germany

www.cbt-buecher.de

Für Shirin,
meine wunderbare Tochter

»Es wird mit Blut kein fester Grund gegeben,
kein sichres Leben schafft uns Andrer Tod ...«

KÖNIG JOHANN, WILLIAM SHAKESPEARE

PROLOG

Der letzte Klang der Glocke erstarb. Die Abendmesse war vorbei. Ein stürmischer Wind jagte Wolkenfetzen über den bleichen Mond. Er heulte durch Felsschluchten und strich wie mit strafender Hand über die Wipfel der Bäume, die sich bogen und wegduckten. Er rüttelte an Fensterläden, wirbelte den Schnee auf der leeren Kreuzung hoch und trieb ihn wütend vor sich her. Das gelbe Licht der Straßenlampen legte sich wie ein Heiligenschein um die Laternenmasten. Es war so kalt. Es war so leer.

Und es war dunkel in dem kleinen Zimmer unterm Dach. Sie lag im Bett und lauschte auf die Stimmen des alten Hauses. Es sprach mit ihr. Mal knarrend und böse, wenn die Dachsparren sich in der klirrenden Kälte verzogen. Und dann wieder sanft und leise wie ein Seufzen, gehaucht aus den uralten Mauern, sobald jemand zwei Stockwerke weiter unten die Treppe betrat. Sie hörte dem Haus gerne zu. Es konnte so viele Geschichten erzählen. Von Prinzessinnen, die hier Zuflucht vor bösen Häschern gefunden hatten. Von wilden, stolzen Jägern, die mit ihrer Beute zurückkehrten. Von silbernen Kutschen, deren Fenster mit Spinnweben verhängt waren und die von Pferden gezogen wurden, deren Hufe Funken schlugen auf den Gipfeln der Berge …

Die Schultüte stand neben der Tür. Die Puppe lag mit geschlossenen Augen in ihrem Arm.

»Keine Angst«, flüsterte sie. »Ich bin ja bei dir.«

Sie zog die Decke höher und breitete sie sanft über der Puppe aus. Heute würde sie von einem Ritter träumen. Er wohnte draußen im Berg und die Höhlen waren sein schimmernder Palast. Eines Tages würde sie ihn finden. Sie stellte sich den Moment vor, in dem sie barfuß den gewaltigen Thronsaal erreichen würde, und alle Blicke wanderten über das kleine Mädchen, das zerlumpt und mit letzten Kräften das silberne Reich des Ritters gefunden hatte. Und er, der Schönste von allen in einer leuchtenden Rüstung, er lächelte, und er stand auf, und er hielt ihr die Hand entgegen.

Das Haus seufzte.

Dieses Mal klang es nicht sanft. Es war eine Warnung. Der Atem des Mädchens wurde flacher, sein Herz begann zu jagen. Schwere Schritte kamen die Treppe hinauf. Sie hielten nicht an im ersten Stock. Das Mädchen verkroch sich in seinem Kissen und presste die Puppe noch enger an sich. Schlagartig war der Traum vom Ritter vergessen und an seine Stelle trat namenlose Furcht. Das Mädchen sandte eine kleine wimmernde Bitte in den Himmel. Nicht. Bitte nicht.

Doch der Himmel war taub. Vielleicht, weil der Wind so laut und brausend war und Gebete mit sich fortriss und wirbelnd zerstreute wie eine Schaufel Federn.

Die Schritte erreichten den letzten, den dritten Stock. Das Dachgeschoss mit seinen wenigen kleinen Räumen und den schrägen Wänden. Durch den Spalt unter der Tür fiel ein

Streifen Licht ins Zimmer. Das Mädchen presste die Lippen zusammen, um sich mit keinem Laut zu verraten. Die alten Dielenbretter knarrten ärgerlich unter dem Gewicht des Störenfrieds. Das Schloss quietschte zornig, als der Schlüssel umgedreht wurde. Die Tür klemmte und wehrte sich, sie wollte den Eindringling nicht durchlassen.

Was kann ein Haus schon tun gegen die Dinge, die sich in seinem Inneren ereignen? Nichts. Es erträgt, was geschieht, in stoischem Gleichmut. Es schweigt. Es schützt den Verfolgten und den Mörder. Denn es unterscheidet nicht, wem es seine Türen öffnet.

Doch etwas in den Mauern wird nicht vergehen. Es wird sich erinnern. Es wartet auf den Tag, an dem die Dinge ans Licht kommen. Es ist nicht zu fassen und nicht zu beschreiben. Es ist nicht zu fühlen und nicht zu sehen. Es ist wie ein Flüstern im Sturm.

Eines Tages wird jemand kommen, der im Dunkeln sehen und das Flüstern im Sturm hören kann. Dann werden die Steine weinen und die Vögel tot vom Himmel fallen und die Tränen, die Tränen aus Eis werden tauen.

EINS

Ein Besen. Eine halbe Postkarte. Ein Stein.

Nico sah nach links zu ihrer Mutter, nach rechts zu ihrem Vater, dann geradeaus zu dem Notar – einem bleichen Mann mit schütterem grauen Haar und randloser Lesebrille, der sich einen Aktenhefter aus dunkelblau marmorierter Pappe vor die Nase hielt und daraus mit leiser, monotoner Stimme vorlas. Sie saßen zu dritt vor einem riesigen Schreibtisch. Wahrscheinlich war er nötig. Bei solchen Erbschaften ging man vermutlich gerne mal auf den Testamentsvollstrecker los.

»Diese drei Dinge vermache ich meiner Großnichte Nicola Wagner zum weisen Gebrauch.«

Der Notar ließ den Aktenhefter sinken und sah Nico zum ersten Mal, seit sie in Begleitung ihrer Eltern den holzgetäfelten Raum im ersten Stock eines noblen Altbaus betreten hatte, genau an. Er wollte sehen, wie sie reagieren würde. Auf einen Besen, eine halbe Postkarte, einen Stein.

»Das ist ein Scherz«, entfuhr es Nico.

Sie spürte, wie ihr Gesicht brannte. Vielleicht war es die Enttäuschung, vielleicht auch die Wärme in diesem überheizten Raum. Sie hatten keinen Parkplatz gefunden und das Auto schließlich weit entfernt abstellen müssen. Um sich nicht zu verspäten, waren sie die ganze Strecke fast gerannt.

Aber Nico hatte weder den Regen noch die Kälte gespürt. Sie war so aufgeregt gewesen, so erfüllt von Vorfreude. Eine Erbschaft! So etwas kam doch sonst nur in viktorianischen Familienromanen vor. Und dann auch noch von einer Verwandten, von der man seit Jahren nichts gehört und gesehen hatte. Kein Fake, kein Witz. Und trotzdem hatte sie erst daran geglaubt, als sie das Messingschild am Eingang des Hauses gelesen und noch immer außer Atem das Büro betreten hatte. Die Dame am Empfang hatte sie freundlich angelächelt und ihr und ihren Eltern Kaffee angeboten, der in hauchdünnen weißen Porzellantassen serviert wurde – mit Keksen aus der Confiserie. Da hatte sie noch gedacht, im Vorzimmer eines neuen Lebens zu sitzen. Hatte nur geflüstert, auf die alten Ölbilder an den Wänden gestarrt und versucht, die Titel der Bücher in einem wuchtigen Bibliotheksregal zu entziffern. Mit den Füßen gescharrt. Auf ihre Armbanduhr gesehen. Nicht verstanden, warum ihre Eltern keine Miene verzogen und so aussahen, als wären sie beim Zahnarzt und hätten eine komplizierte Wurzelbehandlung vor sich.

Und dann das. Eine abgefahrene Nummer, das musste man Tante Kiana schon lassen.

»Das ist doch ein Scherz«, wiederholte Nico vorsichtig. »Oder?«

Der Notar hieß Gustav von Zanner und machte ein Gesicht, als ob Humor in seinem Leben keine große Rolle spielen würde. Wahrscheinlich hatte er schon jede Menge enttäuschte Erben erlebt, die unruhig auf den Ledersesseln vor ihm hin- und hergerutscht waren. Nico hatte für diesen Termin auf Jeans und Pullover verzichtet. Sie trug stattdessen eine schwarze Hose, die durch den weißen Rolli und den etwas zu engen, nicht mehr ganz neuen Blazer auch nicht besser wurde. Ihre langen dunkelbraunen Haare hatte sie im Nacken zu einem Knoten geschlungen. Sie trug sie sonst meistens offen, denn ihre Mähne musste kaum je geschnitten werden – wieder Geld gespart. Sie hatte nur einen Hauch von Lipgloss aufgelegt. Er zauberte ein wenig Frische in ihr blasses, rundes Gesicht. Präraffaelitisch, nannte ihr Vater das. Sie und Stefanie, ihre Mutter, würden ihn an Gemälde aus der Renaissance erinnern. Unschuldig, aber dann hatten sie es faustdick hinter den Ohren. Davon war im Moment allerdings wenig zu merken. Ihre Mutter schien genauso geplättet wie sie. Nico sah sich vorsichtig um und rechnete im Stillen damit, dass jeden Moment ein Team der versteckten Kamera in das Büro stürmen würde.

Der Testamentsvollstrecker räusperte sich. »Nein.«

»Das ist alles?«

»Nehmen Sie das Erbe an?«

Von Zanner tat so, als wäre es ihm egal, ob er Immobilien in Schweizer Nobelskiorten oder die übrig gebliebenen Reste einer Dachbodenentrümpelung beurkundete. Wahrscheinlich war es ihm das auch. Mitgefühl für eine Siebzehnjährige, die gottweißwas erwartet und erst auf dem Weg in die Kanzlei erfahren hatte, worum es wirklich ging, kannte er wohl nicht.

»Tante Kiana hat mir ihren Sperrmüll vermacht?« Sie wandte sich an ihre Mutter und die Enttäuschung in ihrer Stimme war abgrundtief. »Das glaube ich nicht.«

»Liebes, sie war schon immer so …« Nicos Mutter holte tief Luft, um dann zu schweigen. Das war ihre Art zu reden, wenn sie erwartete, dass man sich den Rest denken konnte.

»… spinnert«, vollendete Nicos Vater erwartungsgemäß den Satz. Er holte sein Smartphone aus der Tasche, checkte mit einem kurzen Blick, dass niemand angerufen hatte, und schob es zurück in seine Anzugtasche. Das tat er mit genau der Hast, die allen zeigen sollte, dass er diesen Termin mittlerweile für ein Kasperletheater hielt. Er hatte sich extra den Vormittag freigenommen, und Nico wusste, dass er im Anschluss in sein Reisebüro zurück musste. »Sag es ruhig, Stefanie. Ich fand immer, sie kam sehr nach deiner Mutter. Wir hätten gar nicht kommen sollen. Ich habe keine Zeit für solche Scherze.«

Nicos Mutter griff nach ihrer Handtasche, die sie neben dem Stuhl abgestellt hatte. Sie berührte ihre Tochter leicht am Arm. »Nimm es dir nicht zu Herzen, mein Schatz. Wir hätten das vorher als deine gesetzlichen Vertreter wissen müssen. Wir haben lange überlegt, ob wir diesen Termin nicht ganz absagen. Aber dann dachten wir, man weiß ja nie, was alte Damen so unter dem Kopfkissen liegen haben.«

»Steine, Altpapier und Besen«, murmelte Nico.

Der Besen war vielleicht einen Meter lang, gebaut aus einem knorrigen Ast und einem Bündel Stroh, zusammengehalten von Hanfkordel. Das Ding sah zerfranst und ziemlich benutzt aus. Staub und Dreck rieselten schon beim Hinsehen auf die hochglanzpolierte Schreibunterlage aus schwarzem Leder. Nico wollte die Hand danach ausstrecken, aber die Berührung ihrer Mutter wurde zu einem festen Griff.

»Lass das. Wir wollen das nicht.«

»Ich kann ihn mir doch wenigstens mal ansehen.«

Stefanie Wagner stieß einen Seufzer aus und ließ sie los. »Das Ding kommt mir nicht ins Haus.«

Dabei wechselte sie einen schnellen Blick mit Nicos Dad.

Nico nahm den Besen, wog ihn in der Hand, drehte und wendete ihn. Strohhalme lösten sich und fielen auf den Perserteppich. Gustav von Zanner schob die Lesebrille mit spitzem Zeigefinger hoch auf die Nasenwurzel und schaute ihr missbilligend zu.

»Entschuldigung.« Nico bückte sich, um die Halme aufzulesen. Hoffentlich löste sich das Teil nicht gleich komplett in der Kanzlei auf. Sie fühlte sich, als ob es ihre Schuld wäre, dass man ihr so einen Schund vererbte. Als ob sie nichts Besseres verdient hätte.

Was hatte sie sich nicht alles ausgemalt. Ein Termin in der Stadt, für den sie sich feingemacht und herausgeputzt hatten … Und dann im Auto – als ihre Eltern ihr von dem Erbe erzählt hatten – hatte sie die wildesten Überlegungen angestellt, ob sie wohl als Millionärin zurück in die enge Mietwohnung kehren würde. Alles Quatsch. Natürlich nicht. Sie hatte gelacht, hatte sich gefreut, dass jemand mal an sie gedacht hatte, hatte sich vielleicht gewundert, dass ihre Eltern so schweigsam waren und so spät damit rausgerückt hatten, aber umso größer war ihre Aufregung gewesen … Und das alles für – Müll.

Nicos Blick fiel auf die Schuhe ihrer Mutter. Hellbraune Pumps mit Goldschnallen. Die trug sie selten. Ausgehen lag kaum noch drin im schmalen Familienbudget, seit die Leute ihre Reisen im Internet buchten und erwarteten, dass kein Flug mehr als zwanzig Euro zu kosten hatte. Ihr Vater hatte Chinos und Hemd gegen Anzug und Krawatte eingetauscht. Das letzte Mal hatte er sich bei Tante Kianas Beerdigung so fein gemacht.

Nico war nicht dabei gewesen. Zum einen, weil sie an diesem Tag eine Deutschklausur geschrieben hatte. Zum anderen, weil sie sich kaum noch an Tante Kiana erinnern konnte. Und wenn, dann mit einem unguten Gefühl. Von Kiana sprach man in ihrer Familie in einem ganz speziellen Ton. Man wurde leiser, verzog bedauernd den Mund, versuchte, wie von einer Kranken zu reden, aber man bekam den Ärger nicht aus der Stimme heraus. Kiana musste ungeheuer nervig gewesen sein. Nicht ganz richtig im Kopf. Jemand aus der entfernten Verwandtschaft, den man kaum noch erwähnte. Nico hatte ein verschwommenes Bild von ihr aus der untersten Schublade ihrer Erinnerungen gekramt: eine zierliche Frau mit weißen krausen Haaren, die wohl einmal blond gewesen sein mussten. Ein verschmitztes Lächeln. Apfelkuchen. Ja. Der Duft von Apfelkuchen, das war der Duft von Kiana.

Nico tauchte aus ihren Grübeleien wieder auf und legte den Besen zurück auf den Schreibtisch. Die Halme behielt sie in der Hand. Sie wusste nicht, wohin damit.

Gustav von Zanner ließ die Mappe sinken und nahm die Lesebrille ab.

»Nun denn. Nicola Wagner, nehmen Sie das Erbe an?«

Den Pruster, den Nico ausstieß, konnte sie nur mit Mühe mit einem Niesen kaschieren.

»Also ich weiß nicht. – Darf ich?« Sie nahm den Stein in die Hand. Er war groß wie ein Ei, scharfkantig, dunkel und schwer. An manchen Stellen glitzerte er. Ein Stein, wie man ihn an jedem Wegrand, an jeder Bushaltestelle, auf jedem Parkplatz finden konnte. »Das ist schon eine enorme Verantwortung. Schwer zu sagen, ob ich dem gewachsen bin. Was sagt ihr?«

Der Witz kam nicht an. Weder bei von Zanner noch bei ihren Eltern.

Theo Wagner stand auf. »Das ist das letzte Mal, dass ich mich von Kiana habe zum Narren halten lassen«, sagte er. »Ich muss jetzt wirklich. Es tut mir leid, Nico. Ich wünschte, sie hätte dir ein Häkelkissen hinterlassen oder ihre Strickmustersammlung oder irgendetwas, das Großtanten ihren Nichten normalerweise vererben.«

Ein bisschen Geld, dachte Nico. Daran haben wir doch alle gedacht. Es hätte nicht viel sein müssen. Genug, um mal wieder zusammen ins Kino zu gehen. Vielleicht ein neues Handy zu kaufen. Oder ein Laptop, das nicht alle fünfzehn Minuten den Geist aufgibt und ins Gefrierfach gelegt werden muss.

»Fräulein Wagner?«

»Ja? Äh …« Nico warf die Strohhalme in einen Papierkorb aus Leder, der neben dem Schreibtisch stand. Der Besen sah witzig aus. Er war cool. Handarbeit. Er war benutzt worden, das Ende des Stils glänzte dunkler als der Rest. So was gab es heutzutage gar nicht mehr. Sie überlegte, ob er in ihr Zimmer passen würde. Im Moment waren alle ganz wild auf Karos, Hirschgeweihe und Landleben. Ein alter Strohbesen hatte etwas Uriges, Authentisches. Sie könnte ihn neben das Bett stellen und »Der ist von meiner Großtante« sagen.

Sie setzte sich wieder. »Ja, ich nehme an.«

»Nico?« Stefanie beugte sich zu ihr. »Du lässt das bitte bleiben. Das ist Plunder. Dafür kriegst du auf dem Flohmarkt keinen Cent.«

»Ich mag den Besen. Und er ist ein Erbstück. Vielleicht ist er schon hundert Jahre alt. Ihr sagt doch immer: Nur wer weiß, wo er herkommt, weiß auch, wohin die Reise geht.«

»Theo, nun sag doch auch was!«

Nicos Dad hob hilflos die Schultern. »Das ist deine Verwandtschaft. Du musst das entscheiden.«

»Ich nehm das Zeug«, sagte Nico.

Von Zanner sah zu Nicos Eltern. Theo nickte und ließ sich resigniert wieder neben Nico in den Sessel plumpsen. »In Gottes Namen. Pack es ein. Können wir jetzt?«

Der Notar setzte sich die Lesebrille auf und nahm seine Mappe wieder zur Hand.

»Dann sind wir beim zweiten Teil der Nachlassregelung.«

Stefanie ließ ihre Handtasche auf den Boden fallen. Nicos Dad atmete scharf ein. Ein zweiter Teil? Ihre Mutter knetete nervös die Hände. Es war still, nur das Ticken der Standuhr drang an Nicos Ohren. Und das Rascheln von Papier, als der

Notar die Seite umschlug und sich der Fortsetzung dieser merkwürdigen Testamentseröffnung widmete.

»Liebe Nicola.« Er blickte auf und musterte die Angesprochene mit einem kühlen Blick. Es war klar, dass die Ansprache nicht seine Worte waren, sondern die von Tante Kiana. »So lange haben wir uns nicht mehr gesehen. Als Kind warst Du oft bei mir und hast mein Haus mit Lachen und Freude erfüllt. Es trägt zwar den Namen ›Schattengrund‹, aber wenn Du da warst, schien die Sonne in allen Räumen. Nichts wäre schöner, als dieses Haus in Deine Hände zu legen. Es ist alt und vielleicht willst Du es auch gar nicht haben. Dann verkaufe es und erfülle Dir einen Wunsch von dem Geld. Ich habe niemanden, und der Gedanke, Dir damit eine Freude zu machen, lässt mich leichter gehen.«

Von Zanner unterbrach kurz, um das Blatt umzuwenden. Stefanie Wagner sah, die Lippen zusammengepresst, zu Boden. Nicos Dad verrieb mit dem Schuh einen unsichtbaren Fleck auf dem Perserteppich. Keine Freude. Nur Unbehagen. Zum ersten Mal dämmerte es Nico, wie einsam Tante Kiana gewesen sein musste.

»Die erste Probe hast Du ja schon bestanden.«

Probe? Welche Probe?

»Du hast dir den wertlosen Plunder nicht ausreden lassen. Liebe Stefanie, ich weiß, dass Du es versucht hast, aber Deine Tochter hat eben ihren eigenen Kopf.«

Nicos Mutter zuckte zusammen.

»Und Du, Theo …« Der Notar sah kurz hoch. Nicos Dad verschränkte die Arme und lehnte sich zurück wie jemand, der eine Standpauke nur deshalb über sich ergehen lässt, damit sie schnell vorbei ist. »... stehst ihr natürlich bei. Ich kann Euch gut verstehen. Aber lasst Nico entscheiden, denn sie ist es, um die es hier geht. Das wisst Ihr beide ganz genau. Ich habe mich Eurem Willen stets gebeugt. Nun aber ist es an der Zeit, dass Ihr Nicki ganz allein herausfinden lasst, ob sie den Weg in die Vergangenheit noch einmal gehen will.«

Nicki. Etwas in Nicos Herz wurde warm. Fast tat es ein wenig weh. Hatte Kiana sie so genannt?

Von Zanner machte eine kleine Kunstpause. Der Wind warf eine Handvoll Regen an die Scheiben. Das graue Tageslicht verlor sich in der Mitte des Raumes, die altertümliche Messinglampe zeichnete einen scharf geschnittenen Lichtkegel auf die Tischplatte. Ein Luftzug streifte Nicos Nacken, als ob jemand hinter ihrem Rücken gerade den Raum betreten hätte. Sie drehte sich um. Nichts. Sie fröstelte.

»Drei Rätsel sind an Schattengrund gebunden. Die musst Du lösen, Nicki, und erst dann gehört es Dir. Das Erste: Nutze den Besen. Das zweite: Finde den Turm und das Schwert. Das dritte: Bring den Stein dorthin zurück, wohin er gehört. Dann gehört Schattengrund Dir.«

Der Notar schloss die Akte. Nico wartete, aber es kam nichts nach. Sie beugte sich vor und nahm die halbe Postkarte in die Hand. Sie war in der Mitte durchgerissen und ziemlich alt. Es war die Schwarz-Weiß-Fotografie einer Statue; ein Ritter vielleicht? Ein Kirchenmann? Er trug ein Schwert, und zu seinen Füßen stand ein kleiner Turm aus demselben Material, Stein oder Holz, der ihm bis zu den Knien reichte.

Sie drehte die Postkarte um, aber auf der Rückseite stand nichts. Bis auf den kleinen Aufdruck »Romanische Meisterwerke im Harz«.

»Das soll ich finden?«, fragte sie verblüfft. »Und dann? Den Stein zurückbringen und einmal kehren?«

»Wenn Sie, Nicola Wagner, der Meinung sind, die Aufgaben gelöst zu haben, kommen Sie bitte wieder und machen einen Termin zur Beurkundung. Wir werden dann gemeinsam diesen zweiten Umschlag öffnen und prüfen, ob Sie den Bedingungen der Erblasserin vollständig nachgekommen sind.«

Der Notar zeigte den Anwesenden einen weiteren Brief, auf dem in Tante Kianas zittriger Schrift sein Name stand. Langsam kam Nico diese ganze Sache vor wie eine Matrioschka: Immer, wenn man eine Puppe geöffnet hatte, lächelte einem die nächste entgegen.

»Das war's aber dann«, sagte sie. »Oder gibt es noch einen und noch einen?«

»Dies ist das letzte Schreiben. Es dient nur der Überprüfung, denn ich kann Ihnen bedauerlicherweise nicht zur Hand gehen. Ich bin Notar, kein Straßenkehrer. Nun? Werden Sie der Bitte der Erblasserin nachkommen?«

Nico holte Luft und öffnete den Mund.

»Nein«, sagte Nicos Dad. »Das wird sie nicht tun. Wir lehnen das Erbe ab.«

Sie stieß die Luft mit einem lauten Pfff aus. Theo Wagner stand auf, Stefanie griff wieder nach ihrer Handtasche und erhob sich ebenfalls. Nur Nico blieb sitzen, immer noch mit der halben Postkarte in der Hand.

»Nico?« Stefanies Stimme klang etwas zu freundlich. »Kommst du bitte?«

Aber ihre Tochter kam nicht. Stefanie trat einen Schritt auf sie zu.

»Schatz, ich kann deine Enttäuschung verstehen. Uns geht es auch so. Obwohl ich Kiana gekannt habe und einiges von ihr erwarten konnte. Aber das hier ist ... Mir fehlen die Worte.«

»Mein Erbe«, murmelte Nico und starrte auf den halben Ritter in ihrer Hand.

»Wir schlagen es aus. Damit haben wir weder Unkosten noch die Verantwortung für Schattengrund. Wer weiß? Vielleicht fällt es an die Gemeinde und die kann etwas Sinnvolles damit anfangen.«

»Und warum wir nicht?«

Verunsichert sah Stefanie zu ihrem Mann. Theo Wagner fühlte sich sichtlich unwohl dabei, eine Erklärung aus dem Hut zaubern zu müssen.

»Nico, diese Frau war nicht ganz richtig im Kopf. Dir Aufgaben stellen. Keiner weiß, was damit gemeint ist.« Er deutete auf die halbe Postkarte. »Finde den Turm und das Schwert. Was soll das heißen? Den Stein zurückbringen! Das einzig Vernünftige ist das Kehren. Unsere Einfahrt hätte es mal wieder nötig. Also los jetzt. Wir haben schon genug Zeit verplempert.«

»Vielleicht sollten wir erst mal hinfahren und es uns ansehen?«

»Hast du nicht gehört?«

Langsam legte Nico die Postkarte zurück. »Ich verstehe euch nicht. Ein Haus. Das ist doch was wert!«

»Aber nicht Schattengrund«, erwiderte ihre Mutter. »Es ist heruntergekommen, im Fachwerk ist der Holzwurm und durch das Dach regnet es rein. Herr von Zanner, wir lehnen das Erbe ab.«

»Das könnt ihr nicht machen!«

»Du bist noch nicht volljährig, wir sind deine gesetzlichen Vertreter. Damit ist das Thema erledigt.«

»Nein!«

»Doch. Theo?«

Ihr Vater hob die Hände. »Es tut mir leid, deine Mutter hat recht.«

Herr von Zanner verstaute die Akte in einer Schreibtischschublade. »Wann wird Ihre Tochter volljährig?«

»Am sechsten Dezember«, sagte Nico schnell. »Nikolaus.«

Von Zanner zog einen in schwarzes Leder gebundenen Terminplaner heran und blätterte ihn durch.

»Die Widerspruchsfrist beträgt sechs Wochen ab Bekanntwerden des Erbes –«

Ihr Vater unterbrach ihn. »Wir haben das bereits ausgerechnet. Ihr Brief kam am Freitag, also endet die Frist genau einen Tag vor Nicos Volljährigkeit. Sie können es drehen und wenden, wie Sie wollen, aber wir sind, wenn auch nur knapp, juristisch einwandfrei berechtigt, das Erbe im Namen unserer Tochter auszuschlagen.«

»In meinem Namen?«

»Nico, es ist das Beste. Glaub es mir.«

»Nein! Das glaube ich eben nicht!«

Von Zanner schlug den Kalender zu. Einen Moment lang sah er so aus, als ob er etwas sagen wollte, dann ließ er es bleiben.

Fassungslos musste Nico mit ansehen, wie ihr Vater seine Aktenmappe öffnete und zwei aufgesetzte Schreiben herauszog. Beide legte er vor dem Notar auf den Tisch. Nico fehlten die Worte. Ihr eigener Vater war bereits mit der fertigen Ablehnung hereingekommen. Hätte sie nicht schon ihr klägliches Erbe zu verkraften gehabt, die Enttäuschung wäre kaum zu toppen gewesen.

»Unser Widerspruch. Mit Datum und Unterschrift. Wenn Sie eine Ausfertigung für unsere Akten bitte quittieren und zurückgeben würden? Dann können wir es sofort beim Nachlassgericht einreichen.«

»Sie haben sich über die Tragweite dieser Entscheidung informiert?«

»Selbstverständlich.«

»Die Widerspruchsfrist ist gesetzlich definiert als …«

»Wir wissen, was wir tun. Bitte halten Sie uns nicht weiter auf.«

»Dad?«

Theo Wagner legte die Blätter vor von Zanner auf den Tisch. »Es tut mir leid.«

»Das kannst du nicht tun.«

Er drehte sich zu ihr um und machte eine unbeholfene Bewegung, als ob er sie in den Arm nehmen wollte. Nico stand auf und stolperte einen Schritt zurück. »Bitte glaube mir. Wir haben unsere Gründe.«

»Welche Gründe? Erklär sie mir!«

»Alles, was von Kiana kam, hat Unglück gebracht.«

Stefanie sah zu Boden. Der Notar schraubte seinen Füllfederhalter auf und sah nachdenklich auf die Feder. Die Standuhr tickte. Eine Windbö heulte um die Ecke und rüttelte an den Fensterläden. Wieder fuhr ein Luftzug durch den Raum. Es war ein schlecht isolierter Altbau, da konnte das vorkommen. Und trotzdem hatte Nico das Gefühl, jemand stünde direkt hinter ihr.

»Das stimmt doch gar nicht«, sagte sie leise.

Stefanie trat neben sie. »Doch. Es ist besser so. Bitte glaube uns einfach.«

»Aber …«

»Kein Aber. Nein. Das ist unser letztes Wort.«

Von Zanner unterschrieb und reichte ein Blatt an Nicos Vater zurück. Vielleicht täuschte sie sich, aber in den Augen hinter den funkelnden Brillengläsern glaubte sie, plötzlich so etwas wie Mitgefühl zu entdecken. Mit ihr?

Sie verließen die Kanzlei in eisigem Schweigen. Auch den ganzen Weg zurück sagte Nico kein einziges Wort. Es war, als hätte sich eine dunkle Wand zwischen sie und ihre Eltern geschoben und keiner fand die Tür, um hindurchzugehen. Sie verstand ihre Eltern nicht. Aber was noch schlimmer war: Ihr Nein war endgültig, und sie erklärten noch nicht einmal, warum.

ZWEI

In der Nacht wälzte sich Nico auf der vergeblichen Suche nach Schlaf in ihrem Bett herum. Sie war immer noch aufgewühlt von dem, was am Vormittag geschehen war. Jeden Satz, jede Szene war sie im Geist noch einmal durchgegangen, und nach wie vor konnte sie sich keinen Reim darauf machen, warum ihre Eltern so strikt gegen diese Erbschaft waren.

Ihren Vater hatten sie am Reisebüro abgesetzt, danach war ihre Mutter mit ihr nach Hause gefahren. Nico hatte sich in ihrem Zimmer verbarrikadiert und gehofft, dass irgendwann jemand nach ihr sehen und ihr eine vernünftige Erklärung geben würde – vergeblich.

Am Abend hatte sie noch einmal versucht, das Gespräch auf Kiana zu bringen. Ihr Vater, genervt von dem Thema und der Stornierung einer großen Reisegruppe, hatte sich ins Arbeitszimmer zurückgezogen und wollte nicht mehr gestört werden. Stefanie hatte wiederholt, was sie schon beim Notar gesagt hatte: Das Haus sei alt und Kiana in den letzten Jahren ihres Lebens nicht ganz richtig im Kopf gewesen.

»Warum hatten wir denn so gar keinen Kontakt mehr zu ihr?«

Stefanie zuckte mit den Schultern. »Sie hat wie ein Einsiedler gelebt und Siebenlehen kaum noch verlassen.«

»Dann hätten wir sie doch mal besuchen können.«

»Nico. Das passiert auch in den besten Familien. Man verliert den Kontakt zueinander und eines Tages ist es zu spät.«

»Tut es dir wenigstens leid?«

Stefanie, die gerade einen Stapel Teller aus der Geschirrspülmaschine geholt und ihn Nico weitergereicht hatte, wandte sich ab.

»Ja. Natürlich. Aber wir hatten es auch nicht leicht. Das Reisebüro hat von Anfang an schrecklich viel Arbeit gemacht. Und im Moment sieht es noch nicht einmal danach aus, als ob sie sich gelohnt hätte.«

»Dann verstehe ich euch erst recht nicht.«

»Wir hatten einen Streit.« Stefanie räumte das Besteck aus und sortierte es in der Schublade ein. »Es ging um dich und darum, dass sie unserer Meinung nach nicht gut genug auf dich aufgepasst hatte. Es war ein Zerwürfnis, das wir nie wieder kitten konnten. Alte Damen können so schrecklich nachtragend sein.«

»Das klang aber heute ganz anders.«

»Nein.« Stefanie schenkte ihr ein merkwürdiges, fast unechtes Lächeln. »So war das immer. Sie war unglaublich nett und lieb, aber in Wirklichkeit hat sie immer was im Schilde geführt. Noch haben wir die Verantwortung für dich.«

»In sechs Wochen nicht mehr! Es geht um vierundzwanzig Stunden!«

»Eben. Merkst du das nicht? Das ist doch kein Zufall. Sie ist im Sommer gestorben. Und erst jetzt, Monate später, kommt es zur Testamentseröffnung. Sie hat gewusst, dass wir das Erbe ablehnen und wie sehr dich das treffen wird. Hätte sie ihre Notarsankündigung nur um einen Tag nach hinten verschoben, wäre alles allein deine Entscheidung gewesen. Sie hat diesen Streit vorausgesehen. Und glaube mir – ich kann ihr Kichern hören, als sie alles genau so ihrem lieben Freund von Zanner in die Feder diktiert hat.«

Nico setzte sich auf den nächstbesten Küchenstuhl. »Das war Absicht?«

»Was sonst?«

Damit war das Gespräch beendet gewesen. Ihre Gedanken waren es aber keineswegs; sie rasten weiterhin durch Nicos Kopf und gaben ihr keine Ruhe. Nico setzte sich in ihrem Bett auf und knipste die Lampe an, ein billiges Modell von einem Möbeldiscounter, auf dem mehrere Schlümpfe Ringelreihen tanzten. Ihr ganzes Zimmer war ein Sammelsurium von Dingen aus verschiedenen Lebensabschnitten. An den Kindergarten erinnerte noch die Messlatte mit den Strichen neben der Tür. Den Schreibtisch hatte sie zur Einschulung bekommen, wobei man darauf geachtet hatte, dass er »mitwuchs«. Die Bücherregale wurden eigentlich nur noch durch die Bücher zusammengehalten, die sich in ihnen stapelten. Ihre Bettwäsche stammte aus der rosa Phase, die Vorhänge hingegen waren ein echtes eBay-Schnäppchen gewesen. Sie mochte ihr Zimmer. Die beiden kleinen Sessel hatte sie vom Flohmarkt, genauso wie den uralten Schemel, den sie zu einem Beistelltisch umfunktioniert hatte. Neben der Tür stand der Besen. Er passte zu ihr und er passte zu diesem Zimmer.

Nur der Gedanke, dass Kiana sie alle zum Narren gehalten hatte, der passte überhaupt nicht.

Sie stand auf und schlich leise über den Flur in Richtung Küche, um sich ein Glas Wasser zu holen. Es war fast ein Uhr nachts. Im Wohnzimmer brannte noch Licht. Sie hörte die Stimmen ihrer Eltern und hoffte, sie würden nicht schon wieder über den Rechnungen sitzen. Auf dem Rückweg bemühte sie sich, besonders leise zu sein.

»Es war unverantwortlich. Wir hätten das niemals zulassen sollen.«

Ihr Vater. Nico blieb stehen, etwas Wasser schwappte über den Glasrand und tropfte auf den Boden.

»Es war ein Notartermin.« Stefanie. »Was hätten wir tun sollen? Ihn einfach unterschlagen? Irgendwie habe ich gehofft, sie würde eine wurmstichige Kommode kriegen und gut wär's. Aber Schattengrund – das ist unfassbar. Sie hat versprochen, nie wieder Kontakt zu Nico aufzunehmen. Und sie hat sich sogar daran gehalten. Ich habe wirklich geglaubt, sie hält weiterhin ihr Wort, aber da sieht man mal, wie man sich irren kann. Ich kann nur hoffen, Nico wird es vergessen und verschmerzen.«

Nico wollte weitergehen.

»So wie damals?«, fragte ihr Vater. »Sie ist fast erwachsen. Wir hätten es ihr sagen sollen.«

»Nein!«

»Leise, Steff.«

»Nein.« Die Stimme ihrer Mutter wurde zu einem Flüstern. Nico lauschte angestrengt, aber mehr als ein paar

Wortfetzen drangen nicht durch die Tür. »... die alten Wunden ... nie wieder ... die Schuld an allem ...«

Offenbar machte ihren Eltern die Familienfehde mehr zu schaffen, als sie zugeben wollten.

»Sie war so krank. Wir mussten sie sogar aus der Schule nehmen und sie ein Jahr später einschulen ... hängt ihr bis heute nach ... darf es nie erfahren ... sie ist darüber hinweg ...«

Was durfte sie nie erfahren? Worüber war sie hinweg? Mit pochendem Herzen näherte sich Nico der Tür. Dabei knarrte eine Diele. Erschrocken huschte sie zurück in ihr Zimmer und löschte das Licht. Gerade noch rechtzeitig, bevor sie hören konnte, dass ihre Mutter kurz in den Flur kam, um nachzusehen. Vorsichtig stellte Nico das Glas auf den Boden und wartete, bis es wieder still war.

Sie versuchte, das Puzzle aus Wortfetzen, das sie aufgeschnappt hatte, zusammenzusetzen, aber es gelang ihr nicht. Alte Wunden, etwas, an dem Kiana schuld war und das sie, Nico, wohl vergessen hatte. *Sie hat nicht gut genug auf dich aufgepasst.* War es das?

Oder die Krankheit? Sie wusste bis heute nicht genau, was sie gehabt haben sollte. Ein Nervenfieber, hieß es. Dabei hatten es Erstklässler eigentlich selten mit den Nerven. Manchmal betrachtete sie die Fotos von ihrer ersten Einschulung: Zart war sie gewesen, kleiner als die anderen. Wo will denn die Schultüte mit dem Mädchen hin?, hatte ihr Vater einmal im Scherz gesagt.

Von der zweiten Einschulung gab es keine Fotos. Und

Nico konnte sich auch gar nicht mehr richtig daran erinnern. Ein verkorkster zweiter Anfang musste es gewesen sein. Sie hatte den Anschluss verloren und ihn nie so ganz wiedergefunden. In den ersten Jahren hatte die Außenseiterrolle noch geschmerzt, dann hatte sie sich daran gewöhnt. Sie war eben eine Einzelgängerin. Manchmal hatte es noch wehgetan, wenn die anderen sie links liegen ließen. Wenn sie bei der Mannschaftsauswahl im Sport immer als Letzte übrig blieb. Wenn die It-Girls der Klasse von ihren tollen Geburtstagspartys erzählten, zu denen sie nie eingeladen war. Aber sie hatte gelernt, damit zu leben. Ihre Freunde waren ihre Bücher, und als die Jungen endlich aufhörten, in prustendes Gelächter auszubrechen, sobald sie in die Nähe kam, wurde es auch mit dem Selbstwertgefühl besser. Sie war keine Schönheit, aber manchmal stand sie lange vor dem Spiegel, schaute sich in die Augen und dachte, irgendeinen wird es schon geben, der runde Gesichter und schnittlauchglatte Haare mag. Aber er ließ einfach verdammt lange auf sich warten.

Das wurde erst anders, als sie durch Zufall in diesem Schuljahr neben Valerie gelandet war. Valerie, die schon allein wegen ihrer Körperfülle zwei Drittel der Schulbank für sich beanspruchte und die das letzte Drittel in ihrer umwerfend frechen Art auch noch mit ihren Sachen zupflasterte. Sie war neu, und sie erklärte auch sofort, dass sie nicht einmal quer durch die Stadt umgezogen waren, weil sie eine Luftveränderung wollten, sondern weil sie einfach eine billigere Wohnung brauchten. Valeries freches Grinsen eroberte

Nicos Herz im Sturm. Jemand, der so offen mit seiner desaströsen Lage umging, kam auch mit einer Loserin wie Nico als Sitznachbarin klar.

Seitdem war sie nicht mehr allein. Der Gedanke an ihre Freundin und wie sie am nächsten Morgen vor der Schule diese rätselhafte Geschichte durchhecheln würden, tröstete sie.

Nico kuschelte sich in ihr warmes Bett und versuchte, sich an den Duft von Kianas Apfelkuchen zu erinnern. An karamellisierten Zucker und warme Hefe, an Milch und Butterstreusel. Und an ein Lächeln im Gesicht einer Frau, die sich zu ihr hinunterbeugte und fragte: »Möchtest du ein Stück?« Fast schon im Traum erwiderte sie das Lächeln. Im letzten halbwachen Moment wunderte sie sich noch, warum sie sich bei dieser Frau so geborgen fühlte. Bei der Frau, die nicht gut genug auf sie aufgepasst hatte.

DREI

Der Winter kam viel zu früh und mit einer Wucht, die den Alltag aus den Angeln hob. Der November brachte erst die Kälte, dann den Schnee. Straßenbahnen blieben stecken, Züge mussten auf offener Strecke anhalten, weil die Oberleitungen eingefroren waren. Die Temperaturen kletterten nicht mehr über null, und wenn der Himmel einmal aufriss, warf eine bleiche Sonne ihr trübes Licht auf den Salzmatsch der Fahrbahnen und Gehwege.

Nach ein paar Tagen hatte Nico aufgegeben. Sie konnte ihren Eltern schlecht sagen, was sie in jener Nacht belauscht hatte, und versuchte auf allen erdenklichen rhetorischen Umwegen, trotzdem mehr zu erfahren. Aber jedes Mal, wenn sie mit dem Thema anfing, erntete sie die gleiche Antwort: Keine Diskussionen, das war nichts anderes als Kianas letzter verrückter Scherz. Schließlich musste sich Nico eingestehen, dass ihre Großtante den Notartermin tatsächlich äußerst hinterhältig angesetzt und sie damit alle noch einmal in einen netten Familienzwist verwickelt hatte. In ihrem Herzen lieferten sich Resignation und Aufbegehren einen unentschiedenen Kampf. Als die sechs Wochen sich langsam dem Ende zuneigten, versuchte sie noch einmal, das Ruder mit einer Charmeoffensive herumzureißen – vergeblich.

»Lecker«, stöhnte ihr Vater nach der dritten Portion Lasagne, für die Nico einen ganzen Nachmittag in der Küche gestanden hatte. »Aber wir fahren nicht nach Siebenlehen.«

»Das ist aber nett von dir!«, rief ihre Mutter und strahlte, als sie sogar ihre Kniestrümpfe gebügelt im Schrank vorfand. »Aber es ändert nichts an unserem Entschluss.«

Die Einzige, die für Nicos Lage Verständnis zu haben schien, war Valerie. »Echt *weird*«, kommentierte sie den Zustand im Hause Wagner.

Valerie schloss die Tür ihres Spindes, die Turnschuhe in der Hand. Sportunterricht mochte sie genauso gerne wie Kakteen küssen. »Und sie lassen immer noch nicht mit sich reden?«

»Ich hab alles versucht.« Nico streifte sich ein Tanktop über. »Das sind die längsten sechs Wochen meines Lebens. Jeder Tag ist ein verlorener Tag.«

Valerie war über die Frist und deren gnadenlosen Ablauf bestens informiert. »Ein Tritt in den Hintern vom Schicksal persönlich. Hast du mal auf deiner Geburtsurkunde nachgesehen, ob da kein Fehler passiert ist?«

»Haha.«

Nico stopfte ihre Sporttasche in den Spind und schlug die Tür zu. Es war Freitag. Das erste Adventswochenende stand an. Damit brachen die letzten Tage an, bevor endgültig Schluss war mit dem kurzen Traum vom eigenen Haus, mochte es noch so wurmstichig und zerfallen sein. Gemeinsam drängten sie sich an ihren Klassenkameraden vorbei in die Sporthalle. An die blöden Sprüche, wenn die beiden ungleichen Freundinnen auftauchten – Gurke und Kürbis waren noch die nettesten Kommentare –, hatten sie sich längst gewöhnt. Ab und zu gab Valerie charmante Antworten. »Lieber Kürbis als Mixed Pickels, meine Schöne. Autsch, der da auf deiner Stirn sieht ja echt aus, als stünde er kurz vorm Platzen!«

Mit Valerie hatte Nico gelernt, über Spott zu lachen. Seit sie das konnte, ging alles viel einfacher. Und je mehr sie zusammen lachten, desto seltener wurden auch die Verbalattacken. In diesem Schuljahr hatten sie sogar fast ganz aufgehört.

»Und wenn du sie vor vollendete Tatsachen stellst?«, fragte Valerie.

»Wie meinst du das?«

»Einfach hinfahren. Wenn es wirklich ein blöder Scherz war mit diesen drei Rätseln und die Hütte auseinanderfällt, hast du dich wenigstens selbst davon überzeugt.«

Nico blieb stehen. »Das erlauben sie mir erst recht nicht. Völlig ausgeschlossen.«

Valerie schenkte dem Volleyballnetz in der Mitte der Halle einen resignierten Blick. Mannschaftsspiele waren ihr Waterloo.

»Liebelein, weißt du eigentlich, was dich und mich unterscheidet?«

Nicos Blick blieb, ohne dass sie es wollte, an Valeries ausladenden Hüften hängen.

»Äh … nein?«

Valerie grinste. Sie sah aus wie ein gütig lächelnder Mond,

aber in ihren Augen blitzte der Schalk. »Äußerlich trennen uns nur zwanzig unwesentliche Kilos. Aber innerlich sind es Welten. Ich würde mir eine Woche vor meinem Achtzehnten nicht mehr sagen lassen, was ich zu tun und zu lassen habe.«

Ein schriller Pfiff zerriss die Unterhaltung. Henne, der Sportlehrer, ein drahtiger kleiner Mann, lief zum Netz und verharrte dort, tänzelnd wie ein Boxer. Der Geräuschpegel sank ein wenig, alle trotteten auf ihn zu. Nur Valerie blieb stehen, nahm Nicos Arm und hielt sie zurück.

»Ich hab's dir schon hundertmal gesagt: Pack deine Sachen und fahr los.«

»Und ich hab dir hundertmal geantwortet: Das geht nicht! Die kriegen das doch sofort mit.«

»Nicht, wenn du angeblich das Wochenende bei mir bleibst. Ich halte dir den Rücken frei. Bis Montagabend. Das sind drei Tage, Schätzchen.«

Wieder ein Pfiff. Die letzten Nachzügler gesellten sich zu Henne, der gerade die Mannschaften einteilte. In Nicos Kopf überschlugen sich die Gedanken. Mit etwas Glück könnte sie schon am Nachmittag im Harz sein und die erste Aufgabe lösen – irgendetwas fegen. Die Einfahrt. Treppen, den Bürgersteig. Ein Foto mit dem Handy müsste als Beweis genügen. Samstag könnte sie den Stein zurückbringen – wohin auch immer. Wahrscheinlich reichte es, wenn sie ihn in den Straßengraben warf. Nur die halbe Postkarte dürfte schwierig werden. Aber die Leute dort würden bestimmt wissen, was es mit den romanischen Meisterwerken des Harzes so auf sich hatte.

»Und wie komme ich da hin? Ich hab doch gar keine Peilung, wo dieses Siebenlehen eigentlich liegt.«

Valerie verdrehte die Augen. »Es soll so etwas wie Fahrplan-Apps geben.«

»Und es soll sogar Handys geben, die sie auch kriegen«, knirschte Nico.

Noch ein Pfiff. Laut, schrill und lang.

»Die beiden Damen?«, rief Henne. »Wenn Sie sich eventuell zu uns bemühen könnten?«

Valerie, die Beth Ditto der Abiturientenklasse, tänzelte als Letzte zu Mannschaft Nummer eins.

»Später«, flüsterte Nico ihr zu, bevor sie auf die andere Seite des Netzes zu ihrer Gruppe ging. »Komm heute Nachmittag zu mir.«

Der Rest des Schultags flog irgendwie an Nico vorbei. Valeries Begeisterung schien alles so einfach zu machen. Sie waren oft an den Wochenenden zusammen. Keiner würde Verdacht schöpfen. Trotzdem war Nico bei dem Gedanken unwohl, ihre Eltern so zu hintergehen. Und wenn schon, dachte sie trotzig. Valerie hat recht. Es gibt keinen Grund, sich das Haus nicht wenigstens mal anzusehen.

Kurz nach vier stand Valerie vor der Tür und die beiden Freundinnen verzogen sich schneller als sonst in Nicos Zimmer. Sie hatten es sich gerade auf dem Bett gemütlich gemacht hatten, als es klopfte. Die Tür öffnete sich und Stefanie steckte den Kopf durch den Spalt.

»Hier. Frisch gewaschen.«

Sie hielt ihrer Tochter einen Stapel Pyjamas entgegen. Nico sprang auf.

»Hallo, Valerie! Wie geht's?«, fragte Stefanie.

»Gut«, murmelte Valerie. Zu ihren Füßen stand eine Reisetasche.

Nicos Mutter betrat den Raum. »So viel für ein Wochenende?« Misstrauisch musterte sie den dicken Winterpulli und die zweite Jeans, die Nico wüst zerknäult in die Tasche gestopft hatte.

»Wir gehen morgen ins Hallenbad. Und am Sonntag fahren wir vielleicht an den Baggersee, Schlittschuhlaufen.« Nico warf Valerie einen scharfen Blick zu, den ihre Mutter hoffentlich nicht mitbekam.

»Ja, Schlittschuhlaufen.« Ihre Freundin nickte eifrig. »Ich will mal wieder was für meine Silhouette tun.«

»Ich dachte, ihr wolltet für die Klausuren lernen.«

»Das tun wir auch.« Nico nahm die Pyjamas und warf einen von ihnen gleich zu ihren Reisesachen dazu. »Aber zwischendurch muss man mal den Kopf freikriegen.«

Sie wich dem Blick ihrer Mutter aus. Es fiel ihr so verdammt schwer, sie zu belügen. Nico wusste nicht, wann sie das zum letzten Mal getan hatte. Schwindeln, ja, das kam öfter vor. Bus ausgefallen, wenn man zu spät nach Hause kam. Keine Zeit gehabt, wenn die Wäsche immer noch nicht aufgehängt war. Schwindeln war kinderleicht und nichts, was die Welt ins Wanken brachte. Aber lügen, bewusst anlügen, war eine andere Nummer.

»Dann denk aber auch an deinen Badeanzug.« Stefanie

deutete auf das bewusste Teil unten im Schrank. Nico nahm es und packte es zu den anderen Sachen in die Reisetasche.

Ich kann alles noch abblasen, dachte sie, während sie den Stapel Pyjamas wegräumte. Ihre Mutter war schon wieder an der Tür. Täuschte Nico sich oder streifte Stefanie wirklich den Besen in der Ecke neben dem Bett mit einem kurzen kontrollierenden Blick?

»Ich wünsche euch viel Spaß.« Stefanie lächelte. Aber Nico kam es so vor, als ob auch an diesem Lächeln etwas nicht stimmen würde. »Pass auf dich auf.«

»Mach ich.«

Ihre Mutter wartete noch einen winzigen Moment. Vielleicht auf einen Satz oder eine Geste, die den Hauch von Befangenheit, der in der Luft lag, aufgelöst hätten. Als beides nicht kam, schloss sie die Tür.

»Ich kann das nicht.« Nico ging zurück zum Bett und ließ sich neben Valerie fallen. Valerie legte den Arm um sie und zog sie kurz an sich. Das tröstete. Aber es machte die Lüge nicht ungeschehen.

»Dann bleibst du eben hier. Mir ist es egal, wie du dich entscheidest. Aber du musst hinterher damit leben können. Ich will nicht jahrelang dein Geheule hören, weil du diese Chance verpasst hast.«

»Werd ich nicht.«

»So?« Valerie ging auf eine Armlänge Abstand. »Da bist du dir ganz sicher? Du fügst dich, vergisst alles, und dieses Ding da ...« Mit einem Nicken wies sie auf den zerfransten Besen, »...schmeißt du noch heute in den Müll?«

»Bestimmt nicht. Es ist das Einzige, das mich an Tante Kiana erinnert. Na ja, fast das Einzige.«

Valerie ließ sie los. Nico streckte sich und nahm den Besen in die Hand. Er verlor schon wieder ein paar Halme Stroh.

»Komisch. Jedes Mal, wenn ich ihn anfasse, habe ich das Gefühl, er will mir was sagen.«

Valerie grinste, legte den Kopf schief und hielt sich eine Hand ans Ohr.

»Ich höre nichts. Halt! … Ja, jetzt. Leise! Schschsch … *Du faule Socke*, ich hör's genau! *Du faule, feige Socke …*«

Nico hob den Besen, Valerie quietschte auf und wehrte den Schlag mit beiden Händen ab. Stroh, Staub und Dreck rieselten auf den Bettüberwurf. Ein paar kurze Halme blieben in Valeries hellbraunem Pagenkopf hängen.

»Mensch, Nico.« Sie lachte und fieselte sich das Stroh aus den Haaren. »Du bist erwachsen. Du kannst selbst entscheiden.«

Nico ließ mutlos den Besen sinken.

»Zeig mir noch mal den anderen Kram.«

Nico zog die Nachttischschublade auf, holte den Stein und die halbe Postkarte heraus und reichte beides an Valerie weiter.

»Ich hab es gedreht und gewendet. Nichts. Keine Geheimschrift, keine Runen. Wenn es wenigstens eine ganze Postkarte gewesen wäre. Aber noch nicht mal dazu hat es gereicht.«

Ihre Freundin betrachtete das Foto mit gerunzelter Stirn. »War sie wirklich irre, deine Tante?«

»Ich weiß es nicht. Eher so was wie das schwarze Schaf. Meine Oma hatte sechs Geschwister. Die meisten sind vor dem Mauerbau in den Westen gegangen. Nur Kiana nicht. Sie wollte Schattengrund nicht alleine lassen.«

»Dann kommst du eigentlich aus dem Harz?«

»Meine Großmutter. Nicht ich. Nach der Wende hat Oma wohl versucht, die Familie wieder zusammenzukriegen. Aber es hat nicht richtig geklappt. Kiana wollte wohl nicht. Als kleines Kind war ich ein paar Mal in den Ferien bei ihr. Und dann nie mehr. Ich habe gar nicht gewusst, dass sie noch so lange gelebt hat. Sie war irgendwie verschwunden aus unserem Leben. Total verschwunden.«

Nico starrte auf den Besen in ihren Händen. Konnte man um einen Menschen trauern, den man kaum gekannt hatte? Das, was sie fühlte, kam der Trauer jedenfalls verdammt nahe. Aus diesem Grund hatte sie ihrer Freundin auch verschwiegen, dass wohl vor langer Zeit irgendetwas vorgefallen sein musste, das ihre Familie mit Kiana entzweit hatte. Es wäre ihr wie ein Verrat von Familiengeheimnissen vorgekommen. Auch wenn sie keinen blassen Schimmer hatte, um was es bei den geflüsterten Andeutungen ihrer Eltern eigentlich gegangen war.

»Ich glaube, meine Mutter und ich waren die Einzigen, die Kiana besucht haben. Das ist schon so lange her, dass ich mich kaum noch daran erinnern kann.«

»Und aus diesem Grund hat sie ausgerechnet dir das Haus vermacht?«

Nico seufzte. »Ich weiß es nicht. Warum nicht meiner

Mutter? Warum nicht irgendwelchen anderen Verwandten?«

»An wen fällt denn das Haus, wenn du es nicht nimmst?«

»Vielleicht an den Tierschutzverein.« Nico stand auf und stellte den Besen wieder zurück. »Ich werde es wohl nie erfahren.«

Valerie legte den Rest des großartigen Erbes in die Schublade zurück.

»Mein Angebot steht. Wir nehmen jetzt deine Tasche, verlassen das Haus, fahren zum Bahnhof und lösen eine Fahrkarte nach Siebenlehen. Und während du deine merkwürdigen Rätsel löst, halte ich dir hier den Rücken frei. Und Montag konfrontierst du deine Eltern damit, dass das Haus dir gehört. Sie müssen nur noch nicken.«

Nicos Gesicht leuchtete auf. »Komm mit! Zu zweit schaffen wir das locker.«

»Das geht nicht. Jemand muss bei meiner Mom Tag und Nacht neben dem Telefon sitzen, um die viertelstündlichen Kontrollanrufe deiner Eltern entgegenzunehmen.«

»Wo ist sie?«

»Frühschicht.«

Valeries Mutter hatte nach Jahren der Arbeitslosigkeit einen Job im Warenlager eines Discounters bekommen. Harte Arbeit, frühes Aufstehen, wenig Fragen.

»Wenn du jetzt fährst, bist du heute Abend noch im Harz. Drei Tage. Nico, mehr brauchst du nicht. Einen für jede Aufgabe. Und wenn sich herausstellt, dass das Ding eine Bruchbude ist und deine Tante einen an der Waffel hatte, umso besser. Dann bist du wieder da, keiner hat was gemerkt, und du kannst weiter brave Tochter spielen. Deine Eltern werden dich lieben.«

»Und wie krieg ich den hier raus, ohne dass sie was merken?« Sie wies auf den Besen.

Valerie wuchtete sich hoch und nahm ihren Daunenmantel von Nicos Schreibtischstuhl. Er war lang und ehrlich gesagt auch breit genug, um Teil eins von Kianas seltsamem Erbe zu verbergen. »Lass mich mal machen.«

Sie wühlte in den Jackentaschen nach ihrem Handy. Als sie es endlich gefunden hatte, tippte sie darauf herum und hielt das Ergebnis Nico unter die Nase. »Magdeburg, Halberstadt, Blankenburg, Altenbrunn. Deine Reiseroute. Bei Bedarf fährt der Bus weiter nach Siebenlehen. Musst du aber vorher sagen, sonst lässt er das Kaff links liegen.«

Misstrauisch beäugte Nico die ellenlange Fahrplanauskunft auf dem Display.

»Sechs Stunden Fahrtzeit?«

Valerie wischte auf dem Display herum, bis sie gefunden hatte, was sie suchte.

»Siebenlehen. Erstmals als Hüttenort erwähnt 1520 zur Zeit des großen Berggeschreys. – Das ist so eine Art Goldrausch, nur dass es dabei um Silbererz ging. – Der Name geht zurück auf insgesamt sieben Höfe, die einstens Markgraf Eckhardt gehörten und Teil von Todtenrode waren. – Also Fantasie bei ihren Ortsnamen haben sie, das muss man ihnen lassen. – Alte Erzgänge sollen noch durch den Ramberg von Siebenlehen bis Altenbrunn führen. Einer übrigens direkt in den Kyffhäuser zu, na, du weißt schon wem.«

»Barbarossa?«

»Jep. 1867 wurde die letzte Hütte geschlossen. Die Bevölkerung verarmte und zog weg. Erster Aufschwung erst nach der Wende mit Tourismus. Erwähnenswert wäre das Gasthaus zum Schwarzen Hirschen.«

»Und?«

»Was und?«

»Ist sonst noch was erwähnenswert?«

Valerie ließ das Handy zurück in ihre Anoraktasche gleiten. »Nein. Da möchte ich nicht tot überm Zaun hängen.«

VIER

Es schneite. In Halberstadt hatte es begonnen, und je länger der Bus sich durch die Nacht und über schneeverwehte gewundene Straßen quälte, desto dichter fielen die Flocken. Glücklicherweise arbeitete die Heizung auf Hochtouren. Die Scheiben waren beschlagen, und jedes Mal, wenn Nico ein Gucklock frei rieb, wuchs es in wenigen Minuten wieder zu. Es gab sowieso nichts zu sehen. Je höher sie kamen, desto einsamer wurde es. Die Scheinwerfer des Busses reichten gerade so weit, dass der Fahrer die nächsten Meter der Piste erkennen konnte. Ab und zu schnitten die Lichtkegel Bilder von tief hängenden Tannenzweigen aus der Dunkelheit, von schroffen Felswänden und uralten niedrigen Mauern – Schutz vor besonders gefährlichen Abgründen.

Irgendwann erreichten sie eine Weggabelung und es ging wieder bergab. Außer Nico saß noch rund ein halbes Dutzend weiterer Fahrgäste im Bus. Sie dösten oder lasen im schummrigen Licht ein Buch oder eine Zeitung. Außer ihr hatte niemand eine Reisetasche dabei.

Der Bus gewann an Fahrt. Nico hielt sich instinktiv an der Vorderlehne fest, denn bei diesen Wetterverhältnissen war es ein fast halsbrecherisches Tempo. Sie hielt den Blick auf den Boden geheftet. Jedes Mal, wenn der Fahrer eine Kurve mit Karacho nahm, hatte sie Angst, sie würden über die Leitplanke hinaus direkt in die Tiefe stürzen. Tatsächlich fiel einmal der Besen aus der Gepäckablage. Eine Frau in einem dicken Alpakamantel reichte ihn ihr mit einem merkwürdigen Blick zurück. Endlich wurde der Bus langsamer. Der Motor heulte noch einmal auf und eine erste Straßenlaterne leuchtete von ferne wie eine Verheißung von Ankunft und Wärme.

»Altenbrunn«, schepperte es durch den Lautsprecher.

Die wenigen Mitfahrer sammelten ihre Siebensachen ein. Nico wischte das Fenster wieder frei. Sie sah Fachwerkhäuser mit schwarz verharzten Balken, Türmchen und Giebeln. Hinter manchen Fenstern brannte Licht. Das sah wunderschön und gemütlich aus. Nico wünschte, sie würde in einem dieser Häuser erwartet.

Der Bus hielt mit keuchenden Bremsen am Marktplatz.

»Sankt Ritter!«

Alle stiegen aus. Nur Nico blieb zurück. Der Motor erstarb mit einem Zittern, der Busfahrer drehte sich zu ihr um.

»Und nu?«

»Ich wollte nach Siebenlehen.«

Der Fahrer brummte etwas vor sich hin und angelte nach seiner Winterjacke, die er hinter dem Sitz verstaut hatte.

»Wie bitte?«

»Geht nicht mehr«, sagte er. »Die Straße ist gesperrt. Tut mir leid, da müssen Sie wohl laufen, Frolleinchen.«

Das Frolleinchen in Nico reagierte bestürzt.

»Laufen?«

»Jawoll. Fortbewegungsart. Einen Fuß vor den anderen. Sind nur zwei Kilometer. Aber der Bus schafft das nicht mehr. Endstation. Morgen früh um fünf kommen die Räumfahrzeuge, dann fahren wir auch Siebenlehen wieder an.«

»Warum haben Sie mir das denn nicht gleich gesagt?«

Der Fahrer wies auf das Schneegestöber. »Bin ich Petrus? Das kommt im Winter öfter vor. Was wollen Sie denn in Siebenlehen?«

»Ich ... ähm ...« War es klug, einem Wildfremden zu sagen, was sie vorhatte? »Ich hab ein Zimmer im Schwarzen Hirschen.«

»Und da holt Sie keiner hier ab? Die haben doch alle Schneeketten. Sehen Sie da oben das Haus?«

Nico folgte seiner ausgestreckten Hand und drehte sich um.

»Das ist der Brunner Jodlermeister. Die haben Zimmer. Da können Sie auch telefonieren.«

»Danke. Ich hab ein Handy.«

»Das ist hier nicht das gleiche. Also?«

Nico nahm den Besen, hängte sich ihre Messenger-Bag quer über die Brust, angelte nach ihrer Tasche und stieg aus. Flaumiger, weicher Neuschnee lag knöchelhoch auf dem festgefrorenen Boden. Sie folgte den Fußspuren der anderen, die schon längst in alle Richtungen verschwunden waren. Der Busfahrer stieg aus, schlüpfte in seine Jacke und verschloss die Tür. Die Hydraulik seufzte.

»Gute Nacht!«, rief er ihr zu und stapfte in die Dunkelheit.

»Gute Nacht«, murmelte Nico.

Es war gerade mal sieben Uhr. Sie sah sich um. Hinter ihr stand ein Wartehäuschen. Sie stapfte darauf zu in der Hoffnung, einen Plan der näheren Umgebung zu finden. Es schien noch kälter geworden zu sein. Nicos Atem bildete weiße Wolken. Die Flocken verwandelten sich in Kristalle und der Schnee funkelte im Licht der einzigen Straßenlaterne wie Diamantenstaub.

Tatsächlich war hinter dem Glas so etwas wie eine Wanderkarte angeheftet. Altenbrunn war kein rundes, sondern ein in die Länge gezogenes Dorf, das sich ans Ufer des Flüsschens Bode schmiegte. Die Straße führte in den Ort hinein und dann in Schlangenlinien weiter hinauf in die Berge. Die nächste Ansiedlung war Siebenlehen.

Nico checkte ihr Handy. Ein Anruf ihrer Mutter, zwei von Valerie, eine SMS. Wahrscheinlich hatte sie während der Fahrt keinen Empfang gehabt. »Gut angekommen? Melde dich! Vallie«. Mit Handschuhen war es unmöglich, eine Antwort zu tippen. Nico ließ das Gerät zurück in die Tasche gleiten und trat noch einmal an den Plan, um sich zu orientieren. Ein rotes Kreuz markierte den Punkt, an dem sie stand. Wenn sie sich nach rechts drehte und der Straße folgte, würde sie über kurz oder lang direkt in Siebenlehen landen. Stramm marschiert eine knappe halbe Stunde. Sie schulterte ihre Tasche, packte den Besen und ging los.

Innerhalb weniger Minuten hatte sie den Dorfrand hinter

sich gelassen. Die Dunkelheit umschloss sie wie ein Tunnel. Kein Mond, keine Sterne waren durch die dichte Wolkendecke zu entdecken. Erst allmählich gewöhnten sich Nicos Augen an das wenige Licht, das der Schnee noch reflektierte. Die Straße verengte sich, wurde zu einem Weg, der kaum noch zwei Autos aneinander vorbeigelassen hätte, und ging bergauf. Riesige Tannen mit tief hängenden Zweigen standen eng beieinander. Der Wald rückte so nah an die letzten Streckenpfosten heran, dass er eine fast undurchdringliche Wand bildete. Nico legte einen Zahn zu. Ihr wurde warm unter der dicken Jacke. Die Tasche schien ihr Gewicht verdoppelt zu haben. Den Besen schleifte sie hinter sich her. Einmal blieb sie kurz stehen und schaute zurück. Die Straße hinunter nach Altenbrunn verschwand hinter einer sanften Biegung im Dickicht, vor ihr schlängelte sie sich weiter hinauf in die Dunkelheit. Kein Licht weit und breit.

Nico holte ihr Handy heraus und stellte fest, dass sie schon wieder keinen Empfang hatte. Zwanzig Minuten war sie jetzt unterwegs. Siebenlehen konnte nicht mehr weit entfernt sein. Doch die Strecke zog sich. Es ging noch steiler hinauf. Mehrmals geriet sie ins Rutschen. Einmal konnte sie sich gerade noch an einem Tannenzweig festhalten, was zur Folge hatte, dass gefühlte zehn Tonnen Schnee auf sie herunterprasselten. Jeder Schritt wurde zu einer gewaltigen Anstrengung. Entweder war sie vom Weg abgekommen oder hier oben hatte man seit Tagen nicht mehr geräumt. Die halbe Stunde war längst verstrichen.

Als sie ihr Handy noch einmal herausholte, zitterten ihre Hände so stark, dass es ihr hinunterfiel und sie ohne Handschuhe danach suchen musste. Als sie es endlich gefunden hatte, glaubte sie, ihre Finger wären erfroren. Eine knappe Stunde war sie nun schon unterwegs. Sie hätte längst in Siebenlehen sein müssen. Der Gedanke, dass sie in die Irre gelaufen war, ließ ihr die Tränen in die Augen schießen. Was sollte sie tun? Umkehren? Der Schnee reichte ihr fast bis zum Knie. Ihre Jeans war schon völlig durchnässt, und langsam, ganz langsam keimte in Nico der Verdacht, dass es vielleicht doch keine so gute Idee gewesen war, ganz allein ins Ungewisse aufzubrechen.

Das Motorengeräusch kam aus weiter Ferne. Erst klang es wie eine wütende Hummel, dann wurde es lauter. Jemand arbeitete sich gerade genauso wie sie von Altenbrunn nach Siebenlehen durch. Mit dem Unterschied, dass dieser Jemand einen Jeep oder etwas ähnlich Kraftvolles über den fast unpassierbaren Weg nach oben quälte. Immer wieder jaulte der Motor auf. Nico blieb keuchend stehen. Sie sah Scheinwerfer durch die Baumstämme blitzen, verschleiert von dichter fallenden Flocken. Sie blieb in der Mitte des Weges stehen, ließ Besen und Tasche fallen und wartete.

Der Wagen pflügte sich um die Ecke und hielt direkt auf sie zu. Nico hob die Arme und winkte, aber der Fahrer schien sie nicht zu sehen.

»Hallo!«, schrie sie. Aber wie sollte er sie hören? Im grellen Licht sah sie nur noch eine wirbelnde weiße Wand. »Hallo?«

Die Lichter kamen näher, noch näher. In letzter Sekunde warf sich Nico zur Seite. Der Aufprall im Schnee war hart. Sie hörte brechendes Holz und ein dumpfes Poltern – wahrscheinlich hatte dieser Irre auch noch ihre Reisetasche auf dem Gewissen –, rasselnde Schneeketten, ein letztes Aufbäumen des Motors, eine quietschende Bremse, das Schlagen einer Tür. Sie lag volle Breitseite mit dem Gesicht in einer Schneewehe und versuchte, wieder auf die Beine zu kommen. Schritte näherten sich. Es hörte sich an, als liefe jemand durch quietschendes Plastikpulver.

»Alles in Ordnung?« Eine Männerstimme, jung. Anfänger. Vollpfosten.

Nico stützte sich auf die Arme, prustete, schüttelte sich, rieb sich den Schnee aus dem Gesicht und hob die Hand vor die Augen. Sogar die Rücklichter des Wagens blendeten noch. Ihr wurde bewusst, dass sie aussehen musste wie ein Yeti. Sie rang nach Luft und nach Worten, als er noch einen Schritt auf sie zutrat und sie am Arm packte.

»Sind Sie völlig verrückt geworden? Haben Sie sich verlaufen? Kein Mensch nimmt bei diesem Wetter den Wanderweg auf den Brocken!«

Mühsam kam sie mit seiner Hilfe auf die Beine. Er ließ sie los. Sie konnte sein Gesicht nicht erkennen, aber sie spürte, dass er unsicher geworden war. Wahrscheinlich hatte er nicht damit gerechnet, eine Siebzehnjährige über den Haufen zu fahren. Besser gesagt: eine Achtzehnjährige minus drei Tage, dachte sie trotzig.

»Der Brocken? Wo?« Mehr fiel ihr nicht ein. Sie wollte

nach Siebenlehen, nicht mitten in der Nacht auf einen Gipfel. Wahrscheinlich hatte *er* sich verfranst. Aber da konnte sie ihm auch nicht weiterhelfen.

Er trat zurück. Sie erkannte die schlanke, hochgewachsene Silhouette eines Bergsteigers. Oder Schlittenhundführers. Oder Polarkreisexpeditionsteilnehmers. Er trug einen dicken, wattierten Anorak mit Kapuze, eine Wollmütze mit Ohrenklappen und kniehohe, extrem derbe Stiefel.

»Sprechen Sie deutsch? German? English? Français?«

Der Schnee auf ihrem Gesicht taute. Das Wasser lief ihr die Wangen hinunter. Offenbar hielt er sie für eine durchgeknallte Touristin, die in stockdunkler Nacht auf den höchsten Berg Norddeutschlands klettern wollte. Er machte eine Bewegung und der Lichtstrahl einer Taschenlampe traf ihre Augen. Sie hob die Arme vors Gesicht, weil er sie wieder blendete. Wahrscheinlich war ihr Mund eingefroren, denn während er den Lichtkegel an ihrer Gestalt herunterwandern ließ, ballte sich die Wut in ihr. Was fiel diesem Kerl eigentlich ein?

»*Come on.*« Er drehte sich weg und leuchtete die völlig verschneite Straße ab. »*We'll pick up your bag and I will bring you back to Altenbrunn. Crazy.*«

»Ich will nicht nach Altenbrunn.« Sie hatte das Gefühl, ihre Kiefer müssten erst einmal auftauen.

Der Mann leuchtete ihre Tasche an und ging entschlossen darauf zu. Nico folgte ihm. Die Reifenspur ging quer über den Baumwollstoff. Der Reißverschluss hatte dieser Beanspruchung nicht standhalten können. Er war aufgeplatzt und zu Nicos Entsetzen fielen beim Aufheben ihr Pyjama und ein Paar Hausschuhe heraus – die dicksten, wärmsten, die sie besaß. Dunkelblauer Plüsch mit je einem Bärchenkopf an der Fußspitze und entzückenden, treuen Knopfaugen aus Glas. Sie hatte sie nie getragen. Und sie schwor sich in diesem Moment, in dem ihr merkwürdiger Retter ein Schnauben ausstieß, das sich verdächtig nach einem unterdrückten Lachen anhörte, es auch niemals zu tun.

»Hier«, sagte er. »Sie haben noch etwas verloren. Einen … ähm … Badeanzug?«

Sie riss ihm das Teil aus der Hand. »Ja. Danke. Ich will nach Siebenlehen. Lassen Sie sich nicht aufhalten. Weit kann es ja nicht mehr sein.«

Sie stopfte alles in die total ramponierte Tasche zurück. Etwas schepperte. Wahrscheinlich war der MP3-Player samt Zahnbürste ein Fall für den Müll. Aber sie wäre lieber gestorben, als den Rest ihrer Habe hier vor diesem rücksichtslosen Wilderer auszubreiten.

»Da sind Sie aber ganz schön auf dem Holzweg. Wohl nicht in die Wanderkarte geguckt, was?«

Konnte er nicht einfach seinen Mund halten? Sie klemmte die Überreste ihrer Tasche unter den Arm und sah sich suchend um.

»Wenn Sie wollen, nehme ich Sie mit. Ich muss da nämlich auch hin.«

»Mit einem Jeep über den Wanderweg? Wohl kein Navi dabei, was?«

Er grinste, wahrscheinlich. Genau konnte das Nico nicht

erkennen, denn der Schnee fiel mittlerweile so dicht wie in einem schlechten Charles-Dickens-Film. Der Fremde war einen Kopf größer als sie und hatte, wie er nun die Hände in die Vordertaschen seiner Outdoor-Hose schob, etwas derart unverschämt Lässiges, dass sie ihn am liebsten so stehen gelassen hätte.

»Die Hauptstraße ist gesperrt. Mehrere Äste sind durch die Schneelast abgebrochen und auf die Fahrbahn gefallen. Das hier«, er wies mit einer Kopfbewegung auf den schmalen Weg, der sich hinter den Scheinwerfern in absoluter Finsternis verlor, »ist der einzige Zugang, den es noch nach Siebenlehen gibt. Und wenn wir uns nicht beeilen, ist auch der demnächst verschwunden. Wohl keinen Wetterbericht gehört, was?«

Er ging zu seinem Wagen und öffnete die Beifahrertür. Nico überlegte nicht lange. Er schien zumindest nicht vorzuhaben, sie umzubringen. Wenn das tatsächlich der Wanderweg auf den Brocken war, dann war sie grandios in die Irre gelaufen. Zurück nach Altenbrunn war es eine Stunde. Und ob sie um diese Uhrzeit noch ein Zimmer bekommen würde …

»Okay. Danke.«

Am Wagen nahm er ihr die Tasche ab und warf sie auf den Rücksitz.

»Moment! Ich hab noch was vergessen.« Sie drehte sich um und lief zurück auf den Weg. »Können Sie noch mal leuchten? Ich habe was verloren.«

Er knipste die Taschenlampe an und folgte ihr. Die Reifen

des Jeeps hatten den Besen tief in den Schnee gedrückt. Sie bückte sich und begann, ihn auszugraben.

»Oh nein!« Anklagend hielt sie ihm den halben Stiel entgegen. »Er ist kaputt!«

Neugierig kam der Fremde näher. »Was ist das?«

Sie scharrte die andere Hälfte heraus und kam wieder auf die Beine.

»Ein … Besen?«, fragte er. »Sie laufen nachts bei minus zehn Grad auf den Brocken – mit einem Badeanzug und einem Besen?«

Nico marschierte wortlos zum Wagen und warf beide Teile des Besens auf ihre Reisetasche. Dann stieg sie ein und knallte die Tür zu. Der Mann öffnete die Fahrertür und nahm ebenfalls Platz. Er steckte den Schlüssel ins Schloss und startete den Motor. Die Lichter des Armaturenbrettes beleuchteten sein Gesicht. Es war schmal, mit einer gerade geschnittenen Nase und einem eigentlich sanft wirkenden Mund, wenn nicht dieses spöttische Lächeln gewesen wäre. Er drehte sich zu ihr um, und sie bemerkte, dass er dunkle Augen hatte. Braune Haarfransen fielen ihm in die Stirn. Er sah gut aus. Aber den Blick, mit dem er sie ansah, hätte er sich schenken können.

»Wohl zu viele Märchen gelesen, was?«, fragte er und fuhr los.

Der Jeep war neu und musste ein Vermögen gekostet haben. Ihr Retter beherrschte ihn, als wäre er ein lebendiges Wesen. Er trieb ihn über Schwellen und Anhöhen, hielt ihn zurück, wenn es wieder bergab über Stock und Stein ging. Er schien die Gegend wie seine Westentasche zu kennen, denn trotz der eingeschränkten Sicht hatte Nico, anders als beim Busfahrer, nicht das Gefühl, Todesängste ausstehen zu müssen. Im Gegenteil. Es war warm im Wagen, und der Typ hatte auch mit seiner Angewohnheit aufgehört, dämliche Fragen zu stellen, auf die es keine anderen als noch dämlichere Antworten geben konnte. Nico fühlte sich sicher und spürte, wie sie langsam auftaute. Es dauerte keine zehn Minuten, bis der Weg sich verbreiterte. Sie erkannte einen völlig zugeschneiten Wegweiser.

»Sie sind ohne Lampe und Ausrüstung einfach so losgegangen?«

Er schaltete einen Gang herunter und drosselte den Motor, um eine enge Kurve zu nehmen. Der Wegweiser verschwand. Nico hätte schwören können, die geschnitzte Silhouette einer Hexe darauf erkannt zu haben.

»Es sind keine vier Kilometer. Ich dachte, das schaffe ich locker.«

»Wenn Sie die richtige Straße genommen hätten. Aber dieser Weg ist schon was für Fortgeschrittene. Sie hätten sich spätestens hier oben verirrt.«

Nico fröstelte. Ihr Fahrer schien es zu bemerken, jedenfalls stellte er die Heizung noch eine Stufe höher.

»Wo wollen Sie eigentlich hin in Siebenlehen? Das Hotel ist seit dem Sommer geschlossen.«

»Ich will nicht ins Hotel. Ich komme privat unter.«

»Bei wem?« Er sah sie wieder prüfend an. »Ich kenne alle

in Siebenlehen. Es ist ein kleines Dorf. Da spricht es sich sowieso rum.«

Etwas in Nico flüsterte, ihm, einem Fremden, dem sie mitten in einem Schneetreiben begegnet war, nicht gleich alles zu verraten. Er hielt sie nicht erst seit dem Besen für nicht ganz zurechnungsfähig.

»Wer sind Sie?«

»Ich heiße Leon. Leon Urban. Meine Familie kommt aus Siebenlehen, lebt aber seit zwei Generationen in Wales. Ich studiere Geologie in Durham, das liegt im Nordosten Englands. Schon mal gehört?«

»Nein.«

»Und wie heißen … wie heißt du?«

Er bog in die nächste Kurve ein und machte das so schnell, dass Nico sich nicht mehr festhalten konnte und nahe, zu nahe an ihn heranrutschte. Sie glaubte nicht, dass er das absichtlich gemacht hatte.

»Ich heiße Nico!«, rief sie gegen das Aufbrüllen des Motors. »Ich hatte eine Tante, die in Siebenlehen gewohnt hat. Kiana. Kannten Sie – … kanntest du sie?«

Er antwortete nicht. Der Weg beanspruchte jetzt seine ganze Aufmerksamkeit. Er sprach erst wieder, als die Strecke ebener wurde und in der Ferne ein schwacher Lichtschein zu erkennen war. Der Schneefall hatte sich verändert. Statt weicher, nasser Flocken schienen nun wieder winzige Eiskristalle herunterzurieseln. Es war noch kälter geworden. Ihr graute bei dem Gedanken an ein dunkles, fremdes Haus.

»Wir sind gleich da. Also, wohin soll es gehen?«

Er hatte sie sicher über den Berg und nach Siebenlehen gebracht. Sie beschloss, zumindest einen Teil ihres Misstrauens aufzugeben.

»Nach Schattengrund.«

»Schattengrund. Bist du sicher?«

»Ja«, antwortete sie. »Kennst du es?«

Sie näherten sich den ersten Häusern. Wenn es jemals eine Straße gegeben hatte, so war sie verschwunden unter einem weichen Teppich, der sich über Vorgärten und Zäune, auf Dächer und Bäume gelegt hatte wie eine schneeweiße Decke. Über dem Ort schien eine fast unwirkliche, verzauberte Atmosphäre zu liegen. Uralte Fachwerkhäuser duckten sich unter der weißen Last, Eiszapfen hingen an Dachrinnen und Straßenlampen. Einige Tannenbäume waren mit künstlichen Kerzen geschmückt. In manchen der kleinen Fenster leuchteten Schwippbögen, die meisten Bewohner aber hatten die Rolläden heruntergelassen. Siebenlehen wirkte wie ausgestorben. Wie aus einem alten Märchenbuch, dachte Nico, als sie an bizarren, schneeverwehten Bäumen vorüberfuhren. Ein nostalgischer Adventskalender, mit Glitzerstaub verziert und getaucht in den trüben Schein von Gaslaternen.

Sie kamen an einer kleinen Kirche vorbei. Der Fremde neben ihr bog links ab, dann wieder rechts, und Nico verlor die Orientierung, weil sie sich nicht sattsehen konnte an der fast rührenden Unschuld dieser Welt aus Schnee und Eis. Schließlich erreichten sie eine schmale Straße. Sie führte wieder ein Stück den Berg hinauf, weg von Siebenlehen, weg von den hübschen Häusern und dem gelben, weichen Licht der Straßenlaternen, in dem die glitzernden Flocken tanzten, und endete vor einem Gartenzaun, der fast im Schnee versunken war. Dahinter lag, ein ganzes Stück über dem Dorf, ein dunkles kleines Fachwerkhaus. Schattengrund.

»Wie hast du es gefunden?«, fragte sie erstaunt.

Er stellte den Motor ab. »Es gibt niemanden in Siebenlehen, der das nicht weiß.«

FÜNF

Nico stieg aus und landete knietief im Schnee. Noch nicht einmal die Straßen wurden hier geräumt. Ein Wunder, dass der Jeep die Anhöhe überhaupt geschafft hatte. Während Leon ihre Tasche und den zerbrochenen Besen vom Rücksitz holte, kämpfte sie sich zu der Gartenpforte durch. Sie sah auf den ersten Blick, dass sie abgeschlossen war. Doch auch ohne dieses Hindernis hätte sie sie nicht öffnen können: Schattengrund war gut einen Meter hoch eingeschneit. Bevor Leon auf den Gedanken kommen konnte, dass sie keine Schlüssel hatte, war sie auch schon über das Gatter gestiegen.

»Danke.« Er reichte ihr ihre Habe über den Zaun, und sie versuchte, so unbefangen wie möglich auszusehen. »Das war sehr nett von dir.«

»Wenn du wieder mal auf den Brocken willst, melde dich. Ich kann dir zumindest sagen, welchen Weg du nicht nehmen solltest.«

Er sah sich um. Das gefiel Nico, die ungeduldig darauf wartete, dass er endlich den Abflug machte, gar nicht.

»Sieht nicht so aus, als würdest du erwartet.«

Die Fensterläden waren geschlossen. Dichtes Gebüsch, vom Schnee halbwegs gnädig bedeckt, säumte den Weg und die Stufen hinauf zum Eingang. Direkt darüber am Dachfirst hingen kolossale Killer-Eiszapfen. Ein paar von ihnen lagen zerschellt vor der Tür, die nur durch einen schmalen Quersturz oberhalb der Pfosten geschützt wurde. Das Haus hatte zwei Stockwerke, beide nicht sehr hoch, und ein niedriges Walmdach, aus dem an der Vorderseite zwei winzige Gauben hinauslugten. Schwere, dunkle Balken stützten die Wände. Die einzelnen Gefache waren dick verputzt und weiß gestrichen. An einigen Stellen bröckelte der Auftrag und Nico konnte das Mauerwerk aus Bruchstein erkennen. Es sah uralt und ein bisschen schief aus. Ihr Herz machte einen winzig kleinen Hüpfer. Ich kenne dich, hieß das wohl. Und es gab einmal eine Zeit, da war auch hinter deinen Fenstern Licht ...

»Alles okay?«

Sie nickte schnell. Ihr saß ein Kloß im Hals.

»Hast du Holz?«

Was sollte denn diese Frage? Sie wollte allein sein, so schnell wie möglich. Schließlich konnte sie schlecht vor seinen Augen einbrechen.

»Ähm ... Holz?«

»Oder Kohlen. Sonst erfrierst du. Hier oben ist es noch kälter als unten im Dorf.«

Konnte er sich nicht um seine eigenen Angelegenheiten kümmern? Instinktiv wandte sie sich von der Fassade ab und sah nach links. Neben der Seitenwand war ein aufgeschichteter, wenn auch nicht sehr üppiger Stapel Brennholz zu erkennen, der mehr oder weniger schlecht mit einer Persenning bedeckt war.

»Da hinten«, sagte sie. »Tante Kiana hatte einen Deal mit

den Waldarbeitern. Ich glaube, der eine oder andere Stamm ist ganz unabsichtlich direkt vor ihrer Tür vom Wagen gefallen.«

Woher wusste sie das? Hatte sie sich diese Geschichte gerade eben ausgedacht oder hatte sie sie erlebt? Egal. Leon lächelte. Es gab seinem schmalen Gesicht einen unerwartet sympathischen Zug. Wahrscheinlich machte er sich wirklich Sorgen um sie. Sie trat ungeduldig von einem Fuß auf den anderen. Zwei Minuten hier draußen und die Kälte biss sich schon wieder in ihre Beine.

»Ich komme zurecht. Danke.«

Sie schulterte die Tasche und hob die verstümmelten Reste des Besens wie zu einem Gruß.

»Ich kann dir das reparieren«, sagte er schnell. »Wenn ihr Werkzeug habt?«

»Das schaffe ich schon alleine. Gute Nacht.«

Sie drehte sich um und stapfte zum Haus. Hoffentlich begriff er jetzt endlich.

»Ich schaue morgen mal vorbei!«, rief er ihr hinterher.

»Ja. Super. Bis dann!«

Sie stieg die Stufen zur Tür hoch, und endlich hörte sie, wie der Motor seines Wagens ansprang. Die Scheinwerfer blendeten auf. Ihr Licht wanderte beim Wenden über Schattengrund. Es sah so aus, als ob jeder Strauch, jeder Baum wirbelnde, lang gezogene Schatten warf, die wie Geister über die Fassade tanzten. Die Lichtkegel glitten weiter, der Jeep rollte die Straße hinunter, und Nico stand allein vor einer verschlossenen Tür.

Sie ließ Tasche und Besen fallen und trat einen Schritt zurück. Dann tastete sie, als ob sie das schon immer so gemacht hätte, den Türsturz ab. Nichts. Sie zog ihre Handschuhe aus und versuchte es erneut. Ihre Finger wurden taub. Kein Schlüssel. Sie sah sich nach Blumenkübeln um, aber es gab keine. Unter der festgefrorenen Kokosfußmatte lag eine Menge Dreck, aber nichts, mit dem man das Schloss aufbekommen hätte. Großartig. In ihren Träumen war sie immer ohne Hindernisse in ein Haus marschiert, das warm und gemütlich nur auf sie gewartet hatte. Nun fühlte sie sich ausgesetzt und verlassen. Und das Blödeste war: Sie war ganz allein schuld an dieser Misere.

Umkehren und im Schwarzen Hirschen um Einlass bitten? Das Hotel hatte geschlossen. Sie checkte ihr Handy, hatte aber immer noch keinen Empfang. Wo war sie hier gelandet? Im letzten schwarzen Loch der Telekommunikation? Sie schloss die Augen und atmete tief durch.

Du kommst nach Schattengrund. Dir ist kalt und du hast Hunger. Du läufst über den Gartenweg aufs Haus zu. Kiana ist nicht da. Was machst du? Nicht nachdenken. Tun. Geh ums Haus, finde den Eingang.

Sie lief los. Einmal um die Ecke zu der Wand mit den Holzstapeln. Sie schlug die Persenning zurück und schaffte es unter größter Anstrengung, drei festgefrorene Scheite von den anderen zu lösen. Mit dieser Last auf dem Arm stapfte sie weiter zur Rückseite. Es war so dunkel, dass sie nur Schemen auseinanderhalten konnte. Einmal wäre sie fast gestolpert, als sie glaubte, die reglose Gestalt eines Mannes zu erkennen. Doch es war nur ein schlanker Baum, von winterhartem Efeu umrankt. Vor einer niedrigen Tür ließ sie die Scheite in den Schnee fallen und tastete nun hier erneut den ganzen Rahmen und den Sturz ab. Etwas klirrte. Sie konnte ihr Glück kaum fassen, als sie zwei kleine Schlüssel in ihren steifen Fingern hielt.

Jemand berührte ihr Bein. Nico schrie auf, die Schlüssel fielen in den Schnee, und ein schwarzer Schatten strich um ihre Knöchel.

Sie japste nach Luft. »Minx! Hast du mich erschreckt!«

Die Antwort war ein leises Miauen. Sie ging in die Knie und streckte die Hand nach der Katze aus, die sofort zu schnurren begann und ihren Kopf an Nicos Knie rieb. Das geschah genauso selbstverständlich, wie Nico der Name des Tieres eingefallen war und wie sie die Schlüssel gefunden hatte. War das nicht seltsam? Sie musste Schattengrund und seine Bewohner einmal sehr gut gekannt haben.

»Minx, meine Kleine. Wo kommst du denn her?«

Die Katze zitterte. Sie war mager und ihre bernsteinfarbenen Augen reflektierten das matte Licht des Schnees. Ihr Fell war zottig und nass. Sie musste alt sein, sehr alt. Nico spürte die Knochen unter den struppigen Haaren. Sie nahm es als ein gutes Zeichen, dass sie Minx nach all den Jahren auf Anhieb wiedererkannt hatte. Oder Minx sie? Egal.

»Jetzt gehen wir erst mal rein und schauen nach, ob Kiana uns noch irgendwas zum Essen übrig gelassen hat. Okay?«

Sie fand die Schlüssel und stand wieder auf. Sie probierte den ersten – er passte. Langsam drückte sie die verrostete

Klinke hinunter. Die Tür öffnete sich mit einem leisen Knarren, das in ein Seufzen überging: der Willkommensgruß von altem Holz. Sie trat ein in einen schmalen Flur, tastete instinktiv nach rechts oben und begriff, dass sie sich als Kind immer recken musste, um an den Lichtschalter zu kommen. Sie fand ihn da, wo er für normal große Leute angebracht war – in Griffhöhe. Eine Glühbirne flammte auf und beleuchtete den schmalen Flur, von dem linker Hand das Bad und rechts die Küche abgehen musste. Genau dahin wollte sie. Minx war ihr mit einem Maunzen gefolgt und rannte nun vor ihr ins Haus. Nico sammelte die Holzscheite ein, schloss die Tür hinter sich und ging in die Küche.

Wenn es nicht so kalt gewesen wäre – man hätte glauben können, Kiana wäre nur mal kurz aufgestanden und nach draußen gegangen. Der alte schmiedeeiserne Herd mit seinen Klappen und der tiefschwarzen Eisenplatte stand immer noch an seinem Platz. Darüber hingen Kupferpfannen und Töpfe, schwere Schöpfkellen und alte Küchensiebe. Die Anrichte mit dem offenen Regal war vor langer Zeit einmal weiß gestrichen worden. In ihr standen Teller und Tassen aus cremefarbener schwerer Keramik.

Nico legte die Scheite auf den Küchentisch. Auch er war alt und sah so aus, als ob Generationen vor ihr schon daran gesessen und ihre Holzlöffel in ihre Suppen getunkt hätten. Sie machte Licht und öffnete die Tür zur Speisekammer. Ihre schlimmsten Befürchtungen erfüllten sich nicht. Einige staubige Konserven und mehrere Schraubverschlussgläser mit undefinierbarem Inhalt standen noch im Regal. Sie holte eine Büchse Erbsen und Möhren heraus und stellte sie auf den Tisch. Minx kam von ihrem Streifzug durch das Haus zurück und sah Nico erwartungsvoll an.

»Könnte sein, dass du Vegetarier wirst.«

Die Katze trug diese Ankündigung mit Fassung. Noch.

Nico stöberte in dem kleinen Schrank unter der Spüle und fand tatsächlich eine halbe Packung Haferflocken. Sie schienen genießbar zu sein. Dafür kam kein Wasser aus dem Hahn. Es dauerte eine halbe Ewigkeit, bis ihr dämmerte, dass die Leitungen wohl eingefroren waren. Feuer. Sie musste Feuer machen.

In einem Korb neben der Anrichte lagen alte Zeitungen. Sie schnappte sich die oberste und begann, die Seiten zu festen, kleinen Kugeln zusammenzuknüllen. Mit einem Schürhaken hob sie den kleinsten der vier eisernen Herdringe und warf ihre Kunstwerke in die Kochmulde. Sie sah sich um. Dann ging sie zum Küchentisch und zog die Schublade auf. Mit einem triumphierenden Grinsen holte sie eine Packung Grillanzünder und ein Streichholzbriefchen heraus. Es musste ihr Instinkt sein, der sie anleitete, genau das Richtige an genau den richtigen Stellen zu suchen. Sie warf eine Handvoll der kleinen weißen Würfel auf die Papierknäuel und zündete den letzten mit einem Streichholz an. Die zuckende bläuliche Flamme versetzte sie in einen wahren Freudenrausch. Feuer! Ich habe Feuer gemacht!

Minx sprang auf den Küchentisch und unterzog die Konservenbüchsen einer eingehenden Untersuchung. Nico nahm den kleinsten Holzscheit und stopfte ihn in die Kochmulde. Fast die Hälfte von ihm ragte noch heraus. Die Flammen der Grillanzünder züngelten an ihm herum. Ein wenig Dampf stieg hoch. Misstrauisch beobachtete Nico den weiteren Verlauf ihres Experiments. Wenn das Ding wirklich zu brennen anfing, hatte sie hier einen hochkant stehenden Flammenwerfer in der Küche. Aber die Sorge war unbegründet. Das Holz war zu feucht. Das Papier flackerte zwar gefährlich auf, doch die Flammen stiegen kaum über den Rand der Mulde. Nach wenigen Minuten verloschen auch die Anzünder, und Nico begann zum ersten Mal, sich ernsthaft mit dem Gedanken zu beschäftigen, in einer Eishöhle zu übernachten.

»Komm, Minx. Das hat keinen Zweck.«

Die Katze sprang vom Tisch und lief in den Flur. Nico folgte ihr. Geradeaus ging es ins Wohnzimmer. Hier war es genauso kalt wie in der Küche, doch der Raum wirkte wohnlicher. Das lag an den beiden riesigen Sesseln, der Couch, die irgendwie in sich zusammengesunken war, einer altmodischen Stehlampe und – dem Kachelofen. Nico erinnerte sich an bullernde Wärme und rotdunkle Glut, an stiebende Funken und das Nachkollern der Briketts in seinem Inneren. Sie ging in die Knie und öffnete die Luke. Der Ofen war sauber und ausgekehrt. Neben ihm stand ein Weidenkorb, und in ihm fand sie alles, was für ein anständiges Feuer benötigt wurde. Reisig, dünnes, trockenes Holz, Briketts. Sie schichtete alles übereinander, zündete die dünnen Äste an und lauschte.

Das Feuer loderte. Der Rauch zog ab. Ungläubig starrte

Nico in die Feueröffnung. Es funktionierte! Ein Blick in den Korb dämpfte ihre Freude aber ein wenig. Lange würden die Briketts nicht halten. Sie wusste nicht, wo der Nachschub gebunkert war.

»Ich schätze, wir sollten noch ein bisschen Holz holen.«

Minx stieß einen Laut aus, der nach Hunger klang.

»Und dann machen wir was zu essen. Okay?«

Die Katze sprang auf die Kaminbank und begann, ihren Nacken an den dunkelgrünen Kacheln zu reiben. Nico, die nicht mehr genau wusste, ob es nun draußen oder drinnen kälter war, beschloss, die Sache nicht aufzuschieben. Sobald es warm im Haus war, würden sie keine zehn Pferde mehr ins Freie bringen.

Hatte sie vergessen, den Hintereingang zu verschließen? Die Tür stand einen Spalt offen. Sie trat hinaus und wollte gerade um die Ecke biegen, als ihr etwas Merkwürdiges auffiel.

Der Schnee war unberührt gewesen, als sie angekommen war. Sie erinnerte sich an das Gefühl, die Erste gewesen zu sein, die diese weiße Decke mit ihren Spuren verzierte. Vom Wald her kamen Minx' kleine Pfotenabdrücke dazu. Doch dann musste noch jemand gekommen sein. Jemand, der schwere, klobige Stiefel trug, um das Haus gelaufen war und sich hier, am Hintereingang, zu schaffen gemacht hatte. Der Schnee war niedergetrampelt, ein paar Schritte führten zum Küchenfenster und wieder zurück. Nico spürte, wie unangenehm ihr die Vorstellung war, dass jemand sie beobachtet haben könnte.

Reglos stand sie da und lauschte. Sie konnte das Rauschen des Windes in den Wipfeln der Bäume hören. Nach ein paar leisen Atemzügen glaubte sie sogar, das Knistern der Schneeflocken zu vernehmen, die immer weiter vom Himmel rieselten und die harten Kanten der Spuren bereits auflösten.

Nico folgte den Stiefelabdrücken, die vom Hintereingang wegführten. Der Mann hatte sich eng an der Hauswand entlangbewegt. Mit angehaltenem Atem bog Nico um die Ecke – nichts. Er war fort. Nur seine Fußstapfen waren noch da. Sie lief weiter, bis sie die Vorderseite erreichte und sah, was passiert war.

Der Unbekannte hatte ihre Reisetasche durchwühlt und den gesamten Inhalt vor der Haustür und den Treppen verteilt. Fassungslos betrachtete Nico die Verwüstung. Dann begann sie in fliegender Hast, alles zurück in die zerschlissene Tasche zu stopfen. Inzwischen war von ihrer Habe wirklich nicht mehr viel Brauchbares übrig. Während sie zusammenräumte, sah sie immer wieder hinunter zur Gartenpforte und Siebenlehen. Wer hatte das getan? Vielleicht kauerte er noch irgendwo im Gebüsch und beobachtete sie?

Als sie alles verstaut hatte, stand sie auf und wartete. Nichts rührte sich. Das Dorf lag vor ihr wie in einer riesigen märchenhaften Schneekugel. Aus vielen Schornsteinen stieg Rauch in den Nachthimmel. Manche Fenster waren noch erleuchtet. Ihr Schein hatte etwas Tröstliches für Nico. Sie stellte sich vor, wie es wäre, jemanden da unten zu kennen.

Leon, fiel ihr ein. Könnte Leon das getan haben? Sie

schüttelte den Kopf, griff sich auch noch den kaputten Besen und stapfte wieder zurück. Gerade wollte sie noch ein paar Holzscheite von dem Stapel ziehen, als sie die Bewegung bemerkte. Sie fuhr herum.

Der Baum mit dem Efeu regte sich. Wie ein Schatten lauerte eine Gestalt hinter dem Stamm. Er musste dort auf sie gewartet und sich schnell versteckt haben, als sie zum ersten Mal hingesehen hatte. Langsam schob Nico den Holzscheit wieder zurück. Der Schatten löste sich von dem Baum. Er kam auf sie zu.

Nico rannte los. Der Mann auch. Sie raste um die Ecke, rutschte beinahe aus, fing sich gerade noch und hechtete auf den Hintereingang zu, da hatte er schon das halbe Grundstück überquert. Er war groß und massig. Als er sah, dass sie die Tür erreichte, fing er an zu rennen. Sie rüttelte an der Klinke, aber die verflixte Tür hatte sich verklemmt und ließ sich nicht öffnen. Sie hörte seine Schritte, das Keuchen seines Atems, und in letzter Sekunde riss sie die Tür auf, schnellte hinein und warf sie zu.

Der Aufprall seines Körpers war so stark, dass das alte Holz ächzte. Nico ließ die Überreste ihres Besens fallen. Mit zitternden Fingern tastete sie nach dem Riegel und schob ihn vor. Keine Sekunde zu früh, denn er rüttelte an der Klinke und warf sich gegen die Tür. Nico stemmte sich von der anderen Seite mit aller Kraft dagegen und betete, dass das morsche Holz diesem Angriff standhielt.

»Was wollen Sie?«, schrie sie. Ihre Stimme kippte fast vor Angst.

Noch einmal rammte der Angreifer die Tür mit vollem Körpereinsatz. Der Rahmen bebte.

»Hauen Sie ab! Ich bin bewaffnet!«

Stille.

»Verschwinden Sie von meinem Grund, kapiert?«

Nur ihr eigener, fliegender Atem war zu hören. Nico lauschte. Sie hörte, wie schwere Schritte durch den Schnee stapften und sich entfernten. Langsam ließ sie ihre Tasche von der Schulter gleiten und schlich durch den Flur ins Wohnzimmer. Die Gardinen waren zugezogen. Vorsichtig schob sie den Stoff ein paar Millimeter zur Seite und spähte hinaus.

Der Vorgarten lag still und verlassen da. Sie wagte nicht, sich zu rühren. Vielleicht lauerte er ihr noch einmal auf? Die Minuten verstrichen. Als sich immer noch nichts rührte, wagte sie es, in die Küche zurückzugehen und dort aus dem Fenster zu sehen.

Fußspuren im Schnee führten zurück in den Wald. Von dort her war er also gekommen und dorthin war er auch verschwunden. Sie überprüfte die Hintertür, schloss auch noch von innen ab und untersuchte danach den Vordereingang. Zwei Riegel, oben und unten, und das Schloss. Eigentlich war Schattengrund gesichert.

»Minx?«

Aber die Katze tauchte nicht auf.

»Minx? Wo bist du?«

Wahrscheinlich hatte sie der versuchte Überfall genauso erschreckt und sie hatte sich ein ruhiges Plätzchen irgendwo im Haus gesucht. Nico klopfte sich den Schnee von den Kleidern und hielt die Hände an den Kachelofen. Er wurde warm. Langsam hörte auch das Zittern auf, das ihr der Schreck in die Glieder gejagt hatte.

Vielleicht hatte der Mann nur nach dem Rechten sehen wollen? Oder er hatte geglaubt, sie wäre ein Einbrecher. Siebenlehen war ein kleines Dorf. Die Wahrscheinlichkeit, ausgerechnet hier einem Gewaltverbrecher über den Weg zu laufen, war äußerst gering.

Um sich abzulenken, nahm sie ihre Reisetasche und den Besen und ging die Treppe hinauf. Zwei Zimmer gab es hier oben unterm Dach – Kianas Schlafzimmer und das Gästezimmer. Nico ging als Erstes in den Raum, der ihrer Großtante gehört hatte. Ein altmodisches Bett mit einer Spitzendecke stand direkt unter dem Fenster. Daneben ein Nachttisch, an der gegenüberliegenden Wand der Wäscheschrank. Nico öffnete ihn. Ein Hauch von Lavendelduft drang in ihre Nase. Kianas wenige Kleider hingen, in Folie verpackt, auf der Stange. In den Fächern lagen, ordentlich gebügelt und zusammengefaltet, Bettlaken und Bezüge. Dazu ein Stapel flauschige Handtücher. Nico zog eines heraus und roch daran.

Sommer. Blumen. Schmetterlinge tänzeln über einer Wiese. Karamellisierter Zucker brodelt in einem Kupferkessel – sie kochen Marmelade. Nico steht auf einem Stuhl. Sie ist barfuß, ihr Kleidchen aus dünnem Baumwollstoff reicht gerade bis an die Knie. Vorne ist eine Tasche aufgenäht – sie sieht aus wie ein umgekippter Halbmond. In ihr sammelt sie, was ihr der Sommer schenkt: Blüten, Baumrinden, kleine glitzernde Steine ...

Steine.

Nico warf ihre Tasche auf Kianas Bett und wühlte so lange in ihren Sachen herum, bis sie das Gesuchte endlich gefunden hatte. Den Stein. Mit einem Seufzer der Erleichterung setzte sie sich und betrachtete ihn. An manchen Stellen schimmerte er silbern. Wollte Kiana sie an die Ferien erinnern, die sie hier verbracht hatte?

Sie nahm das Handtuch mit hinüber in das andere Zimmer. Es war kleiner und hatte schräge holzverkleidete Wände. Vor dem Fenster stand ein runder Tisch. Und darauf eine Kristallschüssel mit – Karamellbonbons.

Nicos mühsam bewahrte Haltung bröckelte endgültig. Erst schob sie es auf den Schock, den die Beinahe-Begegnung mit dem brutalen Unbekannten in ihr ausgelöst hatte. Dann merkte sie, dass mehr dahintersteckte. Mit Tränen in den Augen verstaute sie ihre Sachen in dem kleinen Einbauschrank unter der Dachschräge. Kiana hatte das Haus hergerichtet, als ob ihre Nichte gleich wieder zu Besuch kommen würde. Sie hatte zwölf Jahre auf sie gewartet, bis zu ihrem Tod. Was hatte ihre Hoffnungen so enttäuscht? Und wer lauerte ihr in der Dunkelheit auf, um sie bis zur Haustür zu verfolgen? Noch einmal spähte sie aus dem Fenster, aber die tief verschneiten Straßen lagen still und verlassen.

Schließlich war Nico fertig. Täuschte sie sich oder wurde es langsam auch im ganzen Haus warm? Sie entdeckte die kleine Öffnung neben der Tür. Hinter ihr verborgen lag eine

Messingklappe, aus der warme Luft ins Zimmer strömte. Nico lächelte. Wenigstens würde sie nicht erfrieren in dieser Nacht.

Sie sah sich um. Wo waren ihre Hausschuhe? Sie kippte die leere Tasche um, suchte in Kianas Zimmer, lief die Treppe hinunter und inspizierte Flur, Küche und Wohnzimmer. Die Schuhe blieben verschwunden. Sollte sie noch einmal hinaus und nachsehen?

Bloß nicht. Trotzdem lief Nico hinunter und öffnete, nachdem sie sich überzeugt hatte, dass niemand im Gebüsch des Vorgartens lauerte, vorsichtig die Tür.

»Minx?«, rief sie leise. »Minx, wo bist du?«

Aber die Katze antwortete nicht.

»Minx, ich mache jetzt eine Dose Erbsen und Möhren warm. Die esse ich. Allein, wenn du nicht kommst.«

Sie lauschte. Kein Laut, kein Geräusch. Und auf einmal stellten sich ihr die Nackenhaare auf. Sie fühlte, dass sie beobachtet wurde. Nico blickte in die Dunkelheit, die sich über den kleinen Ort da unten gelegt hatte. Und sie wusste – irgendjemand sah zurück.

SECHS

Er trug die Hausschuhe an den Händen und ließ sie auf dem Fensterbrett tanzen. Einmal hin, einmal her, rundherum das ist nicht schwer.

Bärchenhausschuhe. So weich. So niedlich. So warm. Er stellte sich vor, wie sie darin tanzen würde. Hoch auf die Fußspitzen, dann eine Drehung, der zarte Rock spielte um ihre Beine, sie lächelte ihn an.

Er ließ die Hände sinken. Keine hundert Meter entfernt lag Schattengrund. Das Haus sah anders aus als in den letzten Wochen. Eine kleine Rauchfahne kräuselte sich über dem Schornstein. Licht fiel durch die Ritzen der Fensterläden. Die alte Hexe war tot. Jetzt war die junge da.

Die Treppe knarrte. Er hörte Schritte, die vor seiner Tür verharrten. Ein böses, hartes Klopfen, dann wurde die Klinke hinuntergedrückt. Er hatte abgeschlossen. Er fühlte sich wie ein Schwerverbrecher.

»Mach auf!« Die Stimme einer Frau, hoch und schneidend. Sie kroch in seine Ohren wie ein widerliches Insekt. Er stand da, erstarrt und unfähig, sich zu rühren.

»Hundertmal hab ich dir gesagt, zieh die Schuhe aus, wenn du von draußen reinkommst! Alles hast du eingesaut! Und wer wischt es wieder weg? Wer?«

»Ich mach schon.«

»Wann?«

»Gleich!«

»Und was ist mit den Kohlen?«

Die Schritte entfernten sich. Er sah hinunter auf seine Hände – Bärchenhände. Wütend streifte er die Hausschuhe ab und warf sie unter seinen völlig zugemüllten Schreibtisch. Er nahm seine Winterjacke und den schweren Gürtel vom Stuhl, ging zur Tür, drehte den Schlüssel um und verließ sein Zimmer.

Vor dem Fenster trocknete eine Lache geschmolzenen Schnees. Und ein Klirren begleitete seine Schritte.

SIEBEN

Nico träumt.

Sie läuft durch den Schnee, so schnell, als würde sie fliegen. Ihr Lachen klingt hinein in den Wald und bis zum Berg hinauf, es kehrt als Echo wieder.

Ein Mädchen steht auf der anderen Seite des Hangs und sieht zu ihr hinüber. Erst glaubt Nico, das wäre sie selbst. Doch je näher sie kommt, umso heller wird das Kind. Es hat gold sprühende Haare und Augen, so grün wie ein glasklarer See. Seine Haut ist hell, fast weiß. Es hat Schneeflocken in den Haaren und es hält einen Besen in der Hand. Sie will das Wesen berühren, von dem sie glaubt, dass es eine Elfe sein muss oder eine Fee. Ein überirdisches Leuchten geht von ihm aus, mit nichts vergleichbar, was Nico je gesehen hat.

Traust du dich?

Jäh tut sich ein Abgrund auf, bodenlos. So schnell wie ein Riss in einem Kleid aus weißer Seide.

Wir können fliegen, sagt das Mädchen. *Wir sind Winterhexen.*

Es schwingt sich auf den Besen, stößt sich ab und springt.

»Nein!«, schreit Nico.

Ein dumpfer, fürchterlicher Aufprall …

Nico saß aufrecht im Bett. Eiskalte Luft strömte durch

den Raum, als ob sie in den Wipfeln der Bäume gelandet wäre. Wo war sie? Dumpf schlug Holz auf Holz. Sie sah eine Gestalt am Fenster, einen Geist aus weißem Gespinst – eine Winterhexe? Der Schreck bohrte sich mit tausend glühenden Nadeln aus Eis direkt in ihr Herz. Wieder klopfte es, lauter, wie eine Mahnung, endlich aufzustehen und nachzusehen, wer sich dort verfangen hatte.

Sie tastete nach der Lampe. Als das Licht den kleinen Raum erhellte, atmete sie auf. Schnee fiel durch das Fenster auf den Fußboden und schmolz sofort. Die Fensterflügel waren sperrangelweit geöffnet und schlugen gegen die Wand. Der Vorhang bauschte sich, fiel wieder in sich zusammen und hatte ihrem schlaftrunkenen Hirn einen Besuch aus der Zwischenwelt vorgegaukelt. Das Brausen des Windes hoch in den Bergen klang wie eine ferne Meeresbrandung.

Sie schloss das Fenster. Hinter der Scheibe blieb sie stehen und sah hinaus in die Dunkelheit. Sie wusste nicht, wie viel Uhr es war, aber die Straßenlaternen waren erloschen, und weit oben am Himmel verlor die Wolkendecke ihren dunklen Glanz. Morgengrauen. Was für ein furchtbares Wort.

Zähneklappernd kroch sie wieder unter die Decke.

ACHT

Nico wachte auf, weil ein schrappendes Geräusch sie aus ihren Träumen holte, das sie von irgendwoher kannte. Sie tastete nach ihrer Armbanduhr, die sie auf dem Nachttisch abgelegt hatte. Gleich acht. Sie hatte geschlafen wie ein Stein. Entschlossen schlug sie die Decke zurück. Es war eiskalt im Raum, offenbar war das Feuer in der Nacht ausgegangen. Aber die Wasserleitungen waren aufgetaut. Sie gönnte sich eine Katzenwäsche in dem winzig kleinen Badezimmer, schlüpfte in Jeans und Sweatshirt und lief hinunter ins Erdgeschoss.

Noch bevor sie den Kachelofen wieder anwarf, öffnete sie die Fensterläden.

Vor ihr lag das Dorf. Die Häuser trugen weiße Mützen aus Schnee, die Wälder waren tief verschneit, und eine frühe Morgensonne schien so strahlend herab, dass sie in den Augen schmerzte. Das Geräusch kam vom Schneeschippen. Ein paar Tapfere hatten sich gut eingepackt und befreiten nun die Gehwege vor ihren Häusern. Ob ihr das auch blühte?

Die Fußspuren, die sie gestern noch beunruhigt hatten, waren verschwunden, vom Wind verweht, vom Schnee geglättet. Offenbar hatte niemand mehr versucht, sich dem

Haus zu nähern. Gut so. Sie würde aufpassen müssen. Irgendjemandem schien es nicht zu gefallen, dass sie in Siebenlehen war.

Aber dann soll er sich zeigen und nicht den Yeti spielen, dachte sie wütend. Nico schloss das Fenster und widmete sich der Herausforderung, den Aschekasten aus dem Ofen zu entfernen, ohne den Dreck gleich in der ganzen Wohnung zu verteilen. Sie legte einen neuen Brand an und freute sich wie ein Kind, als die Flammen das Holz entzündeten und wenig später die Briketts zum Glühen brachten. Dabei überschlug sie, was sie wohl brauchen würde, um ein Wochenende durchzuhalten.

Milch. Kaffee. Katzenfutter, sofern Minx noch einmal auftauchte. Brot. Marmelade. Vielleicht gab es ja ein Restaurant oder ein Gasthaus, wo sie eine warme Mahlzeit bekommen würde. Sie hatte ihre gesamte Barschaft mitgenommen. Es war nicht viel, aber für ein paar Tage würde es reichen. Ein Blick auf den Küchenherd hatte genügt, um davon Abstand zu nehmen, ihn jemals ohne Einweisung zu benutzen. Sie stöberte in den Schränken und der Speisekammer und brachte schließlich einige überlebensnotwendige Dinge zum Vorschein: einen Wasserkocher. Tee. Salz. Zucker. Reis und Mehl. Öl. Luxus in biblischem Ausmaß.

Nico zog ihre Winterjacke an und schlüpfte in die Stiefel. Als sie das Haus durch den Vordereingang verließ, warf sie noch einen Blick um die Ecke. Ihre Bärchenschuhe waren nirgendwo zu entdecken. Wer weiß, wo sie sie verloren hatte. Wahrscheinlich hatte der Neuschnee sie unter sich begraben. Die Sonne bringt es an den Tag, dachte sie. Der deutsche Balladenschatz und seine gruseligen Moritaten lassen grüßen.

Sie schüttelte den Kopf über die merkwürdigen Gedanken, die sie hier hatte. Das musste an diesem Haus liegen und den bruchstückhaften Erinnerungen an Ferienerlebnisse und Märchen. Dinge, die sie nicht bewusst verdrängt, sondern einfach nur vergessen hatte. Der Traum dieser Nacht musste auch damit zusammenhängen. Nur ein paar kurze Fetzen davon waren in ihrem Gedächtnis haften geblieben. *Winterhexen*. Ein Wort, ebenso fremd wie vertraut. Ob das Gestalten aus längst vergessenen Gute-Nacht-Geschichten waren?

Sie nahm sich vor, ihre Eltern direkt nach ihrer Rückkehr zu fragen, warum Kiana aus ihrem Leben verschwunden war. Was genau sie getan – oder unterlassen – hatte, das zu diesem tiefen Zerwürfnis geführt hatte. Böse Menschen, wirklich böse Menschen stellten keine Schüssel Karamellbonbons ins Gästezimmer.

Wenigstens Minx musste am Morgen kurz aufgetaucht sein. Ihre kleinen Pfotenabdrücke verliefen rund ums Haus und dann hinein in den Wald. Wahrscheinlich hatte sie sich dort ein Plätzchen zum Überwintern gesucht. Warum hatte sich niemand um Kianas Katze gekümmert? Sie war so mager, so dünn und alt. Der Gedanke, dass irgendwelche fremden Leute sie vielleicht aus dem Haus gejagt hatten … oder, noch schlimmer: die Nachbarn?, war schrecklich. Hier kannte doch eigentlich jeder jeden …

Nico kletterte über die Gartenpforte und sah sich um. Der schmale Weg führte hinunter zu den ersten Häusern. Vermutlich würde sie an der Kreuzung einen Laden finden. Irgendwo mussten die Leute von Siebenlehen ja einkaufen. Sie lief los und grüßte die wenigen Menschen, die sie unterwegs traf, mit einem fröhlichen »Guten Morgen«. Mehr als ein kurzes Nicken bekam sie nicht zurück. Aber sie wurde das Gefühl nicht los, dass man ihr hinterhersah und sie beobachtete. Merkwürdiger Ort. Merkwürdige Leute. Vielleicht waren es alle Zombies, und Siebenlehen gab es nur alle sieben Jahre, wenn verirrte Wanderer eine verwunschene Klamm durchschritten und von gut aussehenden Männern in ihren Jeeps gerettet wurden. Vielleicht war es auch einfach nur der perfekte Ort, um verrückt zu werden. Sie grinste. Guter Titel für eine Scriptet Docu.

Sie checkte ihr Handy. Zwei magere Balken. Immerhin, man konnte es versuchen. Nach dem dritten Klingeln nahm Valerie ab.

»Nico! Wo zum Teufel steckst du? Ich habe mindestens zwanzigmal versucht, dich zu erreichen!«

Ein mulmiges Gefühl machte sich in Nico breit. »Warum?«

»Deine Mutter macht mir die Hölle heiß. Sie will dich unbedingt sprechen. Wenn du mich fragst, hat sie irgendwas mitbekommen.«

»Ich melde mich bei ihr. Der Empfang ist hier einfach zu schlecht. Das muss an den Bergen liegen.«

Sie nickte einem älteren Mann zu. Er hatte die Hände auf

den Stil seiner Schneeschaufel gelehnt und die Arbeit nur zu einem Zweck unterbrochen: ihr zuzusehen, wie sie auf der Mitte der Straße durch den knietiefen Schnee stapfte. Vielleicht sollte sie beim nächsten Mal Eintritt verlangen.

»Wie läuft es?«

Nico sah sich um. Der Mann äugte immer noch hinter ihr her.

»Na ja. Die Bude war eiskalt. Aber ansonsten okay. Ich versuche jetzt erst mal, was Essbares aufzutreiben.«

Sie verschwieg ihre unheimliche Begegnung von gestern. Jetzt, im strahlenden Schein der Morgensonne, kam sie ihr beinahe irreal vor. Vielleicht hatte der Mann sie ja nur für einen Einbrecher gehalten?

»Bist du mit den Rätseln schon weitergekommen?«

»Äh ... ja«, antwortete Nico zerstreut. Dann riss sie sich zusammen. »Ich glaube, der Stein ist Silbererz. Er muss hier irgendwo aus dem Berg kommen.«

»Silber? Du meinst, eine Mine oder so was?«

»Hoffentlich nicht.«

»Aber er soll doch irgendwohin.«

»Das kann vieles heißen. Vielleicht reicht es auch, wenn ich ihn über den Zaun kicke.«

»Glaube ich nicht. Es hieß doch, du sollst ihn zurückbringen. Also musst du erst mal rauskriegen, woher er stammt.«

Nico erreichte die Kreuzung und sah sich um. Das Hotel zum Schwarzen Hirschen stand da, die Fensterläden der beiden Obergeschosse waren geschlossen. Sie erkannte eine

Metzgerei, eine Bäckerei, einen Gemischtwarenladen. Immerhin. Das sah nach Beute aus.

»Ich muss Schluss machen. Sonst fällt mir das Handy vor Entkräftung in den Schnee und ich finde es nie wieder. Ich hab schon meine Hausschuhe verloren.«

»Du bist mit Hausschuhen im Schnee?«

»Ciao.«

Nico legte auf und stieg die Treppen zur Bäckerei hinauf. Hinter den beschlagenen Scheiben der Schaufenster konnte sie Bleche mit Broten und Kuchen erkennen. Die Türglocke begleitete ihr Eintreten mit einem melodischen Schellen. Der Laden war rammelvoll.

»Ich nehme noch zwei Harzer Kanten dazu«, hörte sie eine schrille Frauenstimme. In dem winzig kleinen Geschäft verkeilte sich ein Dutzend Kunden vor der Ladentheke.

»Das sind die letzten!«, empörte sich eine andere Kundin. »Du kannst hier doch nicht einfach den Laden leer kaufen. Wir müssen alle mit der Situation klarkommen!«

Welche Situation?, fragte sich Nico.

»Wir backen heute Mittag noch einmal.«

Nico reckte sich, um zu erkennen, was es noch im Angebot gab. Die Verkäuferin zog gerade zwei Laibe Brot aus dem geplünderten Regal. »Keine Sorge, es gibt genug. Wir halten das schon noch eine Weile durch.«

Nicos Magen, der sich seit dem vergangenen Abend mit nichts anderem als einer im Wasserkocher auf Lauwarm getunten Gemüsekonserve zufriedengeben musste, machte sich lautstark bemerkbar. Sie lugte zum Schaufenster – die Kuchen und Brote waren Dekoration.

Die Kasse klingelte, die Verkäuferin rief: »Wer war der Nächste?«, und eine Frau, eckig und schmal, mit verkniffenem, hagerem Gesicht, boxte sich durch die Wartenden und schlug beim Hinausgehen Nico auch noch die Tür in den Rücken.

Es dauerte eine gute Viertelstunde, bis Nico endlich an der Reihe war. Sie schob sich vor, deutete auf die letzten Brötchen und wollte gerade den Mund aufmachen, da sah die Verkäuferin sie zum ersten Mal an und stieß einen Überraschungslaut aus.

»Nein!«

Nico drehte sich um, weil sie glaubte, irgendetwas hinter ihrem Rücken hätte diesen Ausruf ausgelöst. Sie sah in ungläubige, erstaunte Gesichter.

»Sie sieht aus wie die junge Kiana«, flüsterte eine kleine, dicke Frau mit roten Wangen.

»Ich bin ihre Nichte«, antwortete Nico freundlich. »Ich war früher mal in den Ferien hier.«

Sie drehte sich wieder zu der Verkäuferin um. Die verschränkte die Arme unter dem üppigen Busen und musterte sie, als hätte Nico sich gerade vor ihren Augen in eine Küchenschabe oder schlimmer noch: in einen Mehlwurm verwandelt.

»Du bist das? Und da kommst du ausgerechnet hierher?«

Nico hob unsicher die Schultern. »Ähm … Brötchen?«

»Heute nicht.«

»Dann ... vielleicht das Baguette da hinten?«

»Das ist vorbestellt.«

Nico schluckte. »Was haben Sie denn noch?«

Die Türglocke schellte, neue Kunden kamen in den Laden. Es war unglaublich eng, und trotzdem kam es Nico vor, als würden die Leute um sie herum auf Abstand gehen.

»Nichts.«

Nicos Blick wanderte hinunter zur Vitrine. Dort lagen Mürbeteigkekse, Ochsenaugen, Nusskracher und Mandelhörnchen.

»Ich nehme ein Mandelhörnchen«, sagte sie leise.

Die Verkäuferin schüttelte den Kopf.

»Der Nächste bitte?«

Jemand trat neben sie und reichte einen Stoffbeutel über den Tresen. Das eben noch finstere Gesicht der Frau hellte sich schlagartig auf.

»Was darf's sein?«

»Ein Vollkornbrot und ... das Baguette da hinten.«

Nico fuhr herum. Neben ihr stand Leon. Er nahm die Ware in Empfang, zahlte, bedankte sich und hielt Nico das Baguette unter die Nase.

»Hier. – Eine milde Gabe an Bedürftige.«

Jemand lachte. Die Spannung schien sich aufzulösen. Die Verkäuferin schüttelte den Kopf – offensichtlich gefiel es ihr, dass Leon sie ausgetrickst hatte. Aber als ihr Blick noch einmal zu Nico wanderte, gefror ihr Lächeln. Nicos Brötchengeber nahm sie beim Arm und bugsierte sie durch die Menschen hinaus auf die Straße.

»Danke«, sagte sie verdutzt. »Was war das denn?«

Leon stapfte, ohne nach links oder rechts zu sehen, durch den tiefen Neuschnee quer über die Kreuzung. Das ging, weil weit und breit kein Auto unterwegs war. Vermutlich waren sie alle stecken geblieben, denn auch von Räumfahrzeugen war nichts zu sehen.

»Komm schon.«

Nico folgte ihm. Er holte einen Schlüssel aus der Jackentasche und öffnete die geriffelte Glastür zum Schwarzen Hirschen. Das sanfte Klingen eines Windspiels begleitete ihren Eintritt.

»Willst du einen Kaffee?«

»Ja, gerne. Großartige Idee.« Nico brach das knusprige Ende des Brotes ab. Normalerweise hätte sie kein Wort herausgebracht, wenn jemand wie Leon sie angesprochen hätte. Er trug wieder diese abgefahrene Holzfällermütze und seine Polarjacke, und seine Jeans waren in die Stiefel gesteckt. Ein paar lockige Strähnen fielen über seine strahlend blauen Augen, und dass er sich am Morgen nicht rasiert hatte, machte sein schmales Gesicht noch interessanter. Er hatte was von einem *sexiest norwegian alive,* aber er war es auch gewesen, der sie mit den drei peinlichsten B der Welt auf dem Weg zum Brocken erwischt hatte: Besen, Badeanzug, Bärchenhausschuhe. Valerie würde als einzigen Kommentar *Limbo* sagen – so was von unten durch, tiefer ging's nicht. Also brauchte sie sich gar nicht anzustrengen, verlegen zu sein – es half sowieso nichts mehr. Ist der Ruf erst ruiniert, dachte sie und schob ein »Mit Milch, wenn's geht« hinterher.

Sie steckte den Kanten in den Mund, kaute und sah sich um. Leon verschwand in einem Raum, der wohl die Gaststube gewesen war. Die Stühle waren allesamt hochgestellt. An den holzgetäfelten Wänden hingen Geweihe und Schützenscheiben.

»Geht auch Kaffeesahne?«

Der Ruf kam aus der Küche hinter einem lang gezogenen Tresen. Nico folgte ihm und fand sich in einem sauber gekachelten Raum inmitten von stahlblanken Herden und Spülen wieder. Hinter der geöffneten Tür eines gewaltigen Kühlschranks tauchte Leon auf. Er hielt triumphierend ein Milchkännchen in der Hand.

»Alles da für die Lady.«

Die Lady steckte sich noch ein Stück Brot in den Mund.

»Willst du Käse? Wurst? Ich kann dir auch ein Spiegelei mit Speck machen.«

Sie nickte eifrig.

Wenig später brutzelten die Eier in der Pfanne. Leon beobachtete den Vorgang mit gerunzelter Stirn, dann nahm er zwei Teller von einem Stapel über der Spüle und verteilte den Inhalt der Pfanne darauf.

»Hier.«

Nico klemmte sich das fast zur Hälfte geschrumpfte Baguette unter den Arm und nahm die Teller. Leon holte Besteck aus einem Kasten, stellte zwei Tassen unter eine Kaffeemaschine und drückte einen Knopf.

»Geh schon mal rüber.«

In der Gaststube suchte sie einen Tisch am Fenster aus

und nahm die Stühle herunter. Bevor sie sich setzte, nahmen einige gerahmte Fotografien ihre Aufmerksamkeit in Anspruch. Es waren Aufnahmen vom Schwarzen Hirschen. Uralte, vergrößerte Postkarten vom Anfang des vorigen Jahrhunderts: ein Pferdefuhrwerk, das frisch geschlagene Baumstämme transportierte. Stolz saß der Kutscher auf seinem Bock, die Peitsche in der Hand, und dahinter konnte Nico den Eingang zum Wirtshaus erkennen.

Eine Straßenszene. 30er-, 40er-Jahre vielleicht. Es musste Sommer sein, vor dem Schwarzen Hirschen standen Biertische und zierliche Klappstühle, eine kräftige Frau mit weißer Schürze stemmte mehrere Krüge in jeder Hand.

Eine Prozession. Winter. Die grobkörnige Schwarz-Weiß-Aufnahme zeigte Ministranten, die eine Holzfigur trugen. Dahinter hatte sich das halbe Dorf eingereiht. Fünfzigerjahre? Die Frauen trugen weite, dunkle Röcke und einen Kopfputz, der aussah wie ein umgedrehter Blumentopf und von einem langen schwarzen Band gehalten wurde. Die Männer hatten sich in weiße Mäntel geworfen und runde, flache Hüte aufgesetzt – offenbar die Tracht von Siebenlehen.

»Das ist die Prozession der heiligen Barbara.«

Leon kam zu ihr und reichte ihr einen Becher mit Kaffee. Nico schloss kurz die Augen und schnupperte.

»Eine meiner frühesten Erinnerungen«, sagte sie. »Frisch gebrühter Kaffee, wie er nur an einem kalten Morgen duftet. Danke.«

Sie trank einen Schluck und deutete auf das Foto. »Von wann ist das?«

Leon nahm es herunter und drehte es um. »Neunzehnhundertneunundvierzig. Ein alter Brauch, der sich bis heute gehalten hat. Jedes Jahr am vierten Dezember holen wir die heilige Barbara aus der Kirche und tragen sie durchs Dorf. Sie ist die Schutzpatronin der Bergleute. Und der Gefangenen. Und der Schlesier.«

»Der Schlesier?«

Nico ging zum Tisch und setzte sich. Leon folgte ihr.

»Der Geologen, der Architekten, der Glöckner, der Sterbenden ... Sie hat eine Menge zu tun, die Gute. Hier im Harz ist sie allerdings definitiv für die Bergleute im Einsatz.«

»Aber es gibt doch so gut wie keinen Bergbau mehr hier.«

»Stimmt.« Leon schob ihr einen Teller hinüber und machte eine Geste, die sowohl Fang-endlich-an-bevor-es-kalt-wird wie auch Guten-Appetit heißen konnte. »Aber jahrhundertelang hat er unser Leben bestimmt und geprägt. Morgen kannst du dich selbst davon überzeugen. Falls das Wetter der Prozession keinen Strich durch die Rechnung macht. Es soll ein Sturmtief im Anmarsch sein.«

Nico nahm den ersten Bissen und musste sich beherrschen, Eier und Speck nicht gleich mit den Händen in den Mund zu stopfen. Sie war so ausgehungert, dass sie kaum darauf achtete, was Leon erzählte.

»Siebenlehen ist durch Silber reich geworden. Aber das ging schon vor über hundert Jahren langsam zu Ende. Dann, in den 30er-Jahren, kam das Uran. Das war rentabler. Die Nazis brauchten es und die DDR brauchte es erst recht. Aber im Gegensatz zum Erzgebirge gab es im Harz keine nen-

nenswerten Vorkommen. Sie haben gesucht und den halben Berg durchlöchert, aber nichts gefunden. – Schmeckt's?«

Nicos Teller war fast leer, während Leon noch gar nicht angefangen hatte.

»Äh, ja.« Sie brach ein Stück Baguettebrot ab. »Das heißt, es gibt viele alte Stollen hier?«

»Der Berg ist wie Schweizer Käse. Manche sagen, es gab zu DDR-Zeiten sogar Geheimgänge in den Westen. Ich weiß es nicht. Unsere Familie ist ja kurz vor dem Mauerbau ausgewandert.«

»Wie kam das?«

»Durch meinen Großvater. Eigentlich hätte er den Schwarzen Hirschen übernehmen sollen. Aber er war jung und wollte was sehen von der Welt. Wir Geologen sind eben neugierig. Wir wollen immer zum Kern vordringen. Zum Wesentlichen.«

Er brach ein Stück Brot ab, dabei sah er sie an. Nico spürte zu ihrem Entsetzen, dass sie rot wurde.

»Warm hier«, nuschelte sie.

Leon grinste. Er hatte seine widerspenstigen Haare im Nacken zu einem kleinen Pferdeschwanz zusammengebunden. Er trug ein offenes kariertes Holzfällerhemd und ein graues T-Shirt darunter, das sich eng an seine Brust schmiegte. Er musste Sport treiben oder als angehender Geologe hauptsächlich Steine klopfen, denn er sah ziemlich gut trainiert aus. Die Ärmel hatte er halb hochgekrempelt. Ihr fiel auf, dass die Härchen an seinen Unterarmen heller waren, fast blond. Seine Hände waren schmal, aber kräftig. Sie stellte sich vor, wie er mit ihnen eine Axt führen würde, um Holzscheite in wunderschöne kleine kaminofentaugliche Stücke zu schlagen.

»Was?« Sie fuhr hoch.

»Ob du noch was willst.«

Er wies auf ihren leeren Teller. Siedend heiß wurde Nico bewusst, dass die Einzige, die sich hier wie ein Holzfäller benahm, sie selbst war. Zumindest aß sie, als ob es kein Morgen gäbe.

»Nein, danke. Ich will noch mal rüber in den kleinen Laden. Vielleicht bekomme ich dort ja was zu essen.«

Sein Mund verzog sich bedauernd. »Der hat samstags zu.«

Nico konnte ihre Bestürzung schlecht verhehlen. »Dann … Wann fährt denn der Bus nach Altenbrunn? Vielleicht gibt es da einen Supermarkt.«

»Wohl kein Radio gehört heute Morgen, was?« Er schob die Teller zusammen und stand auf. »Wir sind eingeschneit.«

»Bitte?«

»Die Räumfahrzeuge kommen nicht durch. Mehrere alte Bäume sind unter der Schneelast zusammengebrochen und haben die Straße versperrt. Sie brauchen schweres Gerät aus Halberstadt. Aber bis das hier ist …«

Nico stand auf und folgte ihm in die Küche. »Und der Weg, den wir gekommen sind?«

»Heute Nacht sind fünfzig Zentimeter Neuschnee gefallen. Und für den Nachmittag sagen sie mindestens das Doppelte voraus. Das schafft kein Jeep mehr.«

»Das heißt, es kommt keiner mehr rein nach Siebenlehen?«

Leon grinste und öffnete die Vorderluke der Geschirrspülmaschine. »Und keiner mehr raus.«

»Oh.«

Öl. Mehl. Haferflocken. Das konnte ja heiter werden.

»Entnehme ich diesem hingehauchten Klagelaut, dass ein gewisser Versorgungsengpass besteht?«

Sehr witzig. Nico reichte ihm die Teller, die er sorgfältig einsortierte.

»Ich brauche Katzenfutter.«

»Echt? Du stehst auf Kitekat?«

Nico verzog ihr Gesicht zu einer Grimasse. »Nur am Wochenende. Da gönne ich mir mal was.«

»Vielleicht kriegst du was bei Krischeks. Da musst du sowieso hin, wenn du Kohlen brauchst.«

»Katzenfutter beim Kohlenhändler?«

»Du wirst erstaunt sein, was es wo in Siebenlehen gibt.«

»Wohl eher was und wo für wen«, entgegnete Nico. »Brot beim Bäcker gab es für mich jedenfalls nicht. Warum eigentlich?«

Nico wusste, dass Anfänge nicht ihre Stärke waren. Aber so unfreundlich wie hier war sie noch nie irgendwo empfangen worden. Leon, der die Tür der Spülmaschine schließen wollte, hielt mitten in der Bewegung inne.

»Das ist … schwierig.«

»Ist es wegen Kiana?«

»Möglich.«

»Aha. Vielleicht kann mir das mal einer erklären. Offenbar hat Kiana verbrannte Erde hinterlassen, wo immer sie aufgetaucht ist.«

Leon drückte die Tür zu und betrachtete die Knöpfe samt Programmauswahl, als wären sie Hieroglyphen. »Sie war wohl nicht sehr beliebt«, murmelte er und fuhr mit dem Zeigefinger über die verschiedenen Einstellungen. »Mehr weiß ich auch nicht. – Wie funktioniert das denn?« Er drückte einen Knopf.

»Hast du sie gekannt?«

»Nein. Eigentlich nicht. Ich komme nicht mehr oft her. Alle reden zwar davon, wir wären eine Familie. Aber Fakt ist: Ich habe mit Siebenlehen nicht viel am Hut. Ich bin auch ein Fremder. Ich habe nur im Gegensatz zu dir einen Stammbaum, der es ihnen schwer macht, mich zu ignorieren.« Er wich ihrem Blick aus und drehte an einem Schalter.

»War das schon immer so?«

Die Geschirrspülmaschine startete. Leon grinste, als wäre ihm gerade der Durchbruch des St. Gotthard-Tunnels gelungen. »Was?«

»Ob das schon immer so war.«

Er zuckte mit den Schultern, und Nico musste sich eingestehen, dass ihre Fragen vielleicht ein wenig zu persönlich waren. Schließlich kannten sie sich kaum. Auch wenn er sie vor dem Erfrieren und Verhungern gerettet hatte und keines der drei B's noch einmal erwähnt hatte. Gemeinsam gingen sie zurück in die Gaststube und stellten die Stühle wieder hoch.

»Warum ist das Hotel denn geschlossen?«, fragte sie.

»Zu wenig Gäste. Siebenlehen liegt ziemlich ab vom Schuss. Man müsste eine Menge Geld investieren, um das Haus attraktiv zu machen. So ist es einfach ein in die Jahre gekommenes Hotel. Früher war hier echt mal was los. Da mussten sogar wir Kinder ran. In den Sommerferien habe ich oft ausgeholfen.«

Nico nahm das Foto der Prozession vom Tisch und hängte es wieder an seinen Nagel.

»Aber der Hype hat nicht lange angehalten. Die Feriengäste wollten mehr Komfort und Infrastruktur. Viele aus dem Dorf sind dann weggezogen«, fuhr Leon fort. »Oder sie arbeiten in den größeren Städten und kommen nur noch am Wochenende her. An Siebenlehen kann man ziemlich gut ablesen, wie eine Gegend den Aufschwung erlebt – und den Niedergang.«

Irgendwo im Haus schlug eine Tür und aus irgendeinem Grund machte das Leon nervös. Wahrscheinlich war sie ihm schon viel zu lange auf die Nerven gefallen.

Nico nahm ihre Jacke und schlüpfte hinein. »Ich muss los«, sagte sie, ohne zu wissen, warum und wohin.

»Sag Bescheid, wenn du was brauchst.«

Er begleitete sie in den Flur, der mit hässlichen blassgelben Fliesen gekachelt war. Ihr fiel ein, dass Leon ihr neben seinen wertvollen Versorgungstipps vielleicht auch bei einer anderen Sache helfen könnte. »Du hast gesagt, du kennst dich aus.«

Leon nickte. »Na ja, geht so.«

»Ich suche einen Ort, um einen Stein zurückzubringen. Vielleicht in einen alten Stollen.«

»Einen … Stein?«

»Ja. Er schimmert so.«

»Silbererz?«

»Könnte sein.«

Er sah sich vorsichtig um, als ob die Kacheln Ohren hätten. »Lass das lieber bleiben«, sagte er leise.

»Warum?«

»Weil …«

Polternde Schritte kamen eine Treppe hinunter. Nico drehte sich um und sah einen kräftigen Mann, Anfang Fünfzig vielleicht, in ausgebeulten Jogginghosen und einem verpillten Pullover. Er hatte ein rotes Gesicht mit Halbglatze und einen Stiernacken. Die kleinen, dunklen Augen verengten sich noch mehr, als er Nico sah.

»Wer ist das?«

»Dein geliebter Neffe«, antwortete Leon, der sich wie unbeabsichtigt vor Nico stellte. »Falls meine unwürdige Anwesenheit dir entfallen sein sollte.«

Der Mann schnaubte. »Red nicht so geschwollen. Die da meine ich. Beim Bäcker sagen sie …«

Er trat ein paar Schritte näher. Nico wurde unbehaglich. Sie konnte den Mann riechen – er roch nach schalem Bier und Zigaretten. Und dazu nach etwas, das verschwand, wenn man seine Klamotten öfter mal in die Waschmaschine steckte.

Er hob den Arm und schob Leon mit seiner Pranke zur Seite.

»... die Kleine von Kiana wäre wieder da? Bist du das?« Er musterte sie von oben bis unten.

Nico straffte die Schultern. »Kiana war meine Großtante, ja.«

»Raus.«

Leon schaltete sich ein. »Sie ist mein Gast. Also reiß dich bitte am Riemen.«

»Hier gibt es keine Gäste mehr. Der Schwarze Hirsch ist geschlossen.« Der Mann ging zur Tür und hielt sie auf. Ein Schwall eiskalter Luft drang herein. »Aber man sagt, du machst es dir in Schattengrund schon richtig gemütlich.«

Nico versuchte vergeblich, sich so weit von ihm entfernt wie möglich ins Freie zu mogeln.

»Ich hoffe, Sie haben nichts dagegen.«

»Irrtum. Nicht ich. Ganz Siebenlehen.«

Nico wollte gerade zu einer Antwort ansetzen, da geschah etwas Seltsames. Der Mann schaute an ihr vorbei zu etwas, das sich hinter ihrem Rücken abspielen musste. Sein Gesichtsausdruck verlor jede Überheblichkeit. Nico drehte sich um. Die Tür gegenüber des Gastraumes hatte sich geöffnet. Leon war verschwunden. Der Mann achtete nicht mehr auf Nico. Er ließ die Außentür los, die laut ins Schloss fiel, und ging in das Zimmer. Unschlüssig stand Nico da, dann überwog die Neugier.

Sie lugte um die Ecke. Der Raum lag im Halbdunkel, die Gardinen waren zugezogen. Sie erkannte eine Anrichte in Gelsenkirchener Barock, davor eine Couchgarnitur mit einem niedrigen Tisch, auf dem sich Lesezirkel-Zeitschriften stapelten. Leon stand hinter einem Rollstuhl, in dem eine uralte Frau saß. Sie war so alt, dass sie fast durchsichtig wirkte, und Nico fürchtete, dass jeder Blick, der sie traf, sie zu Staub zerfallen lassen könnte. Die wenigen schlohweißen Haare, die sie noch hatte, waren zu einem kleinen Knoten im Nacken zusammengezwirbelt. Sie musste dünn sein wie Papier und knochig wie ein abgenagter Fisch, denn das Wollkleid, das sie trug, schlug tiefe Falten.

Sie hob den kleinen Kopf, schmal wie ein Vogel, und sah Nico mit trüben hellen Augen an. »Kiana?«

Die Stimme war hoch und dünn und so heiser, dass Nico sich am liebsten stellvertretend geräuspert hätte. Leon machte eine schnelle Handbewegung. Damit wollte er wohl sagen, dass sie verschwinden sollte. Nico machte einen unsicheren Schritt zurück.

»Nein, ich ...«

»Das ist nicht Kiana«, sagte Leon leise.

Die alte Frau schaute Nico noch genauer an. Sie schien gar nicht darauf zu achten, was Leon gesagt hatte. Sie hob die Hand und winkte den Überraschungsgast näher heran. Nico blieb wie angewurzelt stehen.

»Kiana?«, wiederholte die geisterhafte Gestalt. Ihre Stimme klang jetzt kräftiger, als ob sie noch einmal alle Reserven aktiviert hätte. »Hör dir an, was ich dir zu sagen habe. Du bist verflucht bis ans Ende deiner Tage. Du sollst in der Hölle schmoren, du und deine Brut. Dich soll der Teufel holen, du sollst ertrinken in einem See aus Tränen und Blut!«

Nico drehte sich um, stolperte in den Flur und rannte hinaus auf die Straße.

»Tränen und Blut!«, schrie die Frau hinterher. »Tränen und …«

Jemand brüllte: »Herrgott! Sei still! Kiana ist tot, hörst du? Tot!«

»Nico!«

Sie presste die Hände auf die Ohren und lief los. Aber der Schnee ließ sie bei jedem Schritt einsinken. Auf der Mitte der Kreuzung blieb sie, nach Atem ringend, stehen.

»Nico!«

Sie stapfte weiter. Aber Leon war entweder schneller oder er kam im Schnee besser voran. Er holte sie ein und hielt sie am Arm fest.

»Nico …«

»Lass mich los!«, fauchte sie.

Er hob die Hand, als hätte er sich an ihr verbrannt. »Es tut mir leid. Das war Zachs Großmutter, meine Uroma. Sie ist nicht mehr ganz –«

»Zach? Wer zum Teufel ist das? Dieser Rüpel, der mir unmissverständlich klargemacht hat, dass ich hier nicht willkommen bin? Wahrscheinlich war er das, der mich gestern zu Tode erschreckt hat!«

»Wie meinst du das?«

»Ach nichts«, erwiderte sie. »Jemand ist nachts ums Haus geschlichen.«

»Zach? Hast du ihn erkannt?«

»Nein! Ich … Was ist hier eigentlich los?«

Leon sah sich um. Eine Kundin, schwer beladen mit Brottüten – Nico wollte nicht daran denken, was alle außer ihr nach Hause schleppen durften –, kam aus der Bäckerei und warf ihnen einen irritierten Blick zu. Nico war das egal.

»Wahrscheinlich sind alle ein bisschen durcheinander«, sagte er in einem vergeblichen Versuch, sie zu beschwichtigen.

»Ein bisschen ist gut! Diese Frau da drinnen ist ja wohl auch nicht mehr ganz dicht, oder? Man muss mir nicht den roten Teppich ausrollen, das bin ich eh nicht gewöhnt. Aber Tränen und Blut, schönen Dank. Und, was war das noch mal? Der Teufel soll mich holen, damit ich in der Hölle schmore?«

»Sie meinte nicht dich.«

Die Kundin aus der Bäckerei war wie angewurzelt stehen geblieben. Eine zweite kam heraus. Sie trug mehrere Tortenkartons. Die mit dem Brot zischelte der mit den Torten etwas zu. Beide glotzten hinüber, als wäre das hier ganz großes Kino.

»Ach ja? Tut mir leid. Aber ich bin nun mal Kianas Brut. Nicht in direkter Linie, aber um drei Ecken. Das enttäuscht jetzt hoffentlich niemanden, aber beim Verwünschen wird man wohl auf solche Kleinigkeiten nicht achten!«

»Komm.«

Er wollte wieder nach ihr greifen, aber sie riss sich wütend los.

»Komm mit«, sagte er leise. »Nicht hier. Und nicht vor allen Leuten. Du hast ihnen für heute schon genug Unterhaltung geboten.«

Nico war kurz davor, zu platzen. Aber er hatte recht. Sie nickte der Tortenfrau mit einem so falschen Lächeln zu, dass die ihren Karton schnellstens in Sicherheit brachte.

»Komm mit. Ich zeige dir die Kohlenhandlung.«

Sie liefen die Hauptstraße Richtung Altenbrunn hinunter. Immer noch fuhren keine Autos. Dafür spielten einige dick vermummte kugelige Kinder in den Vorgärten, bauten Schneemänner oder zogen mit einem Schlitten zum Hang hinauf, der nicht weit von Schattengrund liegen musste.

Als die Kreuzung weit genug entfernt war, fragte Nico: »Was ist los?«

»Ich weiß es nicht.«

»Hallo? Du bist der Einzige, der normal mit mir redet. Alle anderen schlagen mir die Tür vor der Nase zu, setzen mich an die Luft oder verfluchen mich bis ans Ende meiner Tage.«

»Ich bin nicht von hier.«

»Ah ja. Verstehe, Fremder. Aber warum darfst du dir in geheizten Häusern warme Mahlzeiten zubereiten, während man mich verhungern lässt?«

Ein flüchtiges Lächeln huschte über sein Gesicht. »Ich gehöre irgendwie zum Schwarzen Hirschen. Das heißt, ich bin für die Leute nicht so angsteinflößend wie du.«

»Ich? Angsteinflößend?«

Nico hätte am liebsten laut gelacht, wenn die ganze Geschichte nicht so einen bösen Beigeschmack gehabt hätte. Auch wenn sie nicht ans Fluchen glaubte – ans Segnen tat sie das in gewisser Weise schon. Und waren beide Handlungen nicht zwei Seiten einer Medaille?

»Warum haben sie Angst vor mir? Ich tue doch niemandem etwas. Ich will nur in Frieden Kianas letzten Willen erfüllen.«

»Was ist das für ein Wille?«

Sie schwieg. Sie kannte Leon nicht. Aber er wusste schon eine ganze Menge von ihr, zum Beispiel, dass sie Katzenfutter brauchte, soeben verflucht worden war und nachts verschneite Wanderwege als Abkürzung nahm. Nico glaubte, dass es damit vielleicht genug wäre. Ihm jetzt noch mit Kianas Rätseln zu kommen, würde sie in seinen Augen bestimmt endgültig zum Freak mutieren lassen.

»Sag mir lieber, warum Kiana hier für alle ein rotes Tuch ist.«

Leon steckte die Hände in die Hosentaschen. Er hatte in aller Hektik seine Jacke gegriffen, als er ihr nachgestürzt war, aber an Handschuhe hatte er nicht gedacht. Es war bitterkalt, der Atem schwebte wie flüchtiger weißer Rauch in der Luft. Die Sonne war nur noch eine milchige Scheibe an einem dunstigen Himmel. Das Wetter änderte sich.

»Sie hat sich wohl sehr abgesondert von den anderen.«

»Aber das ist doch kein Verbrechen. Vor allem nicht, wenn man so behandelt wird!«

»Du hast recht. Aber da war noch mehr.«

»Was?«

»Ich weiß es nicht. Über solche Dinge reden sie hier nicht. Und ich hatte bisher auch keine Veranlassung, danach zu fragen. Du hast einfach ein paar Leute durcheinandergebracht, mehr nicht. – Da vorne kriegst du alles, was du brauchst.«

Er wies auf ein großes, glatt verputztes Haus mit einem angrenzenden Schuppen, der wohl ursprünglich als Doppelgarage gedacht war. Die Tore standen offen, und im Inneren stapelten sich Gasflaschen, Autoreifen, Brennholz, Benzinkanister und in die Jahre gekommene Maschinen und Generatoren.

»Danke.« Nico lief darauf zu, Leon folgte ihr. Vor dem Eingang blieb sie stehen. »Das schaffe ich jetzt auch ohne deine Hilfe.«

Wieder steckte er seine Hände in die Hosentaschen. Ein bisschen sah er aus wie ein großer Junge, der gerade einen Fußball durch ein Nachbarsfenster geschossen hatte.

»Ich glaube nicht«, sagte er.

Ihr Handy klingelte. Ohne zu überlegen, nahm sie den Anruf an.

»Nico?« Ein Aufstöhnen der Erleichterung drang an ihr Ohr und genau dieses Geräusch kannte sie nur zu gut. Vor Schreck hätte sie das Handy beinahe in den Schnee fallen gelassen.

»Äh … Mama?«

Wie dämlich war sie eigentlich? Fehler Fehler Fehler. Ihr Begleiter ging durch das offene Garagentor und tat, als ob er diskret weghören würde.

»Wo steckst du?« Stefanie schien außer sich. Nach der Erleichterung kam blitzschnell der Ärger. Nico kannte das, hatte es aber glücklicherweise nicht oft erleben müssen. »Seit gestern Abend versuche ich, dich zu erreichen! Du musst nach Hause kommen. Deinem Vater geht es schlecht.«

»Was? Was hat er?«

»Die Ärzte haben ihn zur Beobachtung ins Krankenhaus einliefern lassen. Es bestand Verdacht auf Herzrythmusstörungen. All die Sorgen und der Ärger in letzter Zeit ... Es geht ihm gut, wirklich. Ein Fehlalarm, ein Warnschuss. Aber es wäre schön, wenn du ihn besuchen würdest. Das würde ihn etwas aufmuntern.«

Es klang, als ob Stefanie nur mit Mühe die Tränen zurückhalten könnte. Das schlechte Gewissen blähte sich in Nico auf wie ein Luftballon. Sie fühlte sich schlagartig schuldig. Wie in Trance folgte sie Leon in die Garage, wich einer alten Öllache aus und trat auf Glassplitter.

»Ich komme. So schnell ich kann.«

»Ich gönne dir ja dein Wochenende mit deiner Freundin. Aber sie wird bestimmt Verständnis haben.«

»Ich muss dir was sagen ...«

Der Empfang verschlechterte sich. Nico lief wieder hinaus auf den Bürgersteig.

»Mama?«

»... kannst du kommen? ... bin heute Nachmittag ...«

»Mama! Hörst du mich?« Nico warf einen verzweifelten Blick auf das Display. Ein Balken. »Ich ruf dich an, okay? Ich ruf dich an!«

Aus, die Verbindung war beendet. Ratlos steckte Nico ihr Handy weg. Sie saß in der Patsche. Aber so was von.

NEUN

Der Mann war groß, hatte breite Schultern, struppige Haare und Hände wie Baggerschaufeln. Er war vielleicht Mitte, Ende zwanzig und versuchte ein treuherziges Lächeln, aber irgendwie erinnerte er Nico dabei an Haggard, die Küchenschabe aus *Men in black*. Er trug einen blauen Overall über dem dicken Strickpullover und gefütterte Gummistiefel. Das Merkwürdigste an ihm war sein Montagegürtel. An ihm hingen Zangen, Ketten, Bolzenschneider, ein Bund Fahrradspeichen, ein Hammer, Gurte und sogar mehrere Schlösser. Eine Werkstatt um die Hüfte sozusagen. Entweder wollte er alles sofort griffbereit haben, oder er fürchtete sich davor, in Situationen zu geraten, in denen der Einsatz eines Notfallhammers unumgänglich notwendig war. Nicos Blick wurde von einem uralten, halb verrosteten Vorhängeschloss in Herzform angezogen, in dem sogar noch der Schlüssel steckte.

Als der Mann näher kam, machte er Geräusche wie ein wandelnder Werkzeugkasten. Er wischte sich die Hände an einem verschmierten Lappen ab und begrüßte Leon mit einem Grunzen, das mit viel Liebe als »Tach auch« durchgehen könnte.

»Also«, sagte Leon. »Das ist Nico. Nico, das ist Maik.«

»Mmmh.«

Maik war ein Riese, der sogar Leon um mindestens einen Kopf überragte. Sein Blick irrlichterte durch den Raum und vermied direkten Kontakt zu den beiden Anwesenden.

»Nico braucht Holz zum Anfeuern und Kohlen für Schattengrund. Kannst du was liefern?«

»Weiß nich. Liefern nach Schattengrund? Weiß ich nich.«

Nico unterdrückte einen ärgerlichen Seufzer. Maik ging, begleitet vom melodischen Klingen zweier Mehrkantschlüssel, die an seiner Rechten baumelten, zu einem Haufen ausrangierter Kanister und begann, die Verschlüsse zu prüfen. Hinter seinem Rücken zog Leon die Schultern hoch und machte eine entschuldigende Geste.

»Weiß nicht ist keine Antwort. Wir brauchen zwei Sack Holz und einen halben Zentner Briketts.«

»Könnt euch nehmen. Da hinten. Liefern is nich.«

Benzinkanisterverschlüsse schienen eine hochwichtige Angelegenheit zu sein. Maik wendete seinen Kunden einfach den Rücken zu und drehte sie auf, drehte sie zu, äugte in die Kanister hinein und schien hochkonzentriert zu arbeiten.

Leon holte aus einer dunklen Ecke einen Schubwagen und warf Holz auf die Ladefläche. Die Briketts lagen, in Gebinden gestapelt, weiter hinten an der Wand.

»Lass mal«, sagte Nico. »Vielen Dank. Ich muss nach Hause.«

»Ohne Heizung? Da hältst du es aber nicht lange aus.«

Die Räder der Karre quietschten erbärmlich, als er sie zu

den Briketts schob. Nico folgte ihm und warf noch einen Blick über die Schulter zurück auf Maik, der gerade einen leeren Kanister schüttelte, als ob er den letzten Tropfen aus ihm herausholen wollte.

»Ich meine richtig nach Hause«, sagte sie leise. »Mein Vater ist krank.«

»Das tut mir leid. Wirklich.« Er nahm ein Gebinde und wuchtete es zu dem Holz. »Aber du musst bleiben. Wir sind eingeschneit.«

»Dann laufe ich eben.«

»Das wirst du nicht tun. Du kennst die Gegend nicht. Und selbst wenn du Altenbrunn erreichst, kommst du nicht weiter. Die sind auch von der Außenwelt abgeschnitten.«

Wie sich das anhörte. Als ob eine Lawine im Hochgebirge losgegangen wäre.

»Dann ... Dann nehme ich eben einen Hubschrauber.«

»Nico, du musst lernen, dass man als Mensch nicht allmächtig ist. Glaubst du nicht, dass die wenigen Hubschrauber, die es hier gibt, Besseres und Wichtigeres zu tun haben? Du wirst dich gedulden müssen. Jeder wird Verständnis dafür haben. Auch dein Vater.«

Wenn er wüsste, dass ich hier bin, dachte Nico. Das Schlimme am Lügen ist, dass man so verdammt wenig Vorteile dadurch hat und die meiste Zeit damit beschäftigt ist zu verhindern, dass man auffliegt. Sie nickte widerwillig.

»Du musst das Haus winterfest machen. Ich glaube nicht, dass es das bisher gewesen ist. Heute Nacht sollen die Temperaturen auf bis zu minus zwanzig Grad fallen. Es kommt noch mehr Schnee. Sechzig bis neunzig Zentimeter. Alle Räumfahrzeuge sind jetzt schon im Einsatz. Was du kennengelernt hast, war nur ein Vorgeschmack. Wenn du Pech hast, steckst du zwei Wochen hier fest.«

»Aber ich muss weg!«

Nicos Gedanken überschlugen sich. Wenn sie jetzt aufbrach, könnte sie am Abend zurück sein und niemand würde etwas merken. Siebenlehen wäre nichts weiter als ein verrückter Ausflug gewesen. Ein missglückter Versuch. Idiotisch und kindisch, genau wie Kiana und ihre drei unmöglichen Rätsel. Die Verlockung, ihr gesamtes Vorhaben einfach ungeschehen zu machen, war riesig. Sie musste einfach nur so schnell wie möglich wieder ihren Platz einnehmen. Dort, wo sie hingehörte. Denn dass das nicht Siebenlehen war, machte man ihr ja ununterbrochen klar.

»Ich schaffe das schon. Vielleicht gibt es Leute, die Schneeketten haben. Oder ich schnalle mir ein paar Langlaufskier an. Wir sind hier doch nicht auf einer Insel!«

»Das lässt du bleiben.«

»Hallo? Muss ich das diskutieren?«

Maik unterbrach sein Tun und äugte zu ihnen herüber. Leon senkte die Stimme. »Du brauchst Holz und Kohlen. Wasser, Konserven, Brot, Fett, Mehl. Kerzen, falls der Strom ausfällt. Jede Menge Streichhölzer. Dicke Decken. Hast du jemals einen Notvorrat angelegt? Weißt du, wie das geht?«

Nico schüttelte den Kopf. Notvorrat – sie waren doch nicht im Krieg.

»Ich werde mir Kianas Haus ansehen und dir die Sachen bringen, die du brauchst.«

Er knallte ein Bündel Briketts auf den Wagen. Vermutlich war die Diskussion damit für ihn beendet.

»Ich muss telefonieren«, sagte Nico. »Gibt es hier so etwas wie eine … Telefonzelle?«

Leon grinste. »Es gab mal eine Post.«

»Und?«, fragte Nico ungeduldig. »Wo ist sie hin?«

»Sie wurde geschlossen. Aber du kannst jederzeit zu uns kommen.«

Nico stieß ein prustendes Geräusch aus, in das sie alle Verachtung dieser Welt legen wollte. Leider klang es eher danach, als ob sie sich verschluckt hätte. Leon nahm das nächste Bündel.

»Du kannst ja schon mal vorgehen und alles checken. Ich komme nach. Der Handyempfang ist übrigens mitten auf der Kreuzung am besten.«

Die Vorstellung, dass ein halbes Dorf sich auf der Straße zum Telefonieren traf, hatte was. Aber wahrscheinlich saßen alle schön zu Hause im Warmen und skypten oder nutzen ihre Festnetz-Flatrate.

Sie schlängelte sich vorbei an alten Schubkarren und einer Mörtelmischmaschine, aus der man wohl vergessen hatte, den Rest Zement zu entfernen, denn er hing, bizarr wie gefrorener Kuchenteig, noch immer am Rührer. Kurz bevor sie den Ausgang erreichte, hörte sie ein leises Zischen. Maik winkte ihr mit einem Kunstoffkanister zu. Zögernd trat Nico näher.

»Du willst hier raus?«, fragte er und vergewisserte sich mit einem schnellen Seitenblick, dass Leon weit genug entfernt war.

Nico wusste nicht, ob er die Garage oder das gesamte Hochtal meinte. In beiden Fällen war die Antwort Ja. Sie nickte.

»Es gibt das silberne Grab. So heißt ein Stollen. Er führt durch den Berg auf die andere Seite, runter nach Thale und Halberstadt.«

»Was ist das silberne Grab?«

Maik beugte sich zu ihr herunter. »Man findet es einmal und dann nimmermehr. Die Tür verschwindet und es gibt kein Zurück. Aber alle zwölf Jahre geht sie einmal auf und die verschwundenen Kindlein dürfen raus und gucken.«

»Ah ja.« Langsam sollte sie sich mal Gedanken darüber machen, was mit diesen Leuten los war. Die einzig Normalen waren offenbar die, die die Flucht ergriffen hatten.

Maik schien darauf zu warten, dass so etwas wie Erleuchtung in ihrem Kopf dämmerte. Als das nicht geschah, kniff er misstrauisch die Augen zusammen. »Du kennst den Weg.«

»Tut mir leid. Ich bin nicht von hier.«

»Du warst schon mal oben. Wegen dir haben die Steine geweint und die Vöglein fielen tot vom Himmel.«

»Wegen mir?«

»Maik?« Leons Stimme, ärgerlich und laut aus den dunklen Tiefen der zugemüllten Garage, unterbrach die Aufzählung von Nicos weiteren Schandtaten, von denen sie nichts wusste, über die sie aber gerne etwas mehr erfahren hätte. »Kannst du mir mal helfen?«

»Ja-ha!« Maik schaute sie noch einmal an, als ob er erwarten würde, dass sie gleich tote Vöglein aus den Taschen ihrer Jacke holen und ihm zur Bestätigung unter die Nase halten würde. Es tat ihr leid, ihn zu enttäuschen. Er war harmlos. Allerdings hätten seine Erziehungsberechtigten vielleicht mehr darauf achten sollen, was er so las. Oder trank. Oder rauchte.

Er rieb sich mit der Pranke übers Kinn, als ob er eine schwerwiegende Entscheidung zu fällen hätte. »Ich kann's dir zeigen«, flüsterte er. »Ich kenn den Weg auch.«

»Danke. Ich werde auf dich zurückkommen.«

»Ich war mal drin. Ich war eins von den Kindlein.«

Eine unendliche Trauer schien sich über seine groben Züge zu legen. Nicos Lächeln, mit dem sie eben noch milde und gütig Maiks blühende Fantasie ermuntert hatte, erstarb. Er sagte die Wahrheit. Wahrscheinlich balancierte sein armer Geist wie ein Seiltänzer zwischen Fiktion und Wirklichkeit und konnte beides nicht mehr unterscheiden. Doch seine Seele wusste Bescheid. Sie war gerade irgendwo oben im Berg, gefangen in einem silbernen Grab.

»Wann …« Sie räusperte sich. »Wann ist das passiert?«

»Vor zwölf Jahren.«

»Und du warst die ganze Zeit oben?«

Maik nickte. »Die ganze Zeit.«

Leon tauchte, begleitet vom Quietschen des Rollwagens, hinter einem Turm von Autoreifen auf. »Sag mal, neulich hab ich doch Katzenfutter bei euch gesehen.«

Maik kratzte sich hinter dem Ohr. »Katzenfutter? Du meinst die Kiste mit den Rheinischen Rouladen. Die steht da hinten. Kriegst du drei für einen Euro.«

Leon grinste Nico triumphierend an. »Da wird sich deine Süße aber freuen.«

»Ja«, murmelte sie. »Das wird sie.«

ZEHN

Auf dem Rückweg überlegte Nico, welches Schauspiel sie Siebenlehen bieten würde, wenn sie mitten auf der – zugegebenermaßen mittagsruhleeren – Hauptstraßenkreuzung lautstark mit ihrer Mutter telefonieren würde. Um ein Geständnis kam sie nicht herum. Aber sie würde es lieber nicht in der Öffentlichkeit vor allen gespitzten Ohren ablegen.

Als sie die Tür von Schattengrund hinter sich schloss, atmete sie auf. Im Vergleich zu der Kälte draußen war es drinnen mollig warm, und sie freute sich wie ein Kind, als sie noch einige Glutreste im Kachelofen fand und die letzten Briketts daraufwarf. Wenig später prasselte das Feuer wieder, und als ihr auf dem Weg hoch in ihr Zimmer Minx entgegenkam, war das Glück perfekt.

»Wo warst du denn?«

Die Katze strich um ihre Beine und schnurrte wie ein Kontrabass. Kaum zu glauben, welchen Lärm pures Wohlbehagen machen konnte.

Nico schüttelte ihr Bett auf und warf einen kurzen Blick in Kianas Zimmer. Wie schade, dass sie sich nie mehr gesehen hatten. Sie hatte so viele Fragen und niemanden, der sie ihr beantworten konnte. Wegen mir haben die Steine geweint … Nico schüttelte sich. Und Vögel fielen tot vom

Himmel. Am erstaunlichsten aber war für sie Maiks plötzliche Wandlung vom Märchenerzähler zum Rouladenverkäufer gewesen.

Minx sprang auf das Bett und miaute kläglich. Der Gedanke, dass ihr Frauchen tot war und nie wiederkam, machte Nico traurig.

»Du vermisst sie, nicht wahr?«

Die Katze rollte sich zusammen und begann, die mageren Beinchen abzulecken.

»Heute Nachmittag gibt es Rouladen. Und egal was passiert – du bleibst bei mir.«

Sie setzte sich zu der Katze und kraulte ihr den Nacken. »Ich lass dich nicht alleine. Soll ich dir was sagen? Dieses Haus ist mir egal. Du bist das Netteste, das mir in ganz Siebenlehen begegnet ist.«

Bis auf Leon, wollte sie eigentlich noch dazusetzen, ließ es aber bleiben. Leon hatte vielleicht ab und zu Anwandlungen von Beschützerinstinkt – meistens dann, wenn es sich gar nicht vermeiden ließ oder er sich als der allwissende Retter aufspielen konnte. Aber nett konnte man ihn beim besten Willen nicht nennen. Im Gegenteil. Er brachte sie in schöner Regelmäßigkeit zur Weißglut.

Minx stand auf und streckte sich dermaßen, dass sie am ganzen Körper zu zittern begann. Dann sprang sie vom Bett und schaute Nico auffordernd an.

»Was ist? Willst du ein paar Haferflocken?«

Die Katze lief in den Flur und blieb abwartend stehen.

»Ach nö. Warte doch. Nachher kommt Leon und bringt

uns Kohlen und eine Kiste Konservendosen. Das hältst du doch aus, oder?«

Statt einer Antwort kam ein ungeduldiges Miauen. Mit einem Seufzer stand Nico auf. Die Katze sprang weg, aber nicht die Treppe hinunter, sondern in die Ecke hinter dem Geländer, die Nico bisher noch gar nicht richtig gesehen hatte – und war verschwunden.

»Minx?«

Leises Getrappel über ihrem Kopf. Wahrscheinlich begaben sich die Mäuse des Hauses in erhöhte Alarmbereitschaft. Sie schaltete die Flurlampe ein und zwängte sich in den schmalen Gang hinter der Treppe, der nirgendwohin führte und offenbar leerer Raum war. Halt. Sie blieb stehen. An der Wand, vom Schatten eines Stützbalkens vor den Blicken verborgen, befand sich eine steile und sehr schmale hölzerne Stiege. Und die führte auf den Dachboden. Auf der letzten Sprosse vor der Luke saß die Katze und schenkte Nico einen rätselhaften Blick aus ihren bernsteinfarbenen Augen.

»Was willst du denn da oben? Jagen?«

Vorsichtig kletterte Nico die Stufen hoch, bis sie die schmale Luke erreichte. Eine Art Falltür war in sie eingelassen, die man nur nach oben öffnen konnte. Sie war zu Nicos Erstaunen nicht verriegelt. Nico legte die Handflächen dagegen, drückte – und konnte die Tür ohne Probleme einen Spalt anheben.

Durch die fast blinden Scheiben der Gauben fiel mattes Licht in einen schmalen, spitzgiebeligen Raum. Mehrere Umzugskartons standen an der Stirnseite. Dazu erblickte

Nico ein Sammelsurium aus einem alten Sprungfederrahmen, zerbrochenen Stühlen, einer schiefen Kommode, der die linken Füße fehlten, einem Christbaumständer, staubgrauen Gardinenballen und mehreren zerschlissenen dunkelroten Samtkissen.

Nico stieß die Tür nach hinten, wo sie hochkant stehenblieb, und kletterte auf den Dachboden. Minx rannte mit einem Affenzahn durch den ganzen Raum und hatte wohl schon Witterung aufgenommen. Das aufrechte Stehen war schwierig und eigentlich nur in der Mitte unter dem Giebel möglich. Nico zog den Kopf ein und wanderte von einem Fundstück zum nächsten. Der Federrahmen sagte ihr nichts. Die Gardinen auch nicht. Aber die Kissen ... gehörten die nicht mal zu einem Sofa, das unten im Wohnzimmer neben dem Kamin gestanden hatte? Sie ging in die Knie und klopfte auf eines. Eine gewaltige Staubwolke puffte ins Gegenlicht. Hustend sprang sie auf, stieß sich den Kopf an einem Dachbalken und versuchte, das Fenster zu öffnen. Staub und kleine Steinkörnchen rieselten dabei herunter. Endlich hatte sie es geschafft und lehnte sich weit hinaus, um Luft zu holen.

Die eisige Kälte traf sie wie ein Schlag. Die bleiche Sonne war hinter dichten Wolken verschwunden, die sich gerade über den Berg wälzten und Schnee mit sich führten. Schnee, Schnee und noch mal Schnee. Sie spürte, wie ihre Ohren anfingen abzufrieren. Bevor sie zurück unter die Gaube treten konnte, vibrierte ihr Handy.

Eine SMS. Sieh an. Offenbar hatte sie hier oben Empfang.

Die Freude verpuffte, als sie sah, von wem die Nachricht kam: von ihrer Mutter.

– *Melde dich!*

Sie wog das Handy in der Hand, als ob das Gewicht ihr Auskunft darüber geben könnte, was zu tun wäre. Anrufen? Lieber nicht. Schließlich schrieb sie:

– *Ich habe Mist gebaut.*

Die Antwort ließ keine zehn Sekunden auf sich warten.

– *Was ist los? Wo bist du?*

– *In Siebenlehen.*

Das »Schweigen« dauerte eine Ewigkeit. Nach endlosen dreißig Sekunden, in denen Nico überlegte, ob sie sich lieber gleich aus dem Fenster stürzen sollte, summte die Antwort über den Äther. Nico wagte kaum, sie zu lesen.

– *Komm SOFORT zurück.*

– *Das geht nicht. Wir sind eingeschneit.*

– *Bist du wahnsinnig? Du bist doch nicht etwa in Kianas Haus?*

– *Doch. Alles ist okay. Mach dir keine Sorgen. Nur der Empfang ist schlecht, und ich muss aufs Dach steigen, wenn ich eine SMS schicken will.*

– *NICO!!!!*

Nicos Finger waren schon ganz taub. Sie konnte kaum noch tippen. Trotzdem wollte sie ihrer Mutter noch eine Nachricht schicken.

– *Mamutsch, alle sind TOTAL nett hier. Ich habe Minx vorm Verhungern gerettet und auch schon Feuer gemacht.*

Ich will das Haus gar nicht. Aber ich wollte es wenigstens mal sehen, bevor ich es nicht wollte.

Nico brach ab. Die nächste Nachricht ihrer Mutter kam ihr in die Quere.

– *Der Taxistand in Altenbrunn hat Schneeketten. Nico, bei allem, was dir und mir heilig ist: Ich schwöre, wir werden die Sache vergessen, wenn du sofort zurückkommst.*

– *Ich kann nicht! Die Straßen sind gesperrt und für heute Nachmittag wurde noch mal Neuschnee angesagt. Ich komme zurück, sobald ich kann. Versprochen! Und jetzt muss ich erst mal wieder ins Warme. Ich melde mich. Alles ist gut. Grüß Papa von mir.*

Sie trat vom Fenster zurück. Der letzte Antennenbalken auf ihrem Handy verschwand. Dafür bemerkte Nico etwas anderes: Der Akku war fast leer. Offenbar hatte das Handy auf der Suche nach einer Zelle, in die es sich einloggen konnte, viel zu viel Energie verbraucht. Und obwohl es so kalt war, dass ihr der Atem gefror, wurde Nico siedend heiß bewusst: Sie hatte ihr Aufladekabel nicht dabei. Fluchend schloss sie das Fenster und schaltete das Gerät ab. Sie musste mit dem Rest Akkulaufzeit haushalten.

Minx merkte, dass die Aufmerksamkeit des Frauchens nicht mehr auf den kleinen schwarzen Kasten gerichtet war. Sie stieß ein aufforderndes Miauen aus, dem unschwer zu entnehmen war, was es zu bedeuten hatte: Ich habe Hunger.

»Du hast recht. Lass uns wieder runtergehen. – Warte mal.«

Die Kartons unter der Dachschräge passten nicht zu dem alten Gerümpel. Sie waren nagelneu. Nico fragte sich, wer nach Kianas Tod noch in diesem Haus gewesen sein mochte. Die Zimmer waren aufgeräumt, alles war, obwohl ein wenig altmodisch und ramponiert, sauber und ordentlich.

Sie bückte sich, um sich nicht schon wieder den Kopf anzustoßen, und öffnete den ersten Karton.

Alte Bücher. Nico nahm eines nach dem anderen heraus und betrachtete es. Märchen der Gebrüder Grimm. Sagen und Legenden aus dem Harz. Bildbände von Quedlinburg und Goslar. Und schließlich ein in altes, abgegriffenes Leder gebundenes dickes Notizbuch. Nico schlug es auf und ihr Herz machte einen Sprung.

»Geschichten zum Schlafengehen«, stand dort, mit schwarzer Tinte in Kianas schöner steiler Handschrift geschrieben.

»Oh nein«, flüsterte Nico und begann, darin herumzublättern. Minx näherte sich in einer Mischung aus Vorsicht und Ungeduld, aber Nico streichelte nur zerstreut über den Rücken der Katze. Es waren viele Geschichten und manche von ihnen waren mit Bildern verziert. Bilder, die sie selbst gemalt hatte, als sie in Schattengrund zu Besuch gewesen war.

Nico sitzt am Küchentisch. Vor ihr der Kasten mit den Buntstiften und dieses Buch. Neu ist es und erst zu einem Drittel vollgeschrieben. Zu jeder Geschichte darf Nico hinterher ein Bild malen. An diesem Tag aber hat sie den

Spieß umgedreht: erst das Bild und dann die Geschichte dazu. Kiana hat sich darauf eingelassen. Sie steht am Herd und trägt eine bunte Schürze und witzige riesengroße Handschuhe, die sie immer anhat, wenn sie einen Topf vom Herd zieht oder den Ofen öffnet. Die Küche duftet nach Apfelkuchen und Zimt. Nico sieht verträumt aus dem Fenster. Dicke Schneeflocken fallen herab. Kiana zieht das Backblech aus dem Ofen und stellt es auf dem gusseisernen Herd ab. Sie zieht die Handschuhe aus und kommt zu Nico, beugt sich über das Bild und lächelt. Es zeigt die Berge, tief verschneit, und zwei Mädchen, die Hand in Hand auf eine Tür zugehen, die in die Felswand eingelassen ist. Das Lächeln verschwindet schlagartig. Nico bekommt ein schlechtes Gewissen. Hat sie etwas falsch gemacht?

Wie schön, sagt Kiana gepresst. Und wie willst du die Geschichte nennen?

Das silberne Grab, flüstert das Kind. Es hat das Gefühl, etwas schrecklich Verbotenes zu sagen.

Aber schon wendet Kiana sich ab und beugt sich zur Ofenklappe hinunter. Sie summt dabei ein Lied. Es ist das gleiche, das sie immer summt, wenn Nico Angst vor der Dunkelheit hat.

Das silberne Grab. Nico blätterte neugierig die Seiten um und fand nicht, was sie suchte. Am liebsten hätte sie gleich auf dem Dachboden mit dem Lesen angefangen. Dass es diesen Schatz noch gab! Kiana – das erinnerte sie jetzt – hatte eine blühende Fantasie besessen und ihr jeden Abend Geschichten erzählt, die ihr zuzufliegen schienen wie kleine, zahme Spatzen. Das silberne Grab … Schon in der Garage hatte sie das Gefühl gehabt, nicht zum ersten Mal davon zu hören. Vermutlich war es eine dieser gruseligen regionalen Legenden oder ein Märchen, das es damals nicht in die Sammlung der Gebrüder Grimm geschafft hatte. Oder Kiana hatte es sich tatsächlich selbst ausgedacht. Nein, dachte sie plötzlich, das hat sie nicht. Sie hat sogar den richtig bösen Märchen ihren Schrecken genommen und sie so verändert, dass Nico keine Angst haben musste. Böse Stiefmütter ließ sie nicht in glühenden Schuhen tanzen, bis sie tot umfielen. Sie verwünschte sie stattdessen und schickte sie als ewige Aufräumfee in Kinderzimmer.

Nico grinste, als ihr dieses kleine Detail einfiel. Aber sosehr sie suchte, sie fand die Geschichte vom silbernen Grab nicht. Merkwürdig, denn die Erinnerung an jenen Nachmittag am Küchentisch war glasklar. Sogar Kianas Reaktion war wieder da. Sie hatte ihr schließlich, als sie zusammen am Tisch saßen und den noch warmen Kuchen aßen, liebevoll über den Kopf gestrichen, das Buch zugeschlagen und gesagt: »Das gibt es nicht. Aber mal sehen, ob ich es für dich erfinden kann.«

Minx streunte näher und beschnupperte die Seiten. Es schien, als ob noch ein Hauch von irgendetwas zwischen den Seiten überlebt hatte. Oder kam der Geruch aus den Kissen? Kroch er gerade durch die Ritzen zwischen den Dachbalken herein? Nico hob den Kopf und zog scharf die Luft ein. Sie kannte diesen Duft, hätte aber nicht sagen können, woher. Beim nächsten Atemzug war er verschwunden.

Sie fing wieder an zu blättern. Natürlich gab es das silberne Grab nicht wirklich. Es war eine Legende, die etwas mit verschwundenen Kindern im Berg zu tun hatte und Jahrhunderte in den Erinnerungen der Bergleute überlebt hatte. Wahrscheinlich hatte sie irgendwo etwas darüber aufgeschnappt und dieses Bild gemalt. Aber es war fort. Sie fand es nicht. Konnte sie sich so getäuscht haben? Schließlich entdeckte sie, dass einige Seiten aus dem Buch herausgerissen waren. Von einer war noch ein kleiner Fetzen übrig geblieben, mit einem hauchzarten roten Fleck darauf. Nico erhob sich und trat ans Fenster. Der Fleck war ein Schuh. Ein roter Winterstiefel. Nachdenklich ließ sie das Buch sinken. Wenn sie eines wusste, dann war es die Tatsache, dass sie, Nico, niemals solche Schuhe besessen hatte.

ELF

Nico nahm das Buch mit hinunter ins Wohnzimmer. Die Reste der Briketts glühten noch, aber es gab keinen Nachschub mehr. Sie legte einige Holzscheite nach und hoffte, dass in dieser Größe noch einige draußen vor dem Haus auf dem Stapel lagen. Sonst könnte sie sich gleich ans Holzhacken machen.

Es wäre praktischer gewesen, wenn Kiana ihr eine Axt vererbt hätte. Nachdenklich nahm Nico den zerbrochenen Besen in die Hand. Sie hatte keine Ahnung, wie sie ihn reparieren könnte. Aber er war nun mal Teil der Abmachung. Wenn am nächsten Tag die Straßen wieder frei waren, würde sie natürlich sofort zurück nach Hause fahren. Solange sie aber in Siebenlehen gefangen war, konnte sie sich genauso gut mit Kianas Rätseln beschäftigen. Zumindest, solange es noch hell war.

Sie zog ihre Jacke und die Handschuhe an und ging durch den Hintereingang hinaus. Es war schwer, sich durch den Schnee zu arbeiten, in dem sie mittlerweile bis über die Knie versank. Schattengrund lag auf einem großen Grundstück, das vorne, links und rechts von einem Holzzaun umgeben war, dessen hintere Grenze aber ins Dickicht des Waldes überging. Keine fünfzig Meter weiter erhob sich die steile

Felswand eines Berges. Kleine Kiefern krallten sich noch an den Vorsprüngen fest, aber es gab keine Wanderwege, die an dieser Stelle hinaufführten. Schattengrund war das Ende von Siebenlehen, dahinter begann die Wildnis.

Versteckt unter den schweren, schneebeladenen Zweigen einiger Fichten stand ein Holzverschlag. In ihm bewahrte Kiana die Geräte auf, die sie für den Garten brauchte. Er bot Platz für Rechen, Hacken, Schaufeln – und einige Regale, auf denen Kleingeräte vor sich hin rosteten und kaputte Blumentöpfe darauf warteten, eines Tages ein zweites Leben als Kunstobjekt zu beginnen. Ein halber Sack Dünger, Gummistiefel, Handschuhe und eine Schürze waren ebenfalls vorhanden. In einer Ecke lehnte eine Schneeschaufel. Nico griff sie sich und wollte den Schuppen verlassen, als ihr der Besen auffiel.

Er lag auf dem obersten Regal. Seine Borsten ragten etwas heraus, als ob ihn jemand genommen und hastig wieder zurückgelegt hätte. Er sah genau aus wie der, den Kiana ihr geschenkt hatte.

Nico reckte sich, sprang und räumte gleichzeitig noch ein paar Blumentöpfe ab, die mit lautem Krachen auf den Boden fielen und zersplitterten. Aber das war ihr egal. Ungläubig hielt sie ihren Fund in der Hand. Es gab zwei von diesen Dingern? Vor der Tür sah sie ihn sich genauer an. Er sah exakt so aus wie ihrer. Bis auf den Umstand, dass dieses Exemplar noch nicht mit Leon in Berührung gekommen war. Ein knorriger Stil, lange Borsten, gebunden mit Hanf. Er war eindeutig besser in Schuss und zerfiel nicht schon beim Ansehen. Sie schnappte sich die Schneeschaufel und bahnte sich ihren Weg nach vorne Richtung Straße.

Für das kurze Stück von der Vordertür bis zum Gatter brauchte Nico fast eine Stunde. Dann hatte sie zumindest eine Passage frei gelegt und das Gartentor frei geschaufelt. Arme und Rücken schmerzten, zwischen Daumen und Zeigefinger und auf den Handinnenflächen machten sich erste Blasen bemerkbar. Sie biss die Zähne zusammen und widmete sich mit dem letzten Rest verbliebener Hingabe dem Durchgang zur Straße, die zwar auch komplett zugeschneit war, aber nicht ganz so hoch wie Schattengrund.

Dann nahm sie den Besen und begann zu fegen. Der Notar würde bestimmt nicht fragen, mit welchem der beiden fast identischen Exemplare sie das getan hatte. Zwischendurch holte sie ihr Handy, schaltete es ein und arrangierte ein Foto mit dem Selbstauslöser: Nico auf dem Gehweg vor Schattengrund, kehrend. Tanzt mit dem Besen. Hält den Besen über den Kopf. Fegt eine Schneefontäne durch die Luft. Kommt aus der Puste. Lacht.

Eine unbändige Lust am Herumspielen überkam sie. Yeah! Ich habe die erste Aufgabe gelöst! Schaut her! *Nothing's gonna stop me now … nana na na na na nananahhh!*

Sie setzte sich auf den Stil und ritt bis zum Gatter hinunter. Dort schlug sie eine Volte und wirbelte eine Wolke aus Schnee auf. Am liebsten hätte sie das Gatter aufgerissen und wäre weiter hinunter ins Dorf gejagt. Schaut her! Die Hexen reiten wieder, die Winterhexen sind los … Und wehe, ihr wagt es, ihnen eure Brötchen zu verweigern! Haha!

Keuchend hielt sie inne. Wenn irgendjemand sie so sehen würde, müsste er sie entweder tatsächlich für eine Hexe oder für komplett übergeschnappt halten. Mit einem Kichern stieg sie ab und warf den Besen auf einen der Schneehaufen links und rechts des freien Wegs. In einem Dorf voller Irrer war sie die einzige Normale. Dann sollte sie sich vielleicht auch so benehmen. Sie dachte gerade noch rechtzeitig daran, das Handy wieder auszuschalten, um ihren Akku zu schonen.

Ein Auto quälte sich den Hügel zu ihr hoch. Ein Jeep. Sie ging vor das Gartentor und wartete ab, wer sich Schattengrund näherte. So einsam es hier oben war, die Lage hatte einen unschätzbaren Vorteil: Man sah schon von Weitem, wer und was sich näherte.

Der Wagen hielt, die Scheibe fuhr herunter, und der Retter ihrer Katze strahlte sie mit einem unverschämten Grinsen an.

»Lieferservice.«

Leon sprang heraus und öffnete den Kofferraum. Er war voll bepackt mit Brennholz, Kohlen, einem Dutzend Rinderrouladen in Dosen, mehreren Wasserkanistern, einem Karton Haushaltskerzen und einer Kiste mit weiteren Dingen, an die Nico niemals gedacht hätte, die er aber eines nach dem anderen herausholte und ihr unter die Nase hielt, als wäre sie unterwegs zum Nordpol und hätte die Wollsocken vergessen.

»Taschenlampe!«

»Hab ich.«

»Fleecedecke.«

»Hab ich.«

»Tee?«

»Äh …« Sie erinnerte sich, irgendetwas in dieser Art in Kianas Küche gesehen zu haben. Aber ob das noch genießbar war? Sie nahm das Päckchen, das Leon ihr reichte.

»Zucker? Batterien fürs Radio? Radio?« Er gab ihr einen kleinen Weltempfänger. »Für den Wetterbericht und damit du weißt, wann die Straßen wieder frei sind.«

»Gibt es was Neues?«

Er runzelte die Stirn und begann, die Briketts auszuladen.

»Alle Räumfahrzeuge sind im Einsatz, um die Hauptzufahrtstraßen frei zu kriegen. Wir haben grade eine kleine Atempause, aber in Goslar schneit es schon. Und was da runterkommt … Hallelujah.«

Nico wuchtete die Kiste mit dem Radio heraus und packte gleich noch die Rouladen dazu. Leon hatte außerdem noch zwei Kilo Mehl, ein Dutzend Eier und eine Großpackung Stracciatella-Eis mitgebracht.

»Ich mag aber kein Stracciatella«, sagte sie.

Er war mit den Briketts schon unterwegs ins Haus und drehte sich auf den Stufen zu ihr um.

»Aber ich.«

ZWÖLF

Im Haus war es mittlerweile so dunkel, dass Nico überall Licht anmachte. Während sie den Rest der Vorräte hineintrug, beschäftigte sich Leon mit dem Holzstapel und der Suche nach kleineren Scheiten, die man zusätzlich zum Heizen benutzen konnte. Er kam kurz herein und fragte nach einer Axt. Nico vermutete, dass er vielleicht im Schuppen fündig werden könnte. Wenig später hörte sie, wie er draußen Holz hackte.

Nico schaltete den Wasserkocher an und Minx machte sich über ihr Fressen her. »Pimp your Haferflocken«, hatte Nico gemurmelt, als sie eine halbe Roulade unter den Brei mischte und sich schwor, lieber zu verhungern, als Konserven zu essen, die wie Katzenfutter rochen und aussahen. Während Nico so in der Küche arbeitete und Leon draußen, beschlich sie ein merkwürdiges Gefühl.

Merkwürdig deshalb, weil sie es noch nie gehabt hatte. Zumindest nicht in so einem Zusammenhang. Es war richtig, was gerade geschah, sagte es. Es fühlte sich gut an. Zwei Menschen, die versuchten, ein altes Haus bewohnbar zu machen. Nur für ein Wochenende, mehr nicht. Aber wie wäre es, wenn es für länger wäre? Fühlte es sich so an, wenn man zusammen war? Wenn man gemeinsam an etwas glaubte, es aufbaute, sein Leben mit jemandem teilte?

Sie brühte den Tee auf und holte zwei Becher aus dem Regal. Dabei sagte sie sich, wie lächerlich dieser Gedanke war. Sie waren hier, weil der Zufall sie auf einem verschneiten Weg mitten in der Nacht zusammengeführt hatte. Und sie würde Siebenlehen verlassen, sobald die Straßen wieder frei waren. Und Leon … Leon war so ziemlich der Letzte, mit dem sie sich was auch immer vorstellen konnte. Sie – die Einzelgängerin!

Aber es fühlte sich richtig an, in dieser Stunde, in diesem Augenblick. Es war, als hätte das Leben einmal kurz den Vorhang zur Seite gezogen, der eine mögliche Zukunft verbarg. Als ob es ihr damit sagen wollte: So könnte es sein, irgendwann. Vielleicht sogar – für dich?

Oder auch nicht. Der Vorhang fiel, als Leon drei Kilo Schnee und Dreck im Flur verteilte und mit Getöse und Gerumpel die Holzscheite ins Wohnzimmer brachte. Nico nahm die Teekanne und Becher und folgte ihm.

»Wohin?« Er ließ das Holz in den Korb fallen, was die Frage überflüssig machte. Dann klopfte er sich den Dreck von den Kleidern und verteilte ihn sorgfältig auf dem Teppich. Nico sah ihm stirnrunzelnd dabei zu, sagte aber nichts außer: »Danke. Das war echt nett.«

Es klang steif und unnatürlich. Wahrscheinlich hatten ihre dämlichen Gedanken ums Richtig anfühlen sie befangen gemacht. Das ärgerte sie, sodass ihr »Tee?« auch noch schnippischer klang, als es ihre Absicht gewesen wäre.

»Gute Idee.«

Er ging zum Fenster und spähte hinaus.

»Es geht los. Oh Mann.«

Nico stellte die Kanne samt Becher auf einen niedrigen altdeutschen Couchtisch und ging zu ihm. Siebenlehen versank in Dunkelheit, als ob jemand einen Stecker gezogen hätte, dabei war es gerade einmal früher Nachmittag. Der Himmel war verhangen von schweren Wolken, aus denen die ersten Flocken fielen. Dichter und dichter, das Dorf versank hinter einem unwirklichen Schleier aus tanzendem, wirbelndem Schnee.

»Na toll. Ich hab gerade geschippt«, sagte Nico. Die dunklen Stellen auf ihrem Trampelpfad zum Haus verschwanden bereits unter der Schneedecke.

»Dein Pech.« Er führte den Becher zum Mund und trank einen Schluck. »Lass uns checken, ob du hier sicher bist. Zieh dir was an.«

Nicos Stiefel und ihre Jacke waren immer noch feucht. Sie fröstelte, als sie Leon hinaus in den Garten folgte. In aller Ruhe begann er, die hölzernen Fensterläden zu verschließen.

»Du musst sie noch von innen sichern.«

»Ist die Kriminalitätsrate hier so hoch?«

Leon stapfte durch den Schnee zum nächsten Fenster. Die Flocken wirbelten um sie herum und ließen sich auf Haaren und Schultern nieder. In Windeseile sahen sie aus wie die Yetis.

»Das macht man abends so«, antwortete er. Aber seine Fröhlichkeit kam Nico etwas aufgesetzt vor.

Anschließend kehrten sie zurück ins Haus, und Leon zeigte ihr, wie sie von innen die Riegel vorlegte und erst dann die Fenster sorgfältig verschloss.

»Was ist mit dem Keller?«

»Ich weiß nicht.«

Sie hatte noch gar nicht genug Zeit gehabt, sich das Haus in aller Ruhe anzusehen. Die Kellertreppe lag am Ende des engen Flurs, direkt gegenüber vom Wohnzimmereingang. Eine nackte, trübe Glühbirne beleuchtete die Stufen. Leon ging voran, Nico folgte ihm.

Feuchte Luft schlug ihnen entgegen. Sie erinnerte sich, dass sie als Kind öfter hier unten gewesen war, um Äpfel oder Kartoffeln zu holen.

»Ich glaube, es gibt gar keinen Ausgang.«

Leon bog um die Ecke und war verschwunden.

»Jeder Keller hat einen Ausgang!«, hörte sie seine Stimme. »Jedenfalls in alten Häusern. Kommst du?«

Der Grundriss war exakt der gleiche wie im Erdgeschoss. Anstelle der Küche gab es hier unten eine Vorratskammer mit großen Schütten – sie waren leer. Es roch noch nach Erde, Kartoffeln und Äpfeln. Der Flur endete an einer Tür, die Leon gerade zu öffnen versuchte.

»Mann, ist das alles verzogen hier!« Er stemmte sich mit aller Kraft dagegen und die Tür flog auf.

»Was ist das denn?«

Nico folgte ihm und sah sich staunend um. Der ganze Keller war voll mit – Besen. Es mussten Hunderte sein. Sie lehnten in Bündeln an der Wand oder hingen von der Decke.

Sie waren wunderschön. Man sah ihnen an, dass eine Meisterhand sie gefertigt hatte und jedes einzelne Stück ein Unikat war. Bei einem war der Stil etwas knorriger, beim anderen hatte das Hanfseil um die Borsten einen dunkleren Ton. Sie waren unbenutzt. Keine Hand hatte sich glättend um den Schaft gelegt, noch keine Borsten war auf Treppen und Straßen verloren gegangen. In einer Ecke stapelten sich kleinere Handbesen, daneben standen schlanke Haselbesen mit besonders sperrigen Ruten aus Ginster. Bündel von Pferde- und Dachshaaren hingen an der Wand. Andächtig berührte Nico die Borsten eines Strohbesens, der über ihr an der Decke hing. Er schaukelte sacht und berührte die anderen, die neben ihm hingen. Die Bewegung setzte sich wie sanfte Wellen fort. Nico hatte das Gefühl, kopfüber auf den Grund eines Sees zu blicken.

»Das ist verrückt«, flüsterte sie. »Völlig verrückt.«

Leon nahm einen hoch und betrachtete ihn genauer. »Eine Besenbinderwerkstatt. Hat deine Tante die gemacht?«

»Ich erinnere mich nicht. Ich habe diesen Raum auch noch nie gesehen. Ich wusste gar nicht, dass es ihn gibt.«

»Die sind richtig, richtig gut. Ich glaube, wenn du die verkaufst, bekommst du ein Vermögen dafür.«

Nico runzelte die Stirn. »Für alte Besen? Die sind doch schon ganz kaputt durch die Feuchtigkeit.«

Leon untersuchte sein Exemplar und stellte es mit einem Seufzer zurück. »Stimmt. Da ist Schimmel drin. Schade. Ich dachte schon, wir hätten einen Schatz entdeckt.«

»Na ja.« Nico ging zurück zur Tür. Leon musste nicht

unbedingt merken, wie schwer es ihr ums Herz war. Alles, was Kiana hinterlassen hatte, war kaputt. Das Haus, die Besen, sogar die Kinderbilder in dem alten Buch.

Leon folgte ihr. Am Fuß der Kellertreppe fanden sie eine kleine Eisentür – komplett verrostet.

»Also wer die aufkriegt, tut dir noch einen Gefallen damit«, sagte Leon, nachdem er Schloss und Scharniere untersucht hatte. »Damit wäre unser Rundgang beendet. Was ist mit dem Dach? Ist das sicher? Sind die Fenster verschlossen?«

»Ja«, antwortete Nico unwillig. »Wer bitte soll denn wie aufs Dach kommen?«

»Vielleicht hast du es nicht bemerkt, aber hinter dem vertrockneten Efeu neben dem Holzstapel liegt eine Leiter. Wahrscheinlich für den Schornsteinfeger. Eine Einladung für jeden, der einsteigen will.« Leon wollte die Kellertreppe hochgehen, aber Nico stellte sich ihm in den Weg.

»Was soll das?«

»Was?«

»Dieses Sicherheitsgetue. Okay, hier ist jemand herumgeschlichen und wollte mir Angst einjagen. Aber das war es auch schon. Wenn jemand hätte einbrechen wollen, dann hätte er das doch längst getan. Schattengrund stand über ein halbes Jahr leer.«

Leon nickte, als sei ihm soeben genau die gleiche Eingebung gekommen. »Stimmt! Ist doch logisch. Warum kümmere ich mich auch darum, wenn kleine Mädchen allein in alten Häusern schlafen?«

»Kleine Mädchen?«, schnaubte Nico.

»Hast du dir eigentlich mal überlegt, wo du jetzt wärst, wenn ich dich nicht aufgesammelt hätte?«

»Ähm ...«

»Also. Lass mich doch einfach machen. Die Nacht wird verdammt kalt. Hast du genug Decken?«

»Ja.« Nico versuchte, den Ärger hinunterzuschlucken. Aber das war nicht so einfach angesichts seiner ständigen Besserwisserei. »Schlimmstenfalls kann ich mir noch die aus Kianas Zimmer holen.«

»Okay.« Er steckte die Hände in die Hosentaschen und grinste sie an. »Hunger?«

»Ja?«

»Na dann los.«

DREIZEHN

Es stellte sich heraus, dass Leon auch noch an zwei Kilo Spaghetti und mehrere Tuben Tomatenmark gedacht hatte. Außerdem kannte er sich mit Küchenherden aus und entdeckte, dass sich hinter der antik anmutenden Ofenklappe ein moderner Elektroherd versteckte. In der Speisekammer fand er eine nur unwesentlich angerostete Doppelherdplatte mit Stecker.

Wenig später sprudelte das Nudelwasser und in einem kleinen Topf köchelte die Tomatensoße vor sich hin. Die Wasserleitungen waren mittlerweile auch in der Küche aufgetaut. Nicos Befürchtung, sich im Schnee wälzen zu müssen, statt sich unter eine heiße Dusche zu stellen, löste sich in Luft auf, denn Leon hatte sogar den Boiler entdeckt und eingeschaltet. Das Grummeln im Bauch, wenn sie an die Art dachte, mit der er ihr ständig unter die Nase rieb, dass sie von nichts eine Ahnung hatte, verschwand für den Augenblick.

Als endlich ein gewaltiger Berg Nudeln vor ihr stand, hätte die Laune nicht besser sein können. Sie stießen an mit einer Mischung aus Wasser und Holundersirup, den Nico im Regal über der Spüle entdeckt hatte.

»Und?«, fragte Leon, während er die Spaghetti um die Gabel wickelte. »Was wird das jetzt hier?«

Nico starrte ihn mit vollem Mund fragend an.

»Wirst du hierher ziehen?«

Sie verschluckte sich und hustete. Mit hochrotem Kopf trank sie den halben Becher aus, bevor sie, nach Luft japsend, antworten konnte. »In diesen Ort herzlicher Gastfreundschaft und warmer Worte? Ins Tal der offenen Türen und roten Teppiche? Nie im Leben.«

»Warum bist du dann hier?«

»Kiana hat mir das Haus vererbt. Meine Eltern haben das Erbe ausgeschlagen, aber ich wollte es mir wenigstens mal anschauen. Sie hatten recht. Es ist ein alter Kasten.«

»Aber man könnte was draus machen.«

»Was denn?«, fragte sie neugierig.

Leon zuckte mit den Schultern. »Die Substanz ist gut. Deine Tante hat nicht viel investiert, aber wenn, dann genau an den richtigen Stellen. Das Fachwerk ist okay, wenigstens auf den ersten Blick. Natürlich müsste man die Dachbalken checken und im Keller nachsehen, ob er Feuchtigkeit zieht oder der Schimmel nur in den Besen ist. Aber wenn du Glück hast, musst du bis auf ein bisschen Farbe nicht viel machen.«

Skeptisch betrachtete Nico die schiefen Wände und die dunklen Deckenbalken.

»Mir wäre es zu düster.«

»Dann mach die Fenster größer. Oder bau den Dachboden aus und lass mehr Licht rein. Es ist wirklich schön. Ich kenne Schattengrund im Sommer. Der Garten ist verwildert, aber auf eine so lässige Art, dass ich gar nichts groß verändern würde. Die Leute würden es lieben. Du kannst es als Ferienhaus vermieten oder …« Sein Gesicht verdüsterte sich, als ob ihn ein unangenehmer Gedanke gestreift hätte. Im nächsten Moment lächelte er wieder. »Wenn der Schwarze Hirsch mir gehören würde, würde ich Schattengrund als Apartmenthaus dazunehmen. Viele wünschen sich so was: Hotelservice, aber trotzdem wie in den eigenen Wänden. Also, du müsstest nicht viel reinstecken. Ich denke zehn-, vielleicht zwanzigtausend Euro.«

Nico widmete sich wieder ihren Spaghetti. Er hatte gut reden. Sie kamen jetzt schon vorne und hinten mit dem Geld nicht klar. Sie dürfte sich im Grunde genommen noch nicht mal die Nudeln auf ihrem Teller leisten. Leon war der Erste, der Kianas Haus mit anderen Augen betrachtete: Nicht als Last, sondern, vielleicht, als Gewinn. Mit ihm zusammen …

Nico stöhnte unwillkürlich auf. Was für bescheuerte Gedanken hatte sie eigentlich in letzter Zeit?

»Ist was mit dem Essen?«, fragte Leon besorgt.

»Nein. Ist nur ein bisschen heiß.«

Sie stürzte den Rest ihres Holunderwassers hinunter.

»Und du?«, fragte sie. »Dich will man hier doch auch nicht wirklich haben. Warum bist du hier?«

Er schob seinen leeren Teller zurück. »Alte Familiengeschichten.«

»Ja?«

»Was ja?«

»Ich höre?«

Er stand auf und trug sein Geschirr zur Spüle.

»Das wird dich langweilen.«

»Och, ich hab Zeit. Familiengeschichten mag ich. Verfluchen, Hölle, Blut und Tränen und so was. Her damit.«

Er lehnte sich an die Spüle und verschränkte die Arme. »Es geht um den Schwarzen Hirschen.«

Nico schaufelte die letzte Gabel Spaghetti in sich hinein. Sie sah Leon an, kaute und wartete so offensichtlich auf eine Fortsetzung, dass er sich schließlich seufzend umdrehte und Wasser ins Becken laufen ließ.

»Eigentlich gehört er uns.«

Nico schluckte. »Der Schwarze Hirsch?«

»Mein Urgroßvater, Zitas Mann, hat ihn meinem Großvater vererbt. Der hatte zwei Söhne: Lars und Zacharias. Lars, der ältere von beiden, ist mein Vater. Er hätte den Schwarzen Hirschen eigentlich übernehmen sollen. Aber dann ist mein Vater nach England gegangen. Er kam mit dem drohenden Mauerbau nicht klar. Sein Bruder Zacharias hat ihm versprochen, wenn die Verhältnisse sich je ändern würden, bekäme er den Schwarzen Hirschen zurück.«

Leon drehte den Hahn zu und räumte das restliche Geschirr ab.

»Ich glaube, sie hatten es nicht leicht zu DDR-Zeiten. Da war das Haus ein FDGB-Heim. Aber nach der Wende bekamen sie Kredite und träumten davon, den Hirschen ganz groß aufzuziehen. Von Rückgabe und Erbe kein Wort mehr. Mein Vater, der immer ein schlechtes Gewissen hatte, weil es ihm ja so viel besser ging – oder weil er einfach nur hart gearbeitet hat, gab Geld. Und noch mal Geld. Und noch mal. Irgendwann ging ihm die Geduld aus. Er hat den Hirschen mehrfach vor der Insolvenz gerettet, aber Trixi und Zach sind einfach keine Geschäftsleute. Trotzdem: Lieber hätten sie das Hotel abgefackelt als es meinem Vater zurückzugeben, dem es eigentlich gehört hat. Unsere Familien haben sich darüber verfeindet. Lange gab es keinen Kontakt. Und bis heute stehen wir uns ... na ja, nicht unbedingt nahe.«

»Das hab ich gemerkt«, erwähnte Nico trocken. So leid es ihr um Leons verfahrene Familiensituation tat – auf der anderen Seite war es geradezu tröstlich zu wissen, dass sie nicht die Einzige war, die man in Siebenlehen am liebsten von hinten sah.

»Und warum bist du dann hier?«

»Der Schwarze Hirsch ist wieder mal so gut wie tot. Zach hat das Haus zum x-ten Mal in den Ruin geführt. Und wie immer: Auf einmal ist da ja noch seine bucklige Verwandtschaft in England.«

»Er will Geld.«

Leon nahm den Spülschwamm. Plötzlich warf er ihn mit so einer Wucht ins Wasser, dass der Schaum bis an die Wand spritzte.

»Mein Vater hat immer davon geträumt zurückzukommen. Der Harz, hat er gesagt, das ist deine Heimat. Da bist du zu Hause. Er hat so ein Heimweh nach Siebenlehen. Ihm bricht das Herz, wenn er daran denkt, wie heruntergekommen der Hirsch ist. Aber sein eigener Bruder hat ihn beklaut und sie haben sich nie versöhnt. Jetzt, wo Zach der Arsch auf Grundeis geht und er angekrochen kommt, soll ich ihm auch noch die Hand ausstrecken. Und wofür? Dass wir bei unserem nächsten Urlaub einen Sonderpreis für die Dachkammer kriegen?«

Er stützte sich mit beiden Händen am Beckenrand ab und starrte ins Spülwasser. Nicos Herz zog sich schmerzhaft zusammen. Es war so unfair. Die einen sehnten sich danach, zurückkommen zu dürfen, und die anderen schlugen drei Kreuze, wenn der Name Siebenlehen auch nur erwähnt wurde.

»Es tut mir leid.«

»Du kannst ja nichts dafür. Aber du verstehst jetzt, warum das Verhältnis zwischen meinem Onkel Zach und uns etwas ... nun, angespannt ist.«

»Will er euch den Schwarzen Hirschen denn jetzt endlich geben?«

»Schön wär's. Nein. Er will Geld. Und mein Vater wird wieder so blöd sein und sich weichkochen lassen. Dabei ist nicht der Schwarze Hirsch das Problem. Es ist Zach.« Leon machte eine Handbewegung, als ob er ein Glas Schnaps kippen würde. »Und Trixi ist noch schlimmer dabei. Trixi ist seine Frau. Mit der komme ich gar nicht klar.«

»Verstehe«, sagte Nico. »Es tut mir trotzdem leid. Aber du weißt wenigstens, warum ihr euch in die Haare gekriegt habt. Ich kann mir bis heute nicht erklären, wie es zu so einem Bruch zwischen Kiana und meinen Eltern gekommen ist.«

Leon begann abzuwaschen. Nico holte sich ein Geschirrtuch und trocknete ab.

»Trotzdem hat sie dir Schattengrund geschenkt«, sagte er.

»Also war es vielleicht mit der Abneigung eine einseitige Sache?«

»Sie hat angeblich nicht gut genug auf mich aufgepasst«, sagte Nico. »Das ist alles, was ich erfahren habe. Und dann ...«

Sie stellte den trockenen Teller zurück ins Regal.

»Bevor ich abgehauen bin, habe ich nachts durch Zufall was gehört.«

»Moment. Du bist abgehauen?«

Nico wäre am liebsten im Erdboden versunken. Abgehauen. Das hörte sich so kindisch an. So trotzig und unüberlegt. So nach »kleines Mädchen«. »Es ging nicht anders. Meine Eltern hätten es mir nie erlaubt hierherzukommen!«

Leon betrachtete sie nachdenklich. »Dann ist das hier so eine Art Sitzblockade? *Occupy* Schattengrund?«

»Nicht ganz. Also, es ist nicht so einfach. Ich muss ...« Sie ging langsam zur Spüle und holte sich den nächsten Teller. Dabei musste sie sehr nahe an Leon vorbei. Er verunsicherte sie schon wieder. Wenn er auf der einen Seite des Tisches saß und sie auf der anderen, wenn er blöde Sprüche machte und sie sich ärgern konnte, war alles gut. Aber wenn sie ihn beinahe berühren musste ... Er trat einen Schritt zur Seite, als hätte er ihre Gedanken gelesen. Und das war noch peinlicher als alles andere zusammen.

»Was musst du?«

Seine Stimme, warm und leise. Es war, als ob Glasperlen über ihren Rücken rieseln würden.

»Ich muss drei Rätsel lösen.« Sie flüsterte fast. Ob er sie

jetzt für total verrückt hielt? Sie nahm den nächsten Teller und hielt ihn wie einen Schild vor die Brust. »Rätsel, die mir Kiana aufgegeben hat, in ihrem Testament. Mit einem Besen kehren. Das Schwert und den Turm finden. Und einen Stein zurückbringen.«

»Das Erz, von dem du erzählt hast?«

»Ja.«

Er lachte sie nicht aus. Er sah sie höchstens ein bisschen merkwürdig an. Vielleicht so, wie man Patienten in Nervenheilanstalten ansah, die man nicht zu sehr aufregen durfte.

»Zeig ihn mir doch mal.«

»Echt?«

»Klar. Ich werde Geologe. Wenn dir einer sagen kann, woher der Stein kommt, dann ich.«

Sie legte Teller und Tuch auf den Küchentisch und ging ins Wohnzimmer. Leon folgte ihr. Den Stein hatte sie im Seitenfach ihrer Messenger-Bag verstaut. Leon nahm ihn vorsichtig in die Hand, drehte und wendete ihn.

»Der ist von hier«, sagte er schließlich. »Genau wird dir das ein Labor in Goslar sagen können. Aber ich würde meine Hand dafür ins Feuer legen, dass er aus unserem Berg da oben ist. Silbererz.«

»Das silberne Grab«, flüsterte Nico.

Er gab ihr den Stein zurück. »Es mag ja viele Stollen geben, in denen Bergleute verunglückt sind. Aber ein Grab würde ich das alte Mundloch da nicht nennen.«

»Ein Mundloch?«

»Der Eingang zu einem Stollen. Genauer gesagt, einem

ganzen Geflecht, das keiner mehr so ganz durchblickt. Wie ein Labyrinth soll es angeblich sein. An manchen Stellen bricht die Decke ein, deshalb ist ein Teil der ganz alten Wanderwege da oben auch gesperrt. Stell dir vor, wir laufen nebeneinander, und auf einmal – bin ich weg?« Er riss die Augen in gespieltem Erstaunen auf und wartete auf eine Antwort.

»Nicht gut?«, fragte Nico verunsichert.

Genauso übertrieben seufzte Leon jetzt. »Nicht gut. Wenn das deine einzige Reaktion auf mein Ableben ist …«

Mit einem Grinsen, das Nico vollends aus dem Takt brachte, ging er zum Ofen, schürte die Glut und legte noch zwei Briketts nach. Dann setzte er sich in einen der uralten, potthässlichen Sessel, die für Kiana wohl einmal modern gewesen sein mussten. Nico nahm ihm gegenüber Platz und zog die Knie hoch – ein bisschen verschanzen gegen seinen merkwürdigen Humor war vielleicht gar nicht schlecht.

»Es gibt eine Menge Sagen und Legenden um den Berg von Siebenlehen und den Harz überhaupt«, sagte sie. »Das dunkle Herz Deutschlands. Märchenland. Düsterwald. Kobolde, die Gold schürfen. Diamantene Höhlen. Silberne Brücken, die Schluchten und Abgründe überspannen und nur alle hundert Jahre einmal auftauchen. Kinder, die im Berg verschwunden sind und alle Jubeljahre als Geister wieder auftauchen.«

»Erzähl weiter.«

»Du magst Märchen?«

Nico griff sich das Buch mit Kianas Schlafgeschichten vom Couchtisch und blätterte darin herum.

»Meine Großtante hat sich immer welche ausgedacht, die hier in der Gegend spielen. Die hat sie mir vor dem Schlafengehen erzählt und hier drin aufgeschrieben. Die Heldin war immer ein kleines Mädchen mit braunen langen Haaren.«

»Lass mich raten – es hatte eine gewisse Ähnlichkeit mit dir?«

Nico grinste. Das Buch hatte sich auf einer Seite geöffnet, auf der ein Feuer speiendes Pferd über die Bergwipfel ritt.

»Ja. Sie sollten Mut machen. Ich glaube, ich habe als Kind nicht gerade vor Selbstbewusstsein gestrotzt. Ich war ziemlich schüchtern.«

»Kaum zu glauben«, witzelte Leon.

Nico spürte, wie ihre Wangen wieder anfingen zu brennen. Hielt er sie für verklemmt, oder wie? Aber es stimmte schon: Normalerweise war es schwierig für sie, unbefangen mit anderen in Kontakt zu kommen. Nur bei Leon war irgendwie alles anders. Mal fühlte sie sich in seiner Nähe so locker, als würden sie sich schon seit Jahren kennen, und dann wieder machte sie schon die Art, wie er dasaß, nervös. Schlaksig, völlig entspannt, die langen Beine ausgestreckt und den Kopf auf die rechte Hand gestützt. Am liebsten hätte Nico ihn so gemalt. Sie wünschte sich, einen Pinsel in der Hand zu halten. Oder einfach nur Stifte. Dieses Gefühl hatte sie lange nicht mehr gespürt.

»Ja«, flüsterte sie. »Kaum zu glauben.«

»Lies mir eine vor.«

»Was? Jetzt?«

»Nein. Erst will ich ein Eis.«

»Äh, klar, ja. Warte.«

Sie sprang auf und lief in die Küche. Den Eisbecher hatte er vors Fenster gestellt, er war immer noch steinhart gefroren. Sie hielt ihn sich an die Wangen, die wieder glühten, als ob sie Fieber hätte. Wie peinlich. Dieses Rotwerden und Herumstottern. Dabei konnten sie sich doch auch ohne jeden blöden Gedanken wunderbar unterhalten. Sie dachte an die Geschichte vom Schwarzen Hirschen und dass Leon in Siebenlehen wohl genauso ein Außenseiter war wie sie. Aber warum war er dann so locker und sie so durcheinander?

Schließlich gab sie es auf, den Becher erwärmen zu wollen. Sie hackte mehrere Stücke Stracciatella-Eis aus dem Block und richtete sie auf zwei Untertassen an. Als sie zurück ins Wohnzimmer kam, checkte Leon gerade das Fenster. Es war das einzige, das nicht verbarrikadiert war. Der Fensterladen musste irgendwann abhandengekommen sein. Es war stockdunkel und es schneite noch immer. Von Leons Jeep war ein sanfter weißer Hügel übrig geblieben.

»Ich werde wohl noch eine Weile hierbleiben. Wenigstens, bis es aufgehört hat zu schneien.«

Nico wusste nicht, was sie sagen sollte. Am besten tat sie einfach so, als ob sie sich genauso wenig Gedanken um die Situation machen würde wie er. Sie reichte ihm das Eis. Beide setzten sich wieder. Nico zog die Beine an, damit sie ihn nicht aus Versehen berühren würde. Sie stellte ihren Teller auf dem Couchtisch ab und klappte Kianas Buch an einer beliebigen Stelle auf.

»*A storytellers night.*« Er schmunzelte. »Das hatte ich schon lange nicht mehr.«

Kianas Handschrift war klar und deutlich zu lesen, und so begann sie mit einem Märchen, das sie schon längst vergessen hatte, das ihr aber Satz für Satz entgegenkam wie ein Freund mit ausgestreckter Hand.

VIERZEHN

Nico und das Ross des Teufels

Es war im Jahre 1347 des Herren Fleischwerdung, und es geschah am Abend der Withe Naht, als kurz nach Einbruch der Dämmerung eine knochige Hand an die Tür des Schmieds von Thale klopfte. Die Familie des braven Mannes hatte sich bereits auf dem Lager zur Nacht gebettet – Reinbrecht war sein Name, und Vrena hieß sein angetrautes Weib, die Kinder Ulrich, Nico und Heinzo. Nico trug das kleine Kreuz ihrer Schwester Helwig, vom Vater für das Kind aus einem Nagel geschmiedet und Helwigs liebster Schatz, als sie noch lebte.

»So eins hatte ich mal!«, rief Nico verblüfft. »Ein kleines Eisenkreuz, aus zwei Nägeln geschmiedet. Ich glaube, das war die Idee zu dem Märchen. Kiana hat immer irgendwelche Dinge oder Erlebnisse in der Realität zum Anlass genommen, um damit ihre Geschichten zu beginnen.«

»Wo ist es jetzt?«, fragte Leon und schleckte seinen Löffel ab.

»Ich weiß es nicht. Verloren. Hast du noch Sachen von früher? Ganz früher, meine ich.«

Er kniff die Augen zusammen und dachte nach. »Meine ersten Comics. Und einen Dinosaurier aus Kunststoff, dem ich nach einem grausamen Kampf Mensch gegen Bestie den Schwanz abgebissen habe. Wie geht's weiter?«

»Gruselig«, antwortete Nico. »Aber auch schön. Kiana hatte eine unglaubliche Fantasie. Ich habe jeden Abend zitternd unter der Bettdecke gelegen. Aber gleichzeitig hatten ihre Märchen auch etwas Zartes, Poetisches. Sie hat alles zum Guten gewendet. Immer. Zum Schluss bin ich jedes Mal total glücklich eingeschlafen.«

»Mal sehen, ob mir das heute auch gelingt«, sagte Leon.

Warum machte er das? Immer so zweideutige Sachen sagen? Oder interpretierte sie einfach viel zu viel hinein? Nico holte tief Luft und las weiter.

Gott hatte Helwig vor vier Wochen zu sich genommen. Sie lag noch immer bleich und schön wie ein Engel in der Gruft neben der kleinen Kirche. Es war zu kalt, sie zu bestatten. Die Gräber, die sie hier oben im Herbst aushoben, reichten in diesem strengen Winter nicht. Zu bitter war die Kälte und zu hoch der frühe Schnee, der Tal und Höhen seit Wochen vom Strom der Pilger und Händler abgeschnitten hatte.

Die Mutter hatte dem toten Kind das Kreuz abgenommen – aus Angst, dass Leichenschänder den kleinen Schatz entwenden würden. Bis zur Grablegung bewahrte Nico es über ihrem Herzen auf. Manchmal tastete sie nach dem kleinen Anhänger. Dann sah sie Helwig vor sich, wie sie über die Wiese lief und die Ziegen zusammentrieb. Und wenn der Wind durch die zugigen Bretter der Hütte pfiff, klang es manchmal, als würde eine dünne Frauenstimme weit entfernt singen …

»Hammer. Solche Sachen hat dir deine Tante erzählt?« Leon vergaß für einen Moment sein Eis. »Oh Mann. Tote Kinder ohne Grab. Also mich hättest du damit jagen können.«

Nico lächelte. »Ich wusste gar nicht, dass du so zartbesaitet bist.«

»Du weißt vieles nicht von mir«, antwortete er mit Grabesstimme. »Lies weiter. Jetzt kommt bestimmt Gevatter Tod und will die süße Nico holen.«

»Wart's ab.« Sie schlug die Seite um.

Wieder klopfte es. Die Hütte war dunkel, doch das Mondlicht drang in dünnen Streifen durch die Ritzen. Die Luft roch schwer vom Nachtschweiß der Menschen und Tiere. Nico setzte sich auf und berührte den Arm der Mutter. Sie schlief. Heinzo, der kleine Bruder mit den rosigen Wangen, lag mit halb geöffnetem Mund an der Mutter Brust. Der Vater schnarchte laut auf und drehte sich auf die andere Seite, wobei er Ulrich beinahe unter sich begrub, der im Schlaf strampelnd und schnaufend einen neuen Platz auf dem engen Lager suchte.

Nico stand auf, stieg über die Ziegen und ihren Wurf und schob mit dem Fuß die Henne zur Seite. Sie wunderte sich, dass auch die Tiere kaum reagierten. Vorsichtig hob sie den Riegel und lugte durch den Türspalt nach draußen.

Tief unter der Kapuze seines weiten schwarzen Umhangs verborgen stand ein Mann im Schnee. Er war groß und musste sehr hager sein. In der Rechten trug er einen knotigen Wanderstab, mit der Linken hielt er die Zügel eines schnaubenden Pferdes. Die Augen des Tieres leuchteten wie blau glühende Kohlen.

»Wohnt hier der Schmied Reinbrecht?«, fragte er. Seine Stimme klang wie rostiges Eisen. Nico konnte sein Gesicht nicht erkennen. Er schien an ihr vorbei durch die Tür sehen zu wollen.

»Ja«, antwortete sie.

Der Fremde senkte sein Haupt, als ob er das Mädchen der Stimme nach suchen wollte und nicht fand. Nico fühlte, wie die Kälte durch ihre nackten Fußsohlen kroch und das Blut in ihren Adern gefrieren ließ.

»Mein Pferd hat ein Eisen verloren. Schlagt es ihm auf und ihr werdet reich belohnt.«

Nico sah sich nach ihrem Vater um. Er schlief, genau wie die anderen, obwohl die Stimme des Mannes jeden im Raum hätte wecken müssen. Einzig die Zicklein krochen enger an den Leib der Mutter, aber auch sie hielten die Augen geschlossen und atmeten schnell; die Brustkörbe hoben und senkten sich wie winzige kleine Blasbälge unter dem dünnen Fell.

»Er schläft«, sagte Nico. »Ihr müsst morgen wieder –«

Mit einem Schlag öffnete der Fremde die Tür und betrat den Raum. Sein Pferd folgte ihm. Es schritt über die Tiere hinweg, die ihm hektisch und scharrend Platz machten und trotzdem die Augen geschlossen hielten, fest zugepresst, als hätte die Todesangst eines Albtraums sie im Schlaf gepackt.

Der Fremde schnippte mit den Fingern und bläuliche Flammen Feuer lohten in der Esse. Nico starrte erst das Feuer und dann seinen Verursacher mit offenem Mund an.

»Nun? Will er nicht, der Herr Schmied?«

»Vater!«

Nico stürzte sich auf Reinbrecht, dann auf Vrena. Sie rüttelte, schrie, zog die schwere Wolldecke weg, doch keiner wachte auf. Heinzo steckte den Daumen in seinen rosigen Mund. Sie hielt die Luft an. Vor ihren Augen verloren erst die Wangen, dann die vollen, weichen Lippen des kleinen Bruders ihr Rot und wurden wachsbleich.

»Was …« Sie drehte sich zu dem Fremden um. »Wer seid Ihr?«

»Ich bin der, der die Seelen holt, die nicht in geweihter Erde liegen. Und da ich nun schon einmal hier bin …«

Das blaue Schimmern wurde stärker. Es tauchte die Bretterwände in gespenstisches Licht. Raureif kroch wie Nebel in die Hütte und legte sich knisternd über das Stroh am Boden.

»Nein!« Nico wollte schreien, doch nur ein heiseres Flüstern drang aus ihrer Kehle. Nicht Helwig, wollte sie

sagen, doch der unheimliche Mann drehte sich langsam zu ihr um. Sein Gewand schwang um seinen mageren Körper wie ein Vorhang, der im Wind wehte. In diesem Moment begriff sie, dass der Tod in ihrer Hütte stand und Mutter, Vater, Bruder, Schwester nicht schliefen, sondern erfroren. Helwigs unbehauste Seele, ihr ungeweihter Leib hatten ihn direkt nach Thale geführt.

»Ich ... Ich schmiede euch das Eisen.« Nico zitterte am ganzen Körper. Sie hatte ihren Vater schon des Öfteren beobachtet. »Ich kann es. Lasst ihr uns dafür gehen?«

Das Ross schnaubte und schüttelte den Kopf. Mähne, Schweif und Kruppe glitzerten, als würde es schwarze Eiskristalle schwitzen. Es scharrte mit dem Huf und zerkratzte den spiegelglatt gefrorenen Boden.

»Wenn dir diese Flamme reicht?«

Nico entging die lauernde Vorfreude seiner Frage nicht. Sie trat an die Esse und griff nach Zange und Eisen. Sie hielt den Rohling über die Glut und sah zu ihrem Entsetzen, wie er sich vor ihren Augen in blankes Eis verwandelte.

»Nun?«, fragte das Böse hinter ihrem Rücken. »Geht es voran?«

Nico legte das Hufeisen auf den Amboss und griff zum Hammer. Ein Schlag und der Rohling zersplitterte.

»Lasst es mich noch einmal versuchen«, bat sie mit tränenerstickter Stimme.

Der Tod schien Gefallen an ihrer Mühe gefunden zu haben. Er verschränkte die Knochenhände vor der Brust und nickte ihr aufmunternd zu. »Drei Versuche hast du, mein Kind. Wenn es dir dann nicht gelingt, mein Ross zu beschlagen, werdet ihr mir alle folgen.«

Nico nahm das nächste Eisen. Wieder brauchte es nur einen Wimpernschlag und es war in Eis verwandelt. Es zersplitterte unter dem Hammer wie Glas. Sie nahm das dritte und hielt kurz inne.

»Haltet Euer Pferd fest«, befahl sie dem Tod.

Der nickte und griff nach dem linken Hinterlauf seines Rosses. »Nun warte nicht zu lange, liebes Kind. Dies ist dein letzter Versuch. Mein Ross ist nicht gewohnt, Geduld zu haben.«

Nico biss sich auf die Lippen. Ihre Arme wurden schwer wie Blei. Sie fühlte ihre Beine nicht mehr. Der Wind schien durch alle Ritzen zu pfeifen und trug Schneeflocken in die Stube, die tänzelnd zu Boden sanken und sich wie ein Leichentuch über Stroh und Lagerstatt legten. Sie hielt das Hufeisen ins Feuer. Es knackte leise, als es zu gläsernem Eis gefror. Langsam drehte sie sich um. Das Pferd und der Tod warteten.

Sie trat an den Huf und legte das Eisen auf.

»Und nun schlag fest zu«, frohlockte der Tod. Er wusste, dass das Eis vom ersten Schlag zerschmettert werden würde. Nico griff in ihr Hemd und tastete nach Helwigs Kreuz. Vielleicht sah der Tod nicht, was sie sich da so schnell vom Hals riss. Vielleicht reagierte er zu spät, als sie den Nagel durch das Eis trieb. Vielleicht spürte das Pferd zu spät, dass geweihtes Eisen in seinen Huf drang. Drei Schläge, und

der Tod ließ den Hinterlauf fallen und sprang, die Arme vor Erschrecken zum Himmel gereckt, auf.

»Wahnsinnige!«, brüllte er.

Das Pferd wieherte und schlug aus. Nico spürte einen Schlag und wurde an die Hüttenwand geschleudert. Das gepeinigte Tier stieg hoch, mit lauten Krachen zerbarsten die dünnen Dachbalken, und Stroh und Holz regneten auf sie herab. Der Tod riss an den Zügeln, aber er konnte sein Ross nicht beruhigen. Blauer Dampf stieg aus den Nüstern, es bäumte sich auf und raste durch die Tür, den Tod hinter sich herschleifend, und als Nico sich aufrichtete und stöhnend nach draußen wankte, sah sie Ross und Reiter über den Himmel jagen, auf den Gipfel des Berges zu, und der Hufschlag klang wie Donner. Wolken ballten sich zusammen und wurden vom Sturm wieder in Fetzen gerissen. Für einen kurzen Augenblick blitzte das Mondlicht auf die tannengekrönte Kuppe, der Tod schwang sich auf den Rücken seines Pferdes, das stieß sich ab und raste mitten hinein in den Schneesturm, der die Wipfel der Bäume knickte, als wären es Kienspäne.

Die Tür hing halb in den Angeln, das blaue Feuer zuckte noch einmal und verlöschte. Die Wände ächzten bedrohlich und noch mehr Holzbretter fielen von der Decke. Die Ziegen sprangen auf. Die Hühner flatterten ins Freie. Nico lief in die Hütte, schrie ihre Eltern an, schlug dem Vater ins Gesicht, warf die Mutter aus dem Bett, und endlich, endlich erwachten auch sie.

Der Vater traute seinen Augen kaum. Kopfschüttelnd

betrachtete er die Löcher im Dach und die zerstörte Tür. Noch immer pfiff der Wind über die Höhen, doch langsam schien sich der Schneesturm zu beruhigen. Schnell entzündete der Vater ein neues Feuer, das bald die beißende Kälte vertrieb. Zitternd drängten sich die Kinder aneinander. Die Mutter schob das Stroh zusammen, alle vereint krochen unter die Decke und wärmten sich gegenseitig bis Tagesanbruch.

»Wir wären erfroren«, murmelte der Vater ein ums andere Mal. »Dieser verfluchte Sturm. Wir wären im Schlaf erfroren!«

Mehrmals öffnete Nico den Mund, um etwas zu sagen. Doch sie schwieg. Wie hätte sie auch erklären sollen, dass sie dem Tod ein Hufeisen geschmiedet hatte?

Helwigs Kreuz wurde nie gefunden. Im Frühjahr, als der Boden taute und das Grab für die Schwester ausgehoben werden konnte, fertigte der Vater ein neues Kreuz an und legte es auf den kleinen Sarg. Und es vergingen viele viele Jahre, bis Nico zum ersten Mal auf den Berg stieg. Im grauen Fels, tief eingekerbt, war der gewaltige Abdruck eines Hufeisens zu sehen. Die Rosstrappe, so nannten die Leute den seltsamen Ort und begannen, Geschichten zu erfinden, um den Abdruck zu erklären. Nico schwieg dazu. Sie wusste es besser.

Nico fröstelte, obwohl der Kachelofen glühen musste. Leon starrte durch das Fenster hinaus in die Dunkelheit. Minx hatte sich hereingeschlichen und neben ihm zusammengerollt. Die magere Katze hatte wohl die Wärme und das Leben im Haus schmerzlich vermisst. Sie schnurrte leise, als er ihr gedankenverloren den Nacken kraulte.

»Es ist noch gar nicht so lange her. Drei, vier Generationen vielleicht. Da sind die Menschen in solchen Wintern wirklich erfroren. Man sagt, das wäre ein schöner Tod.«

»Kein Tod ist schön«, flüsterte Nico. »Niemand will gehen.«

»Manche schon.«

Sie schüttelte den Kopf. »Die Frage ist nicht ob, sondern warum jemand nicht mehr leben will. Der Tod ändert nichts. Er beendet nur und es gibt keine zweite Chance. Ich mag die Bremer Stadtmusikanten.«

Die Bemerkung überraschte Leon. Er riss sich von der Nacht draußen vor dem Fenster los.

»Du bist ja ein richtiger Märchen-Junkie.«

»Ja. Tief in ihnen drin steckt immer eine Botschaft. Vier gequälte Kreaturen sind an einem Tiefpunkt angelangt. Und trotzdem finden sie die Kraft, noch einmal aufzubrechen und es zu wagen. Das Leben. Wenn ich mir einen Leitspruch für mein Wappen aussuchen dürfte, dann würde er lauten: Etwas Besseres als den Tod finden wir überall.«

»Und auf deinem Wappen sind Esel, Katze, Hund und Hahn.«

»Genau.«

Leon gab seine entspannte Haltung auf und beugte sich

vor. Minx drehte sich auf den Rücken, streckte den Bauch in die Luft und sah ihn erstaunt an.

»Ich würde heute Nacht gerne hierbleiben.«

»Ähm ... was?« Sie glaubte, sie hätte ihn nicht richtig verstanden. Hierbleiben? Wie um Himmels willen meinte er das?

»Gib mir eine Decke und ich lege mich auf die Couch.«

»Ich weiß nicht. Ist das wirklich nötig?«

»Keine Ahnung. Das weiß man immer erst hinterher.«

»Hinterher von was?« Nico schlug das Buch zu und legte es auf einem Gestell ab, das eine Mischung aus Blumentopfhalter und Gießkannenablage gewesen sein musste, zumindest so lange, wie es in diesem Haus Blumentöpfe gegeben hatte. Leon hob die Arme über den Kopf, reckte sich und gähnte.

»Ich weiß nicht. Ist nur so ein Gefühl«, antwortete er nur. »Du kannst mich natürlich rausschmeißen. Aber ich werde den Weg zurück zum Schwarzen Hirschen nicht mehr finden und mich verirren. Willst du schuld an meinem ach so frühen Erbleichen sein? Mit hohler dünner Stimme klagend wird mein Geist durch eisige Winternächte ziehen ... Ich könnte dir auch noch ein Märchen vorm Einschlafen erzählen.«

Nico lachte. »Ich hol dir was.«

Sie lief die Treppe hoch in Kianas Zimmer und raffte Überdecke und Bettzeug zusammen. Dann schnappte sie noch ein Kopfkissen und kämpfte sich schwer bepackt zurück ins Wohnzimmer. Leon stand wieder am Fenster. Er hatte die Vorhänge zugezogen und beobachtete durch einen schmalen Spalt die Straße. Es sah aus, als ob er nicht gesehen werden wollte.

»Alles okay?«, fragte Nico.

Leon nickte.

FÜNFZEHN

Nico wurde wach, weil Minx die Kuhle am Fußende ihres Bettes verlassen hatte und ihr maunzend übers Gesicht leckte. Unwillig stieß sie die Katze fort, aber sie kam zurück und stupste Nico mit ihrer kalten Nase an.

»Lass das.«

Die Antwort war ein böses Fauchen. Der Begriff Katzenklo, mehr aber noch das Fehlen dieses nützlichen Gegenstandes geisterte durch Nicos Unterbewusstsein. Schlaftrunken stand sie auf und öffnete die Tür. Minx rannte ins Treppenhaus und wartete. Nico knallte die Tür zu und taumelte zurück ins Bett.

Damit hatte sie Minx' Problem wohl nur verlagert, aber nicht gelöst. Bevor sie den Gedanken vertiefen konnte, war sie schon wieder am Einschlafen. Sie hörte noch den Wind übers Dach streichen und ein Knarren, so als ob sich zwei Bäume, ächzend unter der Last des Alters, aneinanderrieben. Der Schrei einer Eule oder eines Käuzchens. Ein Scharren wie von trockenen Ästen, die mit dürren Fingern über die Schindeln kratzen. Ein leises Glockenspiel. Aus den Wänden und Ritzen ein Duft, schwer und süß, Harz und Holz.

Sie kannte ihn. Sie wusste nur nicht mehr, wo sie ihn schon einmal gerochen hatte. Mit jedem Atemzug wurde er stärker. Sie blinzelte und drehte sich auf die andere Seite. Das Mädchen lächelte sie an.

Es stand in der Ecke des Zimmers neben der Tür, zart und durchsichtig wie ein Geist, und Nico wusste, dass sie träumte. Sie spürte keine Angst. Noch nicht einmal Verwunderung. Sie war einfach nur erstaunt. Es war ein Kind. Es trug Fäustlinge aus weißer Wolle, einen hellen Anorak mit einer fellbesetzten Kapuze und dicke Skihosen. Die Kapuze war hochgezogen, als ob es gerade aus der Kälte kam oder gleich hinauswollte. Ein paar zerzauste blonde Haarsträhnen fielen ihm ins Gesicht. Es hatte schmale Wangen, riesige grüne Augen, Sommersprossen und eine Stupsnase. Die Kleidung wirkte verblichen, so wie die alten Fotos im Schwarzen Hirschen. Nicos Blick wanderte zu den kleinen Füßen des Kindes. Sie steckten in gefütterten blassroten Stiefeln.

»Hallo«, sagte das Mädchen. »Weißt du, wo mein Besen ist?«

Nico setzte sich auf. Sie wusste, dass das alles gar nicht geschah. Trotzdem wunderte sie sich, dass sie den Mund aufmachen und sprechen konnte.

»Ich glaube, der steht in der Küche.«

»Danke. Ich guck mal.«

Das Kind ging wie ein Geist durch die verschlossene Tür und verschwand. Nico ließ sich aufs Bett fallen und starrte dorthin, wo sie in der fast absoluten Dunkelheit die Decke vermutete.

Wow. Was passiert hier eigentlich mit mir?, dachte sie. Schlaf am besten weiter und denke nicht zu viel darüber nach. Sie dämmerte hinüber in eine Art Halbschlaf. Sie wusste nicht, wie viel Zeit vergangen war, als ein Lufthauch über ihr Gesicht strich. So zart, als ob sich jemand über sie beugte und atmete.

»Es ist hier«, flüsterte eine Stimme.

»Was?«

»Das Böse.«

»Dann bleib bei mir.«

»Ich kann nicht ... Gib acht, ja? Gibt auf dich acht! Der schwarze Mann ...«

Der Lufthauch verschwand. Nico wollte sich bewegen, aber eine lähmende Müdigkeit hielt sie umfangen. Sie konnte sich nicht mehr rühren, das Atmen fiel ihr schwer. Etwas lag in der Luft, das in sie hineinkroch und ihr jede Kraft, jeden Willen nahm. Sie wusste, dass sie Angst haben sollte, aber noch nicht einmal das gelang ihr.

Sie wollte das Mädchen rufen, aber ihr fiel sein Name nicht mehr ein. Vielleicht war es auch gar nicht mehr wichtig. Sie wusste, sie würden sich bald treffen. Irgendwo da draußen in einem alten Stollen, dem silbernen Grab. Ein Teil von ihr stand auf und ging ebenfalls durch die Tür. Sie sah das Kind am Fuß der Treppe. Es drehte sich um und blickte zu ihr hoch.

Der andere, weitaus schwerere Teil blieb liegen.

»Wann kommst du?«, fragte das Mädchen.

In Nico erwachte eine unendliche, noch nie so tief gefühlte Trauer.

»Ich weiß nicht«, flüsterte sie.

»Ich warte auf dich.« Das Mädchen ging durch die Hauswand und war verschwunden.

»Wach auf!«

Jemand rüttelte sie. Nico lag da wie gelähmt. Sie hörte ein Klatschen und spürte den brennenden Schmerz auf ihrer Wange, aber sie konnte nichts tun. Die Trauer hatte sie mit schwarzen Schleiern gefesselt.

»Nico! Du musst hier raus! Sofort!«

Ein Klirren, ein dumpfer Schlag. Das musste das Fenster sein. Die oberen Stockwerke hatten keine Läden, sodass die kalte Luft augenblicklich ins Zimmer strömte. Nico atmete tief ein und begann zu husten.

»Komm hoch. Los! Nun mach schon! Nico!«

Wer rief da so verzweifelt ihren Namen? Wer zerrte sie aus dem Bett, hob sie hoch, schleifte sie durchs Zimmer, stolperte über einen verrutschten Flickenteppich, fluchte, schrie, schüttelte sie, schlug ihr wieder und wieder ins Gesicht?

»Was ... Was ist los?«

»Atme. Atme!«

Sie zog tief die Luft ein, weil es zu diesem Befehl keine Alternative gab. Wieder hustete sie. Die Brust tat ihr weh, als ob ein Gebirge daraufgelegen hätte. Die Kehle brannte und aus ihren Augen liefen Tränen. Die schwarzen Schleier zerrissen.

Leon ließ sie los. Nico taumelte und konnte sich mit letzter Kraft am Fensterbrett festhalten. Das Licht ging an, aber sie konnte kaum etwas erkennen. Das ganze Zimmer war voller Rauch. Leon knallte die Ofenklappe neben dem Schrank zu und kam zu ihr zurück. Er beugte sich aus dem Fenster und holte tief Luft.

»Verdammte Scheiße! Wann war der Schornsteinfeger zum letzten Mal hier?«

»Das weiß ich doch nicht«, krächzte sie. Ihr war schlecht. Am liebsten hätte sie gleich aus dem Fenster gekotzt. »Was ist denn passiert?«

»Ich bin wach geworden, weil deine Katze einen irrsinnigen Tanz auf meinem Gesicht veranstaltet hat. Der Abzug ist verstopft. Die ganze Bude ist voller Rauch. Noch ein paar Minuten länger und du wärst tot!«

Sie begriff nicht. Warum regte er sich so auf? Alte Häuser hatten eben alte Kamine ...

»Kohlenmonoxyd. Mein Gott. Das ist ja lebensgefährlich hier!«

Nico schwankte zur Tür und schleppte sich die Treppe hinunter. Vorder- und Hintereingang standen sperrangelweit offen. Obwohl der Luftzug schon eine Menge Rauch aus dem Haus geweht haben musste, biss der Rest immer noch in Nicos Augen.

Leon folgte ihr. Im Flur hatte er schon seinen Anorak an und hielt die Taschenlampe in der Hand.

»Ich muss aufs Dach.«

Nico rang nach Luft, aber er achtete nicht auf sie und stürzte hinaus. Sie wankte wie eine Betrunkene in die Küche, beugte sich über das Becken und würgte. Glücklicherweise kam nichts heraus. Sie ließ kaltes Wasser laufen, sammelte es in der hohlen Hand und schlug es sich immer wieder ins

Gesicht. So lange, bis sie das Gefühl hatte, wieder wacher zu sein und klarer denken zu können.

Ein lautes Schaben an der Hauswand verriet ihr, dass Leon die Leiter anlehnte und aufs Dach kletterte. Sie trug einen Flanellpyjama, ein Sweatshirt und dicke Socken, das musste reichen. Sie schlüpfte in ihre Stiefel, nahm Jacke und Schal vom Küchenstuhl und eilte hinaus.

Es hatte aufgehört zu schneien. Die Morgendämmerung sandte bereits ein fahles Licht über die Gipfel der Berge. Der Mond verblasste zu einer Sichel, die schweren Wolken waren weitergezogen. In der ersten Ahnung von Helligkeit erkannte sie Fußspuren im Schnee, die nicht von Leon stammten.

Hier ist ja eine Menge los nachts, dachte sie.

Nico bog um die Ecke und geriet in eine mittlere Dachlawine, die Leon losgetreten haben musste. Prustend wischte sie sich den Schnee aus dem Gesicht. Ein Lichtkegel tanzte über den First. Es sah verdammt gefährlich aus.

»Kann ich dir helfen?«, schrie sie.

»Ich brauche eine Harke! Hast du so was?«

»Moment!« Sie rannte hinüber zum Schuppen und tastete in fliegender Hast nach den Gartengeräten. Sie konnte in der Dunkelheit kaum etwas sehen, aber sie erinnerte sich noch vage, wo was gestanden hatte. Die Angst streifte sie wie ein Eishauch. Was, wenn der Unbekannte sich hier versteckt hatte? Wenn er sich entdeckt fühlte? In die Enge getrieben? Wenn er sich auf sie stürzen würde? Sie merkte, dass sie die Kontrolle verlor. Sie begann am ganzen Körper zu zittern und wagte nicht, die Hand auszustrecken.

»Nico?«

Leon war so weit weg. Er würde ihr nicht helfen können … Jemand berührte ihren Arm. Sacht und sanft, fast wie ein Streicheln. Ihr Blut gefror zu Eis, die Angst kristallisierte in ihren Adern. Sie stand da und konnte sich nicht mehr rühren. Die Berührung glitt ihren Arm hinunter. Etwas Hölzernes fiel zu Boden. Es war die Harke, die an der Wand gelehnt hatte und die Nico aus Versehen umgeworfen haben musste. Sie wartete, bis sie sich wieder unter Kontrolle hatte und die Erleichterung ihren Körper auftaute.

»Hab sie!«

Triumphierend kehrte sie zurück und kletterte die Leiter hoch bis zur Dachrinne. Leon hielt sich an einem uralten Antennenmast fest und streckte sich ihr entgegen. Sie schob die Harke so weit in seine Richtung, wie sie konnte. Wieder löste sich ein Schneebrett und sauste in die Tiefe.

»Pass auf, Nico! Halt dich fest!«

Die Leiter geriet in Bewegung und rutschte ihr unter den Füßen ab nach rechts. Sie ließ die Harke los und klammerte sich an die Dachrinne. Im letzten Moment konnte sie ihre wackelige Stütze stabilisieren. Sie schielte nach unten. Fünf, sechs Meter waren es bestimmt. Der einzige Trost war, dass der Schnee den Aufprall gemildert hätte.

Sie hangelte sich mit der Leiter wie ein Stelzenläufer wieder zurück in die Ausgangsposition, tastete nach der Harke und schob sie vorsichtig in Richtung Leon. Zwanzig Zentimeter. Fünfzehn Zentimeter. Endlich erwischte er das Ende des Stils und zog ihn zu sich heran.

Er kletterte zurück auf den Dachfirst, schwindelfrei und sicher, als ob er tagtäglich auf verschneiten Dächern herumturnte, und robbte sich an den Schornstein heran. Kurz vor dem gemauerten Viereck kam er auf die Beine und leuchtete mit der Taschenlampe in die Öffnung.

»Da ist was drin!«

Nico klapperte mit den Zähnen. Hier oben pfiff der Wind noch einmal ein paar Zacken schärfer. Ihre Pyjamahose war zu dünn. Außerdem hatte sie ihre Handschuhe vergessen. Die Finger wurden taub. Lange würde sie die Kälte nicht mehr aushalten. Sie wickelte ihre Hände in die Enden des Schals und sah hinunter nach Siebenlehen. Verträumt lag das Dorf in seinem Tal, die Häuser erinnerten sie an eine schlafende Herde. Nur in manchen Fenstern brannte Licht. Wer war an einem Sonntagmorgen so früh schon wach?

Eine Glocke läutete. Nico zählte die Schläge: sechs. Sie suchte den dazugehörigen Turm und fand ihn, ein Stück weit hinter der Kreuzung, neben einer kleinen Kirche. Vage erinnerte sie sich, dass sie in Leons Jeep an ihr vorbeigefahren war. Vom Wohnzimmerfenster aus hatte man sie nicht sehen können. Und bei ihrem bisher einzigen Ausflug ins Dorf war sie gar nicht so weit gekommen.

»Und? Kriegst du es raus? – Leon!«

Er rutschte ab. Nicos Herz blieb stehen. In letzter Sekunde konnte er sich am Schornstein festhalten, aber seine Füße scharrten über die Schräge und glitten immer wieder weg.

»Leon!«, schrie sie.

Unter Auferbietung all seiner Kräfte zog er sich hoch. Fast

hatte er es geschafft, als ein Ziegel herausbrach und polternd hinunterfiel. Sie hörte Leon fluchen wie einen Kutscherknecht. Seine Hand tastete über den Rand des Schornsteins und fand Halt. Wieder zog er sich nach oben, vorsichtiger dieses Mal, weil keiner wusste, ob das alte Mauerwerk dieser Belastung standhielt. Endlich hatte er es geschafft und richtete sich auf.

»Ist alles in Ordnung?«

»Ja«, rief er zurück. »Aber das bröckelt ja schon beim Hinsehen!«

Er tastete nach der Harke, die glücklicherweise vom Schnee daran gehindert worden war, ebenfalls hinunterzurutschen. Langsam führte er sie in die Öffnung und stocherte darin herum. Er hielt mitten in der Bewegung inne und leuchtete noch einmal hinein.

»Was ist?«

Statt einer Antwort drehte er ihr den Rücken zu, beugte sich noch tiefer über die Öffnung und ließ seinen rechten Arm darin verschwinden. Sie hörte ihn keuchen vor Anstrengung, als er versuchte, den verstopften Kamin freizubekommen. Nico betete, dass er nicht aus Versehen selbst darin verschwand. Er fluchte, zog und zerrte und holte schließlich etwas heraus, das sie nicht erkennen konnte. Er warf es in hohem Bogen vom Dach.

»Was ... Was war es denn?«

»Alte Häuser«, gab er zurück.

Er tastete sich langsam über den First in Nicos Richtung. Sie wartete, bis er die Leiter erreicht hatte und festhielt.

»Geh schon mal rein. Ich komme gleich nach.«

Aber etwas in seiner Stimme hielt sie davon ab. Mit steif gefrorenen Beinen kletterte sie herunter. Bevor auch er wieder festen Boden unter den Füßen hatte, suchte sie im Garten schon nach der Ursache für das Kamin-Desaster. Ein paar Meter vom Geräteschuppen entfernt entdeckte sie einen dunklen Fleck auf dem Schnee.

»Nein! Nico! Lass das!«

Unwillig stapfte sie nur noch schneller durch den Schnee. Sie konnte hören, wie Leon hinter ihr herlief, aber sie war schneller. Der dunkle Fleck wurde zu einem schwarzen Knäuel, und einen schrecklichen Moment lang glaubte Nico, es wäre Minx. Dann erkannte sie ihren Irrtum. Es war ein Vogel.

Sie ging in die Knie und betrachtete das tote Tier.

»Eine Krähe«, sagte Leon hinter ihrem Rücken. »Lass sie liegen. Wer weiß, wie lange sie schon tot ist.«

»Eine Krähe im Schornstein?«

»Wahrscheinlich hat sie einen warmen Platz gesucht.«

»Das glaubst du doch selbst nicht, oder?« Nico stand auf. Im Schnee leuchtete rotes Blut. »Was ist mit ihrem Kopf passiert?«

»Wieso?«

Sie starrte auf den verrenkten Körper. »Weil sie keinen mehr hat.«

SECHZEHN

Sie war wunderschön.

Die blonden Locken umspielten wie Engelshaar ihr liebliches Gesicht. Anmutig stand sie auf ihrem Gerüst, den Blick zum Gebet gesenkt. Sie trug ein bodenlanges schlichtes Kleid aus weißer Seide, darüber den *surcot,* einen Umhang, der über der Brust mit einer Fibel zusammengehalten wurde. Ihre zarten Füße verschwanden in den Tannenzweigen, mit denen das Gerüst geschmückt war.

Pfarrer Gero ordnete ein letztes Mal den Faltenwurf. Er bemerkte, dass der Saum des Kleides bei genauem Hinsehen nicht mehr ganz so strahlend weiß war wie der Rest des Habits. Die Figur stand die meiste Zeit des Jahres in einer kleinen Kammer neben der Sakristei. Eine professionelle Reinigung würde ein Vermögen kosten, das die Gemeinde nicht hatte. Es war schon ein Wunder, dass die Spenden ausgereicht hatten, um den Glockenstuhl im letzten Jahr zu renovieren.

Es war ein kleines, schlichtes Gotteshaus. Man spürte sofort, dass es für Menschen gebaut worden war, die Generationen lang in bitterster Armut gelebt hatten. Schmucklose, weiß gekalkte Wände, durchgesessene Bänke, abgeschabte Fußleisten. Nur den Altar schmückte eine prächtige

Decke, und das Kreuz darüber war ein kleines Meisterwerk aus dem neunzehnten Jahrhundert, gestiftet von einem, den das Silber reich gemacht hatte. Es war eine Kirche für Bergleute, die zum Beten weder Pracht noch Herrlichkeit, sondern einen möglichst schnellen und direkten Draht zum lieben Gott brauchten.

Heilige Barbara, solange wir leben, fühlen wir uns gefangen in Sorge und Not, in Leid und Sünde. Hilf, dass wir Jesu Leiden, sein Sterben und seine Auferstehung als Botschaft der Befreiung aus unserer irdischen Gefangenschaft begreifen und in der Todesstunde eingehen dürfen in sein ewiges Erbarmen.

Er zupfte an den Tannenzweigen herum, bis sie den Saum des Umhangs verdeckten, und trat einige Schritte zurück.

Sie war wirklich wunderschön.

Eine Tür knarrte. Gero lauschte. Die Kirche war leer. Die Prozession würde erst in einer Stunde beginnen, im Gemeindehaus warteten bereits große Thermoskannen mit Tee und Kaffee auf die Teilnehmer. Er mochte diesen stillen Moment, bevor es losging. Ein paar Gedanken, ein kurzes Gebet. Nur er, die Heilige und Gott.

Und jetzt eine arme Seele, die im Beichtsuhl saß und gerade die Tür hinter sich geschlossen hatte. Der Samtvorhang bewegte sich noch. Gero mochte es gar nicht, wenn jemand hinter seinem Rücken herumschlich. Normalerweise machte man sich bemerkbar. Mit einem leisen Seufzen sah er auf seine Armbanduhr. Eigentlich musste er jetzt los und die Helfer begrüßen. Aber die Sünde fragte nicht nach Zeit und

Stunde, also durfte es die Vergebung auch nicht tun. Mit einem Seufzen wandte er sich ab von der Figur und stieg die Stufe hinunter.

Im Beichtstuhl setzte er sich auf das zerschlissene Samtkissen und faltete die Hände. Stille. Gero wartete. Endlich hörte er ein leises Rascheln, als ob das Beichtkind unruhig auf seiner Bank hin- und herrutschte.

»Im Namen des Vaters und des Sohnes und des Heiligen Geistes. Amen.« Eine heisere, leise Frauenstimme. Gero fielen mehrere Damen ein, denen er diese Stimme zuordnen könnte, aber er war sich nicht ganz sicher.

»Gott, der unsere Herzen erleuchtet, schenke dir wahre Erkenntnis deiner Sünden und Seiner Barmherzigkeit«, sagte er.

»Ach ja«, stöhnte es nebenan. Stille.

Gero sah wieder auf seine Uhr. Er wollte ja nicht drängen, aber …

»Zwei Nächte habe ich nicht geschlafen«, sagte die heisere Stimme von nebenan durch den Vorhang. »Mich rumgewälzt und gebetet und gehofft, es würde vorbeigehen und mich gefragt, warum ich so geprüft werde … so geprüft …« Schluchzen. Ein leises Schniefen, gedämpft durch ein Taschentuch. »Sie ist wieder da. Und alles kommt wieder hoch. Alles.«

»Wen meinst du, meine Tochter?«

»Die Hexe oben in Kianas Haus.«

Gero beugte sich näher an das kleine Fenster mit dem Vorhang auf der anderen Seite. Er war zugezogen, sodass er nicht erkennen konnte, wer dort saß. Aber er ahnte es.

»Es gibt keine Hexen«, sagte er bestimmt. »Du meinst Kianas Nichte. Ich habe davon gehört, dass sie zurückgekommen ist. Das ist nicht schön, aber damit müssen wir ...«

»Sie hat unser Leben zerstört! Meins, und ... und ...ich kann damit nicht leben! Ich kann es nicht! Ich habe gebetet, um diesen Hass aus meinem Herzen zu vertreiben. Aber ich schaffe es nicht! Ich schaffe es einfach nicht ...«

Gero begriff, dass die Gemeinde vielleicht noch ein paar Minuten warten musste. Er hatte gefürchtet, dass es so weit kommen würde. Jeder im Dorf wusste es. Wie ein Lauffeuer war es herumgegangen: Die Kleine ist wieder da. Kianas Nichte ist zurückgekommen. Die Blicke, wie magisch wurden sie von Schattengrund angezogen. Flüsternd standen die Leute zusammen, senkten die Köpfe, wenn er vorüberging, wechselten das Thema. Aber er wusste, was sie bewegte: eine ungesühnte Tat. Kiana hatte dafür büßen müssen, und sie hatte diese Last so lange Jahre auf ihren Schultern getragen. Keiner hatte sie ihr abnehmen können, auch er nicht. Er hoffte, dass sie Frieden gefunden hatte in ihrer letzten Stunde.

Er suchte nach Worten und vielleicht sprach er sie mehr zu sich selbst als zu der Unglücklichen auf der anderen Seite.

»Du musst diesen Hass überwinden. Du musst es wenigstens versuchen.« Ein ersticktes Schluchzen war die einzige Antwort. »Sie war ein Kind. Du musst verzeihen. Endlich verzeihen.«

»Ich kann es nicht! Warum musste sie auch zurückkommen und alles wieder aufwühlen? Sie marschiert durchs

Dorf und tut so, als ob sie sich an nichts erinnern könnte. Weiß sie nicht, dass sie uns damit ins Gesicht spuckt?«

»Es ist bestimmt nicht ihre Absicht …«

»War es auch keine Absicht, als diese Lügen verbreitet wurden? Als Kiana in unser Haus kam und das Schlimmste, das Schlimmste …«

Die Stimme brach. Pfarrer Gero sah auf seine Hände. Er wusste, wovon sie sprach. Es war, als ob alles erst gestern geschehen wäre und die Wunden wieder aufbrachen, hässlicher und schmerzender denn je. Verzweiflung, Kummer, bitterstes Leid. Nichts war gesühnt. Hatten sie gehofft, es wäre nach Kianas Tod vorbei? Hatten sie geglaubt, es könnte Frieden einziehen, wenn nur genug Zeit verginge? Zwölf Jahre waren vergangen, und nichts war vergessen, nichts vergeben, nichts vorbei.

Nur der Herr konnte das verzeihen. Die Menschen von Siebenlehen wohl nicht.

Er hörte das leise Weinen und fragte sich, wann seine Schuld verjährt sein würde. Es gab Nächte, in denen sich die Erinnerung wie ein kalter Stein auf seine Brust legte. Träume, die ihn schlafend schaudern ließen. Schreie, die aus tiefster Kälte kamen und ihm das Blut in den Adern gefrieren ließ. Und eine Stimme, leise und monoton, die ihm das Fürchterlichste offenbarte, was er je gehört hatte. *Mea culpa*, dachte er, *mea maxima culpa …*

»Verstehen Sie mich?«, fragte die heisere Stimme. »Verstehen Sie mich?«

Sie sollte schweigen, endlich schweigen. Am liebsten wäre

er aus dem Beichtstuhl gestürzt. Er fürchtete sich vor dem Moment der Absolution. Nicht nur der Büßer, auch der Beichtvater sollte dabei reinen Herzens sein. Seines war schwarz und dunkel wie die Nacht.

Seine Antwort war ein Flüstern. »Ja.«

»Ich habe die beiden doch gesehen, wie sie losgegangen sind. Ich hätte sie noch zurückhalten können und ich habe es nicht getan ... nicht getan ...«

Gero spürte den Schmerz in seinen verkrampften Fingern. Er löste sie voneinander und atmete tief durch. Schuldgefühle. Die ewig gleichen quälenden Fragen: Warum konntest du etwas nicht verhindern? Hättest du Dinge abwenden können, wenn du nur schneller, bestimmter, wacher, mutiger, zögernder, stiller, lauter, auf jeden Fall anders gewesen wärst als im Moment deines größten Fehlers?

»Es ist nicht deine Schuld. Versuche, Vergebung zu schenken, dir und anderen, so wie auch der Herr dir vergeben wird.«

»Ich ... Ich will es versuchen. Ich will es ja! Erbarme dich meiner, Herr. Erbarme dich!«

»Ich spreche dich los von deinen Sünden im Namen des Vaters, des Sohnes und des Heiligen Geistes.«

»Amen.«

»Der Herr hat dir deine Sünden vergeben. Geh hin in Frieden.«

Ein leises Rascheln, das Knarren der Tür. Gero wartete, bis die Schritte sich entfernt hatten. Erst dann stand er auf und trat aus der Enge des Beichtstuhls hinaus in das Kirchenschiff. Seine Hand zitterte. Er hoffte, dass sie ihm nichts angemerkt hatte.

Er ging zurück zur heiligen Barbara und berührte den Saum ihres Kleides. Das Mädchen lächelte herab, unschuldig und rein, als ob es selbst dem schlimmsten Sünder noch Vergebung gewähren könnte.

Dies war erst der Anfang. Es würde weitergehen. Ein Abgrund würde sich auftun, der alle verschlingen würde. Alle, die damals an dieser Tragödie beteiligt gewesen waren. Und ihn dazu. Ihn, der die Sünden der anderen vergeben konnte, aber nicht die eigenen.

Es gab nur eine Lösung.

SIEBZEHN

Nico saß mit angezogenen Beinen auf der Couch und klammerte sich an ihren Teebecher fest. Das Feuer loderte im Kachelofen, und draußen vor dem Fenster vertrieb die Morgendämmerung die Dunkelheit. Sie erinnerte sich nicht, jemals so früh hellwach gewesen zu sein.

Leon schürte die Glut. Der Rauch zog ohne Probleme ab. In der Luft hing immer noch ein beißender Gestank, aber Nico hatte die Türen trotzdem geschlossen. Sie beobachtete, wie Leon die Ofenklappe öffnete und Kohlen nachlegte. Er trat einen Schritt zurück, kniff die Augen zusammen und prüfte, ob sie auch richtig lagen. Kein überflüssiger Handgriff, jede Geste von ihm hatte einen Sinn. Sie merkte, dass sie ruhiger wurde, wenn sie ihn bei so einfachen, aber lebensnotwendigen Dingen wie Heizen zusehen konnte. Wahrscheinlich hätte seine Anwesenheit eine ähnliche Wirkung, wenn er Türen streichen oder Abflussrohre reinigen oder Mammuts zerlegen würde. Er tat etwas, und tun war immer gut.

Der tote Vogel im Schnee und die Blutstropfen – das Bild tauchte immer wieder auf. Wer warf eine geköpfte Krähe in einen Schornstein? Warum? War das ein unbekanntes Ritual zur Teufelsaustreibung? Mit Anfeindungen konnte sie umgehen, mit Verwünschungen auch. Aber nun war eine Grenze überschritten worden.

»Und wenn ich es bis Altenbrunn schaffe?«

Leon stellte den Schürhaken zurück und klopfte sich die Hände an seiner Hose ab. »Das schaffst du nicht. Der Schnee liegt zu hoch. Du müsstest dich quasi durchgraben.«

»Ich will weg. Das wird mir zu unheimlich. Wenn du nicht gewesen wärst ...«

Er setzte sich ihr gegenüber in den Sessel. Sie trank einen Schluck Tee und versuchte, die kleine Enttäuschung zu ignorieren. Warum setzte er sich nicht neben sie? Stattdessen zog er es vor, auf Abstand zu gehen.

»Ich hatte so ein Gefühl.« Er strich sich die Haare zurück. Sie waren noch feucht und fielen ihm immer wieder in die Stirn.

»Und was sagt das sonst noch?«

Er sah ihr in die Augen. Sein Blick war ein Schock. Nico wusste nicht, was er zu bedeuten hatte. Am liebsten hätte sie ihre Frage zurückgeholt. Sie klang zweideutig. So, als ob sie etwas ganz anderes wissen wollte. Dabei hatte sie nur an eine Einschätzung der Lage gedacht. Ob sie zur Polizei sollten. Ob es in Siebenlehen überhaupt eine Polizei gab. Ob der Täter wiederkommen würde. Was dieser Anschlag zu bedeuten hatte.

»Mein Gefühl?«, wiederholte er leise.

Nico sah ihn über den Rand ihrer Teetasse an und fragte sich, was passieren würde, wenn sie wirklich über Gefühle reden würden. Bitte nicht, dachte sie und merkte, wie sie rot wurde. Das konnte doch nicht wahr sein. Sie waren eben dem Tod entronnen – ziemlich souverän, wie sie fand, und ein einziger Satz, ein Blick brachte sie völlig aus der Fassung.

Sie nahm einen tiefen Schluck, obwohl sie wusste, dass sie sich damit den Mund verbrennen würde. Nur, um zu husten, zu röcheln und damit die Spannung, die in der Luft zu liegen schien, zu zerstören.

»Was erwartet mich, wenn ich nicht schnell genug die Kurve kratze?«

Er nahm ihr gedankenverloren den Teebecher aus der Hand und trank einen Schluck. Seine Finger berührten ihre. Es war wie ein winziger, elektrischer Schlag.

»Nichts. Solange ich bei dir bin.« Mit einem Grinsen reichte er ihr den Becher zurück.

Sie atmete auf. Er war die Ruhe selbst. Ihre Gegenwart schien ihn in keiner Weise nervös zu machen. Sie überlegte, ob sie Freunde werden könnten.

»Warum hassen mich alle so?«

»Ich weiß es nicht. Wirklich. Wahrscheinlich, weil du keine Tischmanieren hast und frisst wie ein Scheunendrescher.«

»Was?« Nico griff nach dem nächstbesten Kissen und wollte es in seine Richtung schleudern, aber Leon sprang blitzschnell auf und brachte sich hinter dem Sessel in Sicherheit.

»Ich finde es ja süß.« Er ahmte nach, wie sie mit vollen Backen kaute, und konnte sich gerade noch rechtzeitig ducken.

»Und grade wollte ich fragen, was es zum Frühstück gibt!«

»Rühreier?«, fragte er. »Einfach um zu sehen, ob du deine Bestmarke von sechs Komma acht Sekunden noch überbieten kannst.«

»Weiß nicht«, sagte sie und grinste. »Käme auf einen Versuch an.«

Während sie wenig später unter der heißen Dusche stand und langsam das Gefühl hatte, wieder aufzutauen, machte Leon sich in der Küche zu schaffen. Sie war froh, dass die kurze Befangenheit zwischen ihnen nur ihr aufgefallen zu sein schien. Den Anflug von schlechtem Gewissen, dass er eigentlich ununterbrochen von ihr auf Trab gehalten wurde, ignorierte sie. Wahrscheinlich war er froh, aus dem Schwarzen Hirschen wegzukommen. Sie spürte, wie die Anspannung sie verließ. Je heller es draußen wurde, umso leichter fiel es ihr, die Geschehnisse der Nacht als einen Streich abzutun. Einen Streich, der böse hätte enden können, der dank Leons Hilfe aber glimpflich abgelaufen war.

Sie griff nach dem Handtuch und trat an die beschlagene Scheibe des Badezimmerfensters. Mit einem Zipfel rieb sie ein kleines Guckloch frei. Über die Kreuzung hinweg bewegte sich eine Prozession. Sie sah genau so aus wie die, die sie auf dem Foto im Schwarzen Hirschen gesehen hatte. Wahrscheinlich würde sie sich nie verändern. Nicht in sechzig und auch nicht in sechshundert Jahren. Es gab Dinge, an denen die Zeit spurlos vorüberging.

Vorneweg schritten Ministranten mit Weihrauchfässern. Ihnen folgte der Kreuzträger, dahinter tauchten Männer in schwarzen Mänteln auf, die Leuchter und eine Statue trugen. Und dann, in die dunkle Tracht der Siebenlehener Bergleute gekleidet, rund hundert Menschen.

Nico zog sich in Windeseile an und raste hinunter in die Küche, wo Leon bereits den Tisch gedeckt hatte.

»Die Prozession!«, rief sie durch die offene Tür. Sie rannte weiter ins Wohnzimmer und riss den Vorhang am Fenster zur Seite. Leon folgte ihr. Der Zug verließ die Kreuzung und setzte sich Richtung Schattengrund in Bewegung.

»Wohin wollen die?«

»Keine Ahnung.«

Erstaunt drehte sie sich zu ihm um. »Ich dachte, du kennst dich so gut aus mit den Bräuchen hier?«

Urplötzlich legte er ihr die Arme um die Schultern und zog sie kurz an sich. Nico wusste nicht, wie sie reagieren sollte. Noch nie war Leon ihr so nah gewesen. Wenn sie den Kopf an seine Schulter legen würde – wäre das zu viel? Was würde er von ihr denken? Gerade noch hatte sie die heikle Frage nach Gefühlen mit Ach und Krach umschifft, da überraschte er sie mit so einer Geste.

»Du riechst irgendwie geräuchert«, sagte sie, weil ihr nichts Besseres einfiel.

Er ließ sie los und schob den Vorhang noch ein Stück zur Seite. Sie hätte sich ohrfeigen können. Ein Mann nahm sie in den Arm. Einer, der ihr nicht nur das Leben gerettet hatte – mehrmals, wie sie mittlerweile zugeben musste –, der umwerfend gut aussah und der sie auch nicht für verrückt erklärte, wenn sie in Feindesland nach Schwertern und Türmen suchte. Und ihr fiel nichts Besseres ein, als ihn geruchsmäßig mit einem deftigen Schweineschinken zu vergleichen.

Du lernst es nie, Nico, dachte sie. Erst Gehirn einschalten, dann Mund aufmachen.

»Sie kommen hoch.« Leon drehte sich zu ihr um. »Du ziehst dir vielleicht besser was anderes an.«

Nico schaute hinunter zu ihren Füßen, die in dicken Wollsocken steckten. Sie trug eine weite, etwas ausgeleierte Haremshose und ein zerknittertes Sweatshirt, das sie in aller Hast aus dem Schrank gezogen hatte. Vielleicht sollte sie grundsätzlich ein bisschen mehr darauf achten, hier nicht zu verwildern.

»Es könnte sein, dass sie klingeln und eine Spende wollen. Ich weiß es nicht. Aber es sieht ganz so aus, als ob Schattengrund ihr Ziel wäre.«

»Echt? Dann brauchen sie die Freiwillige Feuerwehr.«

Er sah sie fragend an.

»Fürs Weihwasser«, sagte Nico. »Ein paar Tropfen reichen da nicht.«

Sie lief wieder nach oben und begutachtete den kläglichen Rest ihrer Garderobe. An gesellschaftliche Ereignisse wie eine Heiligenprozession hatte sie bei der Zusammenstellung natürlich nicht gedacht. Nach einigem Hin und Her entschied sie sich, dass eine Jeans und der schwarze Pullover reichen mussten. Sie hatte gerade noch Zeit, sich die feuchten Haare zu einem Pferdeschwanz zu binden und eine Mütze aufzusetzen, als sie leise Stimmen und die knirschenden Schritte vieler Menschen über Schnee hörte. Hektisch lief sie hinunter zu Leon, der immer noch am Fenster stand, sich aber vor den Blicken von außen hinter dem Vorhang verbarg.

»Sie warten auf dich.«

Nicos Herz verkrampfte sich. Die Prozession war vor dem Gartentor zum Stehen gekommen. Gerade drehte sich der Pfarrer um und richtete einige Worte an seine Schäfchen. Sie kamen offenbar nicht gut an, denn das Murren war bis ins Haus zu hören.

»Ich hoffe ja nicht, dass sie stürmen«, sagte sie mit einem Anflug von Galgenhumor. »Unsere einzigen Waffen sind Briketts und Besen. Aber ob man damit gegen eine Hundertschaft aufgebrachter Bürger ankommt ... Wann noch mal wurde hier zuletzt gelyncht?«

Leon schüttelte den Kopf. »Ich glaube, du sollst raus und mitlaufen.«

»Was?«

Der Pfarrer hob gerade beschwichtigend die Hände. Nico sah, dass nicht alle aus Siebenlehen aufgebracht waren. Die meisten standen nur frierend herum wie bestellt und nicht abgeholt und warteten wohl darauf, dass es weiterging. »Ohne mich.«

»An deiner Stelle würde ich es tun. Die Leute haben doch nur Angst vor Dingen, die sie nicht kennen.«

»Ich bin kein Ding.«

»Natürlich nicht. Aber ich kann mir nicht vorstellen, dass ganz Siebenlehen dich ablehnt.« Leon warf ihr einen aufmunternden Blick zu. »Du schaffst das schon. Das könnte eine Chance sein, und der Pfarrer versucht wohl gerade, sie dir zu geben.«

»Ach ja? Und du?«

»Ich bleibe hier.«

»Warum das denn? Ich soll alleine da raus? Jemand von denen hat heute Nacht versucht, mich umzubringen!«

»Ich kann nicht.«

Nico verschränkte die Arme über der Brust. Der Verdacht war böse, aber logisch und nachvollziehbar. »Ach so. Du willst nicht mit mir gesehen werden.«

»Genau.« Er ging hinüber in die Küche und kam mit Nicos Jacke zurück, die er ihr mit einer auffordernden Geste reichte. »Hast du eine Vorstellung davon, was das mit deinem Ruf anstellt, wenn die Leute sehen, dass ich heute Nacht bei dir war?«

»Mein Ruf ist hier doch wohl schon ziemlich über den Jordan, oder?«

»Wenn man an den Pranger gestellt wird, dann nur für Dinge, die man auch getan hat. Und …« Er brach ab und sah sie an, dass ihr heiß und kalt wurde. Nico, dachte sie, was passiert hier mit dir?

»Und was?«, fragte sie leise. Mehr als Nachplappern war im Moment sowieso nicht drin.

»Also was ich damit sagen will …« Er kam näher, hob die Hand und zupfte mit einer fast zärtlichen Geste ihre Mütze zurecht. Sie hatte das Verlangen, ihren Kopf in diese Hand zu schmiegen und seine Berührung nie mehr zu verlieren. Aber sie konnte sich nicht rühren.

Es klopfte. Nico fuhr zurück und stolperte, wie aus einem Traum gerissen, zur Tür. Sie riss sie auf und starrte auf einen Pfarrer mit erhobener Hand. Er war nur wenig größer als Nico und mochte vielleicht fünfzig Jahre alt sein. Was sie irritierte, war nicht der Umstand, dass er gerade dabei gewesen sein musste, die Tür zu segnen, sondern der Ausdruck in seinem Gesicht, mit dem er das tat. Angst.

Er hat Angst vor mir.

Der Geistliche versuchte, ein Lächeln in sein Gesicht zu zaubern. Er trug eine randlose runde Brille, was seinem schmalen Gesicht durchaus etwas Gelehrtes verlieh. Er hatte helle, wache Augen unter buschigen Brauen, glatt rasierte Wangen und eine hohe Stirn. Er wirkte mehr wie ein Professor als wie ein Pfarrer. Ein etwas verwirrter, leicht zu erschreckender Wissenschaftler.

»Guten Tag«, sagte er. Seine Stimme war hoch, aber nicht unangenehm. »Wir sind hier, um zu fragen, ob Sie sich nicht unserer Prozession anschließen wollen.«

»Wer ist wir?«

»Die Gemeinde von Siebenlehen.«

Die Leute sahen immer noch nicht aus, als ob sie zu hundert Prozent hinter ihrem Pfarrer stehen würden. Leises Zischeln und Raunen erhob sich aus den ersten Reihen. Nico runzelte die Stirn. Leon stand hinter der Tür und nickte ihr aufmunternd zu.

»Ich weiß nicht«, sagte sie.

Der Pfarrer lächelte. »Das klingt zumindest nicht nach einem Nein. Kommen Sie mit. Viele sind neugierig, wer in Kianas Haus gezogen ist, und wollen Sie kennenlernen.«

»Ach ja?«

Sie suchte die Menge nach bekannten Gesichtern ab. Und sah – Maik. Er stellte sich auf die Zehenspitzen und winkte ihr fröhlich zu.

»Nico!«, brüllte er und klirrte ein bisschen. Alle drehten sich nach ihm um, als hätte er gerade den Leibhaftigen gerufen. »Komm mit! Nachher trinken wir noch einen zusamm'!«

Stille. Maik sah sich betreten um. Er war wohl der Einzige, der sich über seinen Umgang nicht das geringste Kopfzerbrechen machte.

»Sehen Sie?« Der Pfarrer bot ihr in einer rührenden Geste seinen Arm an. »Sie sind gar nicht so schlimm.«

ACHTZEHN

Die Prozession war schon am Weiterziehen. Nico reihte sich irgendwo in der Mitte ein und hielt Ausschau nach Maik. Als sie ihn gefunden hatte, arbeitete sie sich zu ihm durch. Er grinste sie schüchtern an und sah zu Boden.

»Wie schmeckt das Katzenfutter?«

»Bestens«, antwortete sie und erinnerte sich daran, dass auf ihrem Herd wohl gerade Spiegeleier kalt wurden. Sie ignorierte ihren knurrenden Magen und sah sich um.

Die meisten Leute mieden ihren Blick. Aber es gab auch einige, die ihr freundlich zunickten. Sie war froh, wenigstens eine Person gefunden zu haben, neben der sie herlaufen konnte. Jemand stimmte ein Lied an und alle fielen ein.

Die du im Erdenschoße
des Bergmanns starker Hort,
hör Barbara, du Große,
getreuer Knappen Wort.
Zu schwerem Werk wir fahren
hinab den dunklen Schacht,
o mögst du uns bewahren
in tiefer Bergesnacht.
Will uns der Fels zerschmettern,

droht donnernd uns der Tod
in flammenden Schlagwettern,
so reiß uns aus der Not.
Die du im Kampf mit Geistern
der Tiefe unser Schutz,
hilf uns auch heute meistern
der böse Feinde Trutz.
Und schlägt die Feierstunde,
geht es zum Tag hinauf,
so grüßt aus treuem Munde
dich jubelnd ein »Glückauf!« –
»Glückauf!« – »Glückauf!« –

Der Ruf wurde weitergetragen, erreichte Nico, die mit einstimmte, und verebbte hinten bei den Nachzüglern. Jubel klang anders, aber vielleicht war es auch einfach nur zu kalt. Die Prozession führte einmal durch ganz Siebenlehen. Langsam verlor Nico ihre Befangenheit. Wenn Leute an den Fenstern standen oder Türen öffneten und winkten, winkte sie zurück. Die Bewegung hielt sie warm.

Es war nicht leicht, durch den Schnee zu stapfen. Der Zug wurde länger und länger, weil viele nicht so schnell mitkamen und zurückfielen. Manche grüßten Nico freundlich, andere streifte sie nur mit einem eisigen Blick. Sie erkannte die Bäckersfrau, die sich mit hochrotem Gesicht und unter lautem Schnaufen bei einem hageren Mann eingehängt hatte, der einen nicht sehr glücklichen Eindruck machte. Ein Stück dahinter tauchte das missmutige Gesicht von Zach auf. Er wurde begleitet von einer korpulenten blonden Frau, die aussah, als ob sie am liebsten zurück ins Bett kriechen wollte. Nico achtete darauf, den beiden nicht zu nahe zu kommen. Nach einer knappen halben Stunde erreichten sie die Kirche. Die heilige Barbara wurde hineingetragen und verschwand.

»Ist sie nicht schön?«, fragte Maik mit leuchtenden Augen.

Nico stellte sich auf die Zehenspitzen. Sie hatte die Figur bis jetzt nur von hinten gesehen. Die Kirche war voll. Immer noch strömten Leute hinein, gleich würde die Messe beginnen. Einige nicht ganz so Gläubige verabschiedeten sich und so entstand im Eingang ein Durcheinander von Kommenden und Gehenden.

»Ich zeig sie dir. Du musst sie dir anschauen.«

Er packte ihre Hand und zog sie mit sich. Nico musste es wohl oder übel geschehen lassen, denn jede Gegenwehr war zwecklos. Wer Maik nicht schnell genug auswich, wurde gnadenlos zur Seite geschoben.

Die heilige Barbara hatte die Größe eines Kindes. Das blonde Haupt hielt sie leicht gesenkt. Die eine Hand ruhte auf dem Herzen, die andere war von ihrem weißen Umhang verborgen. Je näher Nico kam, desto mehr spürte sie, dass etwas nicht stimmte. Das Stimmengemurmel wurde leiser, die Leute wichen ihr aus. Maik ließ ihre Hand los und blieb zurück. Wie ferngesteuert marschierte sie weiter und konnte den Blick nicht von der Figur wenden. Die Gasse zwischen den Bänken wurde leer, die letzten Schritte ging sie allein.

Es wurde totenstill. Nico blieb stehen und konnte nicht glauben, was sie sah.

Die heilige Barbara war das Mädchen aus ihrem Traum.

Sie stand barfuß auf einem Steinhaufen – wahrscheinlich war er nicht echt, sonst hätten die Männer die Figur gar nicht tragen können. Um sie herum waren Tannenzweige drapiert. Demütig hielt sie den Kopf halb gesenkt und schien Nico anzusehen. Der weich fließende weiße Umhang verdeckte, dass sie ein Schwert in der linken Hand hielt. Nico hielt den Atem an. Der flache Steinhaufen, auf dem die Märtyrerin stand, entpuppte sich als Sockel eines kleinen Turms, der ihr bis zu den Hüften reichte.

»Turm und Schwert«, flüsterte Nico. »Was hat das zu bedeuten?«

Sie sah hoch zu dem Mädchen, als ob sie eine Antwort erwarten würde. Sein Gesicht war aus Wachs, aber so naturgetreu gebildet, dass Nico sogar die Tränen sehen konnte, die am Wimpernkranz der Heiligen hingen. Tränen aus Eis. Nico blieb fast das Herz stehen, als eine von ihnen sich löste, auf die Wange fiel und wie eine durchsichtige Perle hinunter bis ans Kinn rollte. Es sah so echt aus, als würde das Mädchen gleich von seinem Bett aus Tannenzweigen herunterspringen. Dabei fing das Eis nur an zu tauen. Aber Menschen hatten schon immer an Wunder geglaubt, für die es bei näherer Betrachtung eine natürliche Erklärung gab. Und genau die wollte Nico haben.

Der Pfarrer wurde aufmerksam und kam die Stufen vom Altar zu ihr herunter.

»Wer ist das?«, flüsterte Nico.

»Die heilige Barbara.«

»Das stimmt nicht.« Sie drehte sich um. Die Leute, die ein paar Meter weit entfernt standen, wichen einige Schritte zurück und suchten sich einen Platz in den vorderen Bankreihen. »Wer ist sie?«

Das Murmeln und Zischen begann hinten am Eingang und setzte sich wie eine Welle fort. Zwei Messdiener arrangierten die Kerzen, ein dritter huschte mit seinem Weihrauchbecken gerade neben den Altar. Der Geruch des brennenden Harzes breitete sich aus wie süßes Gift, das bei jedem Atemzug tiefer in Nicos Lunge drang. Ihr wurde schwindelig und übel.

Der Pfarrer hob die Hände und machte eine beschwichtigende Geste. Die Menschen in der ersten Bankreihe warfen sich vielsagende Blicke zu.

»Nehmen Sie Platz, die Messe beginnt gleich«, sagte er leise. »Bringen Sie doch nicht die ganze Liturgie durcheinander.«

»Ich will wissen, wer dieses Mädchen ist.«

»Später. Ich erkläre es Ihnen. Nicht jetzt.«

Die Orgel begann mit der Improvisation eines Kirchenliedes. Wohin Nico auch sah – das Wohlwollen, das sie zu Beginn der Prozession noch bei einigen entdeckt hatte, war komplett verschwunden. In den Gesichtern spiegelten sich nur noch Ungeduld, Missfallen und offen gezeigter Ärger. Sie war der Störenfried, der mitten in der Kirche dem Pfarrer und der Gemeinde unangenehme Fragen stellte.

Der Pfarrer wandte den Bankreihen den Rücken zu und tat so, als ob er ein paar verrutschte Tannenzweige zu Füßen der Heiligen ordnen wollte. Ein kleines Messingschild wurde sichtbar. Schnell, als ob er einen Fehler begangen hätte, drehte sich der Pfarrer wieder zu den Anwesenden um und versteckte das Schild mit seinem Rücken.

»Okay«, sagte sie. »Ich komme wieder.«

Der Pfarrer lächelte und hob die Hand. »Gott segne dich, mein Kind.«

NEUNZEHN

Wütend stapfte Nico den Weg zurück nach Schattengrund. Alle wussten etwas. Keiner redete mit ihr. Und sie bekam Albträume, in denen eine Heilige herumspukte und sie vor dem Bösen warnte. Das passte doch alles vorne und hinten nicht zusammen. Die Schutzpatronin der Bergleute konnte doch nicht der Grund sein, warum alle in Siebenlehen sauer auf Kiana und ihre Großnichte waren. Und war sie eines von Kianas Rätseln gewesen? Was hatte das zu bedeuten?

Die heilige Barbara. Nie im Leben hatte sie etwas mit dieser Märtyrerin zu tun gehabt. Gut, man kannte den Namen von Heiligen. Und vielleicht auch noch die eine oder andere besonders scheußliche Todesart, die diese Menschen vom Leben in den Tod und anschließend in den unverrückbaren Heiligenstand befördert hatte. Nicos Namenspatron war Nikolaus. Schutzpatron von Dieben und Juristen – eine Kombination, die bei ihrem Vater immer große Heiterkeit ausgelöst hatte, – aber auch der Liebenden und der Kinder.

Je mehr sie darüber nachdachte, desto weniger kam sie auf einen Zusammenhang. Die Wachspuppe und das Mädchen aus ihrem Traum waren Zufälle. Vielleicht war ihr das Foto im Schwarzen Hirschen bis in den Traum gefolgt.

Dann träume ich heute Nacht wohl von Holzfällern und Bierfässern, dachte sie, während sie Siebenlehen hinter sich ließ.

Schon von Weitem bemerkte sie, dass etwas nicht stimmte. Die Eingangstür des Hauses stand sperrangelweit offen. Nico begann zu rennen, aber das war im Neuschnee schwierig, und sie kam nur langsam voran. Endlich erreichte sie das Gartentor.

»Leon? Minx?« Keuchend blieb sie stehen und lauschte. Nichts.

Der Hexenbesen stand noch an die Hauswand gelehnt. Jeder, der sie damit sah, würde sich totlachen. Auch eine Art von Verteidigung. Langsam betrat sie das Haus.

Es roch immer noch ein wenig nach Rauch und verbranntem Papier.

»Hallo? Ist da jemand?«

Auf dem Linoleum waren feuchte Stiefelabdrücke zu sehen. Sie erinnerten Nico an die Spuren im Schnee, die sie in der ersten Nacht gesehen hatte. Schattengrund schien ungebetene Besucher anzuziehen wie ein Magnet. Sie hob den Besen und lugte um die Ecke. Das Zimmer war leer. Das ganze Haus schien wie ausgestorben. Sie ging zurück und warf die Türe zu. Dann zog sie die Stiefel aus und umrundete vorsichtig die nassen Spuren.

»Leon?«

Die Enttäuschung war groß. Sie hatte geglaubt, er wäre noch da, wenn sie zurückkäme. Aber er war gegangen und hatte auch die Tür nicht richtig verschlossen. Wahrscheinlich waren es seine Abdrücke. Viel Auswahl an Schneeschuhen gab es in Siebenlehen wohl kaum.

Sie stellte den Besen in die Ecke neben dem Holzkorb und warf sich aufs Sofa. Es war kühl. Wahrscheinlich, weil die Tür so lange offen gestanden hatte. Unwillig erhob sie sich wieder und öffnete die Ofenklappe, wie sie es bei Leon gesehen hatte. Mit dem Schürhaken stocherte sie in der restlichen Glut und wunderte sich über die viele Asche. So viel Papier. Ein angekohlter Buchdeckel. Sie stutzte, öffnete die Klappe und zog den Aschenkasten halb heraus.

»Ich glaub es nicht!«

Sie sprang auf und sah sich hilflos um. Sie suchte das ganze Zimmer ab, aber sie fand nicht, was sie suchte. Mit Tränen der Wut in den Augen kehrte sie zum Ofen zurück und gab dem Kasten einen Tritt. Der halbe Inhalt stob in die Luft und landete auf dem Fußboden.

Jemand hatte Kianas Buch verbrannt.

Am liebsten wäre sie sofort zum Schwarzen Hirschen gerannt und hätte Leon zur Rede gestellt. Was fiel ihm ein? Das Buch waren ihre Kindheitserinnerungen. Es war so kostbar, weil es das Gute und Schöne und Märchenhafte bewahrt hatte, das sie hier in Siebenlehen erlebt hatte. Das silberne Grab. Nico und das Ross des Teufels. Ein kleiner roter Stiefel auf dem Rest einer herausgerissenen Seite ...

Nico ließ sich in den Sessel sinken und weinte plötzlich hemmungslos. Die ganze Anspannung der letzten Tage, die Anfeindungen, der offene Hass, der ihr entgegenschlug, all das bahnte nun einer Flut von Tränen ihren Weg. Sie merkte gar nicht, dass Minx hereingeschlichen kam und zu ihr auf den Sessel sprang. Erst als eine raue kleine Zunge über ihre Wange schleckte, blinzelte sie.

»Minx. Ach, Minx ...«

Die Katze stieß einen leisen Klagelaut aus, als ob sie mit ihr leiden würde. Nico musste gegen ihren Willen lächeln. Vorsichtig kletterte ihre kleine Mitbewohnerin auf ihren Schoß. Dort kringelte sie sich zusammen und ließ sich streicheln.

»Hast du gesehen, was er getan hat?« Anklagend wies sie auf den Ofen. Minx richtete sich halb auf, schien aber zu bemerken, dass Nico keinesfalls etwas Fressbares meinte. »Er hat Kianas Märchenbuch verbrannt. Wie krank ist das denn? Gibt es in diesem ganzen Kaff eigentlich keinen einzigen normalen Menschen mehr? Das Schlimmste ist ...«

Eine neue Heulattacke packte sie. »Das Schlimmste«, schniefte sie, »ist, dass ich ihm vertraut habe. Verstehst du? Ich habe ihm vertraut! Er hätte doch nur zu sagen brauchen, dass die Geschichten ihm nicht gefallen. Stattdessen schleicht er sich hier ein und fragt mich aus und ... und ...«

... und bringt mich völlig durcheinander. Nico schüttelte den Kopf und vergrub das Gesicht in Minx' struppigem Fell. Noch nie hatte sie jemand so gedemütigt.

Sie schob die Katze liebevoll auf den Fußboden und tappte mit tränenblinden Augen in den Flur. Dann verriegelte sie die Haustür so, wie Leon es ihr gezeigt hatte. Beim Gedanken an ihn begann sie wieder zu schluchzen. Minx strich um ihre Beine und versuchte ein halbherziges Schnurren.

»Rouladen?«, fragte Nico.

Die Katze miaute laut, streckte den Schwanz in die Höhe und galoppierte in die Küche. Nico folgte ihr. Den Zettel fand sie erst, als sie den Dosenöffner suchte. Er lag auf dem Küchentisch unter der Teekanne.

Nico, morgen sollen die Straßen wieder frei sein. Bevor du verschwindest, möchte ich dich gerne noch mal sehen. Wie wäre es mit Pizza? Leon.

Nico ließ den Zettel sinken. So schrieb man doch nicht, wenn man Bücher verbrannte. Während sie Minx eine besonders große Ration Konservenrouladen unter die Haferflocken mischte und hoffte, dass sie nicht zu sehr gesalzen waren, überlegte sie, ob das alles nicht ein großer Irrtum war. Wenn ja … Sie ließ die Gabel sinken. Minx sprang auf den Stuhl und vibrierte vor Gier wie eine elektrische Zahnbürste.

»Hat Leon das Buch verbrannt?«

Die Katze war mit dieser Frage eindeutig überfordert. Sie wollte fressen, nicht petzen. Nico stellte die Schüssel unter die Spüle und betrachtete das Tier bei seiner von keinerlei Zurückhaltung getrübten Nahrungsaufnahme.

Wenn sie sich irrte, war der andere wieder da gewesen. Sie hielt den Atem an und lauschte. Vielleicht war er noch im Haus und hielt sich versteckt. Wartete darauf, dass sie einen Fehler machte …

Nico zog die Schublade im Küchentisch auf und holte ein Messer heraus. So bewaffnet ging sie zum Hinterausgang. Als Erstes warf sie einen kurzen Blick in den zugeschneiten

Garten. Die Leiter lag noch da, wo Leon sie hingeworfen hatte. Er musste auch den toten Vogel entfernt haben, denn bis auf das gefrorene Blut im Schnee und ein paar verstreute schwarze Federn war nichts mehr von ihm zu sehen.

Sie schloss doppelt hinter sich ab und stieg die Treppe hoch. Kianas kleine Kammer war unberührt. Aber die Tür zu ihrem Zimmer stand offen und jemand musste dort gewesen sein. Vor ihrem Bett standen die Bärchenhausschuhe. Ordentlich und adrett nebeneinander. Nico tastete sich mit erhobenem Messer an sie heran, bereit, sofort zuzustechen, falls die Plüschdinger sich vor ihren Augen in etwas Grauenhaftes verwandeln sollten. Aber sie blieben, wo sie waren, und der Raum war leer.

Mit einem Aufseufzen setzte sie sich aufs Bett und hob den linken Schuh hoch. Und da sah sie es: Beiden Bärchen fehlten die Augen.

ZWANZIG

Nico verbrannte die Schuhe im Ofen. Sie loderten mit einer Stichflamme auf und zerschmolzen zischend zu einem schwarzen Klumpen. Es stank nach Plastik. Aber das ganze Haus roch mittlerweile so merkwürdig, dass dieser Geruch nun auch nicht mehr störte.

Minx hatte ihre Mahlzeit verputzt und schlabberte Wasser aus einem flachen Suppenteller, den Nico so weit wie möglich unter den Küchentisch geschoben hatte, damit sie nicht bei jeder Gelegenheit hineintrat.

Den Zettel las sie mehrmals durch.

»Wie wäre es mit Pizza?« Minx hob den Kopf. Wahrscheinlich hatte irgendwann mal jemand dieses Wort in den Ordner Fressbares auf ihrer Festplatte gespeichert. »Was will er mir damit sagen? Kommt er heute Abend wieder? Oder hat er einen Hubschrauber gechartet, um mich auszuführen? Soll ich in den Schwarzen Hirschen kommen?«

Sie ging in die Hocke. Minx schüttelte sich und verteilte kleine Wassertropfen.

»Warum können Männer sich eigentlich nicht klar ausdrücken? Morgen sollen die Straße wieder frei sein. Heißt das: Wir werden weinen vor Glück, wenn du endlich die Biege machst?«

Jemand klopfte. Nico wollte aufspringen, hatte aber vergessen, wie weit sie sich unter die Tischplatte gebeugt hatte, und schrammte mit der Stirn voll über die Kante. Der Fluch, den sie ausstieß, jagte Minx die Treppe hoch.

Wieder klopfte es. Hektisch suchte Nico nach dem Messer und fand es, voller brauner Bratensoße, im Spülstein.

»Moment!«

Sie ließ Wasser darüber laufen und trocknete es ab. Dann steckte sie es sich hinten in den Bund ihrer Jeans und prüfte, ob sie es schnell genug ziehen konnte. Sie hatte noch nie eine Waffe gebraucht, geschweige denn benutzt. Adrenalin und Angst schnürten ihr fast die Kehle zu.

»Ich komme gleich!«

Kein Handy, kein Telefon. Und irgendwo da draußen ein Irrer, der Krähen köpfte, sich in Schattengrund schon wie zu Hause fühlte, Kianas Märchen verbrannte und sie umbringen wollte. Leise schlich sie in den Flur. »Wer ist da?«

Wieder ein Klopfen. Herrisch, ungeduldig dieses Mal. Sie tastete mit der Linken nach dem Schaft des Messers. Die Rechte streckte sie aus in Richtung Türknauf.

»Nico? Bitte machen Sie auf. Ich will mit Ihnen reden.«

Der Pfarrer. Mit einem Aufatmen ließ sie das Messer los und öffnete.

»Danke. Darf ich hereinkommen?«

Wortlos trat sie zur Seite und ließ ihn eintreten. Er nahm die Mütze ab und sah sich um wie jemand, der nach langer Zeit ein Museum betritt und sich zu erinnern versucht, ob alles auch noch an seinem Platz stand.

Nico schloss die Tür. »Einen Kaffee vielleicht? Tee?«

»Tee. Gerne.«

Sie dachte nicht daran, ihn ins Wohnzimmer zu bitten, sondern marschierte an ihm vorbei in die Küche. Er folgte ihr.

»Setzen Sie sich doch.«

Hektisch räumte sie die leere Konservendose ab und wischte mit einem feuchten Lappen über die Tischplatte. Dann schaltete sie den Wasserkocher ein und suchte Teebeutel.

Der Pfarrer nahm Platz. Er schwieg, also wartete er darauf, dass sie anfing.

»Die Figur in der Kirche«, begann sie. »Sie erinnert mich an jemanden. Wen stellt sie dar?«

»Die heilige Barbara. Sie ist die Schutzheilige der Bergleute.«

»Das weiß ich.« Nico nahm zwei Becher aus dem Regal und prüfte kurz, ob sie auch sauber waren. »Aber ich kenne sie. Ich habe sie im Traum gesehen.«

»Dann sind Sie wahrscheinlich außergewöhnlich spirituell veranlagt.«

Sie stellte die Becher lauter ab, als es nötig gewesen wäre. »Das ist mir neu. Ich hab's mit dem Spirituellen eigentlich nicht so. Mir sind Tatsachen lieber.«

»Man kann sich gegen bestimmte Dinge nicht wehren.«

Nico setzte sich ihm gegenüber auf die andere Seite des Tisches. »Da muss ich Ihnen leider recht geben. Seit ich hier bin, geschehen eine Menge Dinge. Aber wehrlos bin ich nicht.«

Sie zog das Messer aus dem Hosenbund und legte es neben ihren Becher. Der Pfarrer zog scharf die Luft ein. Bis zu diesem Moment hatte er wahrscheinlich geglaubt, er hätte es mit einer etwas überspannten Heranwachsenden zu tun.

»Liebe Nico, Sie nehmen sich einige Äußerungen vielleicht etwas zu sehr zu Herzen. Natürlich sind manche Leute verwirrt, dass Sie hier aufgetaucht sind. Wer weiß, vielleicht hat sich der eine oder andere auch Hoffnungen auf Schattengrund gemacht. Aber das ist in so einer kleinen Gemeinde normal.«

»Die Hexe zu töten?«

Er riss die Augen auf.

»Die Hexe zu töten? Ist das normal?«

Sie wartete und konnte ihm ansehen, dass er es in diesem Moment bereute, hergekommen zu sein. Für ihn war sie Kianas Nichte, die Erscheinungen hatte, sich für eine Hexe hielt, die heilige Barbara persönlich kannte und mit einem Messer herumlief. Unterm Strich deuteten alle Indizien darauf hin, dass sie, Nico, am Durchdrehen war und nicht die anderen. Der Gedanke war so absurd, dass sie am liebsten laut aufgelacht hätte – was sie nicht unbedingt glaubwürdiger machen würde, das wusste sie.

»Jemand will mich umbringen.« Das klang auch nicht besser. Aber es war die Wahrheit.

»Mein liebes Kind …«

Sie beugte sich vor und sprach langsam und deutlich. »Jemand will mich töten.«

»Sie meinen … einer von hier?«

»Ja, von wo denn sonst?« Der Wasserkocher schaltete sich mit einem lauten Klacken ab. Nico war froh, dass sie sich um den Tee kümmern konnte, bevor sie den Mann noch anschreien würde. »Seit zwei Tagen ist doch niemand mehr nach Siebenlehen hereingekommen. Jemand schleicht um das Haus. Bricht ein. Klaut Sachen. Verbrennt sie.«

»Was wurde verbrannt?«, fragte der Pfarrer schnell.

Nico hängte die Teebeutel in die Kanne und trug sie zum Tisch.

»Erinnerungen an Kiana.«

Er schwieg. Schließlich schüttelte er langsam den Kopf.

»Das ist schlimm. Wirklich schlimm.«

»Das Schlimmste kommt erst noch. Er steigt nachts aufs Dach und verstopft den Kamin mit einer Krähe. Ich wäre fast an einer Rauchvergiftung erstickt.«

»Oh, das tut mir leid. Manche Vögel bauen Nester auf verlassenen Häusern, und da kann es schon mal vorkommen …«

»… dass sie sich erst köpfen und dann in den Schornstein werfen? – Zucker?« Die letzte Frage stellte sie mit einem liebenswürdigen, aber trotzdem falschen Lächeln. Sie schob ihm das Einmachglas hinüber, das sie im Vorratsschrank entdeckt hatte.

»Ja, danke«, antwortete er zerstreut. Er nahm zwei Löffel und rührte eine Ewigkeit in seiner Tasse herum. Schließlich nahm er vorsichtig einen Schluck. Nico ließ ihn nicht aus den Augen. Wenn es ihm unangenehm war, ließ er es sich zumindest nicht anmerken.

»Wer ist die heilige Barbara? Wer ist das Mädchen? Und was hat sie mit einem schwarzen Mann zu tun?«

Der Pfarrer hustete, der Tee schwappte über. »Oh, Verzeihung. Ich habe mich verschluckt«, röchelte er. »Ein schwarzer Mann?«

Nico hätte vor Wut am liebsten die Messerspitze in die Tischplatte gerammt. Wo war Leon? Er hätte dem Pfarrer erklären können, dass alles, was Nico erzählte, wirklich geschehen war. Gut, die Geschichte mit dem Mädchen, das sie im Traum vor einem schwarzen Mann warnte, klang vielleicht wirklich ein bisschen verrückt. Aber sie hing mit allem zusammen, das wusste sie. Das spürte sie.

»Vergessen Sie's. Ich will nur wissen, wen diese Wachsfigur darstellt, die den Leuten hier als Heilige verkauft wird.«

»Sie *ist* die Heilige. Zumindest repräsentiert sie sie. Jede Heiligenfigur, jede Madonna, jeder Apostel ist doch nur ein Gleichnis. Oft haben sich die Künstler reale Vorbilder genommen. In der Renaissance trug meist der älteste der Heiligen Drei Könige die Züge des fürstlichen Auftraggebers. Bürgerliche Stifter wurden oft als Hirten oder Schäfer verewigt. ›Sicher ist es, dass die Gestalt eines schon längst Verstorbenen durch die Malerei ein langes Leben lebt‹, schrieb Leon Battista Alberti in seiner Schrift *De Pictura* Mitte des fünfzehnten Jahrhunderts.«

»Von mir aus. Wer ist sie?« wiederholte Nico.

Resigniert setzte der Pfarrer die Tasse ab. »Das wissen Sie wirklich nicht?«

Nico hielt den Atem an und antwortete leise: »Nein.«

»Ihr Name war Philomenia Urban. Alle nannten sie Fili. Sie starb im Alter von sechs Jahren. Ihr Vater Zacharias hat die Statue gestiftet. Zur Erinnerung an den Tod seines einzigen Kindes.«

»Wann?«, flüsterte Nico. »Wann starb sie?«

»Vor fast genau zwölf Jahren.«

Die letzten Winterferien bei Tante Kiana. Nico war danach krank gewesen. Sehr sehr krank. Sie war nicht mehr an ihre Schule zurückgekehrt. Sie waren umgezogen in eine andere Stadt und Nico wurde im darauffolgenden Sommer noch einmal eingeschult.

»Woran ist sie gestorben?«

Der Pfarrer legte seine Hand auf die ihre. Sie war warm und es ging etwas Tröstliches von dieser Berührung aus.

»Sie ist erfroren. Oben am Berg, in einem alten Stollen.«

Der Schreck drang wie ein Messer in ihren Leib. Nicos Kehle wurde eng. Sie fürchtete sich davor, diese Frage zu stellen, und sie war froh, dass es ein Pfarrer war, mit dem sie sprach.

»Warum?«, brachte sie schließlich heraus. »Was habe ich damit zu tun?«

»Sie wissen es nicht mehr?«

»Nein!«, rief Nico. »Ich weiß es nicht! Und keiner scheint das zu glauben! Was ist passiert? Was hat sie da oben gemacht? Wie kommt ein kleines Kind im Winter hinauf auf den Berg? Allein?«

Er drückte ihre Hand. »Sie war nicht allein. Sie waren bei ihr.«

»Ich?« Entsetzt zog Nico ihre Hand zurück. Sie sprang auf und lief zum Fenster, zurück zur Spüle, hin und her, fuhr sich durch die Haare, versuchte, zu begreifen, was ihr gerade gesagt worden war.

»Nein.« Sie blieb stehen und stützte die Hände auf die Lehne des Küchenstuhls. »Das ist eine Lüge. Sie wäre nicht gestorben, wenn ich bei ihr geblieben wäre.«

Der Pfarrer sah auf die Tischplatte und sagte nichts. Langsam, ganz langsam zog Nico den Stuhl heran und setzte sich.

»Ich …« Alles in ihr sträubte sich, diese Worte auszusprechen. Sie waren so furchtbar. So entsetzlich. Alles bekam plötzlich einen Sinn. All der Hass, der See aus Blut und Tränen. »Ich bin nicht bei ihr geblieben?«

Er hob vorsichtig die Tasse. Seine Hand zitterte. Nico hätte es nicht für möglich gehalten, dass ihn diese Geschichte auch so mitnahm.

»Sie waren Kinder. Sie sind fortgelaufen, mit den Besen hat man Sie noch gesehen, wie Sie in den Wald gegangen sind und nicht mehr wiederkamen. Sie, Nico, hatten Fili an der Hand. Sie gingen voraus.«

»Nein«, flüsterte Nico. »Nein.«

»Dann kam der Schnee. Es war fast so ein Wetter wie jetzt. Ein Blizzard. Ein Schneesturm. Wahrscheinlich haben Sie sich verirrt und wollten Hilfe holen.«

»Ja«, sagte Nico tonlos. Wahrscheinlich hatte sie das gewollt. Viel wahrscheinlicher war, dass der Pfarrer versuchte, ihr eine goldene Brücke zu bauen, über die sie nicht gehen konnte. Sie stand vor dem Abgrund. Aber anders als das

Mädchen in ihrem Traum würde sie, Nico, nicht fliegen können. Sie würde fallen. Fallen und fallen …

»Und dann?«

»Wir haben Sie oben auf dem Weg zum Brocken gefunden. Sie sind in die falsche Richtung gelaufen. Von Fili fehlte jede Spur. Die Bergwacht war alarmiert. Das ganze Dorf war auf den Beinen. Alle suchten mit, aber es war ein fast hoffnungsloses Unterfangen. Das Wetter verschlechterte sich rapide, ein Schneesturm tobte. Man konnte die Hand nicht vor den Augen sehen. Es wurde die kälteste Nacht, die Siebenlehen je erlebt hat – minus zweiundzwanzig Grad. Es war ein Wunder, dass Sie das überlebt haben. Drei Tage schwebten Sie zwischen Leben und Tod. Sie lagen im Koma, und keiner wusste, ob Sie je wieder aufwachen würden. Ich werde nie vergessen …«

Er brach ab und faltete die Hände. Die Daumen rieben nervös übereinander. Zwei kleine Tropfen fielen vor Nico auf die Tischplatte. Sie weinte und merkte es nicht.

»Zacharias kam ins Krankenhaus. Er hat einen der Ärzte zusammengeschlagen und die halbe Station zertrümmert. Ihr Vater hielt Wache vor ihrem Zimmer. Die beiden haben sich geprügelt und fast halb tot geschlagen. Zacharias ist es gelungen, an Ihr Bett zu kommen. Er hat die Schläuche herausgerissen, sie geschüttelt, angeschrien: Wo ist sie? Wo ist sie? Was hast du mit ihr gemacht?«

Nico schlug die Hände vors Gesicht und schluchzte. Der Pfarrer stand auf und kam zu ihr, legte ihr die Hände auf die Schultern und streichelte ihren bebenden Rücken.

»Drei Mann mussten ihn überwältigen. Es war sinnlos. Nico, Sie wussten es nicht mehr. Sie wussten gar nichts. Sie hatten es vergessen.« Er nahm seine Hände weg. »Sie hätten nie hierher zurückkehren dürfen.«

EINUNDZWANZIG

Nico lag auf dem Bett und starrte an die Decke. Ihre Augen waren geschwollen vom vielen Weinen, ihre Kehle war ganz rau. Ab und zu trank sie einen Schluck Wasser. Immer wieder schlug der Schmerz zu. Dann krümmte sie sich zusammen und schrie in das Kissen, so lange, bis Minx sich wieder zu ihr traute und ihre Pfoten sanft und vorsichtig auf ihren Arm setzte, als ob sie Nico bitten wollte, zurückzukommen aus ihrem Jammertal.

Am bittersten war die Einsicht, dass sie hier nichts mehr verloren hatte. Am liebsten hätte sie sofort ihre Tasche gepackt und wäre losgelaufen. Egal in welche Richtung, nur weg von hier. Aber es war aussichtlos. Sie schaltete das Radio ein, um den Wetterbericht nicht zu verpassen, aber alle Sender spielten Musik – fröhliche, dämliche Pop-Musik, Chart-Hits und Schlager, als ob es keinen Kummer und keine Schuld gäbe in dieser Welt.

Der Gedanke an ihre Eltern ließ Nico wieder in Tränen ausbrechen. Alles ergab jetzt einen Sinn. Kiana, die aus ihrem Leben verschwunden war. Die totale Ablehnung von Nicos seltsamem Erbe. Das Schweigen, wenn Nico nach dem Grund fragte. Ausflüchte, kleine Notlügen …

… sie hat nicht gut genug auf dich aufgepasst …

Nein, dachte Nico, das hast du nicht. Und dafür hast du büßen müssen, und ich muss es jetzt auch.

Sie blinzelte zum Fenster. Es war früher Nachmittag. Der Himmel hatte sich wieder zugezogen. Nico hoffte, dass es endlich genug war mit dem Schnee. Sie wollte weg, nur weg, und war gefangen am Ort ihres schlimmsten Versagens und im Visier eines Menschen, der nicht vergessen konnte, was sie ihm angetan hatte.

Zach?

Nico stand senkrecht im Bett. Natürlich! Es musste Zacharias gewesen sein. Wer sonst hätte es auf sie abgesehen? Sie lief zum Fenster und spähte hinunter zum Schwarzen Hirschen. In einigen Fenstern brannte Licht. Die Gaststube war dunkel, aber der Raum, in dem die alte Frau lebte, war hell. Nico glaubte, einen Schatten hinter dem Fenster zu erkennen. Ihr Blick fiel auf ein Dachfenster, hinter dem auch eine Lampe brannte. Ihr Herz zog sich zusammen.

… dass wir einen Sonderpreis auf die Dachkammer kriegen? …

Leon. Er wusste nicht, was geschehen war. Niemand hatte es ihm gesagt. Er musste Fili gekannt haben. Hatte sie geliebt, mit ihr gespielt, herumgealbert auf seinen Besuchen in dem kalten Haus seiner Verwandtschaft. Wenn er erfahren würde, dass sie Schuld am Tod seiner Nichte war … Ihr Herz zog sich zusammen.

Sie nahm ihr Handy und schaltete es noch auf der Leiter zum Dachboden ein. Der Akku hatte sich etwas erholt. Ein schmaler Strich zeigte an, dass sie vielleicht noch ein, zwei

Telefonate führen könnte. Sie öffnete die Luke und lehnte sich weit hinaus. Sie rief ihre Mutter an, und als nach dem dritten Klingeln der Anrufbeantworter anging, war die Enttäuschung grenzenlos.

»Mama? Ich …«

Sie brach ab. Was sollte sie sagen? Wie konnte sie in ein paar Worten beschreiben, wie ihr zumute war? »Mein Akku ist fast alle. Ich wollte nur sagen, es geht mir gut. Ich komme so schnell wie möglich nach Hause.«

Das Licht in Leons Dachkammer war ausgegangen. Es kam ihr vor wie ein Zeichen.

»Ich … Ich weiß alles. Ihr hättet es mir sagen sollen. Ich wäre nie hierhergekommen«, sagte sie und legte auf.

Sie schaltete das Handy aus, schloss das Fenster und wankte zu den alten Samtkissen. Eines hob sie hoch und roch daran. Staub. Muffige Feuchtigkeit. Und etwas anders. Etwas, das sie schon einmal gerochen hatte … vor Kurzem erst …

Sie sah sich um. Hier oben hatten sie gesessen, Fili und sie. Der Dachboden hatte anders ausgesehen. Kräuterbündel hatten an den Sparren gehangen. In den Ecken lagerte Reisig in dicken Bündeln – wahrscheinlich für die Werkstatt im Keller. Es war kalt, eiskalt. Ein Winter, so schlimm wie dieser, den sie gerade erlebten. Aber das Haus war geheizt, und durch die Ritzen und die geöffnete Kaminluke drang die Wärme nach oben. Nicht genug, dass sie die dicken Schals ablegen konnten. Aber ausreichend, um sich diesen verwunschenen Raum zu ihrem geheimen Rückzugsort zu machen.

Fili saß auf dem Kissen. Sie hatte Kianas Buch aufgeschlagen. Sie deutet auf die Seite mit dem silbernen Grab. In der Hand hielt sie einen Stift und malte etwas dazu.

Nico schloss die Augen. Erinnere dich. Denk nach! Es ist wichtig! Was hat sie gemalt? Warum wollte Kiana, dass ich wiederkomme? Sie hat mich geliebt. Sie hat all die Jahre keinen Kontakt aufgenommen, um mich zu schützen. Aber sie wollte, dass ich wiederkomme. Sie wollte …

Nico riss die Augen auf. Sie wollte, dass ich noch einmal in den alten Stollen gehe.

In diesem Moment betrat jemand das Haus.

ZWEIUNDZWANZIG

Auf Zehenspitzen schlich Nico zur Dachluke und klappte sie zu. Dann legte sie sich bäuchlings darauf und versuchte, durch die Ritzen nach unten ins Treppenhaus zu spähen. Schwere Schritte kamen in den Flur. Sie hielt die Luft an, um sich nicht zu verraten. Zweimal war der Unbekannte schon im Haus gewesen. Vielleicht versuchte er es gerade ein drittes Mal.

Ein Scharren hinter ihrem Rücken ließ sie zusammenfahren. Mit einem Miauen kam Minx herangesprungen. Die Katze schien ein untrügliches Gespür dafür zu haben, im denkbar ungünstigsten Moment aufzutauchen.

»Schschsch«, zischte Nico.

Minx schnurrte und begann, ihre Krallen am Holz der Luke zu wetzen. Nico wollte sie wegschieben, aber das Tier hing fest.

»Still!«

Sie schnappte Minx und drückte sie an sich. Das ließ die Katze erst recht nicht mit sich geschehen. Sie schlüpfte zwischen Nicos Armen durch und rannte in die Ecke. Dabei verursachte sie einen Heidenlärm. Nico spähte wieder durch die Ritze.

Die Schritte kamen die Treppe hinauf. Sie konnte eine

Hand auf dem Geländerlauf erkennen. Hilflos sah sie sich um, aber hier oben gab es nichts, was sie als Waffe gebrauchen konnte. Sie schwor sich, in Zukunft keinen Schritt mehr ohne Messer zu tun. Sofern ich eine Zukunft habe, setzte sie in Gedanken hinzu.

Der Mann erreichte den kleinen Flur zwischen ihrem und Kianas Zimmer.

»Nico?«

Es war Leon. Vor lauter Freude wäre sie am liebsten aufgesprungen, aber ihr Haar hatte sich im aufgerissenen Holz verfangen. Hektisch zog und zerrte sie daran, aber es gelang ihr nicht, sich zu befreien.

»Nico?«

Sie wollte ihn gerade rufen, als sie sah, wie er in ihr Zimmer ging. Mit zusammengebissenen Zähnen löste sie Haar für Haar, bis sie endlich den Kopf heben und sich zur Seite rollen lassen konnte. Sie hob die Lukentür an und erstarrte.

Leon durchsuchte ihr Zimmer.

Sie ließ die Klappe bis auf einen schmalen Spalt zurücksinken. Er hob ihr Kissen, sah unters Bett und ging zum Schrank. Vor den geöffneten Türen blieb er stehen und ließ den Blick über ihre wenigen Habseligkeiten streifen. Er hob einen Pullover, ließ ihn wieder fallen und schaute sich unschlüssig um. Dann ging er hinüber in Kianas Zimmer. Auch dort blieb er nicht lange. Nico kam es so vor, als ob er gar nichts richtig suchte, sondern sich lediglich überzeugte, dass das, wonach er Ausschau hielt, nicht hier oben war.

Mit klopfendem Herzen wartete sie, bis er das Obergeschoss verließ und die Treppe hinunterstieg. Auch das noch. Waren Leon und der Unbekannte ein und dieselbe Person? Sie konnte und wollte das nicht glauben. Er hatte ihr das Leben gerettet. Er hatte das Haus gesichert und ihr Essen gebracht. Er hatte sie in den Arm genommen ... Nicos Herz zog sich zusammen. Vielleicht war auch das eine Lüge gewesen und er hatte von Anfang an gewusst, wer sie war und was sie getan hatte.

Als sie hörte, dass er das Haus verließ und hinunter zur Straße ging, stand sie unsicher auf. Ihr war schwindelig. Vorsichtig kletterte sie die schmale Leiter hinunter. Minx folgte ihr wie ein Pfeil und brachte sie beinahe zum Stolpern. Die Katze flitzte weiter in die Küche und sandte Nico von dort auffordernde Klagelaute.

»Nachher!«, rief Nico.

Treppe und Flur waren voller feuchter Stiefelabdrücke. Nico lehnte sich an die Wand und atmete tief durch. Die Zweifel schossen in ihr Herz und krallten sich dort fest wie böse dunkle Vögel.

Nein. Sie durfte keine Paranoia bekommen. Leon war doch nicht nachts aufs Dach geklettert, hatte einen Vogel getötet – woher hätte er den überhaupt nehmen sollen? –, um dann eine Riesenshow abzuziehen und sie zu retten. Aber sein Verhalten war merkwürdig. Sehr merkwürdig. Aber das war egal – sie würde ihn nicht mehr danach fragen. Sie würde ihn nie mehr wiedersehen, und das war auch besser so.

Als Erstes schloss sie die Tür zweimal ab. Sie hatte das nach dem Besuch des Pfarrers vergessen. Kein Wunder, so aufgewühlt, wie sie gewesen war. Dann lehnte sie die Stirn an das kühle Holz und schloss die Augen. Eine Nacht, dachte sie. Eine Nacht noch, und ich bin weg und werde mir mein ganzes Leben wünschen, nie hier gewesen zu sein.

Sie ging ins Wohnzimmer und fand ihre Messenger-Bag neben, nicht auf dem Sofa. Die hatte er also auch noch durchwühlt. Mit einem Stöhnen ließ sie sich in die Polster fallen. Nichts, was hier geschah, ergab einen Sinn. Das musste Kiana doch gewusst oder wenigstens geahnt haben. Sie hatte Nico hergelockt, um sie mit ihrer Tat zu konfrontieren. Hatte sie das mit einer guten oder einer teuflischen Absicht getan? Einer guten. Es musste eine gute sein, für etwas gut sein. Anders konnte Nico es sich nicht erklären.

Sie rieb sich über die Stirn. Sie hatte Kopfschmerzen und wusste, dass das von dem vielen Weinen kam. Sie erinnerte sich an eine alte Keksdose, in der Kiana ihre Medikamente aufbewahrt hatte. Mit einem Stöhnen hievte sie sich hoch und ging in die Küche.

Minx, die das Auftauchen ihres Frauchens völlig fehlinterpretierte, führte eine Mischung aus ekstatischem Freudentanz und keifendem Geschrei auf. Resigniert tappte Nico in die Vorratskammer und kam mit einer Dose Rouladen zurück.

»Du kriegst Bauchweh«, warnte sie. Der Katze schien das egal zu sein. »Das ist viel zu salzig!«

Auch das schien Minx nicht zu irritieren. Mit Argusaugen beobachtete sie, wie Nico die Büchse öffnete und dieses Mal wesentlich mehr Haferflocken unter die Konservenmahlzeit mischte. Schließlich war sie fertig und das Tier stürzte sich rücksichtslos und ohne Umschweife auf sein Fressen.

Die Dose. Wo konnte Kiana sie versteckt haben? Sie suchte alle Regale und Schränke ab, fand sie aber nicht. Wahrscheinlich hatte sie dieselbe Person weggeworfen, die das Haus nach Kianas Tod aufgeräumt hatte. Sie ärgerte sich, dass sie den Pfarrer nicht danach gefragt hatte. Er wusste bestimmt, wer sich zuletzt um Kiana gekümmert hatte.

Oder vielleicht war die Dose im Keller gelandet? Sie stieg die Treppe hinunter. Es war dunkel und merkwürdigerweise irgendwie warm. In der Werkstatt setzte Nico sich auf einen Ballen zusammengerolltes Stroh. Es roch ein wenig nach Schimmel. Die Besen an der Decke bewegten sich ganz sacht, vermutlich vom Luftzug, als sie die Tür geöffnet hatte. Nico stellte sich vor, dass Kiana nur kurz den Raum verlassen hatte, um einen Kakao zu holen. Als Kind hatte sie wahrscheinlich hier unten gespielt. Sich hinter dem Stroh versteckt oder die neuen Besen ausprobiert, ob man auf ihnen auch gut reiten konnte. Bizarre Häuser aus Reisig gebaut. Den Schemel auf die Seite gelegt und sich daraus ein Puppenhaus mit Strohfiguren und Möbeln aus Holzsplittern gebastelt. Ein schräger Sonnenstrahl, wohl als letzter Gruß des Tages vom frühen Abendhimmel gesandt, gebrochen von staubigen Fenstern, tauchte den Raum für einen Augenblick in mattgoldenes Licht.

Es ist wie in einem Film, dachte Nico. Immer wieder kommen neue Bilder und Geschichten hinzu, hebt sich ein Vorhang hinter dem Vorhang. Was mich wohl noch alles erwarten würde, wenn ich länger Zeit hätte? Das Haus hütete seine Geheimnisse gut. Aber es offenbarte auch das eine oder andere, wenn man gar nicht damit rechnet.

Nach einer Weile kam Minx, schleckte sich das Maul und sprang schnurrend neben Nico auf den Reisig. Mit wachen Augen sah die Katze sich um. Ein Paradies für Jäger.

Die Werkbank stand in der Ecke. Seit Generationen hatte sie niemand mehr bewegt. Vermutlich hatte Kiana dort die Stiele zurechtgesägt und gehobelt. In Griffhöhe angebracht waren mehrere Eisenkisten mit Loch, aus denen die Enden von Hanfseilen hingen. Einige Stöcke lehnten an der Wand, daneben lagen Reisigbündel in genau der richtigen Größe. Es juckte Nico in den Fingern.

Sie ging zur Werkbank, nahm einen roh behandelten Stiel und eins der Bündel und suchte nach Werkzeug. Eine Gartenschere vielleicht, um das Bündel zu öffnen und dann zurechtzustutzen. Die Werkbank hatte links und rechts kleine Unterschränke mit Eisentüren. Sie öffnete die linke – Staub, Dreck und eine Maus kamen ihr entgegen. Augenblicklich richtete Minx die Nackenhaare auf und begann zu fauchen. Das Tier flitzte in Panik quer durch den Raum und verschwand in einer Ecke. Minx sprang hinterher und war wohl für eine Weile beschäftigt.

»Lass sie leben!«, rief Nico ihr nach.

Nico wandte sich dem rechten Unterschrank zu. Im oberen Fach lagen Schraubenzieher, Kneifzangen, Drahtscheren und weitere Werkzeuge. Sie wollte gerade nach dem passenden greifen, da sah sie die Kiste.

Sie war staubig und alt. Nico erinnerte sich, dass sie früher den Christbaumschmuck in solchen Kartons aus stabiler grauer Pappe aufbewahrt hatten, in denen die gläsernen Kostbarkeiten bruchsicher aufbewahrt wurden. Hatte Kiana nicht ein Räuchermännchen gehabt? Und ein paar von diesen Schwippbögen, die Nico wegen ihrer kunsthandwerklichen Attitüde eigentlich aufs Tiefste verachtete, die aber wunderbar in die Fenster von Schattengrund gepasst hätten?

Sie zog die Kiste heraus. Sie war schwer und der Deckel, haargenau angepasst, ließ sich nur mit Mühe heben. Doch Nicos Entdeckerfreude wurde enttäuscht. Briefe. Bündelweise … Briefe.

Sie nahm eines der Päckchen und drehte es um. Ihr Herz blieb fast stehen, als sie den Absender las. Stefanie und Theo Wagner. Fassungslos betrachtete sie die vertraute Handschrift ihrer Mutter. Adressiert waren die Schreiben allesamt an Kiana. Sie griff sich das nächste. Wieder von ihren Eltern. Sie wühlte weiter, bis sie ein Dutzend mit Hanfseilen verschnürte Pakete vor ihren Füßen liegen hatte. Sie begutachtete Briefmarken und Stempel. Zwölf Päckchen. Zwölf Jahre.

Minx kam zurück, übellaunig und gereizt. Die Maus war ihr wohl entwischt. Sie schnupperte kurz an den Päckchen, verlor aber sofort das Interesse.

Nico stopfte die Briefe zurück in den Karton und schleppte ihn nach oben ins Wohnzimmer. Sie kochte sich eine Kanne Tee, um gegen ihre Kopfschmerzen anzugehen, legte noch ein Brikett nach und sah kurz aus dem Fenster. Die Sonne, die eben noch einmal unter der Wolkendecke durchgelugt hatte, war hinter den Bergen verschwunden. Eine frühe Winter-Abenddämmerung senkte sich bereits auf Siebenlehen herab. In den Häusern gingen die Lichter an. Einige Tannenbäume in den Vorgärten waren mit Lichterketten geschmückt, in manchen Fenstern erkannte sie blinkende Sterne. Niemand war auf den Straßen unterwegs, alle hatten sich ins Warme zurückgezogen und feierten den ersten Advent.

Mit Wehmut dachte Nico an die Unmengen von Mürbeteigkeksen und Schokoladenplätzchen, die sie bereits gebacken hatten und die, luftdicht in Dosen verschlossen, auf ihren großen Moment warteten. Sie sehnte sich nach ihren Eltern, nach dem stillen Frieden dieser Wochenenden vor Weihnachten. Und sie hätte sie gerne gefragt, wie zwölf Jahre Briefeschreiben mit »*sie war schon immer etwas spinnert*« zusammenpassten.

Seufzend machte sie es sich auf der Couch gemütlich. Das Küchenmesser lag in Reichweite, und als Minx sich zu ihren Füßen zusammengerollt hatte und der Tee in Nicos Becher danpfte, war sie bereit.

Sie begann mit dem ältesten Päckchen. Filis Todesjahr. Als sie die Kordel durchschnitt, zitterten ihre Hände vor Aufregung.

»Liebe Kiana,
wir glauben nicht, dass es gut ist, wenn Du Nico schon so bald besuchst. Sie ist sehr still und introvertiert. Auf Anraten der Ärzte ist sie noch eine Weile krankgeschrieben.

Wir haben einen guten Kinderpsychologen gefunden, Dr. Erdmann, der versuchen wird, sie behutsam zum Reden zu bringen ...«

Es folgten noch ein paar Zeilen über das Wetter. Nico holte den nächsten Brief aus dem Umschlag.

»... es ist noch keine Besserung eingetreten. Eher das Gegenteil. Nico schreit nachts und hat Albträume. Das passiert immer, wenn sie ein Gespräch mit Dr. Erdmann hatte. Wir sind verzweifelt ...«

Mit einem Kloß im Hals nahm sie das nächste Schreiben.

»... nach Rücksprache mit der Schule haben wir sie abgemeldet. Sie wird nach den Sommerferien noch einmal eingeschult. Die Lücken sind einfach zu groß – sie hat über zwei Monate gefehlt, kann sich nicht konzentrieren und hat eine panische Angst davor, in geschlossenen Räumen zu sein ...«

Die nächsten Briefe bezogen sich auf erste kleine Fortschritte. Doch der Ton verschärfte sich, sobald Stefanie auf die Bitte Kianas einging, Nico zu besuchen.

»... sie wird ruhiger und kann auch schon wieder unter Aufsicht auf den Spielplatz. Aber jedes Mal, wenn das Wort Siebenlehen fällt, verschließt sie sich. Sie will nicht

darüber reden. Dr. Erdmann schlägt eine Therapie mit Medikamenten vor, aber wir sind damit überhaupt nicht einverstanden. Deinen Vorschlag, dich gemeinsam zu besuchen, müssen wir ablehnen. Wenn eine Erinnerung kommt, dann bestimmt eine ganz furchtbare. Nico weint immer noch oft ohne jeden Grund. Na ja, den Grund kennen wir ja …«

Kiana hatte versucht, Kontakt zu Nico aufzunehmen. Ihre Eltern hatten das unterbunden. Je mehr Nico las, desto besser konnte sie diese Entscheidung verstehen. Sie öffnete das nächste Päckchen und wurde gleich mit dem ersten Jahrestag von Filis Tod konfrontiert.

»… Du schreibst, dass sie Nico die Schuld geben. Das ist so unglaublich, uns fehlen die Worte. Einem Kind! Das außerdem bis heute schwer traumatisiert ist! Dem Filis Vater im Krankenhaus noch an die Gurgel gesprungen ist! Kiana, nie, niemals wird Nico Siebenlehen noch einmal betreten. Wir verstehen deine Argumente. Es ist schrecklich, was Du aushalten musst. Aber Nico hat schon genug durchgemacht ….«

»… sie ist jetzt seit vier Wochen in der neuen Klasse und hat immer noch keinen Anschluss gefunden. Gestern hatten wir ein Gespräch mit der Lehrerin. Wir haben lange überlegt, ob wir die Frau einweihen sollen, uns dann aber dagegen entschieden …«

»… sie ist die Einzige, die noch nie zu einem Kinder-

geburtstag eingeladen wurde. Wir haben ein wenig Angst vor dem sechsten Dezember. Was, wenn kein Kind Nicos Einladung annimmt? Theo hat schon überlegt, den Eltern Geld zu geben ...«

»Ich fasse es nicht!«

Minx fuhr hoch und starrte ihr Frauchen verständnislos an.

»Sie wollten tatsächlich dafür bezahlen, dass jemand zu meinem Geburtstag kommt?«

Sie nahm den letzten Umschlag – eine Doppelkarte mit bunten glitzernden Christbaumkugeln.

»... wir wünschen Dir trotzdem ein schönes und besinnliches Weihnachtsfest. Wir werden verreisen. Theo übernimmt mehr und mehr die Aufgaben des Geschäftsführers in dem Reisebüro, sodass wir günstig in die Sonne fliegen können. Weihnachten und alles, was dazugehört, macht Nico traurig. Zu ihrem Geburtstag ist niemand gekommen ...«

Sie ließ die Karte sinken. Konnte etwas nach so langer Zeit noch so wehtun? Nico wischte sich über die Augen, die feucht geworden waren. Sie sah sich vor dem Kuchen sitzen – sieben Kerzen, allesamt kleine Zwerge, und in der Mitte Schneewittchen. Sie hatte die kleine Figur herausgerissen und an die Wand geworfen. »Ich will das nicht! Ich will das nicht!«

Weil es an Schnee erinnerte und an eine erfrorene Prinzessin? Wie sehr musste sie ihre Eltern schockiert haben. Langsam begriff sie, was Filis Tod auch mit ihr angerichtet hatte. Zwölf Jahre lang hatte sie keine, überhaupt keine Erinnerungen mehr an diese Zeit gehabt. Doch die Briefe lösten Mitleid mit dem Mädchen aus, das sie einmal gewesen sein musste. Still, traurig und unbeliebt. Ein Kind, das niemand einladen wollte. Zu dem niemand kommen wollte. Das merkwürdig war und anders. Das mit niemandem darüber redete, was es so verändert hatte. Wie viele Jahre war das so gegangen? Die Grundschule war eine Katastrophe gewesen, das wusste sie noch. Auch die ersten Jahre auf dem Gymnasium waren die Hölle gewesen.

Heiße Dankbarkeit schoss in ihr Herz, als sie an Valerie dachte. Sie hätte alles dafür gegeben, wenn ihre Freundin in diesen Minuten hätte bei ihr sein können.

Den nächsten und übernächsten Stapel überflog sie nur. Kurze Berichte: Nico lernte fleißig, Theo war gefragt worden, ob er das Reisebüro übernehmen wollte. Urlaubsreisen in den Wintermonaten, immer so lange und so weit weg wie möglich. Kianas Fragen nach einem Besuch wurden seltener und hörten ganz auf. Der Ton wurde distanzierter, Fremdheit begann, sich einzuschleichen.

»... nein, Nico fragt auch nicht nach Dir. Natürlich gratulieren wir Dir von Herzen zu Deinem siebzigsten Geburtstag. Aber wir werden nicht kommen, und Nico weiß

auch nichts von diesem Datum, also sei bitte nicht enttäuscht …«

»… Nico hat mich letzte Woche zu Tode erschreckt, als sie fragte, wo der Harz eigentlich liegt. Sie hatten das in Heimatkunde, aber ich hatte natürlich Angst, dass sie sich erinnert …«

»… wir wissen, wie hart es für dich ist. Natürlich kommen wir am nächsten Wochenende. Nico ist auf Klassenfahrt, da können wir uns ein paar Tage davonstehlen …«

»Und heimlich besucht habt ihr sie auch! Hinter meinem Rücken! Ich fasse es nicht. Jetzt ist mir natürlich klar, warum Mammutsch wusste, dass das Taxi in Altenbrunn Schneeketten hat!« Minx stand auf und stakste mit steifen Beinen auf Nico zu. »Hätten Sie es mir nicht irgendwann sagen können? Ich bin doch kein Kind mehr!«

Wie zur Bestätigung miaute Minx. Es hätte aber auch ein erster kleiner Hungeralarm sein können.

»Du hattest doch grade was. Eine ganze Dose Rouladen.«

Beim Wort Rouladen begann Minx zu schnurren.

Nico nahm den letzten Stapel. Er war dünn, nur vier Briefe. Kiana musste schon alt und schwach gewesen sein, denn Stefanie erkundigte sich besorgt nach ihrem Gesundheitszustand. Noch einmal musste Kiana versucht haben, Nicos Mutter dazu zu überreden, ihre Tochter nach Siebenlehen zu lassen.

»… sie kennt Dich nicht mehr. Es tut weh, ich verstehe das, aber es ist besser so. Warum jetzt nach so langer Zeit die alten Wunden wieder aufreißen? Wir haben damals alles versucht, um ihr zu helfen. Es wurde erst besser, als wir die Dinge ruhen ließen und aufgehört haben, zu bohren und zu fragen. Sie hat es vergessen. Und, so bitter das für Dich sein mag – es ist besser so. Sie hat ihr Leben in den Griff bekommen. Sie hat eine beste Freundin. Als ich zum ersten Mal Mädchenlachen in unserer Wohnung gehört habe, bin ich in die Küche und habe geweint …«

Nico ließ das Blatt sinken.

»Davon habe ich gar nichts mitbekommen«, murmelte sie. Minx rieb ihren Kopf an Nicos streichelnder Hand. »All die Jahre haben sie mir was vorgespielt. Um mich zu schützen. Und jetzt sitze ich hier und kriege es kübelweise auf den Kopf.«

Na ja, ich habe es ja so gewollt, setzte sie in Gedanken hinzu. Aber irgendwann musste doch mal Schluss sein mit den Heimlichkeiten. Einen letzten Brief hatte sie noch nicht gelesen. Sommer letzten Jahres, kurz vor Kianas Tod. War sie krank gewesen? Hatte sie Schmerzen gehabt? Sich alleine gefühlt? Bestimmt.

»Liebe Kiana, ich hoffe sehr, Dir geht es etwas besser. Vielleicht kann ich nächstes Wochenende kommen – Theo ist auf einer Reisemesse, und Nico will bei ihrer Freundin Valerie übernachten. Dann können wir auch in aller Ruhe

noch einmal darüber reden. Ich habe Theo gegenüber angedeutet, was Du vorhast, und er ist mit mir einer Meinung: Das ist sehr großzügig, aber wir wollen mit Siebenlehen nichts mehr zu tun haben. Ja, ich kenne Deine Einwände und verstehe sie gut. Aber Nico macht nächstes Jahr das Abitur. Sie hat sich gefangen, ist eine gute Schülerin, hat Freunde gefunden und will studieren. Wir wollen sie nicht noch einmal mit ihrem Trauma konfrontieren und das wäre die Überschreibung von Schattengrund bestimmt. Es würde sie an all das Schreckliche erinnern, das sie dort erlebt hat – und damit meine ich nicht die Zeit bei Dir, das weißt Du.

Es wundert uns bis heute, wie Du es dort ausgehalten hast. Wahrscheinlich, weil Du einer dieser Menschen bist, die ihre Wurzeln in der Erde haben. Wir haben sie in der Familie. Bitte verzeih uns, dass wir Deine Hand immer wieder ausgeschlagen haben. Wir wollten Nico schützen und sind überzeugt, dass es uns gelungen ist. Du siehst das anders, aber Du kennst sie nicht. Sie ist eine wunderbare junge Frau geworden, und wir sind felsenfest überzeugt, dass das auch daran liegt, dass sie sich an nichts mehr erinnert …«

Also hatte Kiana bis kurz vor ihrem Tod noch mit Stefanie über Schattengrund gesprochen. Nico fühlte sich abgrundtief hintergangen. Aber richtig böse sein konnte sie ihren Eltern nicht. Aus den Briefen sprach tiefe Sorge. Sie hatten sich für das Verschweigen entschieden und diesen Weg durchgehalten, komme, was wolle. Am liebsten wäre ihnen wohl noch gewesen, wenn der Notartermin gar nicht stattgefunden hätte.

Und Kianas Wunsch? War er wirklich so abwegig? Sie musste der Meinung gewesen sein, dass nur die Erinnerung alte Wunden heilen konnte. Vielleicht hatte Nico die Narben dieser Verletzungen nicht mehr gespürt, weil sie sich an sie gewöhnt hatte. Und an dieses Gefühl, immer außen vor zu bleiben, an die Schüchternheit, die Angst, nicht angenommen zu werden. Zu versagen. In sie gesetzte Erwartungen zu enttäuschen. Erst durch Valerie hatte sich etwas geändert.

Und jetzt durch Schattengrund. Nico stand auf und sah aus dem Fenster hinaus auf das Bilderbuchdorf, über das sich die Nacht gesenkt hatte und hinter dessen Mauern so viel Schmerz und Trauer verborgen waren. In der kurzen Zeit, die sie hier war, hatte sie bereits eine erstaunliche Veränderung mitgemacht. Sie war mutiger geworden. Sie hatte sich offener Ablehnung gestellt und war nicht weggelaufen.

Gut, dachte Nico. Das ist im Moment auch gar nicht möglich. Und was es heißt, für den Tod von Fili verantwortlich zu sein, werde ich wohl noch herausfinden müssen. Zwölf Jahre hat Kiana das für mich getan. Jetzt bin ich an der Reihe.

Sie hatte das Gefühl, sich entschuldigen zu müssen. Sie wollte Kiana irgendwie nahe sein. Wo war sie eigentlich begraben? Doch bestimmt auf dem Friedhof von Siebenlehen. Am liebsten hätte sie dem Grab gleich einen Besuch gemacht. Ihr Blick blieb an der altmodischen Pendeluhr hängen, die neben der Tür an der Wand hing. Sie war erstaunlicherweise genau um Mitternacht stehengeblieben.

Doch das Pendel bewegte sich, schwang hin und her. War es schon so spät? Ein Blick auf ihre Armbanduhr bestätigte ihr, dass sie Stunden über den Briefen gesessen haben musste. Der Raum war kühl, und ihr war nur deshalb so warm, weil ihre Stirn glühte und der Hals kratzte. Sie wurde doch hoffentlich nicht krank? Bei ihrem Glück dürfte es in Siebenlehen noch nicht einmal einen Arzt geben. Sie suchte ihren Schal, aber sie fand ihn nicht.

Mit schmerzenden Gliedern räumte sie die Briefe in die Kiste zurück. Den kalten Tee nahm sie mit nach oben. Vorher kontrollierte sie noch beide Türen und die Fenster. Genauso, wie Leon es ihr gezeigt hatte.

DREIUNDZWANZIG

Endlich ging das Licht aus. Jetzt konnte er Schattengrund beobachten, ohne dass sie ihn entdecken würde. Er schob die Vorhänge zur Seite. Tapfer war sie, das musste man ihr lassen. Stellte sich der Vergangenheit entgegen, als ob man eine Lawine aufhalten könnte, wenn man ihr »Stopp!« zurief.

Er roch an dem Schal, den er ihr gestohlen hatte. Heimlich, in der Kirche. Hoffentlich hatte sie es nicht gemerkt. Er musste ihn besser verstecken als die Hausschuhe. Um ein Haar wären sie entdeckt worden, und deshalb hatte er sie zurückgebracht. Den Schal würde sie auch wiederbekommen. Er wollte nur noch ein bisschen daran schnuppern. Er duftete nach zarten Blüten und Rauch. Rauch … Er würde ihn ihr um den Hals legen und …

Er schreckte hoch, weil die Glocke schlug. Er zählte mit. Zwölfmal. Mitternacht. Sollte er es heute Nacht tun? Sollte er zu ihr schleichen und sie ansehen, wie er das immer so gerne getan hatte? Oder würden dann die Kindlein wiederkommen, die zarten weißen Gestalten, die ihm ihre Geschichten erzählen wollten, ihre schrecklichen, grausamen, furchtbaren Geschichten, die er nicht hören wollte … nein … nicht hören … nein! Schweigt still – sonst ist das Märchen vorbei und ich habe das Ende nicht mitbekommen! … Dunkel war es, klirrend kalt. Sie weinte Tränen aus Eis. Und sie wusste, warum. Ganz Siebenlehen wusste es. Sie war in Gefahr. Er musste sie warnen. Doch die Kindlein würden das nicht zulassen. Sie waren verloren ohne ihn. Keiner durfte sie finden.

Nein, er konnte sie nicht warnen. Denn der andere folgte ihm auf Schritt und Tritt.

VIERUNDZWANZIG

Nico erwachte am späten Vormittag. Sie hatte geschlafen wie ein Stein, tief und traumlos. Lange lag sie mit offenen Augen im Bett und starrte an die Decke. Schmale Holzbalken trugen die Hauptlast, der Putz dazwischen war weiß gekalkt. Ihre Gedanken schweiften zurück zu Leon, der heimlich im Haus herumgeschnüffelt hatte, den Briefen, die hinter ihrem Rücken geschrieben worden waren, den niederträchtigen Warnungen – angefangen vom Verlust ihrer Hausschuhe bis hin zu einem verstopften Kamin. Sie dachte an Kianas Buch, das jemand verbrannt hatte, und an Fili, das kleine Mädchen, das sie in den Stollen gelockt und dort seinem Schicksal überlassen haben sollte. Als sie an diesem Punkt angelangt war, stand sie auf.

Wenigstens war das Wasser aus der Dusche heiß. Sie hatte keine Ahnung, wo sich die Sicherungen befanden, und betete, dass der alte Boiler noch durchhielt.

Mit feuchten Haaren und eingemummelt in ihren Wollpullover betrat sie die Küche. Minx streifte mit einem schuldbewussten Schnurren um ihre Knöchel. Ein Blick in die Pfanne verriet ihr, warum: Von den Spiegeleiern, die Leon vor einer Ewigkeit zubereitet hatte, war nichts mehr übrig.

»Wie verfressen bist du eigentlich?«

Minx verschwand unter dem Küchentisch.

»Komm raus! Ich hab es nicht so gemeint. Du hast ja eine Menge nachzuholen.«

Nico rührte sich eine Schüssel Haferflocken mit Milch und Zucker an. Sie bot der Katze pro forma einen Löffel an, der erwartungsgemäß hochnäsig verschmäht wurde. Nico nahm ihr Frühstück mit ins Wohnzimmer und prüfte als Erstes, ob noch Glut im Kachelofen glimmte. Sie stocherte mit dem Schürhaken herum und fand tatsächlich einen Rest unter der Asche. Mit ein paar Holzscheiten konnte sie das Feuer wieder entfachen.

Mit der Schüssel in der Hand trat sie ans Fenster. Beim Blick hinaus hatte sie das Gefühl, auf eine Kinoleinwand zu starren, auf der gerade der Film stehengeblieben war. Nichts rührte sich. Kein Auto. Keine Menschen. Eisblumen blühten am Scheibenrand. Der Himmel war glasig grau, der frisch gefallene Schnee lag mittlerweile bestimmt einen Meter hoch. Leons Jeep stand immer noch vor dem Haus. Nur geübte Betrachter würden unter dem sanft geschwungenen Hügel ein Auto vermuten.

Leon ... Schon das Denken seines Namens versetzte ihr einen Stich. Dann hör doch einfach auf damit, sagte sie sich. Aber wie konnte man das, wenn er allgegenwärtig war?

Während sie die Haferflocken aß, suchte sie einen Nachrichtensender im Radio und bekam wenig später ihre schlimmsten Befürchtungen bestätigt.

»Noch immer sind die Räumfahrzeuge zwischen Halberstadt und Thale im Einsatz«, hörte sie die sonore Stimme eines Sprechers. »Viele Dörfer im Umkreis sind nach wie vor von der Außenwelt abgeschnitten. Vor allem unter der Schneelast herabgefallene Äste älterer Bäume führen zu Verkehrsbehinderungen. Spaziergänger und Autofahrer werden zu erhöhter Vorsicht gemahnt. In Halberstadt wurden mehrere Personen durch Dachlawinen verletzt. Zur Stunde werden die Hauptverkehrsstraßen geräumt. Der Wetterdienst hat noch keine Entwarnung gegeben. Neue Schneefälle werden im Laufe des Nachmittags und der frühen Abendstunden erwartet. Ein Sprecher der Kreisverwaltung bestätigte, dass die eingeschneiten Dörfer jedoch spätestens am morgigen Dienstag wieder erreichbar sein werden.«

»Na klasse!« Nico schaltete ärgerlich das Radio aus. »Spätestens morgen. Wo bin ich hier eigentlich? Im Himalaja?«

Siebenlehen lag im Winterschlaf. Noch einen Tag länger in diesem Gefängnis. Wie hielten die Leute nur diese Winter aus? Wahrscheinlich ging das nur, weil sie Fernseher und Internet hatten. Nico musste schon froh sein, wenn zwielichtige Typen wie Leon ihr einen Transistor vorbeibrachten.

Sie wurde nicht schlau aus ihm. Gestern hatte es Momente gegeben, in denen sie geglaubt hatte, sie beide würde … ja was? Etwas verbinden? Sie stand genau an der Stelle, an der er sie in den Arm genommen hatte. Eine Ewigkeit schien seitdem vergangen. Sie spürte, dass ihr nicht nur der Verlust von Kianas Märchenbuch naheging. Auch die Stunde, in der sie ihm daraus vorgelesen hatte, hatte ihren Zauber verloren.

»Ich werde mir mal den Friedhof ansehen«, sagte sie. »Und mich von Kiana verabschieden. Dann hat diese Reise wenigstens einen Sinn gehabt.«

Sie schüttelte den Kopf. Hatte sie gerade angefangen, mit sich selbst zu reden?

»Immerhin«, fuhr sie auf dem Weg zurück in die Küche fort, »bei mir weiß ich wenigstens, was ich von meinem Gegenüber zu halten habe.«

Der Friedhof lag, wie Nico vermutet hatte, hinter der Kirche. Gute Geister hatten den Zugang immer wieder freigeräumt und die wenigen Trampelpfade mit Sand bestreut. Ein altertümlicher Eisenzaun grenzte den Anger zur Straße ab. Als sie das Tor öffnete, quietschen die rostigen Angeln. Vorsichtig sah Nico sich um.

Hinter einigen Fenstern an der Straße brannte Licht, so trübe war der Himmel. Wahrscheinlich rollte schon die nächste Ladung Schnee an. Nico kuschelte sich noch tiefer in ihre Jacke und steckte die Hände in die Taschen.

Es war ein kleiner Friedhof. Direkt hinter der Kirche lagen die alten Gräber. Kunstvoll verzierte Eisenkreuze ragten aus dem Schnee. Als Nico sich näherte, um sie sich genauer anzusehen, stoben Krähen aus den Wipfeln der Tannen. Sie krächzten, stiegen in die Luft und kreisten um den Kirchturm. Dort setzten sie sich aufs Dach oder schlüpften in den Glockenstuhl. Nur eine von ihnen schien es sich anders zu überlegen. Sie flog hoch, umkreiste den Friedhof und ließ sich schließlich auf einem der Kreuze nieder.

Nico blieb stehen. Der Schnee lag wie ein weiches, schweres Tuch auf Gräbern und Wegen. Nur einige wenige Fußspuren bewiesen, dass dieser Ort in den letzten Stunden aufgesucht worden war. Sie begriff, dass sie Kianas Grab ohne Hilfe nicht finden würde, und alles in ihr sträubte sich, noch einmal mit dem Pfarrer zu sprechen. Sie wollte gerade wieder den Rückweg antreten, als die Krähe aufflatterte und ein paar Meter weiter flog. Sie ließ sich auf einem modernen glatten Grabstein nieder und sah Nico an. Ob sie ahnte, dass einer ihrer Gefährten oben in Schattengrund sein Leben gelassen hatte?

Vorsichtig ging Nico auf dem schmalen Weg ein paar Schritte in diese Richtung. Damit scheuchte sie den Vogel auf, der ein paar Meter weiterflog und sich auf der Rückenlehne einer Bank niederließ. Über ihm breiteten sich die schneeschweren ausladenden Zweige einer uralten Tanne aus wie ein natürliches Dach. Ein geschützter, windstiller Platz, an dem man, angenehmere Witterung vorausgesetzt, verweilen und seinen Gedanken nachhängen konnte.

Obwohl Nico alles angezogen hatte, was gegen diese Kälte helfen konnte, fror sie erbärmlich. Wahrscheinlich brütete sie eine Erkältung aus. Sie lief zur Bank und setzte sich. Die Krähe hüpfte auf den Boden und suchte auf dem harten Boden nach etwas Fressbarem.

Es war so still hier, so friedlich. Die Kälte knackte in den Ästen. Von weit her glaubte Nico, das Geräusch von Motoren zu vernehmen. Vielleicht waren es die Räumfahrzeuge, die Altenbrunn bereits befreit hatten und sich nun auf den Weg nach Siebenlehen machten. Beeilt euch gefälligst, dachte sie. Eine Nacht noch, dann hatte sie es hinter sich.

Morgen um die gleiche Zeit würde sie zu Hause sein und in ihrem Bett schlafen, warm, sicher, geborgen. Vielleicht würde Valerie vorbeikommen. Ihr könnte sie alles erzählen. Alles. Sogar das, was der Pfarrer ihr gesagt hatte und was wie ein Stein in ihrer Brust lag. Valerie wüsste vielleicht, wie man weiterleben konnte. Ob man vergessen konnte. Ob man lernen würde, es zu ertragen, einen anderen Menschen auf dem Gewissen zu haben.

Hast du das gewollt, Kiana? War das wirklich dein Wunsch? Ich bin hierhergekommen, weil ich wunderschöne Erinnerungen gesucht habe. Und jetzt weiß ich, dass sie nichts wert sind. War ich so grausam? Wolltest du mir das ins Gedächtnis zurückrufen? Wenn ja, dann sind wir uns ähnlicher, als wir glaubten.

Sie stand auf und wollte den Friedhof verlassen. Die Krähe hüpfte in die entgegengesetzte Richtung. Sie erreichte einen kleinen, fast völlig im Schnee versunkenen Hügel. Dort pickte und rüttelte sie an einem gefrorenen Strauch – einem Rosenbusch. Fußspuren führten zu dem Grab. Jemand musste vor Kurzem dort gewesen sein, denn sie waren frisch und nicht vom Neuschnee verweht.

Es war nicht die Neugier, die Nico dazu brachte, ihre Meinung zu ändern und doch noch ein paar Schritte weiter zu gehen. Es war die Ahnung, dass sie etwas finden würde, das sie gar nicht gesucht hatte. Je näher sie dem kleinen Grab kam, desto sicherer war sie. Als sie es erreichte, flog die Krähe auf und verschwand.

Nico ging in die Knie und begann, den Schnee wegzuwischen. Erst war er pulverig und trocken wie Puderzucker und bestäubte in kürzester Zeit Hose, Handschuhe und Jacke. Dann wurde er körniger, um schließlich zu einer festgebackenen Eiskruste zu werden, die man kaum noch mit bloßen Händen entfernen konnte. Sie hielt kurz inne und sah sich um. Niemand war in der Nähe. Sie stand auf und hackte mit dem Stiefelabsatz Risse in die glasharte Fläche. Endlich zersprang sie mit einem Knacken in viele kleine Stücke. Nico hockte sich hin und wischte die Eisstücke von der Grabplatte. Buchstaben wurden sichtbar, Zahlen, ein Stern, ein Kreuz.

Philomenia Urban. Geboren am 13. Mai 1994, gestorben am 3. Januar 2000. Die Vergebung ist des Herrn.

Wie betäubt starrte Nico auf die wenigen Worte. Sie sagten alles. Kein Mensch in Siebenlehen würde ihr je vergeben.

Sie hörte das Knirschen von Schritten, aber es war ihr egal. Diese Minuten am Grab der toten Fili gehörten ihr, ihr ganz allein. Sie würde nie erfahren, was genau geschehen war. Sie konnte nur hoffen, dass Fili, egal wo sie jetzt war, vielleicht anders von ihr dachte als der Rest der Welt.

»Du hast sie gefunden.«

Zu Tode erschrocken fuhr Nico herum. Leon stand hinter ihr. Er sah sie mit einer Mischung aus Sorge und Mitgefühl an. Wenn das Letzte, was sie von ihm gesehen hatte, nicht das Herumschnüffeln in Kianas Haus gewesen wäre, wäre sie glatt auf ihn hereingefallen. Trotzdem schlug ihr Herz bis zum Hals.

»Es war nicht schwer. Eine Krähe hat mich hierhergeführt.«

Sie stand auf und klopfte sich den Schnee von den Knien. Ihr wurde schwindelig. Der Kreislauf. Die Erkältung. Seine Anwesenheit.

»Erstaunliche Vögel.« Er begann, den Schnee rund um das Grab etwas festzutreten, damit die Stelle nicht ganz so verwüstet aussah. »Dabei sollten sie doch eigentlich wissen, dass es bei dir besser ist, auf Abstand zu gehen.«

»Ich weiß es jetzt«, sagte Nico. Was war bloß los mit ihr? Eben noch hatte sie mit den Zähen geklappert vor Kälte, jetzt war ihr siedend heiß. »Ich weiß alles.«

Sie drehte sich um und lief zurück zum Ausgang. Inständig hoffte sie, er würde ihr nicht folgen. Aber am Tor hatte er sie bereits eingeholt.

»Was weißt du?«

»Ich weiß, was ich getan habe. Morgen bin ich weg und ihr werdet mich nie mehr wiedersehen. Sei so nett und leite das an die entsprechenden Stellen weiter.«

Sie ging die Straße hinunter, an der Kirche vorbei und hielt auf die Kreuzung zu.

»Warte!«

Sie lief schneller. Sie wollte nicht mehr mit ihm reden und ihn auch nicht mehr sehen.

»Nico! Wir müssen miteinander reden!«

Er rannte ein paar Schritte voraus und stellte sich ihr in

den Weg. Mit gesenktem Kopf versuchte Nico, an ihm vorbeizukommen.

»Ich war gestern bei dir. Wo warst du?«

Sie kniff die Lippen zusammen und versuchte einen Ausfall nach links – umsonst.

»Ich wollte mir den Stein noch einmal ansehen. Wenn er wirklich von hier ist, dann weiß ich, was das silberne Grab zu bedeuten hat. Ich kann dir helfen.«

Nico machte einen Haken nach rechts, wieder stellte er sich ihr in den Weg und breitete die Arme aus. Um ein Haar wäre sie hineingelaufen. Sie blieb abrupt stehen.

»Willst du Schattengrund nicht mehr?«

»Nein!«, schrie sie. »Und ich wünschte, bei Gott, ich wünschte, ich wäre nie, nie hierhergekommen!«

»Was ist passiert?«

»Nichts.«

Sie schob ihn mit aller Kraft zur Seite und lief weiter. Er folgte ihr.

»Es gibt eine uralte Legende. Von ihr wissen nur Leute, die hier geboren sind. Es ist die Geschichte von einem Weg durch die Berge, getrieben aus reinem Silber. Er führt direkt ins Paradies.«

»Ach ja? Da habe ich andere Erfahrungen.«

Er blieb stehen. Das überraschte Nico so sehr, dass sie ebenfalls innehielt und sich zu ihm umdrehte.

»Rede mit mir. Was ist los?«

»Hast du Kianas Buch verbrannt?«

»Was soll ich?«

»Ja oder nein?«

Bestürzt schüttelte er den Kopf. »Nein. Natürlich nicht. So was verbrennt man doch nicht.«

Er kam einen Schritt näher und griff ihr zart unter das Kinn. Nico ließ es geschehen. Sie hatte keine Kraft mehr.

»Schau mich an. Was ist los?«

»Dann war er wieder da.«

»Scheiße. Scheiße!«

Er legte den Arm um ihre Schulter und zog sie mit sich. Sollte sie ihm glauben? Es gab sonst niemanden hier, dem sie vertrauen konnte. Die Versuchung, sich fallen zu lassen, war unsagbar groß. Sie musste endlich jemandem erzählen, was sie erfahren hatte. Vielleicht wurde dann die Last ein wenig leichter.

»Das Buch ist wirklich verbrannt?«

Sie nickte. Tränen traten in ihre Augen. »Und ich weiß auch, warum alle so sauer auf mich sind.«

»Warum?«, fragte er und zog sie etwas näher an sich.

»Ich habe …« Sie konnte es nicht sagen. Es war so schrecklich und endgültig. Es wunderte sie, dass sie noch reden und laufen und frieren konnte, wo sie sich doch in diesem Moment fühlte, als wäre sie schon tot.

»Du hast was?«

»Ich habe sie umgebracht.« Nico wankte, beugte sich vornüber und stöhnte auf.

Leon ließ sie los und wartete. Dabei sah er sich um, ob sie auch niemand beobachtete. »Fili? Du?«

Nico war wieder so kalt, dass sie glaubte, auf der Stelle zu erfrieren. Sie schob die Hände unter ihre Achseln und krümmte sich noch mehr zusammen.

»Sie ist weggelaufen und hat sich verirrt«, sagte er. »Das war ein Unglück. Ein schreckliches Unglück. Aber du hast damit nichts zu tun.«

Nico klappte zusammen. Sie fiel einfach hin und es tat gar nicht weh. Sie lag im Schnee und dachte nur noch, dass sie nie wieder aufstehen wollte. Genau. Das war es. Augen zu und Ende.

Leon beugte sich über sie. »Nico?«, fragte er und tätschelte ihre Wangen. »Nico?«

Es wurde dunkel und warm. Und Nico dachte, wenn das Sterben war, dann war es eigentlich gar nicht so schlimm.

FÜNFUNDZWANZIG

Der Himmel war weiß mit rot karierten Wolken.

Nico blinzelte. Sie lag in einem Bett, ein Zipfel ihres Kissens ragte in ihr Blickfeld. Sie hob die Hand und schob es zur Seite. Der Raum war kalt, aber vom Heizkörper unter dem Fenster breitete sich bereits die Ahnung von Wärme aus. Die Vorhänge waren, genau wie ihr Bettzeug, rot-weiß kariert. Jemand hatte sie zugezogen; schwaches gelbes Licht drang von außen durch den groben Stoff und tauchte das Zimmer in ein schummriges Halbdunkel. Mühsam richtete sie sich auf. Ihr war schwindelig, sie hatte Kopfschmerzen, und das Kratzen im Hals war schlimmer geworden. Was zum Teufel war passiert? Wo war sie? Immerhin hatte sie noch alle ihre Sachen an.

Ihre Stiefel standen neben dem Bett. Sie hob einen hoch und bemerkte, dass in den Kerben der Profile noch Wasser war. Sie war also noch nicht sehr lange hier. Das Zimmer war klein, es bot gerade Platz für einen altmodischen Schrank, einen kleinen Tisch, zwei Stühle und das Bett – ein Doppelbett. Links und rechts davon standen Nachttische aus billigem Sperrholz, nussbaumbraun furniert.

Nico zog die Schublade des Möbels heraus, das ihr am nächsten stand. Eine Bibel lag darin, und sie sah aus, als ob sie nicht oft benutzt worden wäre. Die Wände waren mit Blümchentapete beklebt. Neben ihrem Bett löste sich die Naht einer Bahn. Dieses Zimmer war wohl lange nicht benutzt worden.

Sie setzte die Füße auf einen Flickenteppich und stand langsam auf. Der leichte Schwindel verflog. Sie ging zum Fenster und schob den Vorhang zur Seite. Sie stand im ersten Stock des Schwarzen Hirschen. Unter ihr, vom gelben Schein der Straßenlampen erhellt, lag die Kreuzung. Das Letzte, woran sie sich erinnerte, waren der Schnee und die Wärme. Und Leon, der sich über sie gebeugt hatte … Hatte er sie hierhergebracht?

Schritte, schwere Schritte auf einer Holztreppe. Licht kroch wie ein dünner Finger unter den Spalt ihrer Tür. Die Dielen knarrten, als der Mann den Flur erreichte und langsam weiterging. Ein Schatten glitt vorbei. Nico hielt die Luft an.

Die Schritte entfernten sich. Am Ende des Ganges musste eine weitere Treppe sein. Der Mann stieg sie hoch. Nico hörte, wie die Deckenbalken sich bewegten. Er musste sehr groß und sehr schwer sein, denn das Holz federte unter seinen Schritten. Direkt über ihr machte er Halt. Sie hörte das Quietschen einer Tür und wie jemand den Raum betrat. Zwei dumpfe Schläge – sie zuckte zusammen. Offenbar ließ er seine Stiefel nach dem Ausziehen gerne aus einem Meter Höhe auf den Boden knallen.

Verdammt hellhörig war das hier. So leise wie möglich schlich Nico zum Bett und schlüpfte in ihre Schuhe. Licht anzumachen, wagte sie nicht. Vielleicht konnte man das von oben sehen oder der Schnee reflektierte es. Am besten, sie verließ dieses unheimliche Haus so schnell wie möglich.

Ihre Jacke hing über der Lehne des Stuhls. Sie schnappte sie und ging auf Zehenspitzen zur Tür. Vorsichtig lugte sie in den Gang. Das Flurlicht draußen brannte noch. Auf dem Boden lag ein grüner abgetretener Läufer. Die Wände waren holzvertäfelt. Vor langer Zeit mussten sie hochglanzpoliert gewesen sein, mit Intarsien, die Jagdszenen darstellen. Nun waren sie blind und viele der eingelegten Holzstückchen fehlten. Wie ein Puzzle, das jemand mittendrin aufgegeben hat, dachte sie beim Anblick eines Dreiviertel-Stückes »Röhrender Hirsch vor dunklem Tannenwald«. Auch wenn es nicht ihr Stil war – sie konnte ahnen, dass dieses Haus vor langer Zeit einmal ein Schmuckstück gewesen war. An der Decke hing ein schiefer Kronleuchter aus Geweihen. Gerade mal zwei Glühbirnen brannten noch. Spinnweben und dunkler Staub sammelten sich auf den Stoffschirmen.

Sie folgte dem Läufer bis zum Treppenabsatz und spähte hinab. Das Erdgeschoss lag in tiefer Dunkelheit. Sie erinnerte sich an die heruntergelassenen Rollläden vor den Fenstern. Und an Zach. Der Unbekannte war von unten gekommen. Dann war es wohl Zach gewesen, der gerade an ihrem Zimmer vorbeigekommen war.

Raus. Nichts wie raus hier, bevor er es sich anders überlegte.

Sie nahm Stufe um Stufe und konnte natürlich nicht vermeiden, dass es leise knarrte. Jedes Mal zuckte sie zusammen und blieb stehen. Lächerlich, denn dadurch konnte sie die Geräusche, die sie verursachte, auch nicht ungeschehen machen. Auf halber Strecke hörte sie leise Stimmen und roch – Bratwurst.

Die Stimmen waren ihr egal, aber die Bratwurst war es nicht. Augenblicklich zerrte der Hunger wie ein wild gewordenes Tier an ihrem Magen. Wann hatte sie zuletzt etwas gegessen? Würde ihr jetzt jemand ein knuspriges, frisch gebackenes Brot mit Schinken unter die Nase halten … Gleichzeitig wur,de ihr übel und damit konnte Nico gar nichts anfangen. Der Bauch hatte Hunger, die Kehle schnürte sich zu. Sie fing wieder an zu zittern.

Sie musste weg hier. So schnell wie möglich.

Wahrscheinlich hatte Leon sie ins Haus getragen und in eines der leeren Gästezimmer gebracht. Aber wo steckte er? Die Stimmen wurden lauter. Eine Frau schien sich ziemlich aufzuregen. Dann war wieder Stille. Und in diese Stille hinein vernahm Nico ein hohes, heiseres Krächzen – Leons Urgroßmutter. Beim Gedanken, welche Verwünschungen ihr noch blühen könnten, wenn diese Hexe sie hier auf der Treppe erwischte, verlor Nico jede Zurückhaltung. Sie lief die Treppe hinunter zur Haustür, wollte sie aufreißen – aber sie war abgeschlossen.

Verzweifelt rüttelte Nico an der Klinke. Aussichtlos. Mit einem lauten Klacken schaltete sich die Flurbeleuchtung ab. Im Nebenzimmer wurde die Frau wieder laut.

»Taucht auf einmal auf, wie aus dem Nichts, und spuckt uns ins Gesicht!«

Wieder krächzte die Alte. Ein paar zerrissene Worte drangen an ihr Ohr.

»... die alten Versprechen gelten nicht mehr ... so lange geschwiegen ... das Blutrecht ist heilig ...«

Die Tür zum Gastraum stand offen. Durch das geriffelte Glas in der Tür fiel etwas Licht in den Flur. Nico sah den Tresen, und auf ihm stand etwas, das ihr bei ihrem ersten Besuch völlig entgangen war. Ein Telefon. Die Verbindung zur Außenwelt. Der Draht zu Menschen, die sie mochten. Sie vermissten. Die sie unbedingt sprechen musste.

Die beiden Frauen waren offenbar so in ihre Auseinandersetzung vertieft, dass sie nichts mitbekamen. Der Weg bis zum Tresen war ein Hindernislauf. Im schummrigen Halbdunkel blieb Nico an einem hochgestellten Stuhl hängen und konnte ihn in letzter Sekunde festhalten, bevor er mit lautem Getöse auf den Boden gefallen wäre. Vorsichtig schob sie ihn zurück an seinen Platz und bewegte sich noch aufmerksamer vorwärts, bis sie den Tresen erreicht hatte und mit klopfendem Herzen den Hörer abnahm.

Der monotone Klang des Freizeichens klang lieblicher in ihren Ohren als alles, was sie jemals gehört hatte. Ihre Fingerspitzen glitten über die Tastatur. Sie konnte die Zahlen nicht erkennen, aber sie nahm an, dass sie ähnlich angeordnet waren wie auf ihrem Handy. Endlich hatte sie die Verbindung, endlich kam das Freizeichen.

Geh ran, betete Nico. Bitte bitte geh ran ...

»Wagner?«

Vor Erleichterung hätte Nico beinahe den Hörer fallen gelassen. »Mama?«

»Nico! Um Gottes willen! Was hat denn deine Nachricht zu bedeuten? Wo bist du? Etwa immer noch in Siebenlehen?«

Sie nahm den Telefonapparat und setzte sich damit hinter dem Tresen auf den Fußboden.

»Ja. Wir sind immer noch eingeschneit.«

»Warum flüsterst du so?«

Weil ich in einem geschlossenen Hotel auf dem Fußboden sitze, nebenan ein blutleerer Vampir Flüche ausstößt und ich Angst habe, gelyncht zu werden?, schoss es ihr durch den Kopf.

»Ich bin heiser. Ich glaube, ich habe mich erkältet.«

»Komm zurück.« Die Stimme ihrer Mutter klang so sorgenvoll, dass Nico beinahe das Herz brach.

»Das geht nicht. Noch nicht. Morgen sollen die Straßen wieder frei sein.«

»Ich hole dich ab. Okay? Und dann reden wir über alles.«

Nico biss sich auf die Unterlippe. Die Tränen stiegen ihr wieder in die Augen und sie konnte nichts dagegen tun. Sie hoffte nur, dass ihre Mutter nicht merkte, wie ihr wirklich ums Herz war.

»Ich habe deine Briefe gefunden. Die, die du an Kiana geschrieben hast.«

»Ach Nico, Nico …

»Warum muss ich hier so schreckliche Dinge über mich erfahren? Warum von fremden Leuten und nicht von euch?«

»Was denn für Dinge? Genau das habe ich befürchtet. Davor wollte ich dich bewahren, dass die ganze alte Kiste wieder aufgemacht wird. Nico, hör mir zu. Du hast keine Schuld. Du warst ein sechsjähriges Mädchen, das irgendwelchen Schauergeschichten auf den Leim gegangen ist. Aber das durfte man ja nicht laut sagen. Sie hatten ja ihre Schuldigen – dich und Kiana. Dass du dem Tod nur haarscharf entronnen bist, hat doch in Siebenlehen niemanden interessiert.«

Nico wischte sich die Tränen weg. Ihr lief auch noch die Nase, aber nebenan um ein Taschentuch zu bitten, war wohl keine Option.

»Alle behaupten ...« Nicos Stimme versagte. Sie räusperte sich, aber es fiel ihr unendlich schwer, das auszusprechen, was ihr fast die Kehle abschnürte. »... ich hätte Fili in den Berg gelockt und sie da allein gelassen.«

»Ach, Nico ...« Ihre Mutter suchte nach Worten. »Das wollten sie uns einreden, damals. Aber das stimmt nicht. Du hast dich verlaufen und bist in letzter Sekunde gefunden worden. Dir ging es so schlecht. Du warst so krank. Deshalb haben wir geglaubt, es wäre besser, die ganze Geschichte gar nicht mehr zu erwähnen.«

»Und Kiana auch nicht? Ihr habt sie zu einer Verrückten gemacht!«

»Das war sie auch! Sie und ihre verdammten ... ihre ... Sie hätte dich nie gehen lassen dürfen. Sie hätte besser auf dich aufpassen müssen.«

»Das hat sie doch nicht mit Absicht gemacht?«

Stille. Nico presste den Hörer ans Ohr. Sie hörte ein merkwürdiges Geräusch. Es klang, als ob ihre Mutter schluchzen würde.

Es gab wenig auf dieser Welt, was Nico näherging als ihre Mutter, die weinte. Sie konnte sich nicht erinnern, dass Stefanie jemals so die Beherrschung verloren hätte. Dieses unterdrückte Schluchzen zerschnitt Nico beinahe das Herz.

»Kiana«, begann Stefanie. Sie suchte nach Worten. »Kiana war die Einzige, die immer und immer wieder deine Unschuld beteuert hat. Sie hat alles auf sich genommen. Und wir haben es uns sehr einfach gemacht, indem wir all unsere Wut und unsere ausgestandene Angst um dich auf ihr abgeladen haben. Erst viel später habe ich begriffen, dass es ganz anders gewesen ist.«

»Wie anders?«

Nico beugte sich vor und lugte um die Ecke des Tresens. Ihr war, als hätte sie ein Geräusch gehört, doch die Gaststube war leer. Bis auf die vielen Tischbeine, die Nico an eine Herde erinnerte. Eine Herde Tische … Ich werd noch verrückt hier, dachte sie. Sie lehnte sich an ein Bierfass, das unter dem Tresen stand.

»Im Krankenhaus bist du einmal kurz aufgewacht. Das war das einzige Mal, dass du darüber gesprochen hast. Das war der Auslöser für die ganze Hexenjagd. Es gab einen Hinweis darauf, was wirklich geschehen ist, aber er ist verschwunden. Natürlich. Denn er hätte ja die Schuldfrage ganz neu gestellt. Nur du und Kiana habt es gesehen, aber da stand Aussage gegen Aussage.«

Ein Knarren im Haus. Nicos Herzschlag verdoppelte sich. Jemand war unterwegs. Sie musste das Telefongespräch beenden, bevor man sie erwischte.

»Was?«, flüsterte sie. »Was hab ich gesehen?«

»Es war …«

Aus. Die Verbindung war unterbrochen. Das Licht flammte auf. Mit zitternden Fingern legte Nico den Hörer auf die Gabel und drückte das Telefon an sich. Jemand kam quer durch die Gaststube auf sie zu. Schwere Schritte. Tische wurden zur Seite geschoben. Ein Stuhl fiel krachend auf den Boden. Nico hätte sich am liebsten in dem Bierfass versteckt, aber es gab keine Fluchtmöglichkeit. Man hatte sie entdeckt.

»Wen haben wir denn da?«

Eine Pranke riss sie an ihrem Pullover hoch und zerrte sie aus ihrem Versteck. Zach nahm ihr das Telefon ab und knallte es auf den Tresen. Erst dann ließ er sie los.

»Hab ich nicht gesagt, so was wie dich will ich nie mehr hier sehen?«

Nico hob die Hände. »Kein Problem. Bin schon weg. Die Tür vorne ist leider verschlossen.«

Zach drehte sich um wie ein Bulle, der seine Weide checkt.

»Ja.«

Er hatte blutunterlaufene Augen und war seit Tagen nicht rasiert. Er trug dieselben Sachen, die er schon am Tag zuvor bei ihrem ersten Zusammentreffen anhatte. Nico vermutete, dass er sie selbst zum Schlafen nicht mehr auszog.

»Dann werd ich dich wohl durch die geschlossene Tür nach draußen befördern.«

Er packte sie am Oberarm. Sosehr Nico sich wehrte, er schleifte sie quer durch den Raum zur Tür. Noch mehr Stühle fielen, Tische verrutschten.

»Lassen Sie mich los! Sie tun mir weh!«

Er schnaubte nur.

Trixi kam aus dem Nebenzimmer, verheulte Augen, zerzauste Haare. Hinter ihr konnte Nico die Alte entdecken, die gerade nach ihrem Gehstock tastete.

»Wer zum Teufel ...« Trixi blinzelte. Ein Lächeln verzerrte ihr Gesicht zu einer Grimasse. »Ach, die da.«

»Schleicht sich hier rein!«, brüllte Zach. »Immer wieder! Was soll das? He? Was soll das? Schnüffelst du uns hinterher? Hat das denn nie ein Ende? Nie?«

Er schüttelte Nico, der dabei Hören und Sehen verging. Sie bekam kaum mit, wie jemand durchs Haus nach unten raste.

»Wenn ich dich noch einmal hier erwische!« Zach spuckte beim Sprechen und das war mindestens genauso eklig wie sein Mundgeruch. »Ich brech dir alle Knochen. Alle Knochen brech ich dir!«

Er ließ sie so plötzlich los, dass sie auf den Boden fiel.

»Seid ihr wahnsinnig?« Leon kam zu ihr gerast und half ihr auf.

Nico kam schwankend auf die Beine. Rotz und Tränen verschmierten ihr Gesicht, ihre Haare waren völlig zerzaust.

»Sie ist mein Gast! Hört ihr? Mein Gast!«

Trixi lachte schrill. Die Alte erreichte gerade humpelnd den Flur. Ihr Blick aus bösen kleinen Augen flitzte von einem zum anderen. Zach schnaubte.

»In meinem Haus bestimme ich!«

»In deinem Haus?« Leons Stimme wurde eiskalt. »Darüber ist das letzte Wort noch nicht gesprochen! Und wenn du endlich mal nüchtern wärst, könnten wir auch vernünftig darüber reden.«

Zach brüllte auf, warf sich auf Leon und drückte ihn an die Wand. Trixi schrie, tat sonst aber nichts, um die beiden Streithähne auseinanderzubekommen. Nico stürzte sich auf Zach und wollte ihn wegzerren. Ein einziger Schlag feuerte sie quer über den Flur an die Glastür, die durch den Aufprall bebte, aber glücklicherweise hielt. Leon nutzte diesen Moment der Ablenkung. Er entwand sich Zachs Würgegriff und drehte dessen Arm auf den Rücken. Mit einem Klagelaut ging sein Onkel in die Knie.

Die Alte klopfte mit ihrem Stock auf den Boden. Laut und hallend. Vielleicht war es das, was alle wieder zur Vernunft brachte. Trixi kicherte, langsam, ganz langsam ließ Leon Zach los und trat schwer atmend zurück. Nico gelang es, sich an der Türklinke hochzuziehen.

»Es reicht«, sagte die Alte. Ihr funkelnder Blick fiel auf Nico. »Hinaus!«

»Gerne, sehr gerne«, stöhnte Nico. Sie fühlte sich, als hätte man ihr alle Knochen im Leib gebrochen. »Könnte jemand bitte aufschließen?«

Leon ging zu ihr und stellte sich neben sie. »Sie bleibt.«

»Lass mal«, fiel Nico ihm ins Wort. »Keine Diskussionen. Aber die fünf Sterne bei Holiday Check könnt ihr euch abschminken.«

»Du bleibst«, flüsterte er. »Hier bist du sicher. – Sie bleibt.«

Am liebsten hätte Nico laut aufgelacht. Eine Zombie-Oma, eine kichernde Irre und ein gewaltbereiter Bulle … Das nannte Leon sicher?

Die Alte trat noch einen Schritt vor. Immerhin schienen Trixi und Zach Respekt vor ihr zu haben, sie sagten nämlich kein Wort. Sie blieb vor Nico stehen und musterte sie mit einem hasserfüllten Blick. »Das Gastrecht ist das älteste der Welt. Wir werden es nicht mit Füßen treten.«

Zach sah ratlos zu seiner Frau. »Was … Was heißt das?«

»Wenn Leon darauf besteht und er für ihre Sicherheit garantiert, soll sie bleiben.«

»Was?«, quiekte Trixi.

Aber die Alte war noch nicht fertig. Sie stützte sich mit der knochigen Linken an der Wand ab und hob mit der Rechten den Stock. Mit ihm zielte sie direkt auf Nicos Brust.

»Aber geh mir aus den Augen. Meine Langmut hat Grenzen. Morgen, wenn die Straßen frei sind, bist du verschwunden aus Siebenlehen.«

»Nichts lieber als das.«

»Diese eine Nacht. Der Herrgott möge es mir vergelten.«

Zach brummte etwas Unverständliches, was kaum mit dem Herrgott zu tun hatte. Trixi stand da wie vom Donner gerührt. Leon hob die Augenbrauen, was seinem Gesicht einen arroganten, aber in Nicos Augen unwiderstehlichen Ausdruck verlieh.

»Na also. Geht doch.«

Die Alte drehte sich um und humpelte in ihr Zimmer zurück. Trixi und Zach standen da wie bestellt und nicht abgeholt.

»Hunger?«, fragte Leon.

»Riesig«, flüsterte Nico.

SECHSUNDZWANZIG

Immer noch hing ein Hauch von Bratwurst in der Luft. Wahrscheinlich kam er vom Mittagessen, denn die Küche des Schwarzen Hirschen war kalt. Allerdings stapelte sich benutztes Geschirr in der Spüle und auf dem Herd stand eine fettige Pfanne.

Leon begann, das dreckige Geschirr in die Maschine zu räumen.

»Kann ich helfen?«

»Ja. Setz dich hin und rühr dich nicht vom Fleck.« Er nahm die Pfanne, hob sie hoch und hielt sie mit einem resignierten Seufzen unter laufendes Wasser. »Wolltest du abhauen?«

»Bin ich hier gefangen?«

»Nein.« Er warf die Pfanne mit einem Scheppern in die Spüle. »Aber wenn du schon vor meinen Füßen zusammenklappst, habe ich ja wohl eine gewisse Pflicht, dich von der Straße aufzulesen. Leider kann ich nicht stundenlang an deinem Bett sitzen und Händchen halten, falls du das erwartet hast.«

»Hab ich nicht«, zischte Nico. »Ich wache in einem fremden Bett in einem fremden Haus auf, und kaum will ich es verlassen, taucht dein verrückter Clan auf und geht auf mich los.«

»Das haben wir ja nun geklärt.«

»Ja. Danke. Ich fühle mich geborgen und herzlich aufgenommen.«

Er schüttelte ärgerlich den Kopf und kehrte ihr den Rücken zu, während er die Pfanne sauber machte. Ihr Magen knurrte. Aber der Hunger verschwand, als sie daran dachte, was sie auf dem Friedhof herausgefunden hatte.

»Hast du Fili gekannt?«

»Natürlich. Nicht sehr gut. Sie war ein Sonnenschein. Uns haben ja nur zwei Jahre getrennt. Ich habe mich ein bisschen wie ihr älterer Bruder gefühlt.«

»Sind wir uns damals begegnet?«

»Ich glaube nicht. Jedenfalls kann ich mich nicht an dich erinnern. Und das hätte ich, glaub es mir.«

Es klang nicht nach einem Kompliment, sondern nach dem genauen Gegenteil. Er ließ die Pfanne abtropfen und stellte sie auf den Herd.

»Und …« Nico schluckte. Es fiel ihr schwer, Filis Tod anzusprechen. »Und als es damals passiert ist? Wie war das?«

Leon strich sich eine Haarsträhne aus der Stirn. Er dachte nach. Lange. Nico wartete darauf, Abscheu und Zorn in seinem Gesicht zu entdecken. Aber sie sah nur einen tiefen, traurigen Ernst.

»Ich glaube, Zach und Trixi sind daran kaputtgegangen. Das, was du grade erlebt hast, ist nur eine der Auswirkungen, die so eine Tragödie hat. Ich fand sie immer merkwürdig. Wir hatten nie einen Draht zueinander. Ich war geduldet, mehr nicht. Ich kam auch nur, weil mein Vater darauf bestand. Damit ich nicht den Kontakt zur Heimat verliere. Für mich war das nicht einfach. Ich war weder in Wales noch in Siebenlehen richtig zu Hause. Wir beide haben also was gemeinsam: Wir sind nicht besonders gerne hier gesehen.«

»Das tut mir leid«, sagte Nico leise.

»Jedenfalls war ich nicht da, als es passiert ist. Mein Vater war auf der Beerdigung, das weiß ich noch. Ich war dann ein paar Jahre nicht hier, aber ich erinnere mich daran, dass mir Filis Lachen gefehlt hat. Sie ist immer zu mir gelaufen und hat sich in meine Arme geworfen. Das war hart. Ich war seitdem auch nicht mehr in ihrem Zimmer.«

Er ging zum Kühlschrank und holte eine Packung Bratwürste heraus. Nico schluckte.

»Ich glaube, ich hab keinen Hunger.«

»Kann schon sein. Aber du musst was essen. Keine Widerrede. Die Pizzeria hat noch nicht auf.«

»Es gibt eine Pizzeria hier?«

»Na ja. Sagen wir so: Pizza, Döner, Currywurst. Aber ist ja grade mal fünf Uhr, du musst dich also noch ein bisschen gedulden.«

»Kein Problem. Filis Zimmer ... Ich kann mich gar nicht daran erinnern. Ich glaube, wir waren immer nur bei Kiana.«

»Damals lief der Schwarze Hirsch noch ganz gut. Wahrscheinlich war das Haus voller Gäste, und da wollte man nicht auch noch fremde Kinder hier herumwuseln haben.«

»Gibt es das Zimmer noch?«

Leon zündete die Gasflamme an. »Ja.«

»Kann ich es sehen?«

»Ich weiß nicht. Ehrlich. Ich glaube nicht, dass das eine gute Idee ist. Zita wird das gar nicht gefallen.«

»Zita wird's der Herr vergelten.«

Leon lachte. Er stellte die Pfanne auf die Gasflamme, goss ein paar Löffel Öl hinein und wartete, bis sie heiß genug war. Dann legte er zwei Würste in die Pfanne. Es zischte und brutzelte. Der Duft, der Nico in die Nase stieg, war unwiderstehlich, aber ihre Kehle war immer noch wie zugeschnürt.

»Ich wusste nicht, dass du mit Fili losgezogen bist. Das ist gar nicht bei mir angekommen. Und du kannst dich wirklich an gar nichts mehr erinnern? Wie ihr in den Berg gekommen seid? Warum ihr da hoch wolltet?«

»Ich habe mich bis vorgestern überhaupt nicht an Fili erinnert. Das macht mir wirklich zu schaffen. Wie konnte ich so ein Unglück denn völlig aus meinem Leben ausblenden?«

»Es gibt Schutzmechanismen. Deine Seele wollte es nicht.«

»Und kaum bin ich hier, geht es Schlag auf Schlag. Fili ist mir im Traum erschienen. Wir waren Hexen. Winterhexen. Vielleicht sollte ich noch mal da hoch.«

»Auf den Berg? Nicht wirklich, oder?«

Nico stand auf und holte zwei Teller aus dem Regal. Beide stellte sie auf die Arbeitsplatte aus Aluminium. Sie wollte nicht in der Gaststube essen.

»Ich will Antworten. Es ist mir zu einfach, dass ich sie einfach so in den Berg geschleift und da sitzen gelassen haben soll!«

»Wer sagt das?«

»Der Pfarrer. Und dem muss ich ja wohl glauben.« Sie drehte sich weg. Er sollte nicht sehen, wie sehr sie dieser Vorwurf getroffen hatte. Und wie schlimm die Befürchtung war, er könnte die Wahrheit sein.

Leon zog die Pfanne vom Feuer. Er holte Besteck aus einer Kiste und ein frisches Brot, das man ihm wahrscheinlich schräg gegenüber mit freudenroten Bäckchen verkauft hatte.

»Gibt es dafür Zeugen?«

»Ich weiß es nicht. Warum sollte der Pfarrer lügen?«

Leon brach ein Stück Brot ab, steckte es sich in den Mund und kaute. Nico holte die Pfanne und verteilte die Würstchen auf den Tellern.

»Ja«, sagte er schließlich. »Warum sollte er. Nico.«

Er nahm ihre Hand und zog sie zu sich. Es war eine so normale Berührung in so merkwürdigen Zeiten, dass Nico höchstens ein bisschen rot wurde. Durch die Wärme und den Hunger wirkte das auch sehr plausibel.

»Ich habe kaum eine Erinnerung an die Zeit, als ich sechs war«, sagte er. »Ein paar Bilder vielleicht. Die Einschulung. Der Tod meines Großvaters. Der schwarze Anzug, den mein Vater trug, als er damals aus Siebenlehen zurückkam. Tauben auf dem Markusplatz in Venedig, da sind wir mal hingereist. Fetzen, Eindrücke, verworren und verschwommen. Wie soll das erst mit einer so schrecklichen Geschichte sein, die jeder vergessen will? Hör auf, dir Vorwürfe zu machen.«

Sie entzog ihm ihre Hand. »Dann sag das bitte auch dem, der ständig um Kianas Haus schleicht und mich ausspioniert und mir meine Hausschuhe klaut. Und sie anschließend wieder zurückstellt. Das ist doch völlig krank, oder? Er hat die Augen aus meinen Schuhen geschnitten. Ist das pervers oder nicht?«

»Die Augen aus deinen Schuhen?«

»Ja, sie hatten … Ach, vergiss es.«

Sie zog den Teller zu sich heran und verzichtete auf Besteck; sie aß die Wurst einfach mit den Fingern. Knigge-mäßig war sie ja bei ihm auch unten durch. Und ihr Magen machte sowieso, was er wollte. Eben noch war ihr speiübel, und kaum stand etwas Essbares auf dem Tisch, brachen alle Dämme mühsam anerzogener Zivilisation.

Leon schob ihr ein Stück Brot herüber. »Hier bist du sicher. Ich würde sogar deinen Hausschuhen Asyl geben. Gerade jetzt, wo sie so plötzlich erblindet sind …«

Nico gab mit vollem Mund ein Geräusch von sich, das ihm sagen sollte, was sie von dieser Frechheit hielt.

»Ich zeige dir Filis Zimmer. Es liegt auf der anderen Seite vom Dachgeschoss.«

Er stand auf und ging in die Gaststube. Sie hörte, wie er Schubladen aufzog und etwas suchte. Schließlich kam er mit einem triumphierenden Grinsen zurück. Sie konnte sich gerade noch den letzten Wurstzipfel in den Mund schieben. Leon hatte sein Essen nicht angerührt. Sie überlegte, wie unhöflich und pietätlos es wäre, seine Portion auch noch aufzuessen. Sehr, gab sie sich schweren Herzens die Antwort.

»Der Generalschlüssel.« Er legte ihn vor Nico auf den Tisch. »Eigentlich ist er für die Haustür und den Bierkeller gedacht. Statt Bier liegt da unten mittlerweile alles Mögliche, an das man immer wieder ranmuss. Aber: Man kommt damit in alle Zimmer.«

Sie wischte sich die Hände an ihrer Jeans ab und nahm den Schlüssel vorsichtig in die Hand.

»Du bist klasse.«

»Sag ich doch. Immer wieder. Es hört nur keiner.«

SIEBENUNDZWANZIG

Vorsichtig wie die Diebe schlichen sie durch das große Haus. Als Nico an »ihrem« Zimmer vorbeikam, blieb sie stehen. Ihr war gerade ein sehr unangenehmer Gedanke gekommen.

»Sag mal, wie viele Generalschlüssel gibt es denn?«

»Keine Ahnung.«

Leon öffnete ihre Tür und deutete auf das Schloss. »Dein Schlüssel steckt von innen. Das ist dir wahrscheinlich nicht aufgefallen. Wenn du drin bist, schließt du ab und lässt ihn stecken, dann kann keiner rein.«

Nico nickte, fühlte sich aber nicht im Mindesten erleichtert. Es schien eine ausgemachte Sache zu sein, dass sie in dem geschlossenen Hotel blieb. Wahrscheinlich hatte Leon auch recht, wenn er sie hierbehalten wollte. Noch eine Nacht in Schattengrund war ein großes Risiko. Aber sicherer fühlte sie sich hier auch nicht. Sie zog ihren Zimmerschlüssel ab, steckte ihn von außen ins Schloss und verriegelte die Tür. Dann versenkte sie das Ungetüm – der Schlüssel selbst war leicht und klein, aber der Anhänger stellte einen röhrenden Hirsch auf einer handtellergroßen Messingmedaille dar – in ihrer Hosentasche.

Leon wartete am Fuß der Treppe auf sie. Auf dem Weg zu ihm zählte sie die Türen: fünf links, fünf rechts. Zehn

Zimmer waren also auf dieser Etage. Er ging voraus. Das Holzgeländer schmiegte sich in Nicos Hand, glatt poliert von Generationen, die hier schon hinauf- und herabgestiegen waren.

»Wie alt ist der Schwarze Hirsch?«

»Über hundert Jahre alt. Angeblich soll der Kaiser hier sogar mal ein Mittagsschläfchen gehalten haben.«

Sie erreichten das Dachgeschoss. Die abgetretenen Dielen knarrten, als sie den Flur hinuntergingen.

»Wo wohnst du?«

Er deutete auf eine der Türen, an denen sie gerade vorbeikamen.

»Zimmer vierunddreißig. Falls du Sehnsucht hast heute Nacht …«

»Träum weiter.«

Irgendwie gefiel ihr der Gedanke, wieder mit ihm unter einem Dach zu sein. Andererseits … Wenn Zach hinter den merkwürdigen Übergriffen steckte, war es vielleicht gar nicht klug zu bleiben. Also doch Schattengrund? Sie beschloss, die endgültige Entscheidung noch aufzuschieben.

Leon blieb am Ende des Ganges stehen. Die Tür war kleiner als die zu den Gästezimmern. Früher war es vielleicht einmal eine Gesindekammer gewesen. Nico zog es das Herz zusammen, als sie daran dachte, wie abgeschoben Fili hier oben gewesen sein musste. Leon steckte den Schlüssel ins Schloss. Mit einem Klacken sprang der Riegel zurück.

Leon drehte sich zu ihr um. »Sei nicht enttäuscht. Vielleicht ist es jetzt eine Wäschekammer oder so was. Willst du wirklich rein?«

»Mach schon.«

Er öffnete die Tür und tastete nach dem Lichtschalter. Eine Deckenlampe mit staubigem rosafarbenen Schirm beleuchtete die Kammer, die Nico so winzig vorkam, dass sie unwillkürlich den Kopf einzog. Die Wände waren schräg und mit Tapete beklebt. Links stand ein kleiner, uralter Schrank, in der Mitte unter dem Fenster ein Bett, rechts eine Kommode. Leon ging vor, Nico folgte ihm und sah sich um.

»Hier war ich noch nie.«

Sie setzte sich aufs Bett und strich mit der Hand über die billige Polyesterdecke. Am Kopfende reihten sich einige Plüschtiere auf: ein Teddy, ein Teletubbie – Nico lächelte, als sie das Wesen in die Hand nahm und sein Kopf hilflos herumbaumelte – und noch ein paar kleine, billige Häschen, lachende Kürbisse und Hunde. Darüber hing ein Regal: Bunte Bilderbücher, Malstifte, Pinsel und eine Puppe lagen auf den Brettern. Alles sah so aus, als ob die Bewohnerin dieses kleinen Zimmers gleich zurückkäme. Und trotzdem lag ein Grauschleier über den Dingen. Zwölf lange Jahre waren ins Land gegangen.

Leon schloss die Tür und setzte sich neben sie. Er schwieg und sah sich um.

»Eigentlich ganz hübsch. Einfach. Aber hübsch.«

»Ja.« Nico legte das Teletubbie zurück. Es war sehr einfach. Sie dachte an die Berge von Spielsachen, die sie in ihrem Zimmer gehabt hatte. An die Poster an den Wänden.

An ihren Schreibtisch, an dem sie für die Schularbeiten lernte. An das Leben, das sie in den vergangenen Jahren gelebt hatte – und das es für Fili nicht gegeben hatte. Sie fühlte sich so schuldig.

»Warum lässt man ein Zimmer so?«, fragte sie in die Stille.

»Wahrscheinlich, weil der Schwarze Hirsch zu viele hat. Insgesamt über zwanzig. Dazu noch die Gaststube. Ich glaube, Zach und Trixi konnten sich nicht davon trennen. Solange ein Kinderzimmer im Haus ist, ist vielleicht auch Fili für sie immer noch da.«

»Glaubst du?«

»Sie sind keine Ungeheuer. Okay, wir haben ziemlich Stress mit ihnen, und sie sind auch nicht die Verwandten, mit denen man bei einer Teerunde gerne angibt. Aber aller Zorn endet für mich an dieser unsichtbaren Mauer, die der Tod eines Kindes um die Eltern zieht. Vielleicht wollten sie Fili in diesem Zimmer nahe sein.«

»Sie ist nicht mehr hier.«

»Wie meinst du das?«

Nico betrachtete die Märchenfiguren auf der Tapete. Schneewittchen, Dornröschen, der Froschkönig ... »Vielleicht ist das bei anderen Leuten so, wenn sie die Zimmer ihrer Kinder so lassen. Aber ich habe das Gefühl, Fili ist nicht hier. Ihr Geist, ihre Seele, die Erinnerung an sie – ich kann das nicht spüren.«

Leon beugte sich vor und legte die Unterarme auf die Knie. Er sah auf den Boden. Plötzlich strich er sich mit der Hand über die Augen. Vielleicht dachte er gerade an das kleine Mädchen, das lachend auf ihn zugerannt war. Nico wünschte sich, sie könnte die Hand ausstrecken und ihn berühren. Aber sie hatte Angst, es würde zu viel bedeuten. Ihr, ihm. Oder auch nicht. Um ihrer Verwirrung zu entkommen, stand sie auf und beugte sich zu dem Regal.

»Weißt du eigentlich, wie lieb ich dich habe?«

»Was?«

Leon sah hoch. Nico spürte, dass sie wieder einen dieser Sätze gesagt hatte, den sie bei ein wenig Überlegung ganz anders formuliert hätte. Sie nahm das Buch aus dem Regal. Es war an manchen Stellen aufgeplatzt und zerlesen. Fili musste es sehr gemocht haben.

Sie zeigte es ihm. »Das war auch meine Lieblingsgeschichte. Ich hab dich so lieb bis zum Mond, sagt das Hasenkind. Und die Mutter antwortet: Und ich bis zum Mond … und wieder zurück.«

Sie schluckte. Schnell drehte sie sich um, damit er nicht bemerkte, wie weh ihr dieses kleine, zerlesene Buch tat. »Ach, und die Wimmelbilder. Die fand ich auch cool. Es gab so furchtbar viel zu entdecken in ihnen. James Krüss! Der Sängerkrieg der Heidehasen. Das hat Trixi ihr bestimmt vorgelesen. Eine Fibel. Stimmt, Fili und ich waren in der ersten Klasse, als es …«

Sie brach ab, weil sie die Fibel aufgeschlagen und auf der ersten Seite vier mühsam hingekritzelte Buchstaben entdeckt hatte. F. I. L. I. Die ersten Schreibversuche. Bisher war alles ein Albtraum aus einer lang vergangenen Zeit gewesen.

Doch dieses mühsam errungene Wort, ihr Name, der Stolz, mit dem Fili ihn geschrieben haben musste, rührte sie und brachte etwas in ihr zum Klingen. Die Ahnung einer tiefen Liebe zu einem anderen Menschen, wie nur Kinder sie einander entgegenbringen konnten.

Mehrere Blätter fielen heraus und segelten direkt vor Leons Füße. Mit tränenblinden Augen stellte Nico das Buch zurück. Sie war sich nicht mehr sicher, ob der Besuch in diesem Zimmer wirklich so eine gute Idee gewesen war. Er konfrontierte sie brutaler mit Filis Tod als die heilige Barbara oder das kleine Grab auf dem Friedhof. Sie hatte geglaubt, das aushalten zu können. Aber dieses Zimmer, in dem die Zeit eingefangen schien wie in einem Stilleben, brachte sie an ihre Grenzen. Was wäre, wenn das alles nicht geschehen wäre? Stünde sie jetzt vielleicht im Zimmer einer fröhlichen, jungen Frau, würde mit ihr lachen und reden, so wie mit Valerie?

»Das silberne Grab«, sagte Leon. »War das nicht eins von Kianas Märchen?«

Langsam drehte Nico sich um. Er hatte die Blätter aufgehoben und betrachtete sie interessiert. Wie in Trance ging Nico auf ihn zu. Sie konnte kaum glauben, was er in seinen Händen hielt. Es waren die letzten übrig gebliebenen Seiten von Kianas rätselhaften Märchen. Fili musste sie herausgerissen und in der Fibel versteckt haben. Nico erkannte ihr eigenes, selbstgemaltes Bild wieder: zwei Mädchen, Hand in Hand, vor einer geheimnisvollen Höhle.

Leon reichte ihr die Blätter, und sie nahm sie so vorsichtig, als hätten sie einen Schatz wiedergefunden. Sie betrachtete die Zeichnung und hatte einen kurzen, unendlich kostbaren Moment lang noch einmal das Gefühl, an Kianas Tisch zu sitzen. Ein Kind zu sein, unschuldig, leichten Herzens, nicht ahnend, was wenig später geschehen würde und was nach Jahren als Geist einer bösen Erinnerung wiederauferstehen würde.

Sie drehte das Bild um. Auf der Rückseite begann die Geschichte. Sie war handgeschrieben, und ihr Herz machte einen Sprung, als sie die Schrift erkannte. Kianas letztes Märchen. Das einzige, das die Zeit und den Schrecken überdauert hatte.

»Ja.« Sie musste sich räuspern, so trocken war ihre Kehle geworden. »Sie hat es mir erzählt und später aufgeschrieben. Fili muss es aus dem Buch herausgerissen und hier versteckt haben. Aber warum?«

»Vielleicht wollte sie es besitzen? Ich weiß noch, dass ich mal Oscar Wildes *The Canterville Ghost* komplett abgeschrieben habe, nur um die Geschichte zu behalten. Das Buch musste ich der Bibliothek zurückgeben. Aber das Heft besitze ich heute noch, mit allen Zeichnungen.«

»Ich kann kaum glauben, dass ich es wiederhabe.« Atemlos betrachtete sie ihre Zeichnung. Die roten Stiefel. Von einem fehlte ein Stück – abgerissen, vielleicht in Eile? Oder in der Angst, entdeckt zu werden?

Nico ließ sich neben ihn aufs Bett fallen. »Das ist mein Bild.«

Es war ihr peinlich, dass er ihre Zeichnung betrachtete.

Die beiden Kinder hatte sie als Strichmännchen gezeichnet, mit einem schiefen Dreieck als Kleid und ein paar Schlangenlinien, die von dem kreisrunden Kopf abgingen und die Haare darstellen sollten. Jede hatte einen krummen Stab in der Hand, von dem ein Büschel Striche abging – die Besen. Sie erkannte schiefe Dreiecke – die Berge. Ein paar stachlige Tannen. Die halbrunde Tür zum silbernen Grab. Und Farben und Linien, die nur Nico deuten konnte.

»Die Winterhexen«, flüsterte sie. »Da, das Eiskraut, das die Bäume hochklettert und das man nicht berühren darf, sonst wird man zu einer Statue aus Schnee. Das blaue Licht, das durch die Baumstämme schimmert und den Weg weist. Die Kobolde unter den Wurzeln, die die Kinder aufhalten und in die Irre führen. Es ist doch ein Märchen. Ich hab doch nur eine Geschichte gemalt, die Kiana mir erzählt hat. Ich wollte nicht weg. Nie im Leben! Ich hatte doch gar keinen Grund, dahin zu wollen. Ins Paradies. Schattengrund war doch ein Stück Kinderhimmel auf Erden. Ich habe mich wohl gefühlt und geborgen. Ich hatte einfach keinen Grund wegzulaufen.«

»Was ist das Märchen vom silbernen Grab? Eine Verheißung? Irgendetwas wahnsinnig Tolles?«

»Ich … Ich weiß es nicht.«

»Und trotzdem habt ihr es ernst genommen.«

Nico schüttelte resigniert den Kopf. »Es muss wohl so gewesen sein. Ich erinnere mich nicht daran, wie ich als Kind war. Ich glaube, anders als heute. Ganz anders. Offener. Glücklicher. Ich bin durch die Welt gehüpft wie ein Gummiball. Aber ich kann natürlich nicht meine Hand für mich selbst ins Feuer legen. Wer weiß. Es sieht alles so aus, als ob ich mit Fili abgehauen wäre, um in irgendeinen alten Stollen zu krabbeln, weil wir einem Märchen auf den Leim gegangen sind. Und dann habe ich sie allein gelassen. Vielleicht … Vielleicht wollte ich Hilfe holen?«

Leon nickte. »Bestimmt. Das wäre eine Erklärung. Was ist das?«

Er hatte das letzte Blatt umgedreht. Ihr Blick fiel auf ein zweites Bild. Filis Zeichnung. Der Anblick traf Nico wie ein Faustschlag in die Magengrube. Sie war zarter und detaillierter als Nicos Gekritzel und zeigte ein Mädchen in einem Zimmer.

»Das hat Fili gemalt. Auf dem Dachboden von Schattengrund. Komisch, an diesen Moment kann ich mich erinnern. Wir hatten dort oben unser eigenes Reich. Wir haben gespielt und gekichert und mit Buntstiften gezeichnet. Und irgendwann ist dieses Bild entstanden. Sie hat es in Kianas Märchenbuch gemalt. Aber, schau mal, es hat gar nichts mit dem Märchen zu tun.«

Leon beugte sich zu ihr. Sie spürte, wie seine Haare ihre Wange berührten. Wie Krähenfedern, dachte sie. Ein bisschen drahtig und kratzig. Ihre Mutlosigkeit und Trauer schien für einen Moment wie weggeblasen.

»Das ist dieses Zimmer«, sagte er.

Nico hob den Blick und verglich den Raum mit der Zeichnung. Unsichere Striche in der zweidimensionalen Perspektive, die kleine Kinder noch anwenden. Die Füße über-, nicht nebeneinander. Der Kopf immer frontal, so gut wie nie im Profil. Einfache Gegenstände, die man schnell wiedererkennen und auch aus dem Gedächtnis malen konnte. Tisch. Schrank. Bett. Mädchen.

»Ja.« Erstaunt stand sie auf und drehte sich um. »Das Bett, das Fenster, das Regal. Und das ist Fili. Schau, sie liegt im Bett und hat die Decke hochgezogen. Nur ihr Kopf guckt heraus. Aber …«

Etwas stimmte nicht. Es war keine fröhliche Kinderzeichnung, auch wenn sie mit bunten Farben auf das Papier gebracht worden war. Etwas Düsteres war in diesem Bild. Etwas Bedrohliches, das sie nicht hätte benennen können.

»Sie weint«, sagte Leon.

Tränen liefen aus den grünen Augen über das runde Gesicht. Nico hielt das Blatt unter die Deckenlampe, um es besser erkennen zu können. Sie verglich das Zimmer mit der Zeichnung. Alles stimmte. Nur der Vorhang nicht.

»Sie hat Angst vor dem Vorhang. Aber da ist doch gar keiner.«

Leon kam zu ihr und stellte sich neben sie. Das kleine Fenster über dem Bett mit seinen winzigen Scheiben hatte eine klitzekleine Gardine, eigentlich eher eine Bordüre. Aber auf Filis Bild bauschte sich links, am Fußende, ein langer, dunkler Vorhang. Und je länger Nico diesen Vorhang betrachtete, desto schrecklicher wurde die Ahnung in ihr.

»Das ist kein Vorhang.« Sie ließ die Zeichnung sinken. »Das ist ein Schatten. Jemand steht an Filis Bett und sie weint. Oh mein Gott.«

Der Traum.

Das Böse.

Es ist hier. Und es war in diesem Raum geschehen.

»Der schwarze Mann! Ich habe geträumt. In der Nacht, in der Minx dich geweckt hat. Fili war bei mir und hat mich gewarnt. Sie sagte, der schwarze Mann ist wieder da. Es muss derselbe gewesen sein wie auf diesem Bild. Er wollte mich umbringen! Jemand will nicht, dass wir das hier finden!«

»Langsam, langsam. Jetzt bringst du aber ein paar Dinge durcheinander.«

»Nein!« Sie deutete auf die unheimliche Gestalt. »Dieser Schatten hier hat die Krähe in den Kamin geworfen. Es ist derselbe Schatten, der auch an Filis Bett gestanden hat. Fili wollte fort. Sie wollte ins silberne Grab, in den Stollen, der direkt ins Paradies führt. Weil ... oh mein Gott.«

»Warum? Nico, warum?«

Nico schüttelte den Kopf und legte den Finger auf den Mund. Sie schloss die Augen. Die Erinnerungen schwebten in diesem Raum, wirbelten um sie herum wie durchsichtige, schwarze Schleier. Ein falsches Wort, ein falscher Schritt, und sie würden durch die Ritzen und Spalten verschwinden und nie mehr auftauchen. Der Geruch. An was erinnerte er sie? Erst vor Kurzem war er ihr wieder in die Nase gestiegen. Denk nach, Nico, denk nach. Wo war dir schon einmal so unheimlich zumute gewesen?

»Nico!«

Sie fuhr zusammen und öffnete die Augen.

»Was weißt du?«

Nico starrte auf das Blatt in ihrer Hand. Es war die Botschaft eines Kindes, das nicht sprechen und nicht schreiben konnte und das in seiner Not nur einen Ausweg und eine Zuflucht gesehen hatte.

»Kiana und ich waren ihr einziger Schutz«, flüsterte Nico. »Und das wurde ihr Verderben.«

ACHTUNDZWANZIG

Leons Zimmer unterschied sich in nichts von Nicos Unterkunft. Es war klein, spartanisch, nur mit dem Allernotwendigsten ausgestattet. Trotzdem mochte Nico diese Kargheit mehr als die zu Tode renovierten, birkefurnierten, abwaschbaren Allerweltshotelzimmer. Mit einer schlichten, neuen Tapete und ein paar kleinen Details wäre es sogar richtig gemütlich. Retro-Charme. Für Holzfäller, Skilangläufer und Romantiker. Doch es fehlten eine liebevolle Hand und der Blick für Kleinigkeiten. Der Lack auf den Heizkörpern blätterte ab, das Messing der Türklinken war stumpf und fleckig. Die Dielen müssten abgeschliffen und neu versiegelt werden. Und – Nico setzte sich auf das Bett, das unter ihrem Gewicht in der Mitte ächzend nach unten durchhing – neue Matratzen müssten her. Diese hier war wahrscheinlich hundert Jahre alt.

Allerdings gab es in Leons Zimmer ein Waschbecken. Er nahm zwei Zahnputzgläser von der Glasablage unter dem angelaufenen kleinen Spiegel und füllte sie mit Wasser. Aus der Nachttischschublade holte er einen Tauchsieder, schloss ihn an die Steckdose neben dem Waschbecken an und versenkte ihn im ersten Glas.

»Tee?«

Nico fühlte sich wie auf einer Zeitreise in die 60er-Jahre.

Fehlten nur noch die Holzskier und ein Transistorradio mit ultralanger Antenne, aus dem »Es war in Napoli vor vielen Jahren« plärrte.

»Ja. Gute Idee.«

Die Heizung unter dem Fenster rauschte und knackte. Leon rührte mit dem Tauchsieder im Wasser herum. Als die ersten Bläschen aufstiegen, zauberte er einen Teebeutel hervor und gab ihn ins Glas. Er reichte es Nico, die den Beutel an seinem Faden herauszog und wieder fallen ließ. Das Wasser war lauwarm. Leon machte sich mit seinem Tee ähnlich viel Mühe. Als er fertig war, setzte er sich auf einen Holzstuhl, der vor einem wackeligen Tisch stand.

»Denkst du das Gleiche wie ich?«, fragte er schließlich.

»Missbrauch?«

Leon nickte. Nico war unendlich schwer ums Herz. Von all den schrecklichen Erkenntnissen, die sie in Siebenlehen gewinnen musste, war dies die schwerste. Mit ihrem eigenen Versagen konnte sie vielleicht noch umzugehen lernen. Aber dass einem Kind wehgetan worden war, dass ein Mädchen leiden musste und keinen anderen Ausweg mehr gesehen hatte, als sich in eine Zeichnung und ein aberwitziges Märchen zu flüchten, tat schneidend weh.

»Sie war doch erst sechs.« Nico schnürte es fast die Kehle zu. »Und es muss hier in diesem Haus passiert sein.«

»Vielleicht hatte sie auch nur eine blühende Fantasie?«

Die Zeichnung lag auf seinem Bett. Nico fürchtete sich, sie noch einmal anzusehen. Leon zog sie zu sich heran und studierte sie genau.

»Was soll es denn sonst sein?«, fragte Nico. »So einen Vorhang gibt es nirgendwo. Und man heult auch nicht deshalb. Es ist ein Mann. Er ist groß. Er steht an ihrem Bett. Er macht ihr Angst. Es ist ein schwarzer Mann.«

»Der schwarze Mann … Das klingt trotzdem sehr allgemein.«

Nico nahm ihm die Blätter ab und begann zu lesen.

»Es war einmal ein Mädchen, das lebte in einem Haus im Tal und war so hübsch und zart, dass noch nicht einmal die Vöglein Angst hatten vor ihm. Sie setzten sich auf seine Schulter und sangen liebliche Liedchen. – Die Vöglein …«

Nico brach ab.

»Was ist mit den Vöglein?«

»Ein merkwürdiger Begriff. So altmodisch. Im normalen Sprachgebrauch gibt es ihn nicht. Aber Maik hat ihn benutzt.«

»Maik Krischek redet von Vöglein?« Leon zog die Augenbrauen hoch. Er war sichtlich amüsiert. »Bringst du da nicht ein paar Buchstaben durcheinander?«

»Du hast es nicht mitbekommen, weil du bei den Briketts warst. Nicht nur von den Vöglein hat er erzählt. Auch von den Kindlein im silbernen Grab und dass die Tür alle zwölf Jahre einmal aufgehen würde.«

»Du übst ja einen erstaunlichen Einfluss aus.«

Nico trank einen Schluck Tee und vermied in letzter Sekunde, ihn wieder auszuspucken. »Ist er ein bisschen meschugge?«

»Er war mal verschüttet als Kind. Im alten Stollen.«

»Ach.« Sie ließ nachdenklich die Blätter sinken. »Mir kommt es so vor, als ob alle Wege da hinaufführen. Kianas Stein. Das Märchen vom silbernen Grab. Maiks Kindheitstrauma. Filis Tod.«

»Nein.« Leon sprach so klar und bestimmt, dass Nico zusammenzuckte. »Da oben ist nichts. Es ist ein uralter Gang, der nur zum Teil verfüllt worden ist und den man vor hundert Jahren mit einem Eisentor gesichert hat.«

»Offenbar nicht richtig. Sonst wäre Fili doch nicht dort gefunden worden?«

»Warst du da? Warst du wirklich mit ihr dort oben? In den Gängen?«

Nico seufzte. »Ich weiß es nicht. Manchmal glaube ich, ja. Aber dann habe ich wieder das Gefühl, dass ich mir alles nur zusammenreime. Schließlich hat man mich ganz woanders gefunden. Aber jeder hat doch eine Vorstellung davon im Kopf, wie so eine Höhle oder ein Stollen aussehen könnte. Wenn ich ihn mir noch mal ansehen könnte ...«

»Die Gänge führten Hunderte von Metern in die Tiefe und in den Berg. Es ist ein Labyrinth. Es ist lebensgefährlich, dort hineinzugehen. Deshalb: Nein. Nein, du wirst nicht in den Stollen gehen.«

»Ich muss den Stein zurückbringen.«

»Du musst gar nichts. Oder willst du Kianas Haus jetzt auf einmal?«

Nico stand auf und umrundete das Bett, was in der Enge nicht einfach war. Vor allem wollte sie Leon nicht berühren.

Nicht absichtlich, nicht unabsichtlich. Sie ging zum Fenster und schob den kurzen karierten Vorhang zur Seite. Sie sah hinunter auf einen fast leeren Parkplatz hinter dem Haus. Einige Schneehügel ließen vermuten, dass dort unten zwei Autos und ein paar Müllcontainer standen.

Das Haus. Schattengrund. Sie wusste jetzt, warum Kiana ihr diese Aufgaben gestellt hatte. Sie sollte sich erinnern und etwas verarbeiten, das zwölf Jahre lang ihre Seele verdunkelt hatte. Sie sollte Filis Geheimnis lüften und etwas wiedergutmachen. Es ging nicht um das Haus. Es ging um sie, Nico. Und um ein ungesühntes Verbrechen.

Eine Welle von Wärme und Liebe schwappte in ihr Herz, so plötzlich und ungestüm, dass sie fast das Gleichgewicht verloren hätte. Es war der Moment der Erkenntnis, dass all dies geschah, um etwas zum Guten zu wenden, und dass der Grund dafür die Liebe zu dem kleinen Mädchen war, das sie, Nico, einmal gewesen war. Egal, was sie angestellt hatte, Kiana hatte sie nicht aufgegeben. Nicht, als sie noch lebte, und erst recht über den Tod hinaus.

Sie schloss die Augen und lehnte die Stirn an die kalte Scheibe.

»Es geht um mehr. Ich muss herausfinden, was mit Fili passiert ist.«

Sie konnte hören, dass Leon seinen Tee trank. Erstaunlich, dass jemand, der so gut kochen konnte, bei Tee so kläglich versagte.

»Was ist ihr denn passiert?« Er klang ungeduldig. So, als ob er Nicos Theorie jetzt als reines Hirngespinst abtun wollte. Vermutlich würde es ihr ähnlich gehen, wenn sie in seiner Situation wäre. Ein rätselhafter Todesfall in der Familie und der Verdacht, dass in diesem Haus vielleicht etwas Furchtbares geschehen war. Das wollte man nicht hören. Das schob man weg von sich.

Nico drehte sich um. »Sie ist missbraucht worden. Wahrscheinlich in ihrem Zimmer. Von jemandem, der Zugang dazu hatte. Und ich will wissen, wer das getan hat.«

»Verstehe.« Er schüttete den Rest seines Tees samt Beutel in den Papierkorb. »Du verdächtigst Zach. Natürlich. Er ist widerlich, brutal, versoffen und letzten Endes ein Vollidiot. Aber das heißt noch lange nicht, dass er seine eigene Tochter … Gott, ich kann es nicht aussprechen. Ich kann noch nicht mal daran denken! Weißt du eigentlich, was du da tust?«

»Ja. Ist es nicht merkwürdig, dass alle Leute so komisch auf mich reagiert haben? Als würden sie von mir erwarten, dass ich diese Fragen stelle und sie damit noch einmal zu Tode beleidige? Du bist doch genauso. Ihr seid hier alle eine einzige Familie. Jeder schützt jeden. Wenn es hart auf hart kommt, bist du auf einmal einer von hier.«

»Was wäre so schlimm daran?«, fragte er. Sie merkte, dass sie ihn wütend gemacht hatte.

»Es macht dich blind für das, was geschehen ist.«

»Was denn? Was ist passiert? Du hast doch nichts außer einer Kinderzeichnung und …« Er schnaubte verächtlich und deutete auf die Blätter. »… ein Märchen.«

Nico ging zum Bett und nahm die Blätter wieder hoch.

Als sie weiterlas, klang ihre Stimme wütend, und ihr Ton bildete einen harten Kontrast zu den romantischen Worten, mit denen Kiana das Märchen aufgeschrieben hatte.

»Die Blumen blühten, wenn es vorüberging, und die Tannen neigten ihre Wipfel und wisperten: Schaut, da kommt die Prinzessin des Waldes. Doch nachts, wenn es träumte, erschien ihm das Bild von einem Prinzen, der ganz aus Silber war und in seiner Rüstung schlief. Er lag auf einem Block, getrieben aus reinstem Metall. Und ein Schwert, besetzt mit Edelsteinen, ruhte auf seiner Brust.«

Leon verschränkte trotzig die Arme über der Brust. Er legte die Füße auf die Bettkante und begann, auf seinem Stuhl unwillig vor- und zurückzuwippen. Es interessierte ihn nicht. Das war Kinderkram. Aber genau darin lag ein Schlüssel verborgen, den man nur finden konnte, wenn man wieder zu einem Kind wurde und die Dinge anders sah.

Nico setzte sich und las weiter. Mit großer Mühe versuchte sie, ihre Stimme sanfter klingen zu lassen. »Die Sehnsucht nach diesem Prinzen wuchs in seinem Herzen und wurde stärker von Tag zu Tag und von Nacht zu Nacht. Doch keiner, den es fragte, kannte ihn. Eines Tages ging das Mädchen auf eine Blumenwiese. Es war traurig, denn es fürchtete sich davor, dass der Prinz nur ein Traum war, der es genarrt hätte. Da kam eine Biene und summte in sein Ohr: Er liegt da oben im silbernen Grab. Ein Schmetterling tänzelte herbei und setzte sich auf die Hand des Mädchens, und er flüsterte: Nur alle zwölf Jahre öffnet sich die Tür. Und ein Rehkitz sprang herbei, scheu und zärtlich zugleich. Es wisperte: Wenn an diesem Tag ein Mädchen durch die Tür geht und ihn weckt, dann ist er erlöst. Er wird aufstehen und kämpfen für das Gute und Schöne. Keinen Schmerz wird es mehr geben, keine Tränen und kein Wehklagen, nur Freude und Lachen, und das silberne Grab wird zum Schloss des Lichts und der Freude, und Prinz und Prinzessin werden dort leben, glücklich bis ans Ende ihrer Tage.«

Sie schwieg. Leon starrte auf den Boden. Es war vielleicht nicht das schönste von Kianas Märchen, aber es war fatalerweise das, woran Kinder glaubten, wenn sie keinen anderen Ausweg sahen. Kinder glaubten an das Christkind. An die Zahnfee. Daran, dass am Ende alles gut ausging. Sie glaubten an den Retter. Zur Not auch an einen schlafenden Ritter in seinem silbernen Grab, der sie beschützen würde vor Tränen und Schmerz.

»Sehr schön«, kommentierte Leon. Es klang nach dem genauen Gegenteil. »Da oben liegt also ein silberner Ritter. Ich muss sagen, in unseren Bergen ist echt was los.«

Er schützte sich mit Ironie. Eine normale Reaktion auf etwas, das man nicht an sich heranlassen wollte.

»Dieses Märchen hat Fili in den Berg gelockt«, sagte Nico. »Das ist unsere Schuld. Das hat Kiana sich wohl selbst immer wieder vorwerfen müssen. Aber Fili hatte verdammt noch mal einen Grund wegzulaufen. Wir haben ihr vielleicht völlig unbeabsichtigt ein Ziel gegeben. Aber die Entscheidung, von Siebenlehen fortzugehen, hat sie alleine getroffen. Jemand sollte sie befreien. Erlösen. Das Böse beenden. Ich konnte das nicht. Ich war doch selbst noch viel zu klein.«

»Das ist mir zu viel Spekulation.«

»Aber das, was hier mit mir gemacht wird, beruht auf harten Fakten. Oder?« Sie merkte, dass er sie wütend machte. Seine ganze Art, diese Tragödie als einen schlechten Scherz abzutun, enttäuschte sie. Leon war bereit gewesen, ihrer Theorie zu folgen. Doch in dem Moment, in dem es nicht nur um Nico, sondern vielleicht auch um die Rolle seiner eigenen Familie ging, machte er dicht.

»Das ist was anderes.«

»Was anderes?« fragte sie. »Weißt du, was ich glaube? Du misst mit zweierlei Maß.«

Er stand auf und öffnete die Tür. Einen Moment lang glaubte Nico, er würde gehen. Erst dann begriff sie, dass er sie meinte. Sie sammelte die Blätter ein. Als sie an ihm vorbeiging, vermied er es, sie anzusehen.

»Ich muss darüber nachdenken«, sagte er. »Tut mir leid.«

»Das glaubst du doch selber nicht.«

»Ich brauche Zeit, ja? Geht das? Vielleicht mal nachdenken, bevor man mit Verdächtigungen um sich schmeißt?«

»Meine Rede«, zischte sie. »Du weißt ja, wo du mich findest.«

Auf dem Weg hinunter in ihr Zimmer rechnete sie damit, dass er nach ihr rufen würde. Dass er sie zurückhalten würde oder ihr nachkäme, aber jede Stufe und jeder Schritt schienen sie weiter voneinander zu entfernen.

NEUNUNDZWANZIG

Wütend schleuderte Nico die Stiefel von den Füßen und warf sich auf ihr zerwühltes Bett. Leon glaubte ihr nicht. Er blockte ab. Seine Familie. Sein Dorf. Seine Leute. Es war doch alles sonnenklar. Wie konnte er da mit solchen Ausreden kommen? Es war bitter einzusehen, dass er auf der Seite derer stand, die an der Wahrheit kein Interesse hatten und auf keinen Fall etwas an ihrer Sicht der Dinge verändern wollten. Schuld an allem, was geschehen war, waren Nico und Kiana. Punkt.

Tränen schossen in ihre Augen, Tränen der Wut und der Enttäuschung. Sie konnte hören, wie jemand die Treppe herunterkam. Für einen heißen kurzen Moment der Hoffnung glaubte sie, Leon hätte es sich vielleicht noch anders überlegt. Aber die Schritte machten nicht Halt. Im Schwarzen Hirschen war sie genauso *persona non grata* wie in ganz Siebenlehen.

Die kleine Glocke am Kirchturm schlug acht. Nico erinnerte sich an die Bratwurst und dass sie nur ein magerer Ersatz für die versprochene Pizza gewesen war. Irgendwo in diesem Kaff gab es etwas zu essen. Vielleicht musste sie auch einfach mal unter Leute. Andere Gesichter sehen. Nicht alle hier hassten sie. Bei der Prozession hatte sie auch das eine oder andere aufmunternde Lächeln gesehen.

Sie faltete die Blätter zusammen und verstaute sie beim Anziehen in der Innentasche ihrer Jacke. Dann schlüpfte in ihre Stiefel, verließ ihr Zimmer und ließ den Schlüssel von außen stecken. Keine zehn Pferde würden sie dazu bringen, auch nur eine Nacht unter dem Dach dieses Hauses zu verbringen.

Sie erreichte das Erdgeschoss und spähte in die dunkle Gaststube. Ihre Erwartung, Leon dort oder in der Küche zu sehen, wurde enttäuscht. Aus Zitas Zimmer drang die monotone Stimme des Fernsehnachrichtensprechers. Zachs und Trixis Räume mussten am Ende des abgewinkelten Flurs liegen – eine Ecke, in der sie bis jetzt noch nicht gewesen war und in die vorzudringen sie auch nicht die geringste Lust hatte.

Sie schlich weiter und da sah sie es. Das Telefonkabel steckte wieder in seiner Buchse im Flur. Hunger und die Sehnsucht nach einer vertrauten Stimme lieferten sich einen schweren Kampf in ihrer Brust. Der mächtigere Trieb gewann – sie betrat die Gaststube und schlich zum Tresen. Ihre Nervosität versuchte sie mit dem Gedanken an Zitas ausdrücklich erteiltes Gastrecht zu beruhigen. Trotzdem spürte sie, dass ihre Hand zitterte, als sie den Hörer abhob.

Valerie meldete sich nach dem zweiten Klingeln.

»Ich bin's«, flüsterte Nico. Sie hatte keine Lust, dass das ganze Haus ihr Telefonat mitbekam.

»Nico! Bin ich froh, dich zu hören. Wie geht es dir? Steckst du immer noch in der Wallachei?«

»Wir sind eingeschneit, ich komme hier nicht weg.«

»Oh, nicht gut. Wie weit bist du mit deinen Aufgaben?«

Nico atmete tief durch. »Sie sind schwieriger, als ich gedacht habe. Es ist kein witziger Zeitvertreib. Jedes einzelne für sich ist ein Rätsel, das mit etwas aus meiner Vergangenheit zu tun hat.«

»Krass. Was denn?«

Nico nahm das Telefon und verkroch sich wieder unter den Tresen. Sie begann mit den Spuren im Schnee und dem Beinahe-Überfall am Abend ihrer Ankunft und sie endete mit ihrem Fund in Filis Zimmer. Valerie hörte zu, unterbrach nur an einigen Stellen, wenn sie etwas nicht ganz verstanden hatte, und schien von Nicos Geschichte völlig in den Bann gezogen.

»Das ist ja der Hammer«, sagte sie, als Nico an dem Punkt angelangt war, an dem sie sich gerade befand: unter dem Tresen im Schankraum des Schwarzen Hirschen, ständig in der Angst, erwischt zu werden.

»Ich fass es nicht. Und dieser Leon hat dir so was von geholfen und macht jetzt die Biege?«

Nico schluckte. »Ja. Leider. In dem Moment, in dem es nicht um die anderen, sondern die eigene Combo geht, wird es wohl schwierig.«

»Überleg mal, du müsstest deinen eigenen Vater oder Patenonkel oder besten Freund verdächtigen ... Das ist schon krass.«

»Ich weiß. Denkst du, mir gefällt das?«

»Was hast du denn in der Hand außer dieser Zeichnung?«

»Nichts«, musste Nico gestehen.

Valerie schwieg. »Das ist nicht viel«, sagte sie schließlich. »Damit machst du dir ehrlich gesagt wirklich keine Freunde.«

»Ja. Scheiße!«, zischte Nico. »Ich hab's mir nicht ausgesucht! Kein Mensch will doch mit so was was zu tun haben. Es trifft ja auch immer nur die anderen. Da kann man so richtig den Moralischen geben und weiß natürlich genau, was man getan hätte! Aber was tut man, wenn es um Freunde oder die eigene Familie geht? Was? Fili war meine Freundin. Ich war zu klein, um zu checken, worum es ging. Fili hat es mir nicht gesagt, aber sie hat es gemalt. Sie wollte niemanden verpfeifen und ist lieber abgehauen als den Mund aufzumachen. Sie war sechs! Ein kleines Mädchen! Welches Schwein, welche Drecksau hat ihr das angetan?«

»Nicht nur ihr«, sagte Valerie schließlich. »Auch dir. Du und Kiana, ihr wart zwölf Jahre lang die perfekten Sündenböcke. Ohne es zu ahnen, hast du mit deinen Fragen schön in ein Wespennest gestochen.«

Nico lugte um die Ecke. Alles war dunkel und still.

»Hier ist ein Killer unterwegs«, flüsterte sie. »Er wollte mich vom ersten Moment an rausekeln aus Siebenlehen. Aber das hat nicht geklappt, weil wir von der Außenwelt abgeschnitten sind. Und er weiß, dass ich ihm näher komme.«

»Nico, um Himmels willen! Schließ dich in das Zimmer ein und verrammle alles, was geht! Mach keine Dummheiten!«

»Ich muss in diesen Stollen.«

»Ey, hör mir zu. Dein Leon ist ein Idiot. Aber mit einem hat er recht: Du wirst nicht in verlassene Minen spazieren. Hörst du? Morgen nimmst du den Bus nach Altenbrunn und zuckelst von dort aus gemütlich Richtung Heimat. Verstanden?«

»Ich will wissen, wer es getan hat. Es ist in diesem Haus geschehen.«

»Das war ein Hotel! Verstehst du, warum dieser Leon so sauer auf dich ist? Das kann jeder gewesen sein, der damals in Siebenlehen Urlaub gemacht hat. Wann ist Fili gestorben?«

»Am dritten Januar vor zwölf Jahren.«

»Na bitte. Weihnachtsferien. In vielen Bundesländern gehen die bis zum sechsten Januar. Die Bude wird voll gewesen sein. Nico, überleg doch mal. Du hast nichts in der Hand und stellst einfach so eine ganze Familie an den Pranger? Das geht nicht.«

»Die Gästebücher.«

»Was sagst du?«

»Die Gästebücher!« Nico krabbelte aus dem Versteck. Im Halbdunkel konnte sie kaum etwas erkennen. Woher hatte Leon den Generalschlüssel gezaubert? »Es muss noch Unterlagen geben, wer damals hier übernachtet hat. Irgendwo habe ich aufgeschnappt, dass die im Keller sind.«

»Was hast du vor?«

»Es gibt einen Schlüssel. Ich werde in den Keller gehen und nachsehen. Dann weiß ich, wer alles in dieser Zeit im Schwarzen Hirschen war.«

»Und dann?«

Nicos Finger ertasteten den Auszug einer Schublade. »Dann werde ich sie fragen. Einen nach dem anderen.«

»Das … Das ist hammergefährlich. Das weißt du. Lass es bleiben. Oder warte wenigstens, bis deine Eltern da sind.«

Nico öffnete die Luke. Korkenzieher, Würfelbecher, Kellnerbesteck, Blöcke, kaltes Metall, rund, schwer, Schlüssel. Schlüssel! »Meine Eltern?«

»Ja«, antwortete Valerie kleinlaut. »Deine Mutter ist schon auf dem Weg. Morgen will sie dich abholen, und ich fürchte, sie meint es ernst.«

»Prima.« Nico ließ den Schüssel in ihre Hosentasche gleiten. »Dann habe ich ja noch ein paar Stunden Zeit.«

DREISSIG

Das Gespräch war beendet. Die etwas füllige Frau mit dem herausgewachsenen dunklen Haaransatz legte den Hörer auf.

Zach hatte den Kopf auf die Rückenlehne des Polstersessels gelegt und schnarchte mit offenem Mund. Im Fernsehen lief die Tagesschau. Gleich würde der Krimi kommen. Trixi verknotete den Gürtel ihres Bademantels, nahm den Teller mit dem angebissenen Leberwurstbrot und trug ihn in die Küche. Im Kühlschrank stand die Flasche Korn. Sie schenkte sich ein halbes Wasserglas voll ein und kippte den ersten Schluck. Die Wärme breitete sich in ihrem Magen aus, doch sie konnte die Kälte in ihren Gliedern nicht vertreiben. Sie zitterte. Manchmal kam es schon am Vormittag, dann halfen ein Cognac im Kaffee und Pfefferminzbonbons. Zita sollte den Geruch nicht bemerken. Vor ihr hatte sie Respekt. Vor Zach nicht. Schon lange nicht mehr.

Scheißalkohol. Sie trank den zweiten Schluck. Er zündete ein kleines Feuer in ihrem Magen an. Genau dort, wo dieses Gefühl sich eingenistet hatte, das man nur mit Schnaps verbrennen konnte. Es würde wiederkommen. Aber es gab ja noch genug Flaschen im Haus.

Im Wohnzimmer lief der Vorspann zu einem Heile-Welt-

Tralala-meine-Farm-in-Honolulu-Film. Der Bildschirm spiegelte sich im Küchenfenster. Manchmal fragte sie sich, was sie noch hier hielt. Vielleicht die Flaschen.

Zach schnarchte.

Sie hatte alles mitangehört. Sie trank den letzten Schluck Korn und drehte das leere Glas in ihrer Hand. Die kleine Schlampe wollte in den Keller. Sie hatte etwas in Filis Zimmer gefunden. Eine Zeichnung. Ein Bild, das beweisen sollte, dass jemand ihrer Prinzessin wehgetan hatte.

Mühsam schleppte sie sich zum Küchentisch und ließ sich auf einen Stuhl fallen. Seit die Hexe hier war, schienen alle Wunden wieder aufzureißen. Das Getuschel war wieder losgegangen. Sie hatte die Blicke in ihrem Rücken spüren können. Hatte das Flüstern und Wispern gehört ... Es muss doch einen Grund gehabt haben, dass Fili weggelaufen ist ... Sie war schon immer so mager und still ... Was treibt sie nachts auf den Berg ... Warum ist Kianas Brut wieder da ... Was will sie in unserem Dorf ... Welche Fragen wird sie uns stellen ... Haben wir etwas gewusst ... Haben wir nichts gewusst ... Wollten wir alle nichts wissen ...

Sie biss sich in die Hand, um nicht laut aufzuschreien. Nebenan schlief und stank Zach. Hatte es je bessere Tage gegeben? Tage, an denen sie gelacht hatten und glücklich gewesen waren? Wenn ja, dann waren sie so lange her, dass sie sich nicht mehr daran erinnern konnte. Der Hass auf ihn und das Leben, das sie führten, war so groß. Aber noch größer war die Angst, etwas zu verändern. Es war keine Liebe. Es war noch nicht einmal Gewohnheit, die sie bleiben ließ.

Filis Tod hatte Zach genauso in den Strudel von Vorwürfen und Schmerz hinabgezogen wie sie. Vielleicht war es das, was sie noch verband. Das gemeinsame eisige Schweigen. Und Zita, die über sie wachte und aufpasste, dass keiner mit dem Reden anfing.

Manchmal glaubte Trixi, dass Zita mehr wusste, als sie zugab. Dann wurde der Feuerball in ihrem Bauch zu einem Klumpen Eis. Sie stand auf und holte noch einmal die Flasche aus dem Kühlschrank. Dieses Mal setzte sie sie gleich an die Lippen. Zita wusste es. Nur deshalb durfte die Schlampe in diesem Haus bleiben und herumschnüffeln. Egal, was sie herausfinden würde, Siebenlehen würde hinterher nie mehr so sein wie vorher.

Sie musste es verhindern. Sie musste die Hexe aufhalten. Das Mädchen war zäh. Bis jetzt hatte es allen Anfeindungen getrotzt. Hatte sich in Schattengrund breitgemacht und thronte dort oben wie Kiana, die auch geglaubt hatte, auf alle im Dorf herabsehen zu dürfen. Kiana, die ihr Leben zerstört hatte mit ihren Märchen. Noch nicht einmal nach Filis Tod hatte sie aufgehört damit. Zwölf lange Jahre Gift und Zwist, Hass und Verachtung. Es war genug. Es durfte nicht weitergehen.

Sie musste etwas tun.

Trixi stellte die Flasche zurück. Die Zeit war gekommen, Siebenlehen von den Dämonen zu befreien.

EINUNDDREISSIG

Dieser Keller roch anders. Nicht nach Äpfeln, Kartoffeln und altem Holz. Er war feucht und muffig. In den Mauern schien der Geruch von schalem Bier zu kleben. Vielleicht hatten dort früher auch die Abfalltonnen gestanden. Nico hielt sich ihren Schal vor die Nase. Je tiefer sie hinunterstieg, desto dumpfer und abgestandener wurde die Luft.

Am Fuß der Treppe befand sich eine Eisentür. Der letzte Anstrich war grau. Viele abgeplatzte und abgeschürfte Stellen verrieten, dass sie ursprünglich einmal ochsenblutrot gewesen war. Nico zog den schweren Generalschlüssel aus der Tasche, aber sie hatte ja gelernt. Erst denken, dann handeln. Was machte sie hier unten?

Es war nicht okay, was sie tat. Ihr Gastrecht war eine äußerst brüchige Vereinbarung, die jederzeit aufgekündigt werden konnte. Einen Schlüssel zu klauen und sich damit Zutritt zu verriegelten Räumen zu verschaffen, lief wohl kaum unter Vertiefung der freundschaftlichen Beziehungen. Soweit die Negativliste. Auf der positiven Seite stand eigentlich nur: Sie wollte hier rein, koste es, was es wolle.

… aber statt Bier liegt da unten mittlerweile alles Mögliche, an das man immer wieder ran muss …

Leons Bemerkung war schuld. Alles Mögliche. Nico glaubte nicht, dass Zach und Trixi die Buchhaltung der letzten Jahre in ihrer Wohnung aufbewahrten. Ehrlich gesagt hatte sie nicht das Gefühl, die beiden würden noch irgendetwas peilen. Das Einzige, was in diesem Haus zu funktionieren schien, war die Großküche. Wahrscheinlich die letzte Investition, die sich zu allem Unglück wohl auch nicht mehr gerechnet hatte. So unbenutzt, wie sie aussah.

Leons Bild tauchte vor ihr auf. Wie er am Herd stand, die Haare aus der Stirn strich und ihr etwas zu essen machte. Ihre Gespräche in der Küche, die so vertraut gewesen waren. Seine Hilfe. Sein Lachen. Sein überhebliches Grinsen, als er sie aus dem Schnee gefischt und in seinem Jeep nach Siebenlehen mitgenommen hatte. Ihr kam es vor, als ob sie sich schon Jahre kennen würden.

Und dann diese Enttäuschung. Valeries Einwand ging ihr nicht aus dem Kopf. Wie würde sie sich entscheiden, wenn jemand ihre Familie anklagen würde, einen solchen Frevel zugelassen und vertuscht zu haben? Sie würde auch wie eine Löwin kämpfen. Aber natürlich deshalb, weil sie von der Unschuld der ihren vollkommen überzeugt war. Sie schüttelte sich bei dem Gedanken, dass es anders sein könnte. Was für ein Glück, dass ihr das erspart geblieben war und sie eine Kindheit gehabt hatte, in der sie geliebt und beschützt worden war – trotz Filis Tragödie und, ja, auch davor, diese Tragödie zu verarbeiten. Ihre Eltern hatten es aus Liebe getan, nicht aus Gleichgültigkeit. Das war ein Unterschied, auch wenn ihre Reaktion ein Fehler blieb.

Und deshalb bin ich hier, dachte Nico. Filis Schicksal darf nicht ungesühnt bleiben. Man kann die Zeit nicht zurückdrehen und alles ungeschehen machen. Aber der, der ihr das angetan hat, soll zur Rechenschaft gezogen werden. Und ich werde ihn finden. Das bin ich Fili und mir schuldig.

Das Schloss war neu, der Schlüssel auch. Die Tür nicht. Sie quietschte und stöhnte in ihren verrosteten Angeln. Nur mit Mühe bekam Nico sie auf. Sie tastete die Wand ab und fand einen uralten Kippschalter, den sie umlegte. Ein paar Sekunden geschah überhaupt nichts. Bis ein Summen durch die dumpfe Stille drang, erst leise, dann immer lauter. Als Nico schon glaubte, es würde gar nichts mehr passieren, flackerte eine Neonröhre auf.

Der Raum war so groß wie ein Fahrradkeller. Im trüben Licht erkannte sie am anderen Ende einen runden Mauerbogen und mehrere Stufen, die weiter hinein in die Gänge führten. An den Wänden standen, zusammengeschoben und aufeinandergetürmt, alte Tische, kaputte Stühle und hölzerne verblichene Sonnenschirme. Dahinter lehnten Dutzende von Gartenklappstühlen. Das Eisen war verrostet und die Farbe auf den Holzlatten blätterte ab. Nico glaubte, dass sie diese Stühle oben auf einem der Fotos gesehen hatte – Erinnerung an eine Zeit, in der sie neu gewesen waren und wohl keiner daran gedacht hatte, wo sie einmal landen würden.

Sie durchquerte den Raum und kam an den Mauerbogen. Die steinernen Decken und Wände waren so dick, dass sie jedes Geräusch verschluckten. Sie warf einen letzten Blick auf das Sammelsurium von Sperrmüll – aber Akten und

Bücher waren nirgendwo zu entdecken. Vor den schmalen Fenstern hingen rußige Spinnweben, die Dreckschicht auf dem Glas und den Mauervorsprüngen war zwei Finger breit. Im Licht der Neonlampe sah alles noch trostloser aus.

Sollte sie wirklich weitergehen? Noch konnte sie umkehren. Aber diese Nacht war vielleicht die einzige Chance, das Geheimnis des Schwarzen Hirschen zu lüften. Freiwillig würde niemand von Leons Clan mit ihr reden. Es waren die Dinge, die sie zum Sprechen bringen musste. Fili hatte mit ihrem Bild den Anfang gemacht. Wenn Nico jetzt kniff, würde sie vielleicht nie erfahren, was vor zwölf Jahren in diesem Haus geschehen war.

Der Gang hinter dem Mauerbogen war schmal und führte an verschiedenen, mit Holzlatten provisorisch abgeteilten Verliesen vorbei. In einigen standen Regale, in denen Nico Vorratskanister mit Öl oder Reinigungsmittel erkennen konnte. Ein zweiter großer Raum lag am Ende des Ganges. Sie fand den Lichtschalter auf Anhieb. Eine nackte Glühlampe hing an einer Leitung von der Decke. Mehrere Dutzend Umzugskartons standen zu einem schiefen, nicht sehr stabilen Gebirge an der Wand aufgetürmt. Die Kartons waren beschriftet, und als Nico sich ihnen näherte, spürte sie, wie eine diebische Freude in ihr wach wurde. Jahreszahlen. Ein wüstes Durcheinander, aber sie wusste ja, nach was sie suchte. Sie öffnete den Karton, der am nächsten stand. In ihm verstaut waren Aktenordner und Hefter. Steuerunterlagen, wie sie mit einem Blick auf die Rücken der Ordner feststellte. Also war sie auf der richtigen Spur.

Sie untersuchte den nächsten. Den dritten. Begann, die Kisten zur Seite zu schieben, und merkte, dass sie so nicht weiterkam. Das Jahr, das sie suchte, war beim bloßen Durchsehen nicht zu finden. Ihr würde nichts anderes übrig bleiben, als dieses Gebirge Stück für Stück abzutragen. Mit einem leisen Fluch begann sie, die obersten erreichbaren Kisten herunterzuhieven. Einmal geriet der Stapel ins Wanken, und Nico konnte in letzter Sekunde verhindern, dass die nachlässig aufeinandergeworfenen Kartons sie unter sich begruben. Immer weiter arbeitete sie sich vor und verteilte die Kisten dabei über den ganzen Raum. Es war ihr egal, dass jeder mit einem Blick erkennen würde, dass hier nichts mehr so stand, wie es verlassen worden war. Wahrscheinlich hatten die Betreiber nach der Schließung des Schwarzen Hirschen den Keller kein einziges Mal mehr betreten. Und so, wie sie Zach und Trixi einschätzte, würden sie das auch in nächster Zukunft nicht tun.

Sie zerrte einen weiteren Karton weg von den anderen und beugte sich hinunter, um die Aufschrift besser lesen zu können. Wieder nichts. Das alles hatte kein System und war auch nicht chronologisch archiviert. Es war einfach zusammengeworfen und entsorgt worden. Fast verließ sie der Mut. Dreißig, vierzig Jahre Buchhaltung, völlig durcheinander. Sie würde Tage brauchen, um sich da durchzuarbeiten.

Müde und abgekämpft setzte sie sich auf einen Karton. Was für eine hirnrissige Idee! Sie hatte das Chaos eigentlich nur noch größer gemacht, als es schon war. Gerade wollte sie aufgeben und schweren Herzens den Keller verlassen, als die mürbe Pappe unter ihr nachgab und Nico auf dem Fußboden landete. Mit einem Fluch rappelte sie sich hoch. Aus der aufgeplatzten Seite waren mehrere dreckige, in Leder gebundene Folianten herausgefallen. Sie nahm einen hoch und traute ihren Augen nicht. Es waren Gästebücher. In fliegender Hast zog sie eines nach dem anderen heraus, pustete den Staub vom Einband und entzifferte den Aufdruck. Ihr blieb fast das Herz stehen, als sie den Band aus Filis Todesjahr in der Hand hielt.

Er wog bestimmt mehrere Kilos, war groß wie ein Schulatlas und dick wie ein Telefonbuch. Aussichtslos, ihn unter die Jacke zu stecken und herauszuschmuggeln. Außerdem brauchte sie ja nur eine ganz bestimmte Seite. Sie schlug das Buch auf und erkannte, dass es eine Art Kalender war. Pro Tag eine Seite, manche fast bis zum unteren Rand beschrieben mit Namen, Adressen und Zimmernummern, andere auch halb leer.

Erster bis dritter Januar, dachte sie. Das müsste reichen. Die Blätter hatten Einträge, aber sie hatte keine Zeit, sie zu lesen. Sie riss sie einfach heraus, faltete sie zusammen und stopfte sie zu den anderen in ihre Jackentasche. Dann begann sie, die Kisten wieder übereinanderzustapeln. Wer immer in den nächsten Jahren hier herunterkam – er sollte zumindest nicht auf den ersten Blick sehen, dass jemand die Unterlagen durchwühlt hatte.

Sie hatte vielleicht die Hälfte geschafft, als sie in ihrem Rücken ein metallisches Geräusch hörte. Sie erstarrte mitten in der Bewegung. Ein zweites Klicken. Nico ahnte, dass das nichts Gutes zu bedeuten hatte. Vorsichtig setzte sie den Karton, den sie gerade hochgehoben hatte, ab und drehte sich um.

Im Türrahmen stand Trixi. Sie hielt ein Jagdgewehr in der Hand. Den Lauf hatte sie von der Schulterstütze abgeknickt, und das Klicken, das Nico gehört hatte, mussten die Patronen gewesen sein, die Trixi gerade eingeführt hatte. Sie schwankte ein wenig, aber ihre Bewegungen waren sicher und tausendfach geübt. Sie brachte den Lauf zurück in seine Ausgangsposition und drückte den Sicherungsschieber in Richtung Mündung.

»Gelernt ist gelernt.« Ihre Aussprache klang verwaschen, so, als ob sie nicht mehr ganz nüchtern wäre. »Schützenkönigin neunzehnhundertsechsundneunzig.«

Es war unmöglich, an Trixi vorbeizukommen. Zwischen ihnen standen außerdem jede Menge Kisten. Hätte die Frau nicht gerade ein Gewehr in der Hand, Nico wäre durchaus bereit gewesen, ein schlechtes Gewissen zu haben oder zumindest etwas in diese Richtung vorzuspielen. Die Situation sah aber ganz danach aus, als ob das im Moment ziemlich wirkungslos wäre. Es war eindeutig, wobei Trixi sie erwischt hatte.

»Hallo, Trixi.« Mehr fiel Nico nicht ein.

»Hallo, Schlampe. Räumst du auf oder suchst du was Bestimmtes?«

Nico sah sich um, als hätte ein böser kleiner Gott sie gerade aus einem italienischen Eiscafé in dieses Kellerloch gebeamt und ihr auch noch den Erdbeerbecher genommen.

»Ich wollte mich nur mal umschauen.«

Trixi legte an und zielte. Allerdings schwankte sie dabei. »Was Bestimmtes?«

»Alte Fotos«, schoss es aus Nico. »Ich habe oben welche in der Gaststube gesehen. Hundert Jahre Schwarzer Hirsch, das sind ja auch hundert Jahre deutsche Geschichte.«

Ihr Lehrer wäre stolz auf sie. Aber Trixi schien das nicht zu beeindrucken. Nico spürte, dass die Frau nur auf ein falsches Wort, eine falsche Bewegung wartete. Deshalb rührte sie sich nicht. Das Adrenalin peitschte durch ihre Adern, ihr Atem ging flach, aber sie stand ganz still und versuchte, so unschuldig wie möglich auszusehen. Erstaunlich, wie Menschen sich in Momenten echter Gefahr verhielten. Hätte ihr noch vor ein paar Tagen irgendjemand erzählt, sie würde im Keller eines Hauses, in dem ein Verbrechen geschehen war, von einer Betrunkenen mit einem Jagdgewehr erwischt werden, die erkennbar Lust auf eine kleine zwischenmenschliche Tragödie hatte – sie hätte auf alles zwischen Schreikrampf und Zusammenbruch getippt. Und nun befand sie sich in einem heillosen Durcheinander von Kartons und versuchte, Trixi mit ein paar Taschenspielertricks davon zu überzeugen, sie nicht einfach abzuknallen. Was ihr im Übrigen nicht besonders gut zu gelingen schien.

»Das interessiert dich doch einen Scheiß. Was wir sind. Wer wir sind. Du kommst einfach her und spuckst uns ins Gesicht. Spuckst uns …«

Trixi wollte einen Schritt näher kommen, geriet aber schon beim ersten Versuch, über eines der Bücher auf dem

Boden zu steigen, ins Taumeln. Noch bevor Nico auch nur die Spur einer Chance hatte, ihr näher zu kommen und die Waffe zu fassen zu kriegen, hatte die Frau sich wieder gefangen.

»Das stimmt nicht.« Ruhig sprechen, sanfte Bewegungen. »Ich bin gekommen, weil Kiana mir ihr Haus vererbt hat.«

»Die alte Hexe, ja.«

»Reden Sie nicht so von ihr!« Nico hob die Stimme. Vielleicht war es ein Fehler, aber auf Kiana ließ sie nichts kommen. »Sie war keine Hexe. Sie hatte mehr Herz und Verstand als ihr alle zusammen!«

»Was willst du damit sagen?« Trixi zielte wieder und dieses Mal hatte sie Nicos Magen im Visier. Sie war unberechenbar, völlig betrunken und – für Richter möglicherweise sogar im Recht.

»Sie hat eure Version der Geschichte nicht geschluckt.«

»Unsere Version«, äffte Trixi sie nach. »Unsere Geschichte. Wir haben uns das also alles nur ausgedacht, was? Dabei hab ich dich gesehen. Mit meinen eigenen Augen habe ich gesehen, wie du mir mein Kind weggenommen hast. Du Monster. Du Ungeheuer.«

Im fahlen Licht sahen ihre kaputten Haare noch gelber und der Ansatz sah noch dunkler aus. Sie war blass und aufgedunsen. Geschwollene Tränensäcke, rot angelaufene Augen. Der Bademantel klaffte auf und offenbarte ein ausgewaschenes blassblaues Nachthemd. Andere gingen um diese Uhrzeit ins Theater. Oder Pizza essen. Trixi wurde einfach kurz mal wahnsinnig.

»Ich war ein Kind. Genauso alt wie Fili. Selbst wenn ich mit ihr weggelaufen bin, hat es Gründe gehabt.«

»Ja! Klar, Gründe. Du hast ihr diese Märchen erzählt, von denen sie Albträume bekommen hat. Du hattest sie von Kiana. Die hat uns doch immer gehasst. Damit fing es an. Verleumdungen. Gerüchte. So macht man Menschen tot. Und Kinder.«

Nico unterließ es, Trixi auf ihre kleine Unterscheidung hinzuweisen.

»Kiana hat euch nicht gehasst. Das bildet ihr euch ein.«

»Ach ja? Und dass sie noch kurz vor Filis Tod bei uns war und uns irgend so ein Gekritzel unter die Nase gehalten hat?«

»Was?«, fragte Nico. »Eine Zeichnung? Ein Bild?«

»Genau. Dabei hab ich alles aufgehoben, was Fili gemalt hat. Aber dieses Zeug … Das war nicht von ihr. Das habt ihr euch ausgedacht, um uns fertigzumachen.«

Trixi ließ das Gewehr sinken. Aus der Tasche ihres Bademantels holte sie ein zerknülltes und offenbar bereits benutztes Papiertaschentuch hervor und schneuzte hinein. Zu schnell, um Nico die Chance zu geben, ihr die Waffe wegzunehmen.

»Fili durfte nicht mehr zu euch. Zach hat sie eingesperrt, zu ihrem eigenen Schutz. Als ob er geahnt hätte, dass sonst was passiert. Aber sie ist uns entwischt. Wir haben nicht gut genug aufgepasst.«

Genau das hatte Stefanie auch Kiana vorgeworfen. Vielleicht lag darin der Ursprung der ganzen Tragödie: Sie hätten besser aufeinander aufpassen sollen.

»So teuflisch. So niederträchtig. Ja, du warst ein Kind. Hattest du kein Mitleid mit ihr?«

Trixi legte an. Nico wollte zurückweichen, aber sie hatte nicht mehr viel Platz. Die Kartons versperrten ihr den Weg. Sie starrte direkt in den Lauf der Flinte.

»Wenn Sie jetzt schießen, machen Sie auch nichts mehr ungeschehen.«

»Aber ich hätte sie gerächt. Meine Fili gerächt.«

»Das hätten Sie schon viel früher tun sollen. Als sie noch lebte.«

Trixis Kopf ruckte hoch, als hätte sie einen elektrischen Schlag bekommen. »Als sie noch lebte? Was soll denn diese Scheiße? Was? Ich war ihre Mutter! Hörst du, du dummes Stück Dreck?«

Sie spannte den Abzug. Nico taumelte zurück, geriet ins Straucheln, fiel und ein ohrenbetäubender Knall zerriss ihr fast das Trommelfell. Putz, Dreck und kleine Steine rieselten auf sie herab. Der Schmerz raste von ihrem Ellenbogen direkt in die Schulter. Einen fürchterlichen Moment lang glaubte Nico, die Kugel hätte sie erwischt. Sie hustete, weil der dichte Rauch ihr fast den Atem nahm, und bewegte vorsichtig ihren Arm. Kein Blut, keine Wunde. Sie war einfach nur unglücklich auf den Boden gefallen.

Trixi war durch den Rückschlag nach hinten geworfen worden. Nico rappelte sich auf, stürzte über die Kartons und warf sich auf die Frau, die unter dem Aufprall noch einmal zu Boden ging. Das Gewehr flog scheppernd durch die Gegend. Noch bevor Trixi begriff, was passiert war, hatte Nico die Waffe aufgehoben und auf ihre Angreiferin gerichtet. Ein Doppellauf. Gut. Das hieß, dass aller Wahrscheinlichkeit nach noch eine Kugel vorhanden war. Nico hatte nicht vor zu schießen. Aber das würde sie Trixi natürlich nicht auf die Nase binden.

»Aufstehen. Los.«

Doch Trixi stand nicht auf. Sie krümmte sich zusammen und begann zu wimmern. Der Rauch verzog sich langsam. Nico drehte sich um und bemerkte das Einschussloch in der Wand hinter ihr. Die Kugel hätte sie um mindestens einen halben Meter verfehlt, auch wenn sie noch gestanden hätte. Entweder konnte Trixi nicht schießen oder sie hatte nicht vorgehabt, sie zu töten.

Schritte kamen die Kellertreppe herab, laut, polternd, schnell.

»Hallo?«

Leons Stimme. Zum ersten Mal, seit sie sich kannten – und in wie vielen gefährlichen Situationen hatte er sie schon überrascht? –, war Nico nicht froh, ihn zu sehen. Sie ließ das Gewehr sinken. Ihr Herzschlag musste bei 200 liegen. Sie rang nach Luft, aber der Pulverdampf vergiftete jeden Atemzug und biss in ihre Augen. Leon stürmte in den Raum, sah Trixi, die theatralisch aufheulte, und schließlich Nico, die Waffe in der Hand, den Finger am Abzug. Na großartig. Jetzt sah es auch noch so aus, als ob sie Jagd auf seine Familie machte. Er riss ihr das Gewehr aus der Hand und Nico ließ es widerspruchslos geschehen.

»Bist du jetzt von allen guten Geistern verlassen? Willst du sie umbringen?«

»Sie hat geschossen.« Nico deutete auf Trixi, die gerade versuchte, wieder auf die Beine zu kommen, und sich umsah, als fände sie sich weder in diesem Keller noch in diesem Leben zurecht. »Sie wollte mich abknallen. Verstehst du? Mich!«

Leon knickte mit einer einzigen Handbewegung den Lauf. Offenbar kannten sich alle in Siebenlehen auch noch mit Waffen aus.

»Wie kommst du hier runter? – Und wie kommst du …«, er wandte sich zu Trixi, die unter seinem Blick zusammensackte und in sich hineinwimmerte, »… an das Gewehr meines Vaters?«

»Waffenschrank«, schluchzte sie. »Hat hier rumgeschnüffelt und lässt und lässt es nicht. Sie soll weg. Weg. Ich ertrage das nicht mehr.«

Nico hatte Leon noch nie so wütend gesehen. Eigentlich noch gar nicht, gestand sie sich ein. Aber wenn er immer so aussieht, wenn ihm etwas gegen den Strich geht, dann gute Nacht, Marie. Sein Gesicht war weiß vor Zorn, seine Augen funkelten, und die Nasenflügel bebten, als ob er sich nur mühsam unter Kontrolle halten konnte.

»Was hast du hier zu suchen?«

Nico schob trotzig das Kinn vor. Sie würde kein Wort sagen. Nicht in Anwesenheit dieser Wahnsinnigen, die sie um ein Haar erschossen hätte – wahrscheinlich eher unabsichtlich, so betrunken wie sie war. Und erst recht nicht, solange Leon auf der falschen Seite stand.

Leon ließ einen Blick über die Kisten schweifen. Sie konnte ihm ansehen, dass er sich seine eigenen Gedanken machte. Er ging zu Trixi, packte sie am Arm und zog sie hoch. Schwankend kam Filis Mutter auf die Beine. Die Haare hingen ihr wirr ins Gesicht. Ihre Pantoffeln waren schmutzig vom Kellerboden, der Gürtel ihres Bademantels hing nur noch in einer Lasche. Beim Fallen hatte sie sich eine Schramme an der Stirn geholt. Sie balancierte sich vorsichtig in eine halbwegs aufrechte Position, als ob sie jederzeit wieder das Gleichgewicht verlieren könnte.

Sie war ein Wrack. Schlagartig traf Nico die Erkenntnis, dass Filis Tod noch mehr Opfer gefordert hatte. Menschen, die es einfach nicht geschafft hatten weiterzuleben. Plötzlich tat Trixi ihr unendlich leid. Und sogar Zach, der mit ihr gemeinsam in diesem Jammertal gefangen war, aus dem beide keinen Ausweg mehr fanden. Sie schämte sich dafür, wie sie mit den Gefühlen dieser Leute umgegangen war, auch wenn die es ihr nicht leicht gemacht hatten. Vielleicht hätte sie geduldiger sein sollen und nicht so nachtragend. Bis in den Keller des Schwarzen Hirschen hatte der Gedanke an Fili sie getrieben. Dabei hatte sie keinen einzigen an die Eltern des toten Mädchens verschwendet, die den Verlust bis zu diesem Tag nicht verwunden hatten.

Die heilige Barbara war nicht nur eine Prozessionsfigur. Sie erinnerte Trixi und Zach auch jedes Jahr daran, welchen Verlust sie erlitten hatten. Wie schrecklich, so zu leben. Niemand konnte das wiedergutmachen.

»Lass sie.« Nico musste sich räuspern, denn ihre Kehle war rau vom Rauch und all dem Staub, den sie eingeatmet hatte. »Es tut mir leid. Ich hätte nicht rumschnüffeln dürfen. Ich werde gehen. Ich bleibe nicht hier. Vielen Dank für das Zimmer, aber ich habe Sie schon viel zu sehr aufgeregt.«

Trixi klopfte sich den Staub aus dem Bademantel. »Ich weiß gar nicht, was passiert ist«, sagte sie und sah sich mit flackerndem Blick um. »Sie suchen doch Fotos. Wir haben noch welche. Im Garten und an Weihnachten und den Geburtstagen. Es waren ja nicht so viele. Ich hab sie alle aufgehoben. Wo sind sie denn?«

Sie hob den Deckel eines Kartons und ließ ihn ratlos wieder los.

»Welche Fotos?«, fragte Leon leise und wütend.

»Irgendwo müssen sie doch sein. Ihre Schuhe. Und das Kästchen mit den Milchzähnen. Ich hab alles aufgehoben. Nichts weggeschmissen. Auch ihr Zimmer ist noch so, wie es war. Manchmal gehe ich rein und lege mich zu ihr. Dann hab ich sie im Arm und tröste sie, wenn sie weinen muss.«

Sie ging zwei Schritte zu einem anderen Karton und sah sich hilflos um. Leon folgte ihr und nahm sie vorsichtig beim Arm, um sie aus dem Keller zu führen. Aber Trixi entwand sich seinem Griff und suchte weiter.

»Musste sie oft weinen?«, fragte Nico.

Leons Kopf fuhr herum. Wütend funkelte er sie an. Kannst du nicht endlich Ruhe geben?, sollte das heißen. Nico biss sich auf die Unterlippe.

»Komm, Trixi«, sagte er. »Wir gehen jetzt hoch und ich bringe dich ins Bett.«

Sie schüttelte den Kopf. »Ich … will noch nicht schlafen.

Ich träume dann immer so schlecht und sehe Fili. Sie war ein Sonnenschein. Unser Sonnenschein. Unsere Prinzessin. Bis zu diesem Winter, als die da kam.« Sie wies auf Nico. »Da war sie anders. Da fing sie auf einmal an zu weinen. Und war still und redete kaum noch. Ich weiß nicht, warum ...«

In dem Blick ihrer blutunterlaufenen Augen, der Nico traf, funkelte das kalte Licht des Wahnsinns. »... aber jetzt, jetzt ist mir alles klar.«

Leon ahnte ganz offensichtlich etwas. Er legte das Gewehr hinter sich auf einen Karton. Trixi kam mit gesenktem Kopf auf Nico zu, die nicht mehr ausweichen konnte. Sie spreizte die Finger, als ob sie Nico mit ihren Klauen ins Gesicht springen wollte. Nico wollte zurückweichen, aber die Kartons standen im Weg.

»Was ist dir klar?«, fragte Leon und stellte sich vor sie.

Trixi wollte an ihm vorbei, aber er packte sie an den Schultern und hielt sie fest. Aus ihrer Kehle quoll ein unmenschlicher Schrei.

»Seit sie in Schattengrund war! Ihr habt sie vergiftet! Du und Kiana! Ihr habt mir mein Mädchen genommen! Habt sie zu einer Hexe gemacht! Ihr habt sie umgebracht! Umgebracht ...«

Leon hielt Trixi eisenhart umklammert. Der Schrei wurde zu einem Wimmern. »Ist ja gut«, sagte er und drückte sie an sich. Es schien weniger aus Mitgefühl zu geschehen als aus dem Willen, sie daran zu hindern, noch einmal auf Nico loszugehen. »Ist ja gut. Keiner hat Fili umgebracht. Es war ein Unfall, und das weißt du.«

»Sie war im Grab!«, schluchzte Trixi. »Im silbernen Grab oben am Berg …«

Es klang so schauerlich, dass Nico eine Gänsehaut bekam. Woher kannte Trixi Kianas Märchen? Hatte Fili ihrer Mutter vielleicht davon erzählt? Kiana hatte es ihr bestimmt nicht vorgelesen – zwei Tage vor Filis Tod, als sie ein letztes Mal im Schwarzen Hirschen gewesen war.

»Ist gut jetzt. Trixi. Komm mit. Du kannst nicht hier unten bleiben. Es ist zu kalt. Du zitterst ja.«

Trixi ließ sich widerspruchslos von Leon durch den Keller schleifen. Nico half dabei, sie die Treppe hochzuschieben. Im Gastraum gelang es ihnen nur mit Mühe, sie an den Tischen vorbei zum Ausgang zu bugsieren. Im Flur hob Leon, die halb ohnmächtige Trixi im Arm, die Hand. Bis hierhin und nicht weiter für dich, wollte er damit sagen. Nico blieb stehen.

»Ich mache das.« Seine Stimme war leise, aber sie klang dennoch wie ein Befehl. »Bleib hier. Ich komme gleich.«

»Es ist besser, wenn ich gehe.«

»Nein. Wir müssen etwas klären. Ein für alle Mal. Dann kannst du von mir aus tun, was du willst. Glaub nicht, dass du davonrennen kannst. Das funktioniert nicht mehr. Nicht heute Nacht.«

Er zerrte Trixi, die ausbüxen wollte, unsanft den Gang hinunter. Mit brennenden Augen starrte Nico ihm hinterher. Davonrennen funktionierte nicht mehr. Diese Nacht, dachte sie. Ich muss nur diese Nacht überleben.

Die Tür gegenüber des Gastraums öffnete sich. Zitas

Raubvogelkopf schob sich durch den Spalt. Ihr Blick schien Nico zu durchbohren.

»Guten Abend«, sagte Nico. »Trixi hat einen im Tee.«

Ohne ein Wort zu sagen, knallte Zita die Tür wieder zu.

ZWEIUNDDREISSIG

Es verging gut eine Viertelstunde, bis Leon wiederkam. Nico vertrieb sich die Zeit, indem sie um das Telefon herumschlich und in Versuchung kam, jemanden anzurufen, der sie mochte und weder umbringen noch zu klärenden Gesprächen zwingen wollte. Trixis Ausbruch im Keller hatte ihr zugesetzt. Am liebsten hätte sie den Schwarzen Hirschen auf der Stelle verlassen, aber sie wusste, dass sie sich Leons Vorwürfen stellen musste.

Ob sie ihm sagen sollte, dass sie die Gästebücher gefunden hatte? Sie beschloss, es darauf ankommen zu lassen, wie er sich ihr gegenüber verhalten würde. Sie saßen nicht mehr im gleichen Boot. Er hatte ihr geholfen, sie beschützt und ihr alle Türen geöffnet. Bis auf eine: die, die zu seiner Familie führte. Genau an dieser Stelle hatten sich ihre Wege getrennt. Das war bitter einzusehen. Aber es ließ sich nicht ändern. Blut war dicker als Wasser.

Als Leon endlich zurückkam, saß Nico an einem der Tische im Gastraum. Ihre Augen hatten sich mittlerweile an die Dunkelheit gewöhnt. Sie sah ihm entgegen, als er den Raum durchquerte. Sie mochte es, wie er sich bewegte und dass er trotz der Ruhe, die er immer auszustrahlen schien, wach und aufmerksam war. Vielleicht hatte sie auch einfach nur Freude daran, ihm zuzusehen, egal bei was. Beim Gehen, beim Sitzen, beim Holzhacken, beim Feuermachen. Beim Lebenretten. Etwas in ihr zog sich schmerzlich zusammen. Vielleicht war es das letzte Mal, dass sie ihm in der Vertrautheit eines dunklen Raumes begegnete. Er machte kein Licht, holte einfach nur einen zweiten Stuhl herunter und setzte sich ihr gegenüber.

»Du hast eine Grenze überschritten.«

Keine Wut, kein Vorwurf, nur kühle, klare Analyse. Sie schnitt wie ein Messer ins Herz.

»Trixi auch«, antwortete Nico. Ihre Stimme klang ruhig. Das erstaunte sie. Da zerbrach etwas in einem, da war die Seele bis ins Innerste erschüttert, und sie redete, als wäre der Vorfall im Keller eine Lappalie gewesen.

Leon beugte sich vor und legte die Unterarme auf seinen Knien ab. »Ich verstehe nicht, was gerade passiert.«

»Ich auch nicht.«

»Warum bist du in den Keller gegangen? Wegen der Gästebücher? Hättest du mich nicht fragen können?«

»Nein«, antwortete sie leise.

»Warum nicht? Weil ich Bedenkzeit brauche, bevor ich Menschen, die ich mein ganzes Leben lang kenne, mit ungeheuerlichen Vorwürfen belaste?«

»Davon redet doch keiner. Es geht um …«

»Um deinen Kopf. Um das, was du dir zusammenreimst. Du kommst hierher, kennst niemanden, fängst an, in längst vergessenen Geschichten herumzugraben, unterstellst Dinge, die ich noch nicht einmal meinem ärgsten Feind zutraue, greifst meine Leute an, klaust Schlüssel, brichst ein und bist auch noch beleidigt?«

»Trixi ist mit einem Gewehr auf mich losgegangen!«

»Das war unverzeihlich. Aber das, was du getan hast, auch.«

Nico stand auf. »Okay. Ich bitte hiermit ein letztes Mal um Entschuldigung. Damit wäre zwischen uns wohl alles geklärt.«

Sie drehte sich um und verfing sich in einem Stuhlbein. Mit lautem Getöse rutschte der ganze Aufbau vom Tisch. Nico versuchte, den Stühlen auszuweichen, aber es gelang ihr nicht. Es war, als ob die Möbel plötzlich lebendig geworden wären und sich ihr in den Weg stellten. Sie stolperte und wäre um ein Haar hingefallen, wenn Leon sie nicht festgehalten hätte.

»Ist es das?«, fragte er.

Sie spürte seinen Griff an ihrem Arm und wünschte sich, er würde nie mehr loslassen. Als er es tat, kam das so unvermittelt, dass sie beinahe ein zweites Mal das Gleichgewicht verloren hätte.

»Ist es das?«, wiederholte er.

»Was?« Ihr Hirn hatte das Denken ohne Rücksprache eingestellt.

»Alles geklärt zwischen uns?«

Sie ließ ihn stehen und marschierte zum Ausgang. Tränen stiegen ihr in die Augen, sie erkannte überhaupt nichts mehr und lief direkt in den nächsten Tisch. Der Krach, mit dem die Tischbeine über den Boden schrammten, hätte Tote aufwecken können.

»Nico!«

Sie hastete los. Nur raus hier. Sie wollte nicht, dass er sah, wie ihr zumute war. Endlich hatte sie die Tür gefunden. Sie riss sie auf – aber Leon war schneller. Er schlug sie ihr vor der Nase wieder zu und stellte sich mit verschränkten Armen davor.

»Ich denke nicht«, sagte er.

Nico wusste nicht, was er meinte. Sie zog die Nase hoch. Die Tränen liefen ihr über die Wangen, und sie fühlte sich so elend, dass es ihr egal war. Sollte er doch sehen, dass sie heulte. Sie war nicht aus Stein. Sie war kein blinder Racheengel. Sie wollte nur die Wahrheit wissen, weil sonst etwas Kaputtes in ihr nie wieder ganz werden würde.

»Ich denke, dass wir noch ein paar Dinge zur Sprache bringen sollten.«

»Lass mich in Ruhe.«

Wütend schob sie ihn zur Seite und stürmte hinaus. Sie wollte den Schwarzen Hirschen auf der Stelle verlassen. Mehr Vorwürfe konnte sie nicht ertragen. Nicht von ihm.

Er folgte ihr in den Flur.

»Pizza«, sagte er.

Nico glaubte, sie hätte sich verhört. Sie blieb stehen.

»Heiß. Knusprig. Saftig. Mit Käse extra.«

Das war der perfideste Trick, den er anwenden konnte.

»Margarita?«, lockte er. »Salami? *Quattro stagioni*?«

Es war so absurd, dass sie um ein Haar gelächelt hätte.

»Mit doppelt Käse?«, fragte sie das geriffelte Glas in der Haustür. Das gab ihr natürlich keine Antwort. Die kam von ihm.

»Kiloweise.«

DREIUNDDREISSIG

Ein Wunder. Es gab noch Leben in Siebenlehen. Ein kleiner Anbau neben einem unscheinbaren Haus, ein paar Straßen hinter der Kirche Richtung Altenbrunn, beleuchtet mit der vielversprechenden Reklame »Pizza Pasta Döner«. Die Einrichtung war spartanisch: ein paar Bistrotische, Barhocker und ein Spielautomat, der alle paar Minuten losjaulte und mit blinkenden Lichtern versuchte, die Aufmerksamkeit der wenigen Gäste auf sich zu ziehen. Im Schaufenster, das ganz beschlagen war, versuchte es ein Christbaum aus Plastik mit vorweihnachtlicher Stimmungsmache.

Hinter einem hohen Verkaufstresen stand ein Mann in mittleren Jahren, den es aus südlicheren Gefilden ausgerechnet in den Harz verschlagen hatte und dem das trotzdem nicht aufs Gemüt geschlagen war. Er war gerade dabei, eine Pizza zu belegen, und nickte ihnen beim Eintreten freundlich zu.

»*Buona sera*! Zum Mitnehmen oder Hieressen?«

»Hieressen«, antwortete Leon.

Zwei der hohen Tische waren besetzt. An einem knutschte ein Pärchen wild herum, am anderen saß ein älterer Mann, der gedankenschwer auf seinen Hund starrte, einen Terriermix, der es sich auf dem Boden gemütlich gemacht hatte.

Leon steuerte auf den dritten Tisch am Fenster zu. Nico schälte sich aus ihrer Jacke. Es war warm, es roch lecker und man nahm so gut wie keine Notiz von ihr. Auf dem Tisch lagen bedruckte Zettel mit der Speisekarte. Beide studierten das Angebot. Nico wusste schnell, was sie wollte.

»Ich nehme die Salami mit Extrakäse, Zwiebeln, Thunfisch, Schinken und Peperoni.« Schon diese Aufzählung ließ Nico das Wasser im Mund zusammenlaufen.

»Also einmal alles. Richtig?«

Sie nickte. Leon ging zu dem Mann, um die Bestellung aufzugeben. Er wechselte noch ein paar Worte mit ihm. Offenbar war Nicos Bestellung etwas kompliziert. Vorsichtig hob Nico den Blick, um zu ergründen, ob das Pärchen oder der Mann sie jetzt anstarrten. Das Pärchen holte kurz Luft, er fuhr ihr durch die Haare, sagte »Oh, du …« oder etwas ähnlich Geistreiches und sie knutschten weiter. Nico rieb ein Guckloch in dem beschlagenen Fenster frei. Es hatte wieder angefangen zu schneien. Kleine Eiskristalle, die vom Himmel fielen. Der Schnee funkelte im Licht der Laternen wie Milliarden von Diamanten.

Auf der anderen Straßenseite stand ein Mann und schaute herüber. Er trug einen langen, dunklen Mantel, sein Gesicht lag im Schatten. Wie ertappt zuckte Nico zurück. Er hatte ihr direkt in die Augen gesehen, als ob er darauf gewartet hätte, dass sie sich zeigte. Sie sah zu Leon, der gerade die Bestellung beendet hatte. Der Chef schob die Pizza in den Ofen. Leon kam mit einem Bier und einer Cola zu ihr.

»Ist was?«

Sie sah noch einmal hinaus. Der Mann war weg.

»Nein.«

Er schob ihr die Colaflasche über den Tisch zu. »Ist das okay?«

»Klar.« Sie trank einen Schluck. Dass es das noch gab. Prickelnde, belebende Limonade, Zucker, Sprudelwasser … Pizza. Wenn sie nicht bald etwas zu essen bekäme, würde sie tot vom Stuhl fallen.

»*Cheers.*«

Er berührte ihre Flasche kurz mit seiner. Natürlich. Sie hatte wieder einmal nicht warten können.

»Willst du Anzeige erstatten?«

»Ich?«, fragte Nico verblüfft. »Weshalb?«

»Sie ist immerhin mit einer Knarre auf dich losgegangen.«

»Sie hätte noch nicht mal einen Elefanten getroffen, wenn er direkt vor ihr gestanden hätte.«

Nico leerte den Rest der Flasche in einem Zug. Leon sah ihr dabei zu. Sie konnte diesen Blick nicht deuten. Amüsierte sie ihn? Wollte er sie aushorchen? Mit seinem Pizza-Friedensangebot hatte sich zumindest ihr innerer Sturm gelegt, mit dem sie gegen ihn angelaufen war. Aber sie musste aufpassen, was sie von sich preisgeben würde. In jeder Beziehung. Eine kurze Weile schwiegen sie sich an.

»Das ist eine echt harte Nummer, die du hier durchziehst«, sagte er schließlich. »Hast du denn außer deinen Vermutungen auch Beweise?«

»Warum fragst du nicht einfach, ob ich etwas im Keller gefunden habe?«

»Hast du was gefunden?«

Ja, sie war käuflich. Für eine Pizza *tutto completto* gab sie jedes Geheimnis preis. Noch war die Vertrautheit nicht wieder da, aber sie wollte mit dem, was sie gefunden hatte, nicht alleine bleiben. Der Einzige weit und breit, mit dem sie reden konnte, war Leon. Außerdem rettete er sie regelmäßig vor dem Hungertod.

»Die Gästebücher. Ich hab sie in einem der alten Kartons gefunden. Übrigens: Wenn der Schwarze Hirsch schon immer so mit seiner Buchhaltung umgegangen ist, wundert mich die Pleite nicht.«

»Meine Rede. Also?«

Vorsichtig sah Nico sich um. Das Pärchen hing immer noch aneinander wie zwei Tintenfische bei der Paarung. Der Hund stand auf, schüttelte sich, dass die Steuermarke klirrte, und legte sich wieder hin. Sein Herrchen murmelte: »Gut so, feini.«

Nico zog die herausgerissenen Blätter aus ihrer Hosentasche und legte sie auf den Tisch. Leon streckte die Hand aus, als ob er sie an sich ziehen wollte, ließ es dann aber bleiben, weil die Pizza kam. Hastig steckte Nico die Blätter wieder weg.

»*Buon appetito.*« Der Mann lächelte sie freundlich an.

Nico war über diese nette Behandlung so perplex, dass sie die Antwort vergaß. Sie wickelte ihr Besteck aus einer dünnen Papierserviette und wartete, bis Leon auch so weit war.

»Also dann …«

Überrascht lächelte er sie an. »Oh, du hast gewartet?«

Nico grinste. »Mein Fehler. Hau rein.«

Sie machten sich über die Pizza her, und Nico hatte das Gefühl, zum ersten Mal seit Tagen wieder in der echten Welt gelandet zu sein.

»Ist schon was anderes als Dosenrouladen, nicht?«, fragte Leon.

Nico vergaß vor Schreck zu kauen. »Minx!«, rief sie. Es klang wie »Mist!«, und Leon hob fragend die Augenbrauen. Sie würgte den Bissen hinunter.

»Minx. Ich habe sie total vergessen. Sie ist seit heute Nachmittag ganz allein in Schattengrund.«

»Was? Willst du gleich los? Wir können das auch einpacken lassen.«

Nico brauchte eine Sekunde, um zu verstehen, dass er einen Witz gemacht hatte. Wenn sie ehrlich war – sie hätte hier gut den Rest des Abends und ihretwegen auch die Nacht verbringen können. Irgendwo spielte leise ein Radio, verträumte Tanzmusik vergangener Jahrzehnte. Der Patron lehnte mit dem Rücken an seiner Arbeitsfläche und kaute auf einem Streichholz herum. Zwischendurch griff er nach einem Geschirrhandtuch und fuhr damit über die spiegelblanke Anrichte. Wäre das Schnarren und Blinken des Spielautomaten nicht gewesen, der kleine Imbiss hätte einer der gemütlichsten Orte der Welt sein können.

»Sie muss auf jeden Fall noch was zu Fressen kriegen«, antwortete Nico.

Die Pizza war dünn, knusprig, mit einem saftigen Belag

und wunderbarem würzigen Käse, der Fäden zog, wenn sie ein Stück zum Mund führte. Leon beobachtete die wenigen Menschen im Raum und schien zu dem Schluss zu kommen, dass keiner auf sie achtete.

»Also?«

Sie wischte die Finger an der Serviette ab und griff zu den herausgerissenen Seiten. In mehreren Spalten waren Namen, Anschriften, Telefon- und Passnummern eingetragen. Die Handschriften unterschieden sich. Wahrscheinlich hatte immer derjenige das Buch geführt, der an der Rezeption Stallwache schob.

»Am dritten Januar waren fünf Zimmer belegt.«

»Das ist ja beschissen für die Wintersaison. Von wem?«

Nico kniff die Augen zusammen, um das Gekritzel des ersten Eintrags zu entziffern.

»Jobst und Sabine Stadlberger aus Fürth. Das war ihre … Moment …« Sie nahm das andere Blatt und suchte etwas in den Spalten. »… sechste Nacht. Sie sind nach Weihnachten gekommen und über Silvester geblieben.«

»Die kenne ich.« Leon säbelte sich das nächste Stück Pizza ab. »Kannst du abhaken. Wenn Fili die gemalt hätte, wären zwei Medizinbälle dabei herausgekommen. Klein und dick, beide.«

»Katharina und Hilde Wallmann aus … Das kann ich nicht lesen.«

Sie wollte ihm das Blatt hinüberreichen, aber von seinen Fingern tropfte gerade alles, was von einer Pizza tropfen konnte.

»Zwei Frauen. Das sind sie wohl auch nicht.«

»Ludwig Kress aus Finsterwalde.«

Sie sah hoch, aber Leon sagte nichts. »Beruf: Schornsteinfeger, steht hier.«

»Ach ja, die kommen zweimal im Jahr. Wenn sie es nicht rechtzeitig zurückschaffen, haben sie schon mal übernachtet.«

Nico runzelte die Stirn. »Ein Schornsteinfeger ist definitiv ein schwarzer Mann.«

»Okay, dann kommt er auf die Liste.«

»Der Nächste ist Gero Schumacher aus … ach. Siebenlehen?«

Leon blieb die Pizza im Hals stecken. Er hustete, verschluckte sich und der Mann am Nebentisch sprang auf und schlug ihm beherzt auf den Rücken. Der Hund hob lediglich interessiert den Kopf.

»Danke … danke«, krächzte Leon. Er trank einen Schluck Bier, danach ging es ihm besser. »Das ist der Pfarrer.«

Nico blieb der Mund offen stehen.

»Der Pfarrer? Warum übernachtet er im Schwarzen Hirschen?«

»Ich weiß es nicht. Aber der wird es wohl kaum gewesen sein.«

Nico schüttelte den Kopf. »Tut mir leid, aber ich kann ihn nicht ausschließen. Auch er trägt Schwarz.«

Leon seufzte. »Noch jemand?«

Nico ließ das Blatt unter dem Tisch verschwinden. Sie nahm ein Stück Pizza und biss davon ab. Aber plötzlich hatte sie keinen Hunger mehr.

»Nein.«

»Also wenn du nach schwarzen Männern suchst, müsstest du auch Maik Krischek dazuzählen. Der hat immer die Kohlen gebracht, als wir noch mit Kachelöfen geheizt haben.«

Wir. Wie schnell Leon sich mit der Familie identifizierte, die ihn noch vor ein paar Tagen über den Tisch ziehen wollte. Sie schob den Teller ein Stückchen weg.

»Was? Bist du schon fertig?«Leon nahm sich ein Stück von ihrer Pizza. »Schwarze Männer … Einen Moment habe ich auch in eine ganz andere Richtung gedacht. Aber ehrlich gesagt, nach Siebenlehen hat sich auch noch nie ein Farbiger verirrt. Ich glaube, Zita würde in Ohnmacht fallen, wenn sie einem gegenüberstehen würde. Was bleibt also?«

»Der Pfarrer, Maik und der Schornsteinfeger.«

Er biss eine Ecke ab und holte sein Handy heraus. Der Empfang musste gut sein, denn er tippte eine Nummer ein und hatte wenig später jemanden am Apparat.

»Könnten Sie mich mit einem …«

»… Ludwig Kress aus Finsterwalde«, soufflierte Nico.

»Ludwig Kress aus Finsterwalde verbinden? Danke.« Er hielt die Hand über das Mikrofon. »Es gibt ihn noch. Das ist doch schon mal ein gutes Zeichen.«

Er stellte sein Handy auf Lautsprecher um, schob die Teller zusammen und legte es auf die Tischplatte. Nico rückte an seine Seite. Beide beugten sich über den Apparat, damit die anderen Gäste möglichst nichts mitbekamen. Nach viermal Klingeln wurde abgehoben.

»Jaaaa … Guten Abend?«, säuselte eine nasale Stimme.

»Herr Kress?«, fragte Leon.

»Am Apparat, mein Süßer. Was kann ich für dich tun?«

Nicos Augen weiteten sich vor Erstaunen. Dann prustete sie los und konnte sich in letzter Sekunde noch die Hand vor den Mund halten.

»Mein … äh … Schornstein«, stotterte Leon. Nico erstickte fast vor Lachen. »Er …« Leon warf einen irritierten Blick auf Nico, die dabei war, vom Stuhl zu fallen. »Er zieht nicht richtig.«

»Na so was!« Herr Kress war entweder zum Kabarett gewechselt oder hatte seinen Tee mit Kreide genommen. »Und da soll ich kommen und ein wenig, nun … kehren?«

Nico röchelte nur noch. Auch Leon begriff, dass das Gespräch eine Wendung nahm, die schwer in Richtung »nicht jugendfrei« tendierte.

»Nein, also …« stotterte er.

Aber Herrn Kress interessierte Leons Schornstein offenbar weniger als befürchtet. »Weißt du, wie spät es ist? Außerdem haben wir Sonntag, und ich bin nur an den Apparat gegangen, weil ich auf einen Anruf von meinem Mann gewartet habe.«

Nico lag fast unter dem Tisch vor Lachen.

»Aber wenn du Hilfe brauchst, dass dein … Schornstein … wieder funktioniert, dann wende dich an den Kollegen in Altenbrunn. Der macht das zwar nicht so zärtlich wie ich, dafür ist er jünger. Ich bin seit vier Jahren in Rente. Und glaube mir, mein Junge, da fängt das Leben erst an!«

Nico riss sich zusammen und beugte sich über das Handy. »Herr Kress, eigentlich rufen wir aus einem ganz anderen Grund an.«

»Oh, eine junge Dame? Sagen Sie bloß, der Herr mit diesem erotischen Timbre in der Stimme ist vergeben!«

Leon grinste und schüttelte den Kopf, was wohl hieß, dass er sich blendend über die Flirtversuche des ehemaligen Schornsteinfegers amüsierte.

»Ich fürchte ja«, antwortete Nico. Ihr fiel ein, dass sie so gut wie gar nichts über Leon wusste. Noch nicht einmal, ob er in England liiert war. »Herr Kress, wir sind in Siebenlehen und wollten fragen, ob Sie sich noch an den Winter vor zwölf Jahren erinnern können.«

»Mein reizendes Kind! Da überschätzen Sie mich aber. Vor zwölf Jahren?«

»Es war eiskalt. Noch kälter als jetzt. Das Thermometer ist unter die – 20-Grad-Marke gefallen. Das war Rekord, glaube ich.«

»Ach ja. Nun, es gibt ja nicht viel, in was unsere Gegend Weltniveau erreicht. Wenn es denn die Kälte ist ...«

»Sie haben in der Nacht vom zweiten auf den dritten Januar im Schwarzen Hirschen übernachtet.«

Schweigen. Beinahe hätte Nico geglaubt, die Verbindung wäre unterbrochen, da hörte sie ein lang gezogenes Schnauben, das am anderen Ende wohl als Seufzer begonnen hatte.

»Das Mädchen«, sagte Herr Kress. Mit einem Mal klang seine Stimme völlig normal. »Ruft ihr deshalb an?«

»Ja.«

»Ein Kind wurde vermisst. Tage später habe ich aus der Zeitung erfahren, dass es oben am Berg erfroren ist. Haben Sie diesen Winter gemeint?«

»Ja.« Nico spürte, wie die Aufregung in ihr stieg. »Warum haben Sie im Schwarzen Hirschen übernachtet?«

»Verzeihen Sie, aber aus welchem Grund wollen Sie das wissen?«

Nico wechselte einen kurzen Blick mit Leon. Der nickte ihr zu.

»Ich war mit dem Mädchen befreundet. Ich habe keine Erinnerung mehr an diese Nacht. Ich suche Menschen, die mir etwas darüber erzählen können.«

»Warum kommen Sie dann nicht einfach her?«

»Wir sind eingeschneit.«

»Ah so. Und es ist so dringend?«

»Ja, Herr Kress. Es ist sogar mehr als das. Wenn Sie im Schwarzen Hirschen waren, ist Ihnen vielleicht etwas aufgefallen, das mit dem Mädchen zu tun hat. Ich bin dankbar für jede Information. Für jeden kleinen Schnipsel, mit dem ich das Puzzle zusammensetzen kann. Ich muss wissen, was in dieser Nacht geschehen ist. Ich … Ich bin damals mit Fili zusammen weggelaufen. Aber ich weiß nicht mehr, was da oben passiert ist. Es ist wichtig.«

»Sie waren dabei?«

»Ja«, antwortete Nico leise.

»Wie alt waren Sie damals?«

»Ich war sechs. Genauso alt wie Fili, als sie starb.«

»Fili. Fili …« Kress wiederholte den Namen, als ob er damit seiner Erinnerung auf die Sprünge helfen könnte. »Mein Auto hat in der Kälte den Geist aufgegeben. Ich kam nicht mehr zurück. Der ADAC meinte, dass es Stunden dauern würde, bis ein Wagen nach Siebenlehen käme. Also habe ich mir ein Zimmer in diesem Hotel genommen. Da war ein kleines Mädchen im Schwarzen Hirschen. Blond? Dünn und blass?«

»Ja! Das ist sie!«, rief Nico.

Das war sie, setzte sie im Geist hinzu, brachte es aber nicht fertig, die Worte auszusprechen. Sie spürte Leons Atem auf ihrer Wange.

»Herr Kress … Bitte denken Sie nach. Ist Ihnen an diesem Tag etwas aufgefallen?«

»Natürlich. Das Kind ist wohl kurz vor sechs noch einmal zu einer Freundin gegangen. Waren Sie das?«

»Ja.«

»Aber es kam nicht zurück. Nach dem Abendessen, so gegen zehn, kam eine Frau in die Gaststube. Sie war sehr aufgeregt und behauptete, ihre Tochter wäre gemeinsam mit Fili verschwunden. Sie machte große Vorwürfe. Sie sah sehr müde und besorgt aus und war wohl schon Stunden in der Kälte und der Dunkelheit unterwegs gewesen, um die Kinder zu suchen. Die Frau regte sich sehr darüber auf, dass niemand zurückgerufen hätte.«

»Die Frau? Kiana?«

»Kiana! Ja, so war ihr Name. Sie hatte ein Haus in Siebenlehen, Schattengrund. Komplizierter Kamin, verstopft sehr schnell. Die waren sich wohl nicht grün, die von Schattengrund und dem Schwarzen Hirschen. Ich habe keine Ahnung, warum. Sie hatte wohl Hausverbot oder so etwas, jedenfalls wollten sie sie am Anfang gar nicht hereinlassen. Es klang so, als ob sie vor Kurzem schon einmal da gewesen wäre und Krawall geschlagen hätte. Jedenfalls ... Wissen Sie, man ist nur Gast und bekommt nicht alles mit. Jedenfalls wurde erst mal das Haus auf den Kopf gestellt und dann haben sich Suchtrupps gebildet. Auf einmal behauptete die Wirtin steif und fest, sie hätte gesehen, wie Fili mit Ihnen Richtung Berg marschiert wäre. Wenn Sie mich fragen – das stimmte nicht. Ich war eigentlich ab sechs unten. Das Mädchen ist alleine losgelaufen. Und niemand ist danach vor die Tür gegangen. Es war ja auch viel zu kalt. Kurz: Jeder, der behauptet, er hätte an diesem Abend zwei Kinder aus Siebenlehen in den Bergen verschwinden sehen, hat gewissermaßen sozusagen vielleicht eine getrübte Wahrnehmung der Dinge.«

»Sie meinen ... Die Wirtin hat gelogen?«

»Hoffentlich trete ich damit niemandem zu nahe. Aber es klang mir sehr nach einer Schutzbehauptung.«

Nico sah zur Decke und holte tief Luft. Sie konnte kaum glauben, was sie gerade gehört hatte. Herr Kress entlastete sie. Die Schuld, diese grässliche Schuld, schrumpfte, wurde immer kleiner und machte einer zaghaften, vorsichtigen Freude Platz. Es kam Nico so vor, als ob sie zum ersten Mal seit damals wieder tief durchatmen konnte.

»Sind Sie noch dran?«

»Ja!«

Leons und Nicos Köpfe stießen beinahe zusammen, als sie sich wieder über das Handy beugten.

»Herr Kress.« Nico fürchtete sich vor der Frage. Auch Leons Gesicht verdüsterte sich. Vielleicht, weil ihm erst jetzt bewusst wurde, dass Fili den ganzen Abend nicht von ihrer Familie vermisst worden war. Das zu hören musste bitter für ihn sein. Aber lange nicht so schrecklich wie der Vorwurf, der auf Nico gelastet hatte. »Können Sie sich noch erinnern, ob irgendetwas vorgefallen ist, bevor Fili verschwand? Hat ein Gast sich mit ihr gestritten? Oder hat sie sich besonders gut mit einem verstanden?«

»Nein. Ich bin ihr ja auch nur ganz kurz begegnet. Im Treppenhaus. Sie kam aus einem Zimmer und hat mich fast umgerannt.«

»Können Sie sich erinnern, welches Zimmer das war?«

»Also wirklich, es ist doch so lange her. Nein. Im ersten Stock vielleicht? Wo war ich denn?«

Nico blätterte in den Seiten. Sie achtete darauf, dass Leon sie nicht sehen konnte.

»Zimmer 14.«

Leon räusperte sich. »Das ist im ersten Stock.«

»Dann muss es der zweite gewesen sein, denn das Mädchen war über mir. Ich wunderte mich noch. Ja. Ich wunderte mich.«

»Worüber?«

»Fili hat geweint. Sie war außer sich. Sie rief noch irgendetwas. Lass mich in Ruhe oder so. Geh weg. Nein! Geh zurück! Zurück, das hat sie gesagt. Merkwürdig, nicht? Dann stürmte sie die Treppe hinunter und hätte mich im Flur beinahe umgerannt.«

»Ja«, antwortete Nico nachdenklich. »Das ist alles sehr merkwürdig. Vielen Dank. Wenn Ihnen noch etwas einfällt, melden Sie sich?«

Herr Kress schien einen Moment zu überlegen. »Es bringt doch nichts. Es ist doch schon so lange her.«

»Ich muss mein Mosaik zusammenkriegen und da fehlen einfach noch ein paar Steine. Sie hat wirklich *zurück* gesagt?«

»Ja. Wirklich. Mein armes Kind. Ich hoffe, du bist über die Tragödie hinweggekommen.«

»Geht so«, antwortete Nico.

»Dann grüß deinen Freund mit der erotischen Stimme von mir. Wenn er Lust auf eine Tasse Tee hat, ist er gerne gesehen. Du natürlich auch«, setzte er schnell hinzu.

Nico grinste. »Danke. Wir werden es uns überlegen.«

Leon beendete das Gespräch mit einer Berührung seines Zeigefingers auf dem Display. Dann steckte er das Handy ein.

»Ich glaube, Herrn Kress können wir aus dem Kreis der Verdächtigen streichen«, sagte Nico. »Er steht weder auf Mädchen noch auf Frauen.«

»Ja«, brummte Leon. »Das Gefühl habe ich auch. Und nun?«

»Er scheidet aus. Aber er hat uns einen wichtigen Tipp gegeben. Im zweiten Stock ist etwas vorgefallen.«

»Wer wohnte da?«

Nico sah auf die herausgerissenen Blätter. »Der Pfarrer. Maik Krischek können wir wohl ausschließen, er wird die Kohlen ja wohl nicht in ein Gästezimmer geliefert haben.«

»Nein.« Leon holte sein Portemonnaie heraus und stellte die Teller zusammen. »Ich fürchte, wir sind auf einer ganz falschen Fährte, wenn wir weiter bei der Gästeliste bleiben. Wir müssten herausfinden, wer wirklich an diesem Abend im Schwarzen Hirschen gewesen ist, und daran wird sich kaum jemand erinnern. Es könnte nämlich jeder gewesen sein. Falls es stimmt, was du glaubst.«

»Es stimmt«, sagte Nico leise. »Du hast es doch gehört. Herr Kress kann bezeugen, dass Fili vor jemandem davongerannt ist.«

»Ja. Aber dieser Jemand könnte wirklich halb Siebenlehen gewesen sein. Die Zimmerschlüssel hingen am Bord hinterm Tresen in der Gaststube. Keiner hat so richtig darauf geachtet. Es war wohl viel los in der Gaststube an diesem Abend, sonst wäre es Trixi und Zach viel früher aufgefallen, dass Fili weg war.«

Ich habe Fili nicht in den Wald gelockt, dachte Nico. Fast schämte sie sich, dass sie so glücklich war. Trixi hat sich das ausgedacht, um nicht als Rabenmutter dazustehen. Daher auch die schreckliche Auseinandersetzung mit Kiana. Daher der ganze, alte Hass. Versäumnisse, Vorwürfe, bittere Schuldzuweisungen.

Sie hat nicht aufgepasst.

Und übrig blieben nüchterne Fakten: Ein Kind war gequält worden. Die Eltern bekamen es nicht mit, weil sie überfordert waren. Fili hatte eine Freundin. Das war Nico, die die Ferien bei Kiana verbrachte. Die Mädchen spielten oft zusammen. Fili malte das, was sie bedrückte, in Kianas Märchenbuch.

Hatte Kiana die Zeichnung gefunden? Hatte sie Zach und Trixi zur Rede gestellt? War das der Grund für die Auseinandersetzung gewesen, von der der Schornsteinfeger gesprochen hatte? Hatte Fili ein schlechtes Gewissen bekommen und das Bild deshalb herausgerissen und in ihrem Zimmer versteckt? So musste es gewesen sein.

Der schwarze Geist war ein Mann gewesen. Am selben Tag, an dem Fili weggelaufen und Nico ihr aus irgendeinem Grund gefolgt war, hatte er es noch einmal versucht. Fili konnte ihm gerade noch entwischen – vielleicht, weil der Schornsteinfeger, ohne es zu wollen oder zu verstehen, den Mann bei seinen Übergriffen gestört hatte. Fili war zu Nico gerannt – zu Kianas Haus, dem einzigen Schutzort, den sie gehabt hatte.

»Sie wollte in den Berg.« Nico spürte, wie ihr die Kehle eng wurde. »Sie war verzweifelt. Sie wollte nicht mehr zurück. Jemand hat ihr wehgetan.«

»Ist das die Wahrheit oder reimst du dir das nur so zusammen?«

Kapierte Leon immer noch nicht? Was sollten diese Fragen, die ihre Glaubwürdigkeit immer wieder in Zweifel zogen?

»Es ist die Wahrheit. Das weiß ich jetzt. Was Herr Kress eben am Telefon erzählt hat, bestätigt das doch alles.«

»Du glaubst, ich stehe nicht auf deiner Seite. Aber das tue ich. Wenn so etwas wirklich passiert ist und der Täter immer noch frei herumläuft, dann muss er dafür büßen. Aber dafür müssen deine Beweise hieb- und stichfest sein. Und bei aller …« Er brach ab und trank einen Schluck. »Bei allem Respekt: Bis jetzt hast du nichts, aber auch gar nichts in der Hand. Du musst dich erinnern. An jede Einzelheit. Jedes Wort. Jeden Schritt, den ihr zusammen getan habt. Kannst du das?«

Nico dachte nach. »Ich kann es.«

»Dann versuch es.«

»Jetzt?«

»Jetzt. Morgen ist es zu spät.«

Sie schloss die Augen. Sie sah die heilige Barbara vor sich mit ihren Tränen aus Eis. Fili, dachte sie, rede mit mir. Sag mir, was geschehen ist.

Die Wachspuppe schlug die Augen auf. Nico sah in Filis Gesicht. Sie hatte von der Kälte gerötete Wangen und nassen Schnee in den Haaren. Sie war außer Atem vom Laufen. Nico hatte sie schon von Weitem gesehen, von ihrem Platz am Fenster mit den Kissen und den kuscheligen Decken, wo sie in jenem Winter oft gesessen hatte, wenn es draußen zu kalt zum Spielen gewesen war.

Die Geräusche des Spielautomaten wurden leiser. Das Dudeln und Klingeln vermischte sich mit einer Weihnachtsmelodie. Schneeflöckchen, Weißröckchen, wann kommst du geschneit … Fili mit den roten Stiefeln eilt die Straße hinauf zu Schattengrund.

»Fili kam zu uns, es muss früher Abend gewesen sein. Es war schon dunkel draußen. Ich mache ihr die Tür auf. Sie weint. Sie hat …«

… Tränen aus Eis.

Jemand ergreift ihre Hand. Ist es Leon? Nico sitzt immer noch mit geschlossenen Augen da. Sie sieht Fili vor sich, klar und deutlich, als ob es gestern gewesen wäre.

»Sie ist außer sich. Sie sagt, sie will nie wieder zurück. Sie will ins silberne Grab, zu dem schlafenden Ritter im Berg. Ich soll mitkommen. Ich habe Angst. Ich glaube an Gott, an das Christkind, an die Zahnfee und an Engel. Ich glaube tief und fest an den silbernen Ritter. Aber es ist der Glaube eines Kindes. Etwas ganz tief in mir drin sagt mir, dass er sich vom Glauben der Erwachsenen unterscheidet.«

»Weiter«, sagt Leon leise. »Gut. Du machst das gut.«

Er drückt ihre Hand. Er ist wie ein Führer in der Nacht, wie der Lotse eines kleinen, zerbrechlichen Schiffs. Seine Berührung gibt ihr Kraft, sich zu konzentrieren.

»Ich will nicht. – Dann gehe ich allein, sagt Fili. – Du weißt doch gar nicht wo das ist, sage ich. Ich will zu Kiana, die in der Küche arbeitet. Es riecht so gut nach Zimt und Bratäpfeln. Das Feuer knackt im Ofen. Minx liegt davor und schläft. Es ist die Wärme und die Liebe, die mich in Schattengrund halten. Aber Fili ist auf der Flucht vor dem Bösen …«

Leon legt den Arm um ihre Schulter und zieht sie an sich heran. Sie vergräbt ihr Gesicht in seinem Pullover. Es ist dunkel und warm. Sie fühlt sich geborgen. Sie kann ihm alles sagen. Die Bilder jener Nacht – sie sieht sie so deutlich, als wäre all das erst vor Kurzem geschehen. Warum? Woher kommt die Erinnerung? Hatte die Schuld, die man ihr in die Schuhe geschoben hatte, den Blick darauf versperrt?

»Fili rennt raus. Ich muss mich entscheiden. Ich habe Angst. Ich kenne den Wald nicht und ich war noch nie auf dem Berg. Aber Fili ist schon fast am Gartentor. Ich nehme Mantel, Schal, Mütze und Handschuhe. Sie sind noch feucht vom Schneemann-Bauen am Nachmittag. Ich habe ein schlechtes Gewissen. Ich will Kiana Bescheid sagen, und ich weiß, sie wird mich zurückhalten. Aber ich kann Fili nicht allein lassen.«

Der Schmerz wird groß und drückt ihr fast die Kehle zu.

»Sie war doch meine Freundin! Und … und …«

Leon drückt sie noch fester an sich. Seine Schulter ist der einzige Halt, den sie hat.

»… ich wollte den silbernen Ritter sehen.«

Leon streicht ihr übers Haar. Es tut so gut, seine Arme zu spüren. Er ist da. Er hört zu. Er lässt sie nicht allein, wenn sie das dunkelste Tor ihrer Kindheit öffnet.

»Ich sehe den Besen neben der Haustür. Wir haben damit gespielt. Wir waren Winterhexen. Uns kann nichts passieren, denn wenn es ernst wird, fliegen wir einfach davon. Doch ich lasse den Besen stehen. War das ein Fehler? Hätte ich fliegen können, statt mich zu verirren? Fili ist schon ein Stück voraus. Ich rufe sie und renne hinterher. Der Wald ist dunkel. Ich drehe mich noch einmal um und sehe Schattengrund.«

Weißer Rauch steigt aus dem Schornstein. Das Licht in

den Fenstern leuchtet warm. Die Nacht ist blau. Tiefdunkles Blau. Der Himmel wie ein gefrorener See. Leon wiegt sie weiter in den Armen wie ein kleines Kind. Nico will die Augen nicht öffnen. Sie hat Angst, dass das zarte Band zu ihrer Erinnerung reißt.

»Schon nach kurzer Zeit verliere ich die Orientierung. Irgendwann kommen wir an einem Wegweiser vorbei. Eine alte Hexe hockt darauf und grinst uns an.«

»Die Kreuzung«, sagt Leon leise. »Nach rechts führt sie auf den Brocken, nach links hinunter nach Altenbrunn. Welchen Weg habt ihr genommen?«

»Keinen«, flüstert Nico. »Wir sind einfach geradeaus hinein in den Wald gelaufen. Ein alter Holzfällerweg vielleicht. Baumstämme liegen am Wegrand. Fili läuft weiter. Wohin willst du?, fragte ich sie. Sie lächelt.«

Sie hat Raureif auf den Wimpern und Perlen aus gefrorenem Schnee in den Haaren. Sie trägt einen weißen schäbigen Anorak und Wollhandschuhe, die irgendwann einmal weiß gewesen sind. Das Kunstfell an der Kapuze ist verfilzt. Doch es sieht in dieser Nacht aus wie das Diadem einer Prinzessin. Es ist nicht mehr weit, sagt sie. Alles ist still. Der Wald hält den Atem an. Und dann beginnt es zu schneien. Dichte, schwere Flocken fallen vom Himmel. Durch die entlaubten Äste der Bäume schwebt ein letzter Gruß der Engel.

»Ich spüre meine Beine nicht mehr. Es ist so kalt. Ich weiß nicht, wo wir sind. Ich werde langsamer. Fili läuft voraus. Ab und zu kann ich sie noch sehen zwischen den Baumstämmen. Ich folge ihren Spuren, aber der Schnee fällt dichter. Ich will umkehren, doch der Weg zurück verschwindet vor meinen Augen. Er wird einfach von oben zugedeckt. Ich weiß nicht mehr, wo ich bin. Ich rufe. Ich schreie. Ich habe Angst.«

Nico blinzelt. Verschwommen erkennt sie bunte Reflexe. Es ist der Spielautomat mit seinen rotierenden Walzen. Edelsteine, Zaubertränke, schwarze Katzen. Eine junge, schöne Hexe schwenkt den Zauberstab. *Happy witch* – goldene Buchstaben blinken auf, Lichter explodieren. Geldspielautomaten sind für Nico das Zuhause heimatloser Zocker. Traurige Gestalten, die mit einem schalen Bier auf die billigen Lichter starren und darauf warten, dass ein paar Euro doch noch zurückkommen von ihrer Reise ins Nirgendwo. Die Walzen stoppen. Zweimal Zaubertrank, einmal Edelstein. Verloren. Vorbei. Ein kurzes Spiel.

Sie spürt Leons Wärme. Sie riecht Holz und Farn, den trockenen Geruch von Schnee und einen Hauch von Leder. Sie möchte in ihn hineinkriechen und nie mehr zurück in eine Welt, die Dinge wie Spielautomaten und Todesangst hervorbringt. Sie fängt seinen Blick auf und sieht Sorge in seinen Augen und Mitgefühl und etwas anderes, das dahinter verborgen liegt. Das sie verwirrt und beunruhigt, weil es einen Weg direkt in ihr Herz findet.

»Denk nach«, flüstert er. »Geh weiter. Du kannst es. Du hast die Tür aufgemacht. Du musst nur noch hindurchgehen.«

»Es ist furchtbar.«

»Ich weiß. Erinnere dich. Es ist wichtig. Auch wenn du Angst hast – du bist sicher. Ich passe auf dich auf. Okay? Okay?«

Sie nickt.

»Wo ist Fili?«

»Sie … Sie ruft nach mir.«

Leon streicht ihr die Haare aus der Stirn. Er ist so betörend nah. Sie ist so froh, diesen Weg nicht alleine gehen zu müssen.

»Die Tür. Ich sehe die Tür zum silbernen Grab. Ein in den Felsen getriebener niedriger Gang mit halbrundem Deckengewölbe. Versperrt wird er von einem Gitter aus geschmiedetem Eisen. Es hat eine Verzierung, sie sieht aus wie ein Symbol. Irgendwelche Werkzeuge.« Nico kreuzt die Unterarme. »So sah das aus, ungefähr.«

Leon nickt. »Schlägel und Bergeisen. Eine Art Fausthammer und ein Meißel, mit dem die Bergleute den Fels bearbeitet haben. Ihr habt definitiv das Mundloch entdeckt – den Eingang des alten Stollens.«

»Die Gitter ist zu, aber nicht abgeschlossen. Fili läuft in den Stollen. Wir haben kein Licht, keine Taschenlampe. Nach ein paar Metern wird es stockdunkel. Und dann … Oh mein Gott.«

Nico schlägt die Hände vor die Augen.

»Was war dann? Nico! Hör nicht auf! Geh weiter!«

»Fili schreit. Sie ist gestürzt, hat sich den Knöchel verknackst oder so was. Ich finde eine Packung Streichhölzer in meiner Jackentasche, vom Feuermachen. Und einen Kerzenstummel aus dem Schwippbogen. Ich zünde ihn an. Wir sind in einer Art Höhle. Einem Raum mit geschlagenen Wänden, von dem mehrere Gänge abgehen. Ich setze mich neben sie. Es ist nicht ganz so kalt wie draußen vor der Tür, doch wir können dort unmöglich bleiben. Aber Fili will nicht zurück. Sie will einfach nicht zurück! Sie sagt, sie will den silbernen Ritter suchen. In einem der Gänge muss er sein. Wenn sie ihn gefunden hat, wird ihr niemand mehr wehtun.«

»Wer hat ihr wehgetan? Wer?«

»Ich weiß es nicht. Wirklich nicht. Sie hat es nicht gesagt.«

»Hat sie eine Andeutung gemacht? Hat sie gesagt, was ihr passiert ist?«

»Sie war ein Kind! Sechs Jahre alt! Was weiß man denn da, außer, dass etwas wehtut und einfach furchtbar ist? Vielleicht hat sie sich ja auch geschämt. Viele Kinder suchen die Schuld erst einmal bei sich. Sie trauen sich nicht, etwas zu sagen oder sich zu wehren. Die meisten Missbrauchsfälle ereignen sich doch innerhalb der Familie oder im engsten Freundes- und Bekanntenkreis. In Siebenlehen kennt jeder jeden. Was kann da die Aussage eines Kindes schon anrichten? Nichts. Die Einzige, der etwas aufgefallen ist, war Kiana. Und die wurde hochkant rausgeschmissen und für den Rest ihres Lebens als Nestbeschmutzerin gebrandmarkt.«

»Okay. Okay!« Leon nahm den Arm von Nicos Schulter. Genauso gut hätte er aufstehen und gehen können. Der Verlust von Wärme und Schutz tat Nico förmlich weh.

»Wie ging es weiter?«

»Ich hab sie gefragt, was sie macht, wenn wir den silbernen Ritter nicht finden. Sie hatte diese Möglichkeit gar nicht auf dem Schirm. Für sie war so klar, dass da oben im Stollen alle Probleme gelöst würden. Aber da war nichts. Nur Kälte und Dunkelheit. Jetzt begreife ich erst, wie groß ihre Enttäuschung gewesen sein muss. Sie hatte nur noch eine Hoffnung und selbst die wurde ihr genommen.«

»Und dann?«

»Wir sitzen im Dunkeln. Es sind Stunden vergangen. Irgendwann habe ich begriffen, dass wir sterben werden. Ich wollte zurück. Fili konnte nicht mehr laufen. Sie hatte Schmerzen. Und Angst. Ich hab sie noch mal gefragt. Sag die Wahrheit! Wovor bist du davongelaufen? Sie hat nur den Kopf geschüttelt. Sie sagt's dem lieben Gott. Das waren ihre Worte. Sie sagt's dem lieben Gott …« Nico schluchzt auf. »Da bin ich losgegangen.«

»Mach dir keine Vorwürfe.«

Doch, dachte Nico. Das tue ich. Sie rieb sich mit der Hand über die Augen, suchte nach Worten, hob die Schultern und ließ sie resigniert sinken.

»Jetzt ist es zu Ende. Aus. Alles dunkel. Ich habe keine Erinnerung mehr, was danach geschehen ist. Ich nehme an, Fili ist weiter in den Stollen gekrochen. Und ich habe versucht, alleine den Weg zurückzufinden und Hilfe zu holen. Dabei bin ich in die falsche Richtung gelaufen. Das war die Tragödie. Man hat mich auf dem Weg zum Brocken gefunden. Alle haben natürlich diese Gegend als Erstes abgesucht.

Keiner hat an den Stollen gedacht, der ganz woanders lag. Ich weiß nicht, wie lange sie gebraucht haben, bis sie mich gefunden haben. Ich war schon im Delirium. Ich war halb tot und bin erst Tage später wieder in der Klinik zu mir gekommen. Da war Fili schon gestorben und ich hatte keine Erinnerung mehr an all das.«

»Es tut mir leid.« Leons Worte klangen ehrlich. »Das muss furchtbar für dich gewesen sein.«

»So furchtbar, dass ich es komplett ausgeblendet habe. Meine Eltern haben Siebenlehen nie mehr erwähnt. Kiana wurde zu einer fernen exzentrischen Verwandten, von der man sich am besten fernhielt. Ich habe immer geglaubt, dass es normal ist, keine Freunde zu haben und Angst vor Beziehungen. Jetzt weiß ich, dass es daher kommt, dass ich jemanden im Stich gelassen habe und mir das nie verzeihen konnte.«

»Angst vor Beziehungen?«, fragte Leon.

Nico sah zum Spielautomaten. Zweimal *lucky witch,* ein Halloween-Kürbis. Was wollte das Schicksal ihr mit dieser Kombination eigentlich sagen?

»Weiß nicht.« Sie begann, die Kruste von einem kalten Stück Pizza abzubrechen und in kleine Krümel zu zerlegen. »Vergiss es.«

Er stand auf und ging zum Tresen, um die Rechnung zu bezahlen. Was nun? Nico hatte ihre Erinnerung wiedergefunden, aber sie war auf der Suche nach dem wahren Schuldigen der Tragödie nicht weitergekommen. Sie faltete die Blätter aus dem Gästebuch so klein wie möglich zusammen und steckte sie ein. Wenn sie daran dachte, wer alles in jener Nacht im Schwarzen Hirschen gewesen war, wollte sie eigentlich auch gar nicht weitersuchen. War es nicht vielleicht besser, die ganze Sache wirklich auf sich beruhen zu lassen?

Die Reise nach Siebenlehen hatte sich schon allein aus dem Grund gelohnt: dass sie endlich die Wahrheit über ihre Rolle bei Filis Verschwinden herausgefunden hatte. Sie musste den Stein nicht mehr zurückbringen. Eigentlich reichte das doch. Sie war nicht schuld, sie hatte sogar helfen wollen. Jeder, der etwas anderes behauptete, wollte nur von seinem eigenen Versagen ablenken. Fahr nach Hause und vergiss Schattengrund, dachte sie. Und lerne, mit dir und dem was da oben passiert ist, klarzukommen.

Morgen würden die Straßen wieder frei sein. Ihre Mutter würde wie eine Furie im Dorf einfallen, ihr den Kopf waschen, sie ins Auto stecken und mit ihr zurück nach Hause fahren. Und dann würde das Leben weitergehen. Irgendwie.

Leon kam zurück. Er steckte sein Portemonnaie in die Hosentasche und sah sie aufmunternd an.

»Los geht's.«

Nico stand auf. »Ich will jetzt nach Schattengrund zurückkehren. Ich gehe nicht mehr in den Schwarzen Hirschen.«

»Da wollte ich auch gar nicht hin.«

Er sah sich um. Der Mann mit dem Hund war verschwunden. Das Liebespärchen knutschte sich gerade halb unter den

Tisch und verschwendete seine Aufmerksamkeit nicht an zwei Gäste, die nur am Tuscheln und Flüstern waren.

»Ich habe Fili gemocht. Und ich glaube ihr. Deine Geschichte klingt zwar haarsträubend, aber sie ist wahr. Ich will wissen, wer der schwarze Mann war. Wir haben nicht mehr viel Zeit. Wir müssen mit allen reden, die an diesem Abend im Schwarzen Hirschen waren. Und deshalb gehen wir jetzt zum Pfarrer. Einverstanden?«

Er hielt ihr die Hand hin. Nico nahm sie und in ihrem Herzen blühten wohl gerade Schneeglöckchen, Krokusse und Narzissen gleichzeitig.

VIERUNDDREISSIG

Das Pfarrhaus war klein und wurde von der Schneelast fast in den Boden gedrückt. Zumindest wirkte es so – denn das Haus war geduckt, niedrig, mit eingesunkenem Dachsattel und schiefen Wänden. Der Garten musste im Sommer ein Paradies sein: Es gab efeuumrankte Laubengänge, Rosenbüsche und ausladende Sträucher. Ein knorriger Holzzaun umrundete das Grundstück, die Pforte stand offen und der Weg war geräumt. Es war offensichtlich, dass tagaus, tagein Besucher kamen und gingen. Um diese Uhrzeit allerdings wirkte der verwunschene Garten unberührt. Im Licht der Laterne konnte Nico die Spuren von Krähen und Katzen im Schnee erkennen. Sie trafen sich auf beinahe schicksalhafte Weise unter einem Vogelhäuschen. Opfer schien es aber bisher nicht gegeben zu haben.

Die Fensterläden, dunkelgrün gestrichen, waren geschlossen. Durch die Ritzen fiel Licht – es war also jemand zu Hause.

Leon klingelte. Kurz darauf schlurften Schritte herbei und die Tür wurde geöffnet. Gero Schumacher trug einen Bademantel aus gelbem Frottee. Wahrscheinlich war das Siebenlehener Dresscode – es war gerade mal neun Uhr, also schien das die normale Bekleidung zu sein, wenn man es sich am

Abend gemütlich machte. Anders als Trixi trug der Pfarrer allerdings kein Nachthemd darunter, glücklicherweise, sondern eine Hose und einen bequemen leichten Wollpulli. Seine Brille hatte er auf die Stirn geschoben.

»Leon?«, fragte er. Sein Blick fiel auf Nico. »Und Kianas Nichte? So spät?«

Nico spürte seine Unsicherheit. Wahrscheinlich glaubte er, dass sie gekommen waren, um ihn wegen des Gesprächs am Nachmittag zur Rechenschaft zu ziehen. Sie versuchte ein Lächeln.

»Guten Abend. Wir wollen nicht lange stören. Wir hätten nur noch ein paar Fragen, bevor wir morgen Siebenlehen verlassen.«

Und das auch noch in entgegengesetzte Himmelsrichtungen, dachte sie. Ob Leon ihr wohl seine Adresse geben würde? Eine Handy-Nummer? Wales. Das war so weit weg wie der Mond.

Der Pfarrer nickte und trat wortlos zur Seite. Nico folgte Leon in einen schmalen, peinlich sauberen Flur. Der Boden war hell gekachelt, die Wände waren strahlend weiß. Eine Garderobe aus geöltem Kiefernholz versprühte den Charme frisch renovierter Kindertagesstätten.

Nachdem sie ihre Jacken ausgezogen und an den Holzknäufen aufgehängt hatten, folgten sie Gero Schumacher in einen niedrigen, kühlen Raum, in dem mehrere Sessel und ein Schreibtisch verrieten, dass er wohl als Besprechungszimmer diente. Ein Holzkreuz an der Wand war der einzige Schmuck. Auf dem Couchtisch lagen christliche

Zeitschriften, Broschüren für alle Eventualitäten – Pflege, Kinder, Tod und Glaubensfragen – und eine Bibel. Sie sah nicht sehr gelesen aus. Hier wurden also die Schäfchen der Gemeinde empfangen. Gero Schumacher würde es sich mit seinem Bademantel wohl kaum in diesen Räumen gemütlich machen.

»Möchten Sie etwas trinken? Einen Tee vielleicht? Heiße Schokolade?«, fragte er.

»Nein danke«, sagte Nico. Sie hielt die zusammengefalteten Blätter des Gästebuches in der Hand. Ihr entging nicht der neugierige Blick, den der Pfarrer darauf warf. »Wir wollen Sie auch nicht lange aufhalten.«

»Dann nehmen Sie bitte Platz.«

Nico und Leon setzten sich. Der Pfarrer zog den dritten Sessel so heran, dass er ihnen gegenübersitzen konnte.

»Geht es um das, was ich heute Nachmittag zu Ihnen gesagt habe? Das tut mir leid. Ich hätte es anders ausdrücken sollen. Selbstverständlich sind Sie hier immer und jederzeit gerne gesehen.«

Leon warf ihr einen fragenden Blick zu. Nico rieb sich die klammen Hände. Nach der Wärme in der Pizzeria war ihr beinahe kalt. Sie hatte das Gefühl, dass ihr etwas auffallen sollte in dem kargen Raum. Dass sie sich an etwas erinnern sollte, aber sie kam nicht darauf, was.

»Wahrscheinlich haben Sie gemeint, ich hätte in meinem eigenen Interesse nie hierherkommen sollen. Ich habe es jedenfalls nicht als Warnung, sondern eher als Sorge um mich aufgefasst.«

»So war es auch gemeint.« Der Pfarrer schien erleichtert. »Was kann ich für Sie tun?«

Leon übernahm. »Vor zwölf Jahren, in jener Nacht, als Fili starb, waren Sie im Schwarzen Hirschen.«

Der Pfarrer schloss die Augen. Er spielt das Nachdenken wirklich gut, dachte Nico. Als er sie wieder öffnete, hatte er wohl den Entschluss gefasst, sich zu erinnern.

»Alle waren im Schwarzen Hirschen«, sagte er. »Das Haus wurde zu einer Art Einsatzzentrale für die Suchtrupps. Ein Kommen und Gehen. Der Bürgermeister, das Rote Kreuz, die Feuerwehr, die ganze Gemeinde war da, um der Familie Trost zu spenden.«

»Waren sie auch bei Kiana? Hat Siebenlehen ihr auch … Trost gespendet?« Nico konnte sich diese Frage nicht verkneifen.

»Kiana? Ich weiß es nicht. Die Kirche und der Schwarze Hirsch waren und sind im Grunde genommen die Versammlungsräume. Wenn etwas geschieht, geht man dorthin. Kiana hat Alarm geschlagen und alle setzten sich in Bewegung. Das ist so bei uns. Glauben Sie mir. Wir fragen nicht, woher jemand kommt. Wenn Not am Mann ist, steht Siebenlehen zusammen.«

»Das habe ich gemerkt.«

Leon hob die Hand. Er hörte, dass sich der Ton leicht verschärfte. »Es geht nicht um das, was nach Filis Verschwinden geschah.«

»Nein?«

»Wir sind an der Zeit davor interessiert.« Leon nahm

Nico die Blätter ab und faltete sie auseinander. Sie ließ es starr vor Schreck geschehen. »Sie sind als Gast eingetragen. Zimmer neunzehn. Erster Stock. Zwei Türen neben Ihnen übernachtete Herr Kress, der Schornsteinfeger.«

Ihr Gegenüber runzelte die Stirn.

»Wir wüssten natürlich gerne, warum Sie ins Hotel gegangen sind, wo Sie es hier doch so schön haben.«

In Leons Stimme lag nicht der winzigste Hauch von Ironie. Er schaute sich einfach nur um – die kahlen Wände, das strenge Kreuz – und wartete auf eine Antwort.

»Wir hatten einen Rohrbruch«, antwortete der Pfarrer. »Das geschieht in schöner Regelmäßigkeit. Die ganze Heizungsanlage müsste mal ausgetauscht werden. Ich glaube, in den Wänden liegt sogar noch Blei. Aber Siebenlehen war schon immer eine arme Gemeinde. Für eine Grundsanierung haben wir nicht die Mittel. Es war ein sehr strenger Winter, vielleicht erinnern Sie sich. Wir haben geheizt, was der Kessel hergab, und trotzdem war das Weihwasser in der Kirche am Morgen gefroren. Dann fiel auch noch die Heizung aus. Die Handwerker konnten erst am nächsten Tag kommen, wir waren nicht die Einzigen, denen das passiert ist. Deshalb habe ich mir ein Zimmer im Schwarzen Hirschen genommen.«

»Wann war das?«

»Ich glaube, am Nachmittag, noch vor Einbruch der Dunkelheit. Ich habe meine Unterlagen mit rübergenommen, um an meiner Predigt zu feilen.«

»Haben Sie Fili an diesem Tag noch gesehen?«

Der Pfarrer schüttelte den Kopf. »Nein.«

Nico beugte sich vor und nahm ihn ins Visier. »Oder gehört? Sie waren auf dem gleichen Flur wie Herr Kress, der Schornsteinfeger. Fili ist fast in ihn hineingerannt. Sie hat sich ziemlich aufgeregt. Sie muss aus einem der Zimmer im zweiten Stock gekommen sein.«

»Nein, auch da muss ich sie enttäuschen. Ich war vielleicht zu vertieft in meine Arbeit. Um sieben bin ich kurz hinunter in die Gaststube und habe zu Abend gegessen. Es war ziemlich voll, aber die Hausgäste hatten reservierte Tische. Zwei ältere Damen waren das und ein Ehepaar, das wohl immer über Weihnachten und Silvester hier ist. Ach ja, der Schornsteinfeger auch. Ich wunderte mich noch, dass er in Arbeitskleidung zum Essen kam.«

»Und sonst?« Nico wollte nicht glauben, dass keiner in diesem Haus auch nur irgendetwas bemerkt haben wollte.

»Der Bäcker und seine Frau. Die alte Krischek hat wohl auch kurz vorbeigesehen, um ihren Mann zu suchen. Den sie dort auch fand und freundlich hinausgeleitete, zurück auf die Pfade der Tugend.« Der Pfarrer lächelte. »An diesem Abend war eine Menge los. Die Leute froren zu Hause, die strenge Kälte war so etwas wie ein gemeinsamer Nenner. Alle litten darunter. Dem einen ist das Kleinvieh erfroren, die anderen hatten kein Wasser mehr, es bildeten sich Fahrgemeinschaften, denn nicht alle hatten damals schon Vierradantrieb. Der Schwarze Hirsch war in diesen Tagen so etwas wie eine Tauschbörse. Neuigkeiten, Brennholz, Wärme – Naturereignisse wie diese lassen die Menschen zusammenrücken.«

»War Fili wirklich nicht unten?«

»Nein, ich sagte es doch schon. Ich habe sie den ganzen Abend nicht gesehen. Es kann sein, dass es mir vielleicht entgangen ist. Meine Predigt hatte ja einen außergewöhnlichen Hintergrund. Der erste Sonntag im neuen Jahrtausend, da wollte ich natürlich den Leuten etwas Besonderes bieten. Etwas Philosophisches.« Er sah nachdenklich auf seine Hände. »Wie eitel und selbstgefällig ich doch war. Es wurde ein Trauergottesdienst. Wir haben auch für Sie gebetet. Ganz Siebenlehen hat das getan.«

»Echt nett«, murmelte Nico.

»Erst später am Abend, viel später, da war ich schon wieder auf meinem Zimmer, hörte ich, dass etwas nicht stimmte. Irgendein Aufruhr. Sie merken das, wenn es still ist und plötzlich etwas in Bewegung gerät. Im Haus, auf der Straße. Immer mehr Leute kamen. Autos fuhren vor. Ich wunderte mich und ging hinunter. Die ganze Gaststube war voll, übervoll. Trixi war außer sich. Sie weinte. Zacharias stellte schon die ersten Suchtrupps zusammen. Ihr Vater kam auch runter und schloss sich gleich dem ersten an.«

Leon riss die Augen auf. »Mein Vater?«

»Ja, er war auch da. Im Schwarzen Hirschen. Er behielt in dem ganzen Chaos den Überblick. Er hat Sie übrigens gefunden.«

Die letzten Worte hatte der Geistliche an Nico gerichtet. Doch die achtete gar nicht darauf. Sie starrte auf Leon, der die herausgerissenen Blätter des Gästebuchs mit gerunzelter Stirn durchlas. Sie wäre am liebsten im Erdboden versunken.

»Er hat Sie den ganzen Weg nach Siebenlehen getragen. Keiner hat geglaubt, dass Sie das überleben.«

Leon legte die Blätter weg und starrte ins Leere.

»Danke«, flüsterte Nico. »Sie haben uns sehr geholfen.«

Sie steckte die verräterischen Aufzeichnungen wieder ein und erhob sich. Gero Schumacher nahm diesen Aufbruch mit Erleichterung zur Kenntnis. Er war schon an der Garderobe, als Leon immer noch im Sessel saß, sodass Nico versuchte, ihn zum Aufstehen zu bewegen.

»Du hast das gewusst«, sagte er leise.

Nico ging in die Hocke. Er wich ihrem Blick aus.

»Ja, ich habe es gewusst. Nummer zweiundzwanzig. Zweiter Stock. Außer diesem Zimmer war keines dort oben belegt. Leon, das hat nichts zu bedeuten. Du hast doch selbst gesagt, es könnte jeder gewesen sein. Jeder!«

»Mein Vater. Er war in dem Zimmer, aus dem Fili heulend herausgerannt ist. Warum hast du mir nichts davon gesagt?«

»Warum hat er dir nichts gesagt?«

»Was soll das?«

Sie schwieg. Was hätte sie auch zu ihrer Verteidigung vorbringen sollen? Dass sie Leon hatte schützen wollen? Dass sie einen Namen verschwiegen hatte, um nicht gleich wieder alles zwischen ihnen zu zerstören? Natürlich war es falsch gewesen. Aber seine Reaktion gab ihr im Nachhinein recht. Seine Familie stand nach wie vor im Fokus des Verdachts. Nicht nur ein versoffener Zach und eine durchgeknallte Trixi. Leons eigener Vater, Lars Urban, war in den Kreis der Verdächtigen hineingetreten. Aber auch alle anderen, die an diesem Abend im Haus waren. Es hatte nichts zu bedeuten. Es durfte einfach nichts bedeuten.

Unvermittelt lief Leon hinaus. Nico hört, wie der Pfarrer noch versuchte, ihn aufzuhalten – ohne Erfolg. Sie stand auf, und es fiel ihr so schwer, als wäre sie eine uralte Frau.

»Herr Urban hat seine Jacke nicht mitgenommen.«

Gero Schumacher stand ratlos in der Tür.

»Ich bringe sie ihm.«

Sie nahm sie ihm ab und streifte ihre eigene über.

»Danke, Herr Pfarrer. Vielen Dank.«

Sie wollte gehen, aber er legte ihr seine Hand auf den Arm.

»Lassen Sie es gut sein«, sagte er leise. »Sie müssen Frieden finden. Sie können nicht ein ganzes Dorf unter Generalverdacht stellen.«

An der Garderobe hing der Mantel des Pfarrers. Und in der Luft lag etwas, ein Hauch, eine Ahnung, ein Duft. Eine eisige Hand griff nach Nicos Herz.

»Woher wissen Sie von meinem Verdacht?«, fragte sie. »Das Einzige, was ich will, ist, herauszufinden, was damals wirklich passiert ist. Und Kiana wollte wohl dasselbe. Deshalb sind wir hier auch nicht besonders gern gesehen, stimmt's?

»Ihre Tante Kiana hat etwas getan, was nicht gut war.«

»Für wen nicht gut?«, zischte Nico. »Für Sie selbst oder ganz Siebenlehen? Sie wussten davon. Sagen Sie mir die Wahrheit! Wussten Sie es? Was mit Fili im Schwarzen Hirschen geschehen ist?«

Der Pfarrer sah zu Boden. Am liebsten hätte er sich wohl die Zunge abgebissen. Aber es war nun einmal aus ihm herausgerutscht.

»Kiana war nicht nur die liebe, gütige Oma, die Apfelkuchen gebacken hat. Sie konnte auch anders sein. Verletzend, hart. Sie hat viel einstecken müssen. Aber sie hat auch viel ausgeteilt.«

»Und Ihnen ist nie die Idee gekommen, dass daran vielleicht etwas Wahres sein könnte?«

»Man hätte damals schon offen miteinander reden sollen. Sonst bleibt es bei einem vagen Verdacht und einem unbehaglichen Gefühl. Es vergiftet die Atmosphäre. Keiner traut mehr dem anderen. Es ist furchtbar.«

Der Seelsorger trat an die Tür und nahm die Klinke in die Hand. Es war offensichtlich, dass er Nico gerne losgeworden wäre. Doch sie blieb wie angewurzelt im Flur stehen.

»Ich war oft bei ihr«, sagte er schließlich.

»Sie?«

»Es ist meine Aufgabe, das Miteinander zu fördern, nicht die Zwietracht.«

»Haben Sie auch mit Zach gesprochen? Und Trixi?«

»Selbstverständlich.«

»Und?«

»Es gibt ein Beichtgeheimnis.«

»Was?« Nico war nahe daran, ihm an die Gurgel zu gehen.»Fili wurde missbraucht! Und da kommen Sie mir mit dem Beichtgeheimnis?«

»Ich habe schon viel zu viel gesagt. Gehen Sie. Bitte.«

Nico ging zur Tür. Sie kam ihm dabei nahe. Sehr nahe.

»Es gibt Beweise. Glauben Sie mir. Es gibt sie. Und ich habe sie in meinem Besitz.«

»Beweise? Wofür?«

»Das«, antwortete Nico, »unterliegt nun ausnahmsweise mal meinem Beichtgeheimnis. Einen schönen Abend noch.«

Sie lief hinaus. Luft, einfach nur frische Luft. Da drinnen hatte sie für einen Moment geglaubt, ersticken zu müssen. Erst am Gartentor drehte sie sich noch einmal um. Der Pfarrer stand im Hauseingang, die rechte Hand erhoben. Vielleicht hatte er sie gerade gesegnet. Vielleicht aber auch verflucht. Nico spürte den Würgereiz in ihrer Kehle.

Weihrauch. Schon in der Kirche hatte sie den Zusammenhang geahnt, aber nicht weiter darüber nachgedacht. Nun, wo alles eine Bedeutung bekommen zu schien, fiel es ihr wieder ein.

Immer wenn Fili sonntags zu ihnen gekommen war, hatte sie noch eine Ahnung von Weihrauchduft in den Haaren gehabt.

FÜNFUNDDREISSIG

Leon wartete an der Ecke auf sie. Er nahm ihr wortlos die Jacke ab, die sie ihm reichte. Dann stapfte er los in Richtung Schwarzem Hirschen. Wohl oder übel musste Nico ihm folgen.

»Es tut mir leid!«, keuchte sie, als sie die große Kreuzung erreichten und er immer noch kein Wort gesagt hatte. »Er wohnte im fünften Zimmer. Ich wollte es dir nicht sagen, weil …«

Abrupt blieb er stehen. »Weil er auch in dein Beuteschema passt?«

»Leon! Weil ich dich nicht noch einmal verletzen wollte!«

»Ach ja? Wie großzügig von dir! Wann hättest du denn mit der Wahrheit herausrücken wollen? Heute noch? Morgen? Und vor allem: Was dann?«

»Ich … Ich verstehe dich nicht.«

»Wirklich nicht?«

Sie musste blinzeln. Die Schneekristalle rieselten auf sie hinab und blieben auf Haaren und Schultern liegen wie kleine Styroporkügelchen.

»Du erwartest von mir, dass ich meinen eigenen Vater frage, ob er was mit kleinen Mädchen hatte?«

Nico schluckte. »Ja«, sagte sie schließlich. »Das erwarte

ich. Das täte ich auch. Totschweigen hilft doch nicht. Weder den Opfern noch den Tätern. Aber eine Therapie.«

»Oh mein Gott! Du glaubst es wirklich.«

»Das habe ich nicht gesagt! Ich kann nur nicht leugnen, dass er ein Zimmer im zweiten Stock hatte. Und dass Herr Kress behauptet hat, Fili wäre von dort gekommen, völlig außer sich. Das kann ich doch nicht einfach zur Seite wischen, nur weil es um deinen Vater geht!«

»Dann hättest du es mir sagen sollen!«

»Ich hatte noch keine Gelegenheit dazu!«

»Und was kommt nach dem Gespräch mit meinem Vater?«

Nico starrte ihn verständnislos an. Er fuhr sich durch die Haare, erreichte aber nicht, dass die widerspenstigen Strähnen dort blieben, wo er sie hinhaben wollte. Sie fielen ihm sofort wieder in die Stirn.

»Nico, wenn ich mit meinem Vater gesprochen habe und er Nein sagt, was dann? Bin ich dann der Nächste, den du verdächtigst?«

»Natürlich nicht«, stammelte sie. »Du warst doch viel zu jung!«

»Ich war neun, als Fili starb. Ich bitte dich. In diesem Alter reißen Jungs Fröschen die Beine aus. Warum sollte ich also nicht über eine Sechsjährige herfallen?«

»Das ist doch Unsinn!«

»Nein! In deinem Kopf eben nicht! Wann hört das auf?«, schrie er sie an. »Wann gibst du endlich, endlich Ruhe?«

Er lief so schnell weiter, dass sie Mühe hatte, ihm zu folgen.

»Was?« Sie konnte nicht glauben, was er gerade gesagt hatte. »Du hast doch zugegeben, dass du Fili glaubst! Wir beide sind die Einzigen, die wirklich wissen, was passiert ist.«

»Sind wir das?«, fragte er sie. Er fuhr herum, packte sie an den Schultern und zog sie zu sich heran. Kein zärtlicher Griff war das. Fast schon brutal. Als würde er sich am liebsten mit ihr auf der ausgestorbenen Kreuzung prügeln wollen. »Wissen wir das wirklich?«

»Ja! Du hast doch das Bild gesehen! Kiana auch! Und Fili hat mir selbst gesagt …«

»Das glaubst du doch nur! Das reimst du dir alles so zusammen, weil es so wunderbar in deine selbst gezimmerte Erklärung passt und du einfach nicht damit klarkommst, was damals passiert ist!«

»Was ist passiert?« Sie waren sich so nahe, als ob sie sich gleich küssen würden. Dabei sprühten Hass und Verzweiflung aus seinen Augen, und Nico hätte ihn am liebsten geschlagen oder geohrfeigt oder ans Schienbein getreten, wenn er sie nicht so fest umklammert hätte. »Sag du es mir. Was ist passiert? Du glaubst, ich habe mir das alles ausgedacht?«

Die Antwort war in seinen Augen zu lesen. Sie riss sich los und tastete nach Filis Zeichnung. Sie wollte sie ihm unter die Nase halten, aber die Blätter fielen aus ihren tauben Fingern in den Schnee. Hastig bückte sie sich, um sie einzusammeln.

Er ging zwei Schritte weg von ihr, hob die Hände. Er wusste wohl selber nicht mehr, was er glauben oder sagen sollte.

»Geh nicht, Leon.«

Langsam richtete sie sich wieder auf. Er hatte ihr immer noch den Rücken zugewandt.

»Fili und ich, wir hatten doch einen Grund wegzulaufen.«

»Fili und ... du?« Über die Schulter sah er sie noch einmal an. Seine Augen waren schmal geworden. Seine Lippen verzogen sich zu einem verächtlichen Lächeln, das Nicos erbarmungslos das Herz zerschnitt. »Zwei Kinder mit blühender Fantasie. Bei Fili zumindest entschuldige ich das. Kleine Mädchen, die sich vielleicht zu wenig beachtet fühlen, träumen schon mal von silbernen Rittern. Aber bei dir ...« Er deutete mit dem Zeigefinger auf sie. »Du und deine Märchen und Geschichten, deine komischen Nachtwanderungen und Rätsel und plötzlichen Erinnerungen, wie soll ich dir glauben, wenn du jetzt sogar meinen eigenen Vater verdächtigst? Meinen Vater? Weißt du, was du da sagst?«

Sie steckte die Blätter weg. In Leons Miene war kein Funken Mitgefühl zu entdecken.

»Komm«, sagte er und streckte die Hand aus.

Nico wusste nicht, was diese Geste zu bedeuten hatte. Sie blieb reglos stehen. Leon kam einen Schritt auf sie zu, gewollt munter, gespielt fröhlich.

»Komm mit. Frag ihn selbst. Zeig mir, wie du das machst. Ich will noch was lernen von dir.«

Sie schüttelte den Kopf.

»Lass uns zu ihm gehen. Er ist im Hirsch.«

»Dein Vater ist hier?«

»Ja. Schau hin. Siehst du das Licht? Wieder im zweiten Stock. Er ist erkältet und liegt im Bett, deshalb ist er dir bis jetzt entgangen. Aber das kannst du gleich nachholen.«

Er griff nach ihrer Hand. Nico riss den Arm hoch und wich aus.

»Warum hast du mir das nicht gesagt?«

»Weil es nicht wichtig war, zumindest bis jetzt. Weil ich euch einander vorstellen wollte, wenn der passende Zeitpunkt gekommen war. Und der scheint mir jetzt da zu sein. Also los, komm. Sag es ihm ins Gesicht!«

Er griff wieder nach ihr und wollte sie mitziehen. Nico brauchte alle Kraft, um sich ihm zu entwinden.

»Hör auf! Leon! Was soll das?«

»Du hast doch eben noch gesagt, wie einfach es ist, diese Fragen zu stellen. Dann tu es jetzt! Zeig mir, wie du das machst – denn *ich weiß es nicht*!«

Die letzten Worte schrie er ihr ins Gesicht.

»Nein!«

»Warum nicht?«

Nico wusste die Antwort, aber sie kam ihr nicht über die Lippen. Weil ich dich mag, dachte sie. Mehr, als mir lieb ist. Weil es mir wehtut, Menschen zu verletzen. Vielleicht ist dein Vater nett, und …

»Weil ich nicht mehr weiß, was richtig und falsch ist.« Sie hörte die Worte, die sie sprach, aber sie kamen ohne Gefühl, weil sie keines mehr hatte. »Ich kenne ihn doch gar nicht.«

»Aber trotzdem verdächtigst du ihn.«

»Das tue ich nicht! Aber er war nun mal in diesem Zimmer und Fili kam nun mal von oben herunter und hatte einen Streit!«

»Dann sollten wir ihn fragen.«

»Ja«, sagte Nico. »Das sollten wir vielleicht. Es tut mir leid.«

»Es tut dir leid!« Sein kaltes Lachen schmerzte in ihren Ohren. »Ich wollte dir helfen, wirklich. Ich habe sogar einen Moment lang geglaubt, was du dir zusammengereimt hast. Es war ja gar nicht so abwegig. Ein gekritzeltes Bild mit einem wehenden Vorhang, da kann man eine Menge hineininterpretieren. Aber hast du dir mal überlegt, warum Fili dir nie gesagt hat, wer der schwarze Mann war?«

Nico schwieg.

»Weil es ihn nie gab. Er ist ein Hirngespinst! Kapier das endlich. Geht das in deinen Dickschädel hinein?«

Sie nickte. Sie fühlte sich, als ob sie in einen Brunnenschacht fallen würde. Tiefer und tiefer. Sie hatte Angst vor dem Aufprall. Aber sie würde Leon nicht den Gefallen tun, noch einmal vor seinen Augen zusammenzubrechen.

»Gute Nacht.«

Er drehte sich um und stapfte durch den Schnee auf den Schwarzen Hirschen zu. Nico blieb stehen und ließ sich zuschneien. Sie blinzelte wieder, weil ihre Wimpern ganz nass waren. Es musste Schnee sein, keine Tränen. Sie hatte keine Tränen für Leute wie Leon, Zach, Trixi, wie den Pfarrer und Leons Vater.

Sie hatte nur Tränen für Fili. Und vielleicht noch ein paar für sich. Als sie diesen Gedanken zu Ende gedacht hatte, war es vorbei mit ihrer Beherrschung. Sie rannte los, über die Kreuzung, in die kleine Straße, die hinauf zu Schattengrund führte.

SECHSUNDDREISSIG

Nico stürmte ins Haus und schüttelte sich die Stiefel von den Füßen. Jacke und Mütze warf sie auf den Sessel, was Minx, die sich dort eingenistet hatte, mit einem Fauchen quittierte. Sie rannte die Treppe hinauf und warf sich auf ihr Bett. Dann weinte sie, wie sie noch nie in ihrem Leben geweint hatte.

Hätte sie ihm von dem Weihrauch erzählen sollen? Nein. Er wollte nichts mehr hören. Das hatte er ihr deutlich genug zu erkennen gegeben. Für ihn waren Nicos Nachforschungen nichts anderes als eine Ersatzhandlung, um ihr eigenes schlechtes Gewissen zu betäuben. Er spürte es nicht. Er sah es nicht. Er verhielt sich wie alle anderen in Siebenlehen. Sie schlossen die Augen, wenn das Böse durch ihre Häuser und Straßen schlich.

Ein Dachbalken knarrte. Nico erstarrte. Dieses Geräusch hatte sie noch nie gehört. Es klang, als ob jemand dort oben gerade einen unvorsichtigen Schritt gemacht hätte. Langsam und leise stand sie auf. Wo war das verfluchte Messer? Hatte sie sich nicht geschworen, es immer bei sich zu tragen?

Sie schlich in den Flur, und natürlich vergaß sie, dass die mittlere Diele beim Auftreten ähnlich klang wie Minx, wenn man ihr den Rouladennapf wegnahm. Diese Diele warnte jeden, auch den Unbekannten auf dem Dachboden. Nico blieb mit eingezogenem Kopf stehen und wagte kaum zu atmen. Es war totenstill.

Dann sah sie, dass die Falltür zum Dachboden offen stand. Würde sie es schnell genug schaffen, hinaufzuspurten, sie zuzuschlagen und zu verriegeln? Wohl kaum. Aber in dem schmalen Flur zwischen ihrem und Kianas Zimmer konnte sie auch nicht für den Rest der Nacht stehen bleiben. Wieder knarrte es. Dazu kam ein Rieseln – Steinchen oder Schlacke vielleicht, mit der die Decke isoliert worden war, und das leise Trappen und Wieseln der Mäuse. Einen niederträchtigen Moment lang dachte sie daran, Minx hochzujagen und zu sehen, was passierte.

Es passierte nichts. Auch ohne Minx. Niemand kam an die Dachluke. Vorsichtig machte Nico einen weiteren Schritt. Am Fuß der Leiter blieb sie stehen. Stille. Egal wer da oben war – entweder hörte er gerade volles Rohr Musik über Kopfhörer oder er war taub.

Wachsam wie ein Tier, jederzeit bereit, die Flucht zu ergreifen, kletterte Nico die ersten Sprossen der Leiter hoch. Als sie den Dachboden sehen konnte, spähte sie geduckt in alle Richtungen. Es war dunkel. Durch die Fenster fiel schon bei Tag kaum Licht. Sie ließ sich Zeit und schloss die Augen, um sie an die Finsternis zu gewöhnen. Als sie sie wieder öffnete, konnte sie zumindest die Umrisse erkennen. Die Möbel. Die Kisten. Ein Mann auf den Kissen, liegend. Schlafend.

Leon, war ihr erster Gedanke. Heiß wie flüssiges Blei schoss sein Name durch ihre Adern. Unmöglich, der zweite.

Er war es nicht. Der Mann war kräftiger. Er schnarchte, laut und ungeniert. Das Liegen auf den Kissen war nicht gerade bequem. Nach wenigen Atemzügen warf er sich auf die andere Seite.

Nico war ratlos. Ein schlafender Mörder – das passte nicht zusammen. Wer sich in aller Seelenruhe in einem fremden Haus hinlegte, führte ja wohl nichts Schlimmes im Schilde. Sie stieg die Leiter herab und lief ins Erdgeschoss. Aus der Küchenschublade holte sie die Taschenlampe und das Messer. Letzteres steckte sie hinten in ihren Gürtel. Die Lampe knipste sie erst an, als sie wieder den Dachboden erreicht hatte und direkt vor dem Mann stand.

»Hallo?«

Etwas an ihm kam ihr bekannt vor. Er drehte sich ächzend um. Ein paar sanfte Augen blinzelten sie aus einem unrasierten Gesicht an.

»Maik!«

Verblüfft ließ sie sich neben ihn auf den Fußboden sinken. Maik musste wohl erst einmal zu sich kommen.

»Wie kommst du hier rein?«

»Tür war offen.«

»Das stimmt nicht. Sie war abgeschlossen.«

»Hab Schlüssel.«

Er beging den Fehler, den kleinen Bund vor Nicos Nase baumeln zu lassen. Blitzschnell schoss ihre Hand vor.

»He! Gib sie mir wieder!«

»Nein. Das ist mein Haus. Da kann nicht jeder kommen und gehen, wie er will. Was machst du hier eigentlich?«

Schnaufend setzte er sich auf.

»Kiana hat mir die gegeben, als es ihr nicht mehr so gut ging und ich öfter mal einkaufen für sie war.

»Ich denke, ihr liefert nicht nach Schattengrund.«

»Na ja ...«

»Warum bist du hier?«

»Wollte dich besuchen. Fragen, wie es dir geht. Hab gehört, Trixi wollte dich aus dem Hirschen schmeißen. Warum denn?«

In rührender Unschuld sah er sich um. Nico beunruhigte weniger der Gedanke, was im Schwarzen Hirschen alles geschehen war, als die Tatsache, wie schnell im Dorf jede Kleinigkeit die Runde machte.

»Sie hat mich nicht rausgeschmissen. Zita hat mir erlaubt, dort zu übernachten, weil hier mit dem Kamin etwas nicht stimmt.«

»Was denn?«

Nico stand auf. Sie wollte Maik die Sache mit der Krähe nicht auf die Nase binden. Da könnte sie auch gleich Aushänge an die Bäume heften.

»Er zieht nicht richtig.«

»Ja, das macht er öfter. Ich bin manchmal für Kiana aufs Dach und hab außer der Reihe gekehrt. Darf der Schornsteinfeger natürlich nicht wissen.«

Nico reichte ihm die Hand und half ihm beim Aufstehen. Dabei fragte sie ganz beiläufig: »Du warst diese Woche nicht vielleicht auch am Schornstein?«

»Nö«, ächzte er. »Schon ewig nicht mehr. Hast du genug

Briketts? Es soll richtig richtig kalt werden die Nacht. Und schneien tut es auch schon wieder. Ich glaub nicht, dass morgen die Straßen wieder frei sind.«

Er folgte Nico zur Leiter und klirrte dabei wie ein wandelnder Klempnerladen. Während sie herunterstieg, hoffte sie inständig, dass Maik mit seiner Wettervorhersage falschlag. In der Küche schaltete sie den Wasserkocher an und holte Teebeutel aus der Vorratskammer. Sie mochte Maik. Vielleicht war er ein bisschen seltsam, aber in ihrer Situation war es Luxus, von Besuchern auch noch zu erwarten, dass sie richtig tickten.

»Magst du einen Tee?«

Maik, die Hände in die Vordertaschen seiner Arbeitshose geschoben, sah sich um.

»Mmh«, murmelte er. »Hat sich nicht viel verändert.«

»Warst du oft hier? – Setz dich doch.«

Er zog vorsichtig einen Kuchenstuhl heran und nahm Platz, als ob er befürchten würde, das Ding könnte unter ihm zusammenbrechen. Nico suchte Kanne, Becher, Zucker und Löffel.

»Nicht oft. Ab und zu. Hab ihr auch manchmal was gebracht, wenn sie was aus Goslar oder Halberstadt gebraucht hat. Durfte aber keiner wissen.«

»Warum nicht?«

»War nicht sehr beliebt.«

»Du weißt warum?«

Minx kam hereingeschlichen. Typisch Lady stürzte sie sich sofort auf Maik und begann, sich schnurrend an seinem Bein zu reiben.

»Nö«, sagte er zögernd und streichelte der Katze den Kopf. »War eine Hexe.«

Nico knallte die Zuckerdose auf den Tisch. Maik zuckte zusammen. Sie wollte nicht, dass er wieder abdriftete in seine seltsame Welt voller toter Vöglein und verschwundener Kinder.

»Das ist nicht wahr.«

»Ist nicht wahr«, wiederholte er nickend.

Mit einem ärgerlichen Blick wandte sie sich wieder der Teezubereitung zu. »Du warst mal verschüttet in einem Stollen, hat Leon mir erzählt.«

»Leon erzählt Scheiße. Der weiß doch gar nichts. Ist nicht von hier. Mischt sich ein in Dinge, die ihn nichts angehen. Sein Vater will Zach und Trixi den Schwarzen Hirschen wegnehmen.«

»Soso.« Nico goss kochend heißes Wasser in die Kanne. »Aber der Hirsch ist doch pleite?«

Maik kratzte sich am Kopf. Derart komplizierte Zusammenhänge schienen ihn zu überfordern. Er schnappte auf, was beim Bäcker oder sonst wo herumgetratscht wurde, und verquirlte alles zu einem Brei von diffusem Unbehagen.

»Ja, der ist pleite, weil Leons Vater kein Geld gegeben hat. Dabei hat der Hirsch doch mal ihm gehört. Ist aber schon lange her.«

»Ja, sehr lange.«

Nico trug die Kanne zum Tisch und stellte einen Becher vor Maik ab.

»Aber dass du mal oben im Stollen warst, das stimmt.«

»Im silbernen Grab. Bald ist es wieder so weit.«

»Was?«

Sie goss Maik einen Tee ein und schob die Zuckerdose zu ihm. Maik schüttete drei gehäufte Löffel in seinen Becher und rührte eine Ewigkeit um.

»Dass die Kindlein wieder raus können. Alle zwölf Jahre, sagt man.«

»Sagt wer?«

»Kiana?«

Er blinzelte ihr zu, als ob er ihre Reaktion auf diesen Namen erst einmal abschätzen wollte.

»Kiana ist tot. Und Fili auch. Warst du oben, als es passiert ist?«

Maik starrte in seinen Tee, als ob er auf dem Grund des Bechers irgendetwas erkennen wollte.

»Warst du da?«

»Ich hab sie gefunden.«

Nico blieb fast das Herz stehen. Maik hob seinen Becher, pustete und trank einen Schluck. Sein Blick veränderte sich, kehrte sich quasi nach innen. Nico spürte, dass dieser große Junge ihr wieder entglitt. Dass er im Begriff war, in seine düstere Märchenwelt hinabzusteigen.

»Wie ist das passiert? Warst du bei den Suchtrupps dabei?«

Er schüttelte den Kopf.

»Woher wusstest du, wo sie war? Maik? Rede mit mir!«

»Alle zwölf Jahre fallen die Vöglein tot vom Himmel.«

Mit einem ärgerlichen Seufzen lehnte sich Nico zurück.

Es gab solche Naturphänomene. Wahrscheinlich hatte er das aufgeschnappt und mit Filis Tod in Verbindung gebracht.

»Dann dürfen die Kindlein aus dem Berg. Ich bin aber nicht mehr zurück zu ihnen, und deshalb bin ich anders als die anderen.«

Sie beugte sich vor und berührte seine Hand. »Das bist du nicht, Maik. Und wenn, dann bist du besser. Glaub mir.«

Scheu entwand er sich ihrer Berührung und kippte gleich noch mal zwei Löffel Zucker in seinen Tee.

»Wie war das, als du Fili gefunden hast? Bist du auf den Berg? Allein?«

Er rührte und rührte. Endlich flüsterte er: »Ja.«

»Kanntest du den Stollen?«

»Ja.«

»Warst du schon mal dort? War es der, in dem du verloren gegangen bist?«

»Ja.«

Sie schenkte sich auch einen Tee ein. »Und … wie hast du sie gefunden?«

Maik senkte den Kopf. Wo war er gerade? Hier bei ihr in der Küche von Schattengrund oder in einem eiskalten Stollen, in Filis dunklem Grab?

»Ich war im Schwarzen Hirschen. Ich habe da Zimmer tapeziert. Damals lief der Schwarze Hirsch noch ganz gut. Sie wollten renovieren.«

Sie nickte. Also hatte Leon recht gehabt: Maik war im Haus gewesen. Und mit ihm wohl noch halb Siebenlehen.

»Welche Etage war das? Weißt du das noch?«

»Die zweite, glaube ich.«

Nico, die gerade ihre Tasse erhoben hatte, stockte mitten in der Bewegung. Etwas Tee schwappte über und kleckste auf die Tischplatte. Vorsichtig setzte sie den Becher ab.

»Ist dir da etwas aufgefallen? War Fili in einem der Zimmer?«

»Ja.«

Er rieb mit den Sohlen seiner schweren Arbeitsstiefel über den Fußboden. Das knirschende Geräusch jagte Nico einen Schauer den Rücken hinunter.

»Wer war noch da drin?«

»Leons Vater. War wieder mal da, aber ohne Leon. Wollte damals schon den Hirschen übernehmen, aber Zach war stinksauer. Hat das alles nicht auf die Reihe gekriegt, aber Brüder helfen sich doch, oder? Zach brauchte Geld. Aber Lars, Leons Vater, sagte, so würde das nicht weitergehen. Die hatten sich ziemlich in der Wolle.«

»Und Fili?«

»Fili hat den Lars gemocht. Der nannte sie immer die kleine Prinzessin. Aber dieses Mal war Fili sauer auf ihn. Weiß nicht, warum. Hat sich versteckt, wenn er auftauchte.«

Nico wurde schlecht. Sie war froh, dass Leon bei diesem Gespräch nicht dabei war. Natürlich konnte es für alles eine harmlose Erklärung geben. Noch immer brannten ihre Augen von den vielen Tränen, die sie geweint hatte. War sie wirklich so verbohrt gewesen? Leons Vorwürfe hatten sie tief getroffen. Die Zweifel nagten an ihr. Wer weiß, wem sie alles Unrecht getan hatte …

Aber dann saß jemand wie Maik vor ihr und bestätigte die Aussage des Schornsteinfegers und die des Pfarrers. Und schon klang alles wieder ganz anders. Lars Urban, der liebe Onkel aus England, und Fili, seine kleine Prinzessin, hatten im Winter vor zwölf Jahren ein Problem miteinander gehabt.

»Herr Kress, der Schornsteinfeger, hat behauptet, Fili wäre in Lars' Zimmer gewesen.«

»Weiß ich nicht. Hab sie erst im Flur gehört. Ein paar Gäste kamen und gingen immer. Einmal stand der Pfarrer bei mir Zimmer, volle Kanne auf der eingekleisterten Tapete. War total zerstreut, weil er mitten in seiner Predigt war und von mir wissen wollte, wie ich mir die Welt in tausend Jahren vorstelle. Weiß ich aber nicht. Und irgendwann hab ich Fili draußen gehört, wie sie irgendwelche Sachen schrie. Ich bin raus und hab den Kress auf der Treppe gesehen, den Schornsteinfeger.«

Nico stöhnte. Jeder hatte offenbar eine andere Erinnerung an das, was an jenem Abend geschehen war. Kress, der Pfarrer, Maik, irgendwelche Gäste – es war wohl doch mehr los gewesen im zweiten Stock, als jeder Einzelne zugeben konnte oder wollte, und alle mussten sich gegenseitig gesehen haben, waren einander ausgewichen oder hatten sich heimlich beobachtet..

»Was für Sachen hat Fili denn geschrien? Lass mich in Ruhe oder so was?«

Maik runzelte die Stirn. »Ja, kann sein. Er soll weggehen. Ich hab's nicht genau verstanden, weil ich Radio anhatte und grade die alte Tapete runtergeholt hab. Bin erst raus, als sie auf der Treppe war.«

»Und dann?«

»Dann war Ruhe. Bis so gegen zehn oder so. Trixi rannte vorbei ins Dachgeschoss, hat Fili gesucht und mich angeschrien, ob ich sie gesehen hätte. Ich bin dann mit runter. Alle waren aufgeregt und haben durcheinandergeredet. Dann ging die Suche los und die Männer sind hoch in den Berg. Wir haben Tee und Kaffee gekocht. Die Frauen hockten zusammen und haben Trixi getröstet. Aber je mehr von den Suchtrupps zurückkamen, desto trauriger wurden alle. Ich hab Trixi gesagt, vielleicht ist sie zum silbernen Grab. Aber Trixi hat mich angeschrien, ich soll endlich aufhören mit den Märchen. Sie war böse, richtig böse.«

Er versank im Schweigen. Nico wartete.

»Und?«, fragte sie schließlich.

»Hab sie gefunden ...«, murmelte er. Seine Hände fuhren fahrig über die Tischplatte. Minx begann, klagend zu maunzen. Etwas stimmte nicht mit ihm. »Will nicht. Will nicht.«

»Schon gut.« Nico goss ihm noch etwas Tee ein. »Wie ging es weiter?«

»Im Morgengrauen, alle waren ganz müde, manche haben an den Tischen geschlafen, haben sie dich gebracht.«

»Weißt du noch, in welcher Verfassung ich war?«

Maik sah aus, als wäre er gerade aus einem Traum erwacht. Wenigstens seine Augen waren wieder klar. Nico nahm sich vor, behutsamer mit ihm umzugehen. Er war selbst als Kind nur knapp dem Tod entronnen und dann hatte er auch noch Fili gefunden. Sie konnte nicht ohne Ende auf seiner Seele Trampolin springen.

»Was ich meine, ist: Konnte ich sprechen? War ich wach? Ansprechbar?«

»Nö. Sie haben dich auf dem Weg zum Brocken gefunden, und alle, die noch irgendwie laufen konnten, sind erst mal in die Richtung weiter. Dich haben sie gleich mit dem Krankenwagen nach Halberstadt gebracht. Kiana ist mitgefahren. Trixi ist noch auf sie losgegangen und hat sie angeschrien. Es war ein Heidenlärm und ein Durcheinander. Trixi war wohl nicht ganz klar im Kopf und Zach auch nicht. Die wollten dich wachrütteln, aber du warst irgendwie ... wie besoffen. Kein Wort rauszukriegen. Fili, hast du gefragt. Wo ist Fili? Dann ist Feyerabend, der Cop von Altenbrunn, dazwischen. Sonst hätte der Krankenwagen nicht abfahren können. Trixi brüllte wie am Spieß. Du hättest Fili entführt oder so was. Na ja, und dann sind sie wieder los, suchen.«

»Und du?«

»Ich wollte mit, aber die wollten mich nicht dabeihaben. Also bin ich alleine los. Ich wollte zum silbernen Grab, in die ganz andere Richtung. Ich hatte so ein Gefühl, dass ihr dort wart. Das Märchen, und eure Hexenbesen ...«

»Woher kanntest du das Märchen?«

»Fili hat's mir erzählt. Das neue. Das alte kannte ich ja schon. Ich hab ihr den Weg gezeigt, im Sommer.«

Nico riss die Augen auf. »Du warst mit ihr da oben?«

Natürlich. Irgendwer musste ihr den Weg gezeigt haben. Maik lächelte, ohne jedes Schuldbewusstsein.

»Ja. Wir sind in die Gänge, aber nicht in alle. Fili wollte immer zu dem Ritter, aber ich wollte nicht, dass sie so tief reingeht. Ich hab ihr schließlich gesagt, den findet man erst, wenn es einem so richtig dreckig geht. Nur, damit sie endlich rauskommt.«

»Und im Sommer ging es ihr noch gut.«

»Ja. Ich denke mal.«

»Und dann? Du bist also alleine zu dem alten Stollen.«

Maik dachte nach. Wieder schleifte er mit den Sohlen über die Fliesen. Er tat sich schwer damit, das Folgende in Worte zu fassen.

»Es gibt da einen Gang, den sind wir im Sommer nicht bis zum Ende. Ich hab gedacht, wenn Fili wo ist, dann da. Ich hatte eine Lampe dabei und hab sie gerufen, aber keiner hat geantwortet. Also bin ich tiefer rein, und tiefer. Es geht ein Stück nach unten und dann knickt der Tunnel ab nach rechts. Wenn man mit der Lampe reinleuchtet, dann funkelt es.«

»Silbererz.«

»Und da lag sie, hinter einem großen Stein. Ganz bleich und kalt. Neben ihr auf dem Boden lagen die Streichhölzer, die sie ganz abgebrannt hat. Und ein Buntstift, ein gelber, total angekokelt. Vielleicht wollte sie daraus eine Kerze machen oder so. Ich bin zu ihr hin und hab sie angefasst. Sie war kalt wie Stein. Das war … gruselig.«

Er trank hastig seinen Tee aus.

»Sie hat noch was an die Wand gemalt.«

Nicos Herz zog sich zusammen. »Was?«

»Ihr Bett. Wahrscheinlich war es das, woran sie zuletzt

gedacht hatte. Sie wollte heim ins Bett. Da will ich auch immer hin, wenn mir alles zu viel wird.«

Nico beugte sich vor. »War da noch was? Hat sie noch mehr gemalt?«

»Nein. Hab nicht so drauf geachtet.«

»Maik! Denk nach! Reiß dich zusammen!«

Er zuckte mit den Schultern. Das Scharren seiner Füße wurde immer nervöser.

»Ich weiß es nicht! Paar Buchstaben?«

»Was für Buchstaben? Maik! Das ist wichtig!«

Nicos Gedanken rasten. Fili hatte noch das Alphabet gelernt. Konnte es sein, konnte es wirklich sein, dass dort oben im alten Stollen die Antwort auf all die quälenden Fragen zu finden war? Dass sie mit letzter Kraft etwas an die Wand geschrieben hatte? Eine Botschaft. Einen Hinweis. Einen … Namen.

»Weiß ich nicht! Hab nicht drauf geachtet! Da war Fili, auf dem Boden. Die war wichtig!«

Nico schluckte schwer an der Enttäuschung, nicht mehr aus Maik herauszubekommen. So nah dran. Maik, nur ein Blick, nur ein kurzes Leuchten mit der Taschenlampe. Ein Name. Und alles, alles wäre anders gekommen. Mein ganzes Leben hätte es verändert, dachte sie. Und das von Kiana dazu. Fili hat uns verraten, wer sie gequält hat. Und du hast nicht hingesehen. Einfach nicht hingesehen. Sie konnte ihm noch nicht einmal einen Vorwurf machen. Vermutlich hätte sie selbst genauso gehandelt.

Mühsam sagte sie: »Ja, du hast recht. Natürlich.«

»Ich hab sie hochgehoben. War ganz schwer. So ein kleiner Floh und lag wie Blei auf meinen Armen. Den ganzen Weg hinunter nach Siebenlehen hab ich mit ihr geredet, aber sie hat nicht geantwortet. Ich weiß nicht, ob sie noch gelebt hat. Vielleicht hat sie noch gelebt. Wenn ja, dann war sie nicht alleine.« Seine Worte wurden langsamer, stockten. »Als ich ins Dorf kam, sind mir Leute entgegengekommen, die dann stehen geblieben sind und sich bekreuzigt haben. Bis zum Schwarzen Hirschen bin ich mit ihr gelaufen und alle Leute schweigend hinter mir her. Wie unsere Prozession. Nur dass ich diesmal die heilige Barbara auf meinen Armen getragen habe. Ohne nach links und rechts zu sehen. Hab nur Fili angeschaut. Ganz blass war sie, ganz kalt. Da waren noch Tränen in ihren Wimpern. Sie waren gefroren … Das war so traurig. Ich glaube, ich werde das nie vergessen. Mein ganzes Leben lang nicht.«

Er schluchzte auf und vergrub sein Gesicht in der Armbeuge. Nico strich ihm sanft über den Unterarm. Dabei musste sie sich zusammenreißen, um nicht mitzuweinen. Es dauerte eine ganze Weile, bis er ruhiger wurde, die Nase hochzog und ihr wieder in die Augen sehen konnte.

»Ich muss in den Stollen«, sagte sie. »Heute Nacht noch.«

Maik nickte. »Wegen der Buchstaben? Ich hab nicht hingeguckt. Das tut mir leid.«

»Das ist doch okay. Mach dir keine Vorwürfe.«

»Wenn du gehst, dann komme ich mit.«

Sie hatte nichts anderes erwartet.

SIEBENUNDDREISSIG

Gero Schumacher kehrte zurück in seine kleine 2-Zimmer-Wohnung im ersten Stock des Gemeindehauses. Das Gespräch mit den beiden jungen Leuten hatte ihn aufgewühlt. So vieles schien wieder in Bewegung gekommen zu sein. Gutes, aber auch Schlechtes. Sehr Schlechtes.

Die Wohnung, in der er lebte, diente ihm als privater Rückzugsort von den Sorgen und Problemen der Gemeinde. Er hatte sie mit einer Stereoanlage ausgestattet und einem Regal, das der Tischler aus Thale exakt der Dachschräge angepasst hatte. Es war voll mit Büchern. Auf dem Dielenboden lag ein Flickenteppich. Darauf standen schlichte Armlehner aus Birkenholz und ein runder, niedriger Tisch, auf dem er das Buch abzulegen pflegte, das er gerade las. Die Wasserkaraffe wurde jeden Tag von Frau Herold, der Gemeindeschwester, aufgefüllt.

Er wählte die Goldberg-Variationen von Glenn Gould. Als die Klavierläufe durch das Zimmer perlten, stellte er die Musik leise und nahm Platz. Er hätte gerne weitergelesen. Im Moment beschäftigte er sich mit einem archäologischen Bericht von der Auffindung der Qumram-Rollen. Noch bevor er seine Brille aufsetzen konnte, wusste er, dass er dazu weder die nötige Konzentration noch die Geduld aufbringen würde.

Er trank einen Schluck Wasser. Schließlich stand er wieder auf und ging ans Fenster. Von hier aus konnte er Teile des Friedhofs und die Rückansicht der kleinen Kirche sehen. Seine Gedanken wanderten zur heiligen Barbara, die immer noch in der Apsis stand. Die bleiche Wachsfigur war für ihn stets ein Sinnbild der Märtyrerin gewesen. Er hatte sich verboten, etwas anderes in ihr zu sehen. Das Gesicht eines Kindes, das er selbst gekannt hatte …

Die Heiligenfigur war Zacharias' Buße. Seine Art, Reue zu zeigen. Fili, unvergessen … Die Vergebung ist des Herrn. Er dachte an das Matthäus-Evangelium und Petrus' Frage, wie oft man seinem Bruder vergeben müsse, der sich versündigt hatte. Siebenmal?

Der Herr hatte Zacharias vergeben. Auch Trixi, auch Zita, allen, die echte Reue zeigten. Und ihm, Gero, dem Geringsten unter den Dienern? War auch ihm vergeben? Würde er ihm verzeihen, was ihn seit dieser Nacht vor zwölf Jahren verfolgte und ihm keine Ruhe mehr ließ? Bilder, die seinen Schlaf zernagten und seine Seele zerfraßen, geschluchzte, gestammelte Worte, die er nicht hören wollte … Das Gefühl, nur noch eine leere, funktionierende Hülle zu sein …

Und endlich, endlich war es still geworden in Siebenlehen, so friedlich und still. Kianas Tod hatte einige in diesem Dorf aufatmen lassen. Wo kein Kläger mehr, da kein Richter. Doch dann war dieses Mädchen aufgetaucht und fing an, dieselben Fragen zu stellen wie Kiana. Was genau war geschehen in jener Nacht? Und wo war er, Gero, gewesen? War es nicht an der Zeit, endlich die Wahrheit zu sagen? –Nein. Das wäre das Ende.

Er ging zurück zum Tisch und wollte sich neu einschenken, doch die Karaffe war leer. Er nahm sie mit in die Küche auf der anderen Seite der kleinen Wohnung. Während er das Wasser einlaufen ließ, fiel sein Blick durch das Fenster genau auf Schattengrund. In diesem Moment ging dort das Licht im Wohnzimmer aus. Gero kniff die Augen zusammen. Hatten seine Sinne ihm einen Streich gespielt? Nein. Die Haustür öffnete sich und heraus traten zwei dick vermummte Gestalten.

Über die Entfernung hinweg und verschleiert von zarten Schneenebeln konnte er nicht erkennen, um wen es sich handelte. Die Kleinere von ihnen musste das Mädchen sein, Nicola. Die andere aber ... Das Wasser lief über. Hastig drehte er den Hahn zu, dabei machte er sich die Ärmel seines Hemdes nass. Er suchte ein Handtuch und trocknete erst die Karaffe und dann sich selbst ab. Mit dem Lappen in der Hand beugte er sich noch einmal ans Fenster. Die beiden waren weg.

Das gibt es doch gar nicht, dachte er. Sie müssten doch direkt auf mich zukommen. Er starrte hinaus, aber die Straße blieb leer. Mit einem Kopfschütteln hängte er das Handtuch weg. Waren sie etwa hinter das Haus gegangen, um Holz zu holen? Dafür musste man sich aber nicht einpacken wie auf einer Polarexpedition. Er wollte gerade nach der Karaffe greifen, als ihm eine weitere, ungeheuerliche Möglichkeit einfiel.

Er löschte das Licht und kehrte zum Fenster zurück. Dort blieb er stehen und wartete. Nach ein paar Minuten hatte er zum ersten Mal das Gefühl, dass etwas Ungewöhnliches geschah. Er fuhr sich über die Augen und strengte sich noch mehr an, das Gelände hinter Schattengrund abzusuchen. Da. Da war es wieder.

Ein kleiner Lichtkegel blitzte zwischen den Bäumen am Hang auf. Er spürte, wie alles Blut aus seinem Kopf wich. Die Beine drohten ihm einzuknicken. Er musste sich auf dem Waschbecken abstützen. Als er sich gefangen hatte, wagte er einen letzten Blick hinaus in den Wald – auf die dunkle, gewaltige Felswand des Berges, die sich hinter Schattengrund erhob.

Sie machten sich auf den Weg. Ihm war klar, wohin sie wollten. Sie suchten nach den letzten Spuren. Und er, Gero, hatte sie erst auf die Idee gebracht.

Das war Wahnsinn. Er durfte das nicht zulassen. Er musste schneller sein.

Gero Schumacher stürzte aus seiner Wohnung, und erst in letzter Sekunde dachte er daran, Schal, Mütze und Handschuhe mitzunehmen. Es war kalt draußen. Fast so kalt wie vor zwölf Jahren. Als er die Tür hinter sich schloss, fiel es ihm wieder ein. Nicht nur siebenmal musst du vergeben, sprach Jesus, sondern siebenundsiebzigmal. Gero befürchtete, dass noch nicht einmal diese Zahl für ihn ausreichen würde.

ACHTUNDDREISSIG

Leon klopfte. Er wartete nicht auf die heisere Antwort seines Vaters. Er drückte gleich die Klinke hinunter und betrat den kleinen Raum im zweiten Stock. Zimmer 24. Es war ähnlich geschnitten und eingerichtet wie alle anderen Gästezimmer dieses Hauses. Mit einem Unterschied: Es sah aus, als wäre ein 20-Kilo-Koffer darin explodiert.

Leons Vater lag im Bett. Seine Nase war gerötet vom Schnupfen, die dunklen Augen glänzten fiebrig. Das dichte braune Haar, an den Schläfen von silbernen Fäden durchzogen, klebte feucht am Kopf. Das kräftige Gesicht mit den Zügen eines Bergbauern war blass, nur die Wangen leuchteten fiebrig rot.

»Ach, du bist es.« Lars Urban versuchte, sich ein wenig aufzurichten.

Leon sah sich um und nahm dann einen Winterstiefel von der Sitzfläche eines Stuhls. Etwas ratlos stellte er den Schuh auf den Boden und setzte sich.

»Ich dachte, Trixi bringt mir endlich einen Tee. Ich habe sie schon vor zwei Stunden darum gebeten. Mir wird wohl nichts übrig bleiben, als selbst in die Küche zu gehen.«

»Nein«, sagte Leon schnell. »Ich mache das gleich. Trixi ist ... na ja, sie ist, wie sie ist.«

»Ja.« Mit einem Seufzer ließ sein Vater sich wieder auf das Kissen sinken. »Verdammte Erkältung. Das macht die Sache auch nicht leichter.«

»Nein. Wie hast du dich entschieden?«

»Ich bleibe dabei. Wir reisen morgen ab. Und wenn mir der Kopf zerspringt. Ich werde den beiden aber ein letztes Mal unter die Arme greifen. Ein letztes Mal! Es ist so schade. Was hätte man alles aus dem Schwarzen Hirschen machen können ... Gibst du mir mal ein Taschentuch?«

Hastig reichte Leon seinem Vater das Päckchen, das neben verschiedenen Medikamenten auf dem Nachttisch lag.

»Tut mir leid, Leon. Ich hätte gerne mehr Zeit mit dir verbracht. Wie sehen uns so selten. Erst das Internat, dann die Universität – und in den paar Tagen, die wir haben, hüte ich das Bett. Aber du hast Anschluss gefunden, habe ich gehört. Zita hat in ihrer unnachahmlich charmanten Art geplaudert. Schärfe und Nachdrücklichkeit des Hausverbotes lassen mich vermuten, dass es sich um eine recht nette junge Dame handeln muss.«

Leons Gesicht verdüsterte sich. »Nett ist was anderes. Es ist Nico, Kianas Nichte.«

»Kiana ...«

Lars Urban versuchte sich zu erinnern.

»Die Frau aus Schattengrund.«

»Ach ja ... ein bisschen plemplem, nicht wahr?«

Leon zuckte mit den Schultern. »Ich weiß es nicht. Ich kannte sie nicht. Ihre Nichte war das Mädchen, das damals mit Fili abgehauen ist.«

»Mein Gott, ja. Ich erinnere mich. Ich habe sie damals auf halbem Weg zum Brocken gefunden. Hat sie jemals erzählt, was sie da gesucht hat?«

»Sie hat sich verirrt. Sie wollte wohl Hilfe holen und ist dabei in die falsche Richtung gelaufen.«

»Das arme Ding.« Lars Urban schneuzte sich kräftig. Dann betrachtete er seinen Sohn genauer. »Bist du deshalb hier?«

Leon wich seinem Blick aus. »Du hast mir nie erzählt, dass du damals dabei warst.«

»Dabei? Wie meinst du das?«

»Bei allem, der ganzen Tragödie. Der Suche. Und hier im Haus. Du warst in diesem Zimmer, nicht wahr?«

»Ja«, antwortete Leons Vater vorsichtig.

Leon beugte sich vor. »Gibt es noch etwas, das du mir nicht erzählt hast?«

Der Mann im Bett schwieg. Schließlich sagte er: »Was willst du wissen?«

Eine Diele knarrte im Flur. Leon sprang auf, lief zur Tür und riss sie auf. Er sah nach links, nach rechts, lief zur Treppe, spähte nach oben Richtung Dachboden und schließlich nach unten in die darunterliegenden Stockwerke. Nichts. Er kehrte wieder zurück.

Sein Vater beobachtete ihn mit einem argwöhnischen Blick. »Was ist los?«

Leon kehrte nicht mehr zum Stuhl zurück. Stattdessen stellte er sich ans Fußende des Bettes und verschränkte die Arme vor der Brust.

»Am gleichen Abend, an dem Fili verschwand, war sie bei dir. Ihr hattet einen Streit. Fili wurde von mehreren Zeugen beobachtet, wie sie weinend und außer sich dieses Zimmer verlassen hat. Was ist passiert?«

»Moment mal.« Lars Urban schüttelte abwehrend den Kopf. »Zeugen?«

»Das ist doch egal.«

»Nein, das ist nicht egal! Wird das eine Gerichtsverhandlung?«

»Natürlich nicht!« Leon fuhr sich durch die struppigen Haare. »Ich will nur wissen, was zwischen dir und Fili vorgefallen ist.«

»Zwischen mir und Fili? Was wird das hier?«

»Ich will nur eine Antwort. Eine ehrliche Antwort.«

Lars Urban ließ den Blick nicht von seinem Sohn. Der Ärger in seinem Blick verwandelte sich in Verblüffung und dann in kopfschüttelndes Verstehen.

»Wenn du eine Antwort willst, musst du zunächst die Frage formulieren. Was genau unterstellst du mir?«

Leon stöhnte auf. »Kannst du mir nicht einfach sagen, was passiert ist?«

Der Kranke trank einen Schluck Wasser, aber er behielt Leon dabei im Blick.

»Nun gut. Fili muss mitbekommen haben, dass Zach und ich einen Streit hatten. Der Hirsch lief miserabel. Ich hatte genug davon, immer nur angepumpt zu werden. Aber wenn es um die Vereinbarung ging, die dein Großvater mit ihm und mir ausgemacht hatte, stellte er die Ohren auf Durchzug. Es gab nichts Schriftliches, leider. Er sagte, es hätte diese Vereinbarung nie gegeben, und log mir dabei ins Gesicht. Ich war wütend. Immer wieder die gleiche, frustrierende Situation. Ich gab Ratschläge, er nahm sie nicht an. Ich gab Geld, er und Trixi haben es versoffen. Sie standen damals unmittelbar vor der Insolvenz. Ich habe mich geweigert, noch mal Geld reinzuschießen, wenn sich nichts ändert. Zach geriet außer sich und beschimpfte mich mit übelsten Worten. Fili …«

Lars Urban schob sein Wasserglas weg und fuhr sich durch die Haare.

»Fili muss bei diesem Gespräch irgendwo unter den Tischen gehockt und nur die Hälfte mitbekommen haben. Sie glaubte, ich würde den Hirschen kaputt machen. Sie platzte hier herein und war völlig außer sich. Ich habe versucht, ihr zu erklären, dass das alles nur ein Missverständnis wäre. Aber sie hatte Angst. Unendliche Angst, die einzige Konstante in ihrem Leben zu verlieren: ihr Zuhause. Ich weiß nicht, was Zach und Trixi ihr gesagt haben, aber ich könnte ihnen heute noch den Hals dafür umdrehen. Fili war wirklich der Meinung, ich wäre nur gekommen, um alles kaputt zu machen und sie auf die Straße zu setzen. Sie stand hier, mitten im Raum. So ein kleines, zartes Mädchen, das doch noch gar nichts von Geld verstand, mit Tränen in den Augen und vor Zorn gerötetem Gesicht. Sie kannte mich ja. Ich war kein Gast, sie musste keine Rücksicht auf mich nehmen. Sie schrie, ich wollte ihnen alles wegnehmen. Ich habe versucht, sie zu beruhigen. Und, ja, ich habe versucht, sie in den Arm zu nehmen und zu trösten, so wie ich das schon immer gemacht hatte. Ich war ihr Onkel Lars.«

Urban schwieg erschöpft. Leon wollte etwas sagen, aber ihm kam nur ein kurzes, trockenes Räuspern über die Lippen.

»Aber sie wollte das nicht, also ließ ich sie los und versuchte, ihr zu erklären, dass es nie meine Absicht war, ihr Angst zu machen. Im Gegenteil: Ich würde sogar alles dafür tun, damit sie ihr Zuhause nicht verlieren würde. Sie war ein Kind. Sie hat es nicht verstanden oder wollte es nicht verstehen. Sie schrie nur, ich sollte weggegehen und sie in Ruhe lassen.«

Leons Vater schloss die Augen. »Es waren die letzten Worte, die Fili zu mir sagte. Wie oft habe ich mich gefragt, was alles dazu geführt hat, dass sie weggelaufen ist. Die unerträgliche Situation in diesem Haus? Der Ton, in dem Trixi und Zach herumbrüllten und ihre Geldnot zu verarbeiten suchten? Oder war ich es, der zum bösen schwarzen Mann wurde, weil er das letzte bisschen Glück zerstören wollte, das sie noch hatte?«

»Was sagst du da? Zum bösen schwarzen Mann?«

Lars Urban blinzelte seinen Sohn unter schweren Lidern an und versuchte ein schwaches Lächeln. »Na ja, was man halt so von sich denkt, wenn man das Gefühl hat, einem kleinen Menschen wehgetan zu haben. Sie rief, ich sollte zurückgehen und nie wiederkommen.«

»Geh zurück? Zurück sagte sie?«

Urban nickte verwundert. »Ja. Zurück. Damit meinte sie Wales. Sie wusste ja noch nicht, wo das lag. Aber sie glaubte wohl, dass es weit weg war und ich dort vielleicht keine Gefahr für sie sein würde. Und jetzt erklär mir bitte, was hier eigentlich los ist.«

Leon ging zum Stuhl und ließ sich auf ihn fallen. »Nico glaubt, du hättest ... Also in diesem Haus ... Sie glaubt, Fili wäre etwas Schreckliches geschehen. Sie hat mir ein Bild gezeigt, das die Kleine kurz vor ihrem Tod gezeichnet hat. Es zeigt Fili im Bett und vor ihr steht ein großer schwarzer Mann.«

Das Rot aus Urbans Wangen verschwand. Er brauchte einen Moment, um zu erfassen, was sein Sohn gemeint hatte. »Mein Gott. Du hast geglaubt ... Du hast wirklich ...«

»Nein!«, schrie Leon gequält. »Aber so, wie Nico es aufgefasst hat, hätte es durchaus sein können. Verzeih mir. Aber ich musste das fragen.«

Das Schweigen dehnte sich aus und wurde beinahe unerträglich. Schließlich hob Urban eine Hand und berührte kurz Leons Knie.

»Du hast recht. Das musstest du. Denn wenn es so gewesen wäre, dann wäre ich ernsthaft krank und müsste dringend in Behandlung. Aber ich schwöre dir, Leon, die Vorwürfe sind haltlos.«

Leon spürte, wie ihm ein Stein – ach was, ein Gebirge vom Herzen fiel. Die Worte seines Vaters hatten ehrlich und aufrichtig geklungen. Er verheimlichte ihm nichts, das spürte er. Er warf ihm auch nichts vor. Und alles passte. Sein Vater hatte genau das wiederholt, was der Schornsteinfeger gesagt hatte. Aber Nico hatte etwas völlig anderes in Filis Worte hineininterpretiert, und er war drauf und dran gewesen, ihr zu glauben.

»Wir hätten schon viel früher mit dir reden sollen.«

»Wir? Sie hat dich ganz schön beeindruckt, die Kleine.«

Leon nickte, aber man konnte ihm ansehen, mit welchem Widerwillen er das tat. Er brannte darauf, Nico zu erzählen, was er gerade erfahren hatte. Andererseits ging ihm diese ganze alte Geschichte langsam tierisch auf den Geist. Nur Nico zuliebe setzte er sich überhaupt damit auseinander. Ihr zuliebe hatte er seinen eigenen Vater eines schrecklichen Verbrechens verdächtigt ... Damit war nun endgültig Schluss! Hoffentlich sah sie ein, dass sie sich verrannt hatte.

»Aber es ehrt sie, dass sie sich so um die Aufarbeitung dieser ganzen Geschichte kümmert. Am besten, du bringst sie her, und wir klären das. Es ist mir wichtig. Ich will nicht, dass jemand, der dich gernhat, solche Dinge über mich denkt und sich damit quält.«

»Sie hat mich nicht gern.«

»Nun, vielleicht sollte ich sagen: Jemand, den du gernhast?«

Leon stieß ein wütendes Schnauben aus. Sein Vater hatte Mühe, das Lächeln in seinem Gesicht zu verbergen.

»Wo ist sie? Hol sie rauf.«

Leon sah auf seine Uhr. Es war halb zehn.

»Jetzt?«

»Morgen früh, wenn die Straßen frei sind, fahren wir. Ich will am Abend in Calais sein und die Fähre nach Dover bekommen. Also bleibt uns dann keine Zeit mehr. Wer so einen schrecklichen Verdacht mit sich herumträgt, sollte das nicht länger tun als unbedingt notwendig. Außerdem möchte ich gerne das Mädchen kennenlernen, das meinem Sohn so wichtig ist, dass er ihren Kummer derartig zu seinem gemacht hat. Und das ihn dazu bringt, im stolzen Alter von einundzwanzig Jahren noch die Gesichtsfarbe zu wechseln.«

Leon stand schnell auf und drehte sich weg. »Du hast recht. Ich gehe schnell rüber und hole sie. Und dann reden wir miteinander.«

Der Vater lächelte. Er sah seinem Sohn hinterher, der aus dem Zimmer stürmte und dem Gepolter nach drei Stufen auf einmal hinunternahm. Lars' Lächeln verschwand schlagartig. Er warf die Decke zurück und suchte in aller Hast nach seinen Hosen.

NEUNUNDDREISSIG

»Ich kann nicht mehr.«

Nico ließ sich auf einen Baumstumpf sinken und griff nach der Thermoskanne mit heißem Tee, die sie vorsorglich noch vor ihrem Abmarsch gefüllt hatte. Sie hatten die Wegkreuzung erreicht. Ihnen gegenüber hockte die Hexe im Schnee.

Das sah natürlich nur so aus. Es hatte so viel geschneit, dass der Wegweiser fast ganz versunken war. Die Holzfigur trug eine weiße Mütze. Sie hielt sich krumm, als ob sie einen Buckel oder eine Kiepe auf dem Rücken hätte. Das Größte an ihr war die gewaltige Nase. Wenn Nico sich nicht täuschte, hatte ihr der Schöpfer dieser bezaubernden Arbeit auch noch eine gewaltige Warze auf den Zinken gesetzt.

Die Schrift auf den drei Brettern war in der Dunkelheit nicht zu erkennen. Aber Nico wusste, was auf ihnen stand: SIEBENLEHEN. Aus dieser Richtung waren sie gekommen. Wenn sie sich umgedreht hätte – aber zu dieser unnötigen Bewegung fehlte ihr einfach die Kraft –, dann hätte sie gesehen, dass der Weg hinter ihrem Rücken sanft hinabführte und nach einer Biegung zwischen den Felsen verschwand. Richtung Altenbrunn zeigte der Wegweiser nach rechts. Auf den Brocken kam man, wenn man links abbog. Nur geradeaus ging es nicht weiter. Die Lücke zwischen den Baumstämmen könnte ein verwehter Trampelpfad sein, doch er verlor sich schon nach wenigen Metern.

Immer noch schwebten winzige Kristalle vom Himmel. Ab und zu, wenn das Gewicht auf den Zweigen der Bäume zu schwer wurde, rauschte eine kleine Lawine herab. Der Wind frischte auf. Noch war davon nicht viel zu merken, aber Nico sah die zerrissenen Wolkenfetzen, die schneller und schneller über den dunklen Himmel zogen und den Mond fast vollständig verbargen. Sie hatte keine Ahnung vom Wetter, aber das sah nicht gut aus. Vor ihrem Mund bildete der Atem weiße Wölkchen. Das kam vom Tee, aber auch von der Kälte. Die Temperaturen mussten weit unter dem Gefrierpunkt liegen. Trotzdem war ihr nicht kalt. Vielleicht hatte sie Fieber? Am liebsten hätte Nico den Reißverschluss ihrer Jacke geöffnet, doch dazu hätte sie die Handschuhe ausziehen müssen. Kraftverschwendung.

Maik stapfte ein paar Schritte voraus auf den verschneiten Trampelpfad zu, dann kam er wieder zurück. Bis jetzt war er ein aufmerksamer und geduldiger Führer gewesen. Er kannte jeden Stein, jeden Baum. Nico wusste, dass sie ohne ihn verloren wäre.

»Wie weit ist es denn noch?«

Sie hörte sich an wie ein kleines, quengelndes Kind. Doch die Müdigkeit und der wenige Schlaf forderten ihren Tribut.

»Bis hierhin ist es die Hälfte.«

Maik ging in die Hocke. Sie reichte ihm die Flasche. Er nahm einen tiefen Schluck.

»Erst die Hälfte?«

»Das Schlimmste haben wir geschafft. Jetzt geht es nicht mehr so steil bergauf. Das ist nur noch ein kleiner Hügel. Wenn wir oben sind und dem Bergrücken folgen, kommen wir genau an den Eingang zum Stollen.«

»Du warst oft hier. Stimmt's?«

Er stand auf. »Früher. Jetzt nicht mehr.«

Ohne sich umzusehen, lief er los. Nico musste sich beeilen, um ihm folgen zu können. Bis sie die Flasche verschlossen hatte, war er schon fast in der Dunkelheit zwischen den Bäumen verschwunden. Ein letztes Mal sah sie sich um. Was tat sie hier? War sie wahnsinnig geworden? Mitten in der Nacht mit Maik in den Stollen zu gehen?

Ob Leon sie ... Nein! Es war verboten, an ihn zu denken. Er würde sie nicht vermissen. Er glaubte ihr nicht. Er wird froh sein, wenn er Siebenlehen und mich endlich hinter sich lassen kann, dachte sie.

Der Stein lag in ihrer Jackentasche. Sie hatte ihn noch schnell eingesteckt. Ihr wurde leichter ums Herz, wenn sie ihn durch den dicken Stoff fühlen konnte. Er war ein letzter Gruß von Kiana, die es ihr ganzes Leben lang nicht akzeptiert hatte, Nicos Trauma zu verschweigen. Sogar über den Tod hinaus.

Sie würde Kianas drittes Rätsel lösen. Und dann war alles, alles gut.

Sie folgte Maik in den dunklen Wald.

VIERZIG

Leon keuchte.

So schnell war er noch nie hinauf zu Schattengrund gerannt. Er wollte Nico sofort die Neuigkeit überbringen.

Sie würde enttäuscht sein. Aber gab es einen schöneren Grund dafür? Scham brannte in ihm, dass er seinem Vater Fragen gestellt hatte, die ein Sohn noch nicht einmal denken durfte. Und trotzdem hatte er es tun müssen – und war froh, dass er es getan hatte. Die Zweifel waren ausgeräumt. Filis Ängste mochten reale Ursachen gehabt haben. Doch nach zwölf Jahren hatte Nico das Falsche hineininterpretiert und sich damit genauso unbeliebt gemacht wie Kiana. Er hielt ihr zugute, dass sie nur das Beste gewollt hatte. Aber sie war weit über das Ziel hinausgeschossen und hatte eine Menge Porzellan zerschlagen. Manches war zu kitten. Manches nicht. Aber das war ihm egal. In der kurzen Zeit, die er Nico kannte, war etwas Seltsames mit ihm geschehen: Er mochte dieses merkwürdige Mädchen. Sie hatte Mut. Und sie hatte ihn dazu gebracht, ebenfalls mutig zu sein.

Das Gespräch mit seinem Vater war vielleicht zum ersten Mal eines von Mann zu Mann gewesen. Lars Urban hatte eingestanden, dass er sich bis heute Vorwürfe machte und Fehler begangen hatte. Und er hatte sich nicht geschämt, seinem Sohn davon zu erzählen. Sie waren sich wie Erwachsene begegnet, und etwas daran machte Leon stolz auf sich. Auch dafür war er Nico dankbar. Er brannte darauf, ihr alles zu erzählen und ... ja, sie seinem Vater vorzustellen. Es war das erste Mal, dass er das mit einem Mädchen vorhatte. Obwohl sie noch nicht mal miteinander – Leon blieb kurz stehen, schüttelte den Kopf und grinste. Vielleicht ergab sich ja noch etwas heute Nacht. Wenn sich alle bösen Gedanken in Luft aufgelöst hatten. Wenn Nico einsah, dass sie sich ihren Verdacht nur eingebildet hatte. Wenn sie endlich mal wieder lachen würde, was sie unglaublich gut konnte, weil sie dabei die Nase auf eine umwerfende Art kräuselte und ihren Mund so breit machte, dass sie Luigis Pizza ohne Probleme am Stück einfahren könnte ...

Leon lief weiter und hätte die Welt umarmen können. Doch je näher er Schattengrund kam, desto stärker wurde das Gefühl, dass etwas nicht stimmte. Er erreichte das Gartentor. Es stand halb offen. Leon wunderte sich, auch darüber, dass mehrere halb verwehte Fußspuren zum Haus führten. Und es führten auch welche davon weg. Hatte Nico Besuch gehabt? War sie noch mal rausgegangen?

Er lief den Weg hoch, erreichte die Tür und klopfte. Niemand öffnete. Er versuchte es noch einmal, ohne Erfolg. Schließlich schlug er sich durch die Büsche zum Wohnzimmerfenster durch. Er legte die Hände schützend um die Augen, um den Blick vor dem einfallenden Licht der Straßenlaternen zu bewahren.

Das Zimmer war leer. Die Tür zum Flur stand halb offen,

aber nirgendwo brannte Licht. Er trat zwei Schritte zurück und sah die Fassade hoch.

»Nico? Nico! Komm raus! Wir müssen reden!«

Die Fensterläden vor ihrem Schlafzimmer waren verschlossen, aber das musste nichts heißen. Eine innere Stimme sagte ihm, dass er vor einem verlassenen Haus stand.

Enttäuscht wandte er sich ab. Die Freude war verpufft.

Auf dem Weg zurück ins Dorf überlegte er, wo Nico sein könnte. So viele Menschen kannte sie nicht in Siebenlehen. Zach, Trixi und Zita fielen für eine kurze Plauderei vor Mitternacht wohl aus. Vielleicht war sie noch einmal zum Pfarrer gelaufen? Leon erreichte die Kreuzung und blieb ratlos stehen. Auch der hatte nicht den Eindruck gemacht, zu Nicos besten neuen Freunden zu zählen.

Maik. Natürlich. Hatte er ihr nicht etwas über Vöglein und Kindlein und all solche Scherze erzählt? Wahrscheinlich hockten die beiden zusammen und dachten sich gerade neue Verschwörungstheorien aus. Maik … der Dorfnarr, auf den niemand gehört hatte. Alle hatten in ihrer Panik seine Hinweise ignoriert. Er hatte Fili gefunden. Zu spät, viel zu spät. Aber … Woher hatte er gewusst, wo Fili war?

Leons Magen sackte durch wie ein Fahrstuhl im freien Fall. Mit einem Schlag war er sauer auf Nico. Stinksauer. Oder war es Eifersucht? Quatsch. Sollte sie doch ihren letzten Abend in Siebenlehen verbringen, mit wem sie wollte.

Er ging weiter, blieb aber nach ein paar Schritten ratlos stehen. Etwas in ihm sträubte sich, sie ihrem Dickkopf zu überlassen. Ihm war nicht wohl bei dem Gedanken, sie um diese Uhrzeit alleine bei einem Mann zu wissen, der zwar harmlos war, aber mit Sicherheit nicht alle Tassen im Schrank hatte. Und wieder kehrte sein Gedanke zurück: Woher hatte Maik gewusst, wo Fili war?

Er bog links in die leere, zugeschneite Straße Richtung Altenbrunn. Ohne das Auto seines Vaters, das sie gleich morgen früh ausgraben würden, zog sich sogar die Strecke durch dieses Winzkaff ins Unendliche. Der Nachthimmel lag wie eine bleierne Decke über dem Hochtal, kein Stern schimmerte durch die dichte Wolkendecke. Ab und zu riss der Wind ein Loch in dieses bleierne Grau, doch genauso schnell verschwand es auch wieder. Die Zeichen standen auf Sturm. Der Schnee, vor einigen Stunden noch flockig und leicht, hatte sich in spitze Eiskristalle verwandelt, die wie Nadeln auf der Haut stachen. Seine Augen tränten. Er versuchte, durch die Nase zu atmen, und als ihm das nicht mehr gelang, legte er sich seinen Schal vor den Mund.

Endlich hatte er das Haus der Krischeks erreicht. Die Garage war verschlossen, aber durch die Ritzen einer billigen Jalousie im Erdgeschoss schimmerte blaues Licht. Ein Fernseher. Also war jemand zu Hause.

Leon klingelte. Das Geräusch war schrill und laut, vermutlich hatten die Krischeks es extra so eingestellt, um späte Kunden nicht zu überhören. Leon warf einen schnellen Blick auf seine Armbanduhr. Kurz nach halb elf. Selbst für solche Kunden war das zu spät. Er klingelte noch mal und noch mal. Endlich, als er schon glaubte, dass gar nichts mehr geschehen würde, hörte er schlurfende Schritte im Hausflur. Die Tür wurde geöffnet, aber nur so weit, dass Leon von der kleinen, irgendwie verhutzelten Frau dahinter genau gescannt werden konnte.

»Frau Krischek? Ich bin Leon Urban. Ich suche Nico ... also, ein junges Mädchen. Ist sie vielleicht bei Maik?«

Frau Krischek war über die Frage so verblüfft, dass sie die Tür freigab. Leon trat ein und wurde umfangen von einem atemberaubenden Geruch nach Kohl, angebrannten Frikadellen und alten Socken. Am liebsten hätte er auf der Stelle kehrtgemacht. Aus dem Wohnzimmer schepperte ein Krimidialog in kurzen, abgehackten Sätzen, untermalt von dramatischer Musik.

»Maik?« Er schrie beinahe, denn die alte Frau schien schwerhörig zu sein.

»Maik is oben«, nuschelte sie.

Leon warf einen fragenden Blick in Richtung Treppe, Frau Krischek nickte. Noch während er hinauflief, hatte sie die Tür zum Wohnzimmer schon wieder hinter sich geschlossen.

Der erste Stock des 60er-Jahre-Baus hatte den üblichen engen Flur und mehrere Türen aus furniertem Sperrholz. An einer hing ein Plakat vom Nürburgring. Leon folgerte, dass sie wohl die zu Maiks Zimmer sein würde. Doch auch hier kam auf sein Klopfen keine Reaktion. Ein Bild entstand vor seinem inneren Auge. Maik und Nico bei ... was auch immer. Ohne zu überlegen, riss er die Tür auf.

Das Zimmer war leer. Ein ungemachtes Bett, weitere Rennfahrerposter darüber. In den Regalen stand alles –

Autobatterien, Kanister, ausgebaute Radios, aber keine Bücher. Der Schreibtisch war übersät mit Sportillustrierten, die Leon ungewollt ein flüchtiges Lächeln abrangen. Maik hatte nie besonders sportlich auf ihn gewirkt. Leon drehte sich um und wollte den Raum verlassen, da knirschte es unter seinen Stiefeln.

Glas.

Er trat einen Schritt zurück. Er war auf ein winziges Glasauge getreten. Vorsichtig hob er es auf und betrachtete, was davon übrig geblieben war. Klein, braun, billig. Augen, wie sie auf Plüschtiere aufgenäht wurden. Oder… Wie in ein Schlaglicht getaucht erschien ein neues Bild in seinem Kopf. Nico, mitten im Schneetreiben, aufgelöst, verzweifelt, und trotzdem frech. Ihre Reisetasche war aufgegangen, und er hatte ihr geholfen, alles wieder einzuräumen. Dabei waren ihm ihre Hausschuhe in die Hände gefallen. Zum Schreien. Bärchenhausschuhe.

Jemand klaut die Augen aus meinen Schuhen…

Er hatte ihrer Bemerkung keine Aufmerksamkeit geschenkt. Ein dahingesagter Blödsinn. Im Nachhinein war ihm ja alles, was Nico erzählt hatte, wirr und extrem fantasievoll erschienen. Jemand hatte ihre Schuhe geklaut und die Augen entfernt. Leon sah sich noch einmal genau in dem Zimmer um. Von Plüschtieren keine Spur.

Dieser Jemand war Maik gewesen.

Er rannte die Treppe hinunter und störte Frau Krischek ein zweites Mal, die erschrocken zusammenfuhr, als er auf einmal in ihr Wohnzimmer platzte. Auf dem Couchtisch stand ein halb leerer Teller, was sich darauf befand, war offenbar die Ursache für den merkwürdigen Geruch in diesem Haus.

»Frau Krischek, wo ist Maik?«

»Isser nich oben?«, fragte sie.

»Nein. Er ist weg.«

»Weg? Das kann nich sein. Er sagt mir doch immer ...«

Mühsam schraubte sie sich aus dem Sessel und tappte vor Leon in den Flur. Erstaunt blieb sie stehen.

»Seine Stiefel sind weg. Und seine Jacke auch.«

»Wohin wollte er?«

»Ich weiß nicht. Ich weiß nicht ...«

Verwirrt schüttelte sie den Kopf. Leon erkannte, dass er nicht weiterkam.

»Danke, Frau Krischek. Einen schönen Abend noch.«

Draußen in der Kälte atmete Leon tief durch. Er betrachtete noch einmal das Glasauge in seiner Hand, von dem ein kleiner Splitter abgebrochen war. Nico hatte zumindest in diesem Punkt die Wahrheit gesagt.

Ihm war, als würde ihm die Kehle zugeschnürt. Die Berge um Siebenlehen – konnten sie noch dunkler und bedrohlicher wirken als zu dieser Stunde? Wenn sie wirklich mit Maik dort hochgestiegen war, war sie wahnsinnig.

Aber das war bei Nico ja nichts Neues.

Er lief los. Der Weg von Krischeks zum Schwarzen Hirschen führte an der Kirche und dem Gemeindehaus vorbei. Die Versuchung, beim Pfarrer zu klingeln und ihn um Rat zu fragen, war nur kurz. Das Haus lag in tiefer Dunkelheit.

Allerdings glaubte Leon im Vorübergehen, ein Licht im Inneren der Kirche wahrgenommen zu haben. Vielleicht ein armer Sünder, der Trost suchte? Siebenlehen war ein Dorf, das die Türen seiner Häuser gut verschlossen hielt. Dafür stand die zur Kirche immer offen ... Doch sie war leer. Hinten neben dem Altar stand die Figur der heiligen Barbara, geheimnisvoll und mit einem rätselhaften Lächeln um die Lippen. So kam es ihm wenigstens aus der Entfernung vor. Eine ewige Lampe brannte. Es war still. Wenn jemand hier war, dann wollte er weder gesehen noch gehört werden. Vorsichtig und leise zog Leon sich wieder zurück.

Wo war Nico? Er erreichte den Schwarzen Hirschen und eilte in die Gaststube. In der Schublade des Tresens lag auch eine Taschenlampe. Ohne sie wäre ein Aufstieg Selbstmord. Gerade hatte er sie gefunden und die Lade zugeschoben, als er ein ersticktes Schluchzen hörte.

Leon leuchtete den dunklen Raum ab. Hinten in einer Ecke, verborgen hinter den hochgestellten Stühlen, saß eine zusammengesunkene Gestalt.

»Trixi?«

Das Häufchen Elend zog die Nase hoch.

»Du solltest doch im Bett sein.« Und deinen Rausch ausschlafen, setzte er in Gedanken hinzu. Obwohl Trixi gut und gerne zwanzig Jahre älter war als er, hatte er das Gefühl, der weitaus Erwachsenere von beiden zu sein.

Sie verbarg ihr Gesicht hinter einem hochgehobenen Arm. Mit einem ärgerlichen Seufzen arbeitete er sich durch die eng stehenden Tische zu ihr durch.

»Was machst du hier?«

»Er ist weg.«

»Wer?«

Sie zuckte mit den Schultern, das musste Antwort genug sein.

»Geh schlafen«, sagte er ärgerlich. »Morgen sieht die Welt schon wieder ganz anders aus.«

Einer der blödesten Sätze, die er kannte – aber er stimmte. Nachts verschlimmerten sich die Probleme und wuchsen ins Unermessliche. Aus Kleinigkeiten wurden Katastrophen. Er hätte Trixi gerne gesagt, was er herausgefunden hatte und dass alle Anschuldigungen gegen seine Familie haltlos waren. Aber er bezweifelte, ob sie es in diesem Zustand verstehen würde. Außerdem hätte er damit zugegeben, weiter hinter ihrem Rücken herumgeschnüffelt zu haben.

»Er ist gegangen. Der Pfarrer war da. Beide sind fort.«

»Zach … und der Pfarrer? Sind die denn so eng?«

»Er wollte mit Zach reden. Weiß auch nicht, warum. Bald ist ja wieder Filis Todestag. Das macht ihn fertig, ich weiß das. Auch wenn er nicht drüber spricht, aber er wird anders.« Wieder schluchzte die Frau auf. »Ich habe Angst. Da ist was. Ich weiß nicht was. Und es wird immer schlimmer.«

Sie bückte sich und kam mit einer Flasche Korn wieder hoch. Bevor Leon die Taschenlampe auf den Tisch legen und sie ihr abnehmen konnte, hatte sie auch schon ein paar kräftige Schlucke getrunken.

»Lass das. Dadurch wird nichts besser.«

Er wollte nach dem Schnaps greifen, aber nun war Trixi

hellwach. Blitzschnell versteckte sie die Flasche hinter ihrem Rücken.

»Besser? Was soll denn noch besser werden? Schau dich doch um. Wir sind am Ende. Und dein Vater lässt uns betteln und betteln ...«

»Soweit ich weiß, hilft er euch immer wieder aus dem Gröbsten heraus.«

»Aus dem Gröbsten. Ja. Zieht uns bis zum Kinn aus der Scheiße und lässt uns wieder fallen. Wenn das damals nicht passiert wäre, alles wäre anders gekommen.«

Leon griff nach der Lampe und knipste sie aus. Im Schatten konnte er Trixis Gesicht nur noch als einen verschwommenen Fleck erkennen. Ihre Stimme aber konnte er nicht ausknipsen. Die blieb und fraß sich in seine Ohren.

»Filis Tod hat uns kaputt gemacht. Ich hab Zach seitdem nicht mehr anfassen können.«

Er spürte den Impuls, laut schreiend hinauszurennen. Er wollte das nicht hören. Es war nicht sein Schlachtfeld, er hatte den Krieg nicht begonnen.

»Mein Mädchen«, schluchzte sie. »Mein kleines Mädchen ... Wir haben uns ja halb tot gearbeitet. Ich hatte keine Zeit mehr, für nichts. Und als sie immer stiller wurde – ich hab es nicht bemerkt. Oder ich wollte es nicht bemerken.«

»Trixi ...« Leon wollte ihr sagen, dass ihre Selbstvorwürfe unberechtigt waren. Aber noch viel dringender wollte er weg. Nico war mit Maik unterwegs zum alten Stollen. Mit einem Mann, der Bärchenhausschuhen die Augen ausstach. Vielleicht war er harmlos. Aber vielleicht hatte er auch eine zweite, dunklere Seite. »Warum hat Maik Fili gefunden?«

»Ich ... was? Wie meinst du das?«

»Warum wusste Maik, wo Fili war? Und sonst keiner?«

Sie nahm noch einen Schluck. Leon hörte das Gluckern in der Flasche und roch den Alkohol. Schaler Schnaps. Wie er diesen Geruch hasste.

»Maik ...« Trixi suchte nach Worten. »Er war doch immer mit ihr zusammen. Kinder mögen Irre. Und Irre mögen Kinder. Und ich war froh, wenn ich sie mal nicht am Hals hatte.«

Es kam so kalt und abwertend aus ihrem Mund, dass Leon ein Schauder den Rücken hinunterlief. Etwas Unheimliches breitete sich in ihm aus: der Gedanke, wie allein Fili in diesem Haus gewesen war. Mutterseelenallein.

»Trixi, wann ging das los, dass Fili sich verändert hat?«

»Weiß ich nicht mehr.«

Sie wollte wieder einen Schluck nehmen, aber dieses Mal war Leon schneller. Er schnappte ihr die Flasche weg. Mit einem wütenden Schrei sprang sie auf. Leon konnte sich gerade noch hinter dem Tisch in Sicherheit bringen.

»Wann ging es los?«

»Gib mir die Flasche! Du hast kein Recht –«

»Wie hat sie sich verändert?«

Trixi war viel zu langsam. Jedes Mal, wenn sie taumelnd einen Schritt in eine Richtung machte, wich Leon in die andere aus.

»Gib her!«

»Antworte!«

Trixi war schlecht in Form. Schnaufend blieb sie stehen. »Im … im Winter. Sie hat geheult und wollte nicht alleine oben in ihrem Zimmer bleiben. Ich sollte immer mitkommen. Aber das ging ja nicht. Also hab ich sie oben eingesperrt. Den Schlüssel hab ich stecken gelassen, damit Zach oder Maik oder wer grade Zeit hatte, ihr was zu Essen bringen konnte.«

»Du hast Fili … eingesperrt?«

»Bist du jetzt die Supernanny oder was? Hast du denn einmal hier angepackt, wenn du dich bei uns durchgefressen hast?«

Leon erinnerte sich an Gebirge von Gläsern, die abgespült, poliert und einsortiert werden mussten. An kiloweise Kartoffeln, die er geschält hatte. An Betten, die er bezogen, an Zimmer, die er geputzt hatte. An Koffer, die zum Auto geschleppt wurden. Die Wochen in Siebenlehen waren Arbeit gewesen, aber er hatte nie ein Wort darüber verloren und würde es jetzt auch nicht tun.

»Wer war bei ihr?«

»Weiß ich nicht mehr. Ich weiß es nicht! Gib mir die Flasche!«

Leon hob den Arm und ließ sie fallen. Sie zersprang mit einem nassen Knall auf den Fliesen. Trixi stieß einen Schrei aus.

»Meine Flasche!«

»Wenigstens davon habt ihr ja genug.«

Er nahm die Taschenlampe und eilte hinaus. Es war die Angst, die ihm Flügel verlieh. Die Angst um Nico.

EINUNDVIERZIG

Nico hatte Seitenstechen. Sie musste stehen bleiben und sich an einem Baum abstützen, was sich sofort mit einer Ladung Schnee von oben rächte.

»Maik! Warte auf mich!«

Sie hatten wohl den Gipfel des Berges erreicht, denn ihr Führer schlug sich nach rechts durchs Gebüsch. Falls es jemals einen Weg gegeben hatte, so war er inzwischen komplett zugewuchert und unter dem Schnee nicht mehr zu erkennen. Dornengestrüpp hatte sich um ihre Knöchel gehakt. Mühsam versuchte sie, sich davon zu befreien. Mit Grauen dachte sie daran, dass der ganze Abstieg noch vor ihr lag.

»Was ist denn?«

Zweige knackten, Eis und Schnee knirschten. Maiks große, dunkle Gestalt tauchte ein Stück weiter vorne wieder auf. Das Eisenzeug an seinem Gürtel klirrte und erfüllte einen ähnlichen Zweck wie die Glöckchen, die man Ziegen um den Hals band. Sie würde zumindest akustisch immer mitbekommen, wo er sich befand.

»Ich bin zu schnell gelaufen!«, keuchte sie und hielt sich die Seite. »Warte!«

Ihre Beine zitterten. Am liebsten hätte sie sich in den Schnee fallen lassen.

»Komm jetzt.«

Er packte sie am Arm und zog sie weiter. Nico stolperte über eine Wurzel und ging in die Knie.

»Ich kann nicht mehr! Wie weit ist es denn noch?«

»Nicht mehr lange. Zwei Minuten, nur gradeaus.«

Sie ergriff seinen Arm und zog sich hoch. Dabei rutschte ein Schal aus der Jacke. Das Licht der Taschenlampe fiel für den Bruchteil einer Sekunde darauf. Nico stolperte einen Schritt zurück.

»Mein Schal. Maik, woher hast du meinen Schal?«

»Weiß ich nicht. Lag rum.«

Er wollte weitergehen. Sie erwischte ihn gerade noch am Hosenbein.

»Maik! Du kannst mich doch hier nicht allein lassen!«

Er riss sich los. »Schnell«, sagte er. »Sie kommen.«

Nico starrte ihn an. »Wer?«

Maik lief weiter. Nico rappelte sich auf und stürzte hinter ihm her.

»Wer kommt? Maik?«

Ein Schlag traf sie auf die Schulter, so gewaltig, dass sie zu Boden ging. Sie landete mit dem Gesicht im Schnee und schlug wild um sich. Ihr Kopf kam wieder hoch. Ihre Wange war aufgeschlitzt, warmes Blut lief ihr in den Mund. Die Taschenlampe lag zwei Meter weiter im Schnee und beleuchtete einen Tannenzweig, der bizarre Schatten warf. Zitternd vor Entsetzen kroch Nico auf den Lichtkegel zu. Ein weiterer dumpfer Schlag, direkt neben ihrem Kopf. Noch einer. Und noch einer. Im Bruchteil einer Sekunde sah sie etwas fallen. Sie nahm die Lampe und leuchtete in die Dunkelheit.

»Maik?«

Ihre Stimme drohte zu versagen. Nur mühsam kam sie wieder auf die Beine.

»Maik! Wo bist du?«

Sie lenkte den Strahl Richtung Boden. Im Schnee lag ein schwarzer Klumpen. Langsam humpelte sie darauf zu und berührte ihn mit der Fußspitze. Es war ein Vogel. Und er war tot vom Himmel gefallen.

Sie machte die Lampe aus und blieb stocksteif stehen. Sie zwang sich, leise und ruhig zu atmen. Es dauerte eine Weile, dann konnte sie die verschiedenen Geräusche des Waldes wieder voneinander unterscheiden. Der Wind, der sanft, aber trotzdem gewaltig über den Bergrücken strich und nach unten ins Tal fiel. Das Rieseln von Schnee, der von den Zweigen fiel. Weit entfernt der Schrei einer Eule. Ein Knacken, nah.

Sie fuhr herum und leuchtete in die Richtung, aus der das Geräusch gekommen war. Nichts. Die Lampe reichte nicht weit genug, und die Schatten, die das Licht warf, wirkten noch beunruhigender als die Dunkelheit.

»Maik?«

Wo zum Teufel war er? Noch ein dumpfer Schlag, zehn Meter entfernt. Sie wusste nicht, wohin sie rennen sollte, um sich vor dieser unglaublichen mörderischen Attacke aus dem Himmel in Sicherheit zu bringen. Er konnte sie doch hier oben nicht einfach im Stich lassen! Oder hatte ihn ein

Vogel schachmatt gesetzt? Nico hatte von diesem Phänomen gehört. Wissenschaftler vermuteten Eishagel in großer Höhe. Wenn dann etwas die Vögel aufschreckte und so hoch trieb, erfroren sie im Flug und fielen wie Steine auf die Erde.

Doch was könnte sie so aufschrecken? Silvesterböller zum Beispiel, hatten die Wissenschaftler gesagt. Aber das war keine Erklärung, die im Moment besonders hilfreich war. Maik war verschwunden. Das stand fest. Selbst das Klirren seines Gürtels war nicht mehr zu hören. Er hatte geahnt, dass etwas nicht stimmte. Tote Vöglein. Tote Kinder. Er war in seinem Wahn gefangen, und er würde in den Stollen zurückkehren, weil irgendetwas ihn dorthin zog.

Sie versuchte, sich an seinen letzten Hinweis zu erinnern. Einfach nur geradeaus. Keine zwei Minuten. Nico presste die Zähne zusammen, um nicht durchzudrehen. Sie wagte nicht, an den Rückweg zu denken. Sie hatte sich hier schon einmal verlaufen. Doch im Gegensatz zu damals würde sie in dieser Nacht niemand mehr suchen.

Langsam lief sie los. Leon, dachte sie. Warum hast du mich verraten? Du bist der Einzige, der mich jetzt noch hier rausholen könnte. Und ausgerechnet du glaubst mir nicht.

Sie stolperte über einen weiteren toten Vogel. Er war schwarz, genau wie der, der sie so hart getroffen und verletzt hatte. Eine Krähe? Er erinnerte sie in fataler Weise an das geköpfte Tier, das man ihr in den Schornstein gestopft hatte. Der Täter lief immer noch frei herum. Vielleicht war es einer von denen gewesen, die sie bei der Prozession so nett angelächelt hatten? Es war eine unbegreifliche Ironie des Schicksals, dass ausgerechnet Vögel ihr Schicksal werden sollten. Von einer Krähe erstickt, von einer Krähe erschlagen ... Sie blieb kurz stehen und sah in den Himmel. Hoffentlich fielen nicht noch mehr herunter. Es gab keinen Schutz. Wenn sie sich ins Unterholz schlagen würde, würde sie komplett die Orientierung verlieren. Schon jetzt waren es nur noch Instinkt und Gefühl, die sie weitertrieben.

Lange würde sie nicht mehr durchhalten. Sie sehnte diesen Stollen herbei, der wenigstens ein bisschen Schutz vor Kälte, Schnee und toten Vöglein versprach. Wenn sie nur einen Moment stehen bleiben würde, sich nur einen Augenblick hinsetzen würde – sie wusste, sie käme nicht mehr hoch und wäre verloren.

»Maik!«

Wie dünn ihre Stimme geworden war! Ihr Ruf wurde verweht und weggetragen. Obwohl Maik etwas Unverzeihliches getan hatte, als er sie einfach ihrem Schicksal überließ, konnte sie nicht böse auf ihn sein. Sie wusste, worauf sie sich eingelassen hatte. Er war verrückt. Aber er war auch der Einzige, der mehr gesehen und mehr gespürt hatte als alle anderen. Das war es, was ihre letzten Kräfte mobilisierte. Maik war im Stollen. Er kannte die Stelle, an der Fili gestorben war. Dort würde sie die Wahrheit finden.

Ein Laut, wildes Flügelschlagen. Wieder scheuchte jemand die Vögel auf. Schwarze Schatten huschten hinauf in den dunklen Himmel. Fliegt bloß nicht zu hoch, dachte Nico. In eurem und meinem Interesse ... Ihre Beine knickten ein, beinahe wäre sie gestürzt. Glühende Punkte tanzten vor ihren Augen. Der Steigung war mörderisch. Maiks Spur hatte sie schon längst verloren. Immer geradeaus, nur zwei Minuten ... zwei Stunden, zwei Tage, zwei Ewigkeiten, das käme vielleicht hin ...

Sie erreichte eine schmale Ebene, der Weg wurde flacher. Dies musste der Bergrücken sein. Eine Art Terrasse, die sich an den nächsten Gipfel schmiegte. Das Laufen fiel Nico jetzt leichter. Es war auch heller als im Wald. Die Bäume hatte sie hinter sich gelassen, nur ein paar kleine Kiefern und verdorrte Ginsterbüsche stemmten sich gegen den eisigen Wind. Gleich erfriere ich, dachte Nico. Und irgendwo wird man drei Steine aufeinanderlegen als Mahnung an andere Wanderer, nicht so blöd zu sein und mitten in der Nacht am Beginn einer neuen Eiszeit auf diesen Berg zu klettern.

Sie blinzelte. Der Wind steigerte sich langsam zu einem ausgewachsenen Schneesturm. Und als er für einen Moment quasi die Luft anhielt, um seine Kräfte für den nächsten Angriff zu sammeln, sah sie ihn: den Eingang zum silbernen Grab.

Mundloch war gar kein schlechter Ausdruck. In der steil aufragenden Felswand gähnte eine Öffnung. Zunächst sah sie so aus wie der Eingang zu einer natürlichen Höhle. Je näher Nico kam, desto mehr Einzelheiten konnte sie erkennen: Der Stein war grob behauen worden, um den Eingang zu verbreitern. Nach ein paar Metern verengte er sich. Im Lichtkegel ihrer Taschenlampe erkannte sie ein altmodisch geschmiedetes Eisengitter, so groß wie eine kleine Kellertür. Darauf die Symbole der Steiger: Schlägel und Bergeisen.

Sie schaffte die letzten Meter mit Müh und Not. Als sie den Eingang erreicht hatte, lehnte sie sich keuchend an die Felswand und streifte den Rucksack ab. Er musste dreihundert Kilo wiegen. Ihre Lungen schmerzten, die Knie zitterten.

»Maik?«

Ihr Ruf echote dumpf von den Felswänden. Draußen wirbelte der Wind den Schnee auf und drückte ihn wie eine Wolke vor sich her. Ihre Fußspuren waren schon längst verweht. Nur auf den ersten Metern zum Mundloch waren sie noch zu erkennen, geschützt durch die Felswände. Sie war die Einzige, die bis hierher gekommen war.

In wachsender Panik suchte sie jeden einzelnen Meter vor dem niedrigen Tor ab. Sie rannte zurück auf die Hochebene. Der Wind peitschte ihr Eiskristalle ins Gesicht. »Maik!«, schrie sie. »Wo bist du? Maik?«

Sie schnappte nach Luft, das Atemholen fiel ihr schwer. Wie Nebelschwaden zogen die Schneegestöber vorüber. Schemenhaft bewegten sich die Schatten der Baumwipfel, die sich unter der Last des Unwetters bogen. Entmutigt und verzweifelt stolperte sie zurück in den kümmerlichen Schutz des Mundlochs. Nicht nur, dass die Einsamkeit auf einmal beinahe zu greifen war, sie hatte auch ihren Führer verloren. Der Weg zurück nach Siebenlehen war ohne Maik nicht zu schaffen. Die Frage, ob ihm ein Unglück zugestoßen war oder ob er sie mit Absicht hier oben alleine gelassen hatte, raubte ihr beinahe den Verstand.

Vorsichtig bewegte sie sich über das Geröll und die vereisten Steine auf den Stolleneingang zu. Sie erwartete, das Tor abgeschlossen vorzufinden, doch es ließ sich – etwas mühsam – öffnen. Es quietschte dabei in den Angeln. Die Angst, hier hineinzugehen, war neu, noch nie erlebt und übermächtig. Sie leuchtete in den finsteren Gang.

Er führte einige Meter steil bergab. Nico kam mehrmals ins Rutschen und konnte sich nur mit Mühe an den glitschigen, vereisten Wänden festhalten. Dann erreichte sie festen Grund. Eine Art hoher Vorraum, von dem, wie Maik erzählt hatte, mehrere Gänge abgingen. Zumindest in diesem Punkt hatte er nicht gelogen. Fünf Stollen waren von hier aus in den Berg getrieben worden, einer sah gefährlicher aus als der andere. Steinbrocken hatten sich gelöst und bedeckten den Boden. Der Gang zu ihrer Linken war fast völlig verschüttet. Wohin er einmal geführt hatte, hatte Maik nicht gesagt. Aber Leons Ausführungen waren ihr dafür umso präsenter. Der Berg war durchlöchert wie ein Schweizer Käse. Er war ein Labyrinth von aufgegebenen Stollen und toten Gängen. Einer sollte sogar quer durch den ganzen Harz bis zum Kyffhäuser gehen. Zu Barbarossa. Das hatte Valerie ihr erzählt. Wie gerne säße sie jetzt mit ihr auf dem Bett und würde schlimmstenfalls sogar freiwillig für die Matheklausuren büffeln! Noch nicht einmal ihr Handy funktionierte. Der Akku war leer und an eine Verbindung war hier oben sowieso nicht zu denken.

Sie leuchtete in die Eingänge der anderen Stollen. Zwei sahen so aus, als wären sie nur unter Lebensgefahr zu betreten, und die letzten beiden waren auch nicht sehr vertrauenerweckend. Sie überlegte fieberhaft, in welchem sie sich mit Fili verkrochen hatte, konnte sich für keinen entscheiden und beschloss, ihr Glück mit dem Gang rechts außen zu probieren.

Nach fünf Metern und einer Biegung erkannte Nico, dass es hier nicht mehr weiterging. Vor langer Zeit mussten das wohl auch Waldarbeiter oder andere wohlmeinende Zeitgenossen gedacht haben. Der Stollen war verfüllt und die Steine waren an einigen Stellen mit Zement befestigt worden. Die Arbeiten sahen nachlässig aus, manche Fugen hatten tiefe Risse. Nico vermutete, dass dieser Gang wohl schon seit Jahrzehnten gesperrt war. Damit kam er nicht in Frage.

Sie wollte gerade wieder zurückgehen, als das Eisentor des Mundlochs quietschte. Hatte sie es offengelassen? Spielte der Wind damit und war ihr jemand gefolgt? Ohne zu überlegen schaltete sie die Lampe aus und verharrte regungslos in der Dunkelheit. Sie wusste nicht, was sie davon zurückhielt, laut Maiks Namen zu rufen und zum Eingang zu stürmen. Es war ein Gefühl von Schutzlosigkeit, das Nico überfiel und immer stärker wurde.

Sie war in einer Sackgasse. Egal, wer das silberne Grab gerade betreten hatte – er rief nicht, er klirrte nicht und machte auch nicht auf sich aufmerksam. Noch bevor sie sich ein Versteck überlegen konnte, hörte sie Schritte. Schwere Schritte von schweren Stiefeln, die den Vorraum erreichten und knirschend mal in die eine, mal in die andere Richtung gelenkt wurden. Wenn es Maik war, dann hatte er seinen Gürtel abgelegt. Dann war er schlauer, als sie alle dachten. Dann wollte er sich nicht verraten, bis er sie gefunden hatte. Nein, dachte sie. Das kann nicht sein. Ich täusche mich doch nicht so sehr in einem Menschen.

Nico presste sich mit dem Rücken an die Wand. Sie hielt die Taschenlampe umklammert, ihre einzige Waffe, die gegen einen erwachsenen Mann nicht viel ausrichten würde. Leon, schoss es durch ihren Kopf. Vielleicht war er gekommen, um sie zu suchen? Aber warum machte er sich dann nicht bemerkbar?

Weil er glaubte, dass sie weiter in einen offenen Gang gelaufen war?

Um ein Haar hätte sie aufgestöhnt vor Angst. Das Atmen fiel ihr schwer. Sie fühlte sich schwach und ausgepumpt wie nach einem Marathon. Gleich würden ihre Beine nachgeben, und dann läge sie wieder auf dem Boden, ohnmächtig, und niemand wäre in der Nähe, der es gut mit ihr meinte. Im Gegenteil.

Die Schritte hielten inne. Der Unbekannte schien mitten im Vorraum zu stehen und zu überlegen. Dann hörte Nico, wie er sich in Bewegung setzte und genau auf ihren Gang zukam. Langsam glitt sie an der Wand entlang in die Hocke. Sie wollte nach einem Stein greifen, aber dadurch kam sie aus dem Gleichgewicht und die Taschenlampe fiel ihr aus der Hand. Das Geräusch schmerzte ungefähr so laut in ihren Ohren wie zwei kollidierende Lastzüge. Sie hielt den Atem an.

Der Unbekannte tat das Gleiche. Kein Laut war zu hören, nur das Heulen des Windes klang, verzerrt und wie aus weiter Ferne, in Nicos Ohren. Oder war es ihr Blut, das durch die Adern raste? Sie tastete vorsichtig über den Boden. Ihre Fingerspitzen berührten die Schlaufe, die am Griff der Lampe angebracht war, aber sie hatte Angst, sie aufzuheben und sich mit dem nächsten, noch so leisen Geräusch zu verraten.

Es knirschte. Der Mann hatte einen Schritt gemacht. Noch einen. Und noch einen. Nico spürte, wie ihr trotz der eisigen Kälte heiß wurde. Er betrat ihren Gang. Er kam auf sie zu. Sie hatte keine Chance. Mit der Rechten ertastete sie einen Stein, aber er war einbetoniert und rührte sich nicht vom Fleck. Sie versuchte, einen anderen in Reichweite zu finden, aber es waren entweder winzige Kiesel oder unverrückbar feste, große Brocken. Lieber Gott, bitte nicht, betete sie. Ich will nicht hier oben sterben. Licht flammte auf und traf auf die Geröllmasse direkt vor ihr. Sie kauerte sich noch enger an die Wand. Sie hatte das Gefühl, der Unbekannte würde nur eine Armlänge von ihr entfernt stehen bleiben und in schnellen, heftigen Zügen atmen.

Der Schein zitterte über die Steine. Manche blinkten geheimnisvoll auf. Es musste Erz hier oben geben, Silbererz. Es war vielleicht nicht mehr rentabel genug, um abgebaut zu werden, aber das Funkeln wirkte märchenhaft und geheimnisvoll. Nico hörte, wie der Unbekannte tief Luft holte, und fragte sich, ob man an so einem Geräusch einen Menschen erkennen konnte. Leon war es jedenfalls nicht, da war sie sich mittlerweile hundertprozentig sicher. Die Hand, die die Taschenlampe hielt, kam in ihr Blickfeld. Orangener Fleece. Sah oft benutzt aus.

Sie wusste, wenn der Unbekannte nur einen einzigen Schritt weitergehen würde, konnte er sie sehen. Sie hielt die Luft an. Hoffentlich roch er sie nicht. Oder die Pizza, die sie vor so langer Zeit in einem anderen Leben gegessen hatte. Welchen Teufel hatte sie aus seiner Hölle aufgescheucht? Welche Bestie von der Leine gelassen? Bittere Vorwürfe jagten durch ihren Kopf. Warum war sie nicht dem Rat ihrer Eltern gefolgt und hatte Schattengrund dort gelassen, wo es hingehörte: ins Reich der vergessenen Sünden, der verborgenen Schande, ins Märchenland mit dem Namen »Die Zeit heilt alle Wunden« … Sie musste sich beherrschen, nicht laut aufzuschluchzen vor Angst. Nur einen Schritt. Nur einen einzigen, verdammten, winzigen Schritt …

Das Licht huschte die gegenüberliegende Wand entlang und verschwand. Die Schritte schlurften zurück. Sie merkte, dass sie die Kontrolle über ihren Körper verlor. Ihre Knie zitterten unkontrolliert. Ihr Magen hob sich. Auch das noch, schoss es ihr durch den Kopf. Meinem Mörder vor die Füße zu kotzen … Der Unbekannte schien zu überlegen, welchen Gang er sich als nächsten vornehmen sollte. Er entschied sich für den nebenan. Noch bevor Nico ihr Glück fassen konnte, kam er zurück. Der mittlere Stollen war nun an der Reihe. Einer nach dem anderen wurde einer kurzen Kontrolle unterzogen. Im letzten blieb er länger. Nico wusste nicht, warum, aber sie nutzte diesen kurzen Moment, um ihre

Lampe zu finden und von dem verfüllten Stollen in den Gang nebenan zu schlüpfen. Ihr Überlebensinstinkt gab ihr recht. Der Unbekannte kehrte zurück und blieb unschlüssig in der Mitte der Höhle stehen. Dann ging er zielstrebig genau dorthin, wo Nico noch vor wenigen Augenblicken in Todesangst gesessen hatte.

Er leuchtete alles genau ab. Ging sogar bis zu den verfugten Steinen, klopfte gegen ein paar und sah sich genau um. Nico, die glaubte, dass er mit seiner Suche genug beschäftigt wäre, riskierte einen kurzen Blick um die Ecke, konnte aber im Gegenlicht seiner Lampe nicht viel erkennen. Ein Schatten, groß, breit, unnatürlich verzerrt. Aus. Der Mann drehte sich um, sie schnellte zurück in den Schutz der Dunkelheit und versuchte, mit der Wand des Stollens zu verschmelzen.

Es war kein Zufall, dass er hier war. Er suchte sie.

Wahrscheinlich glaubte er, sie wäre noch weiter in den Berg hineingelaufen. Im Moment fühlte er sich offenbar sicher. Was würde er als Nächstes tun? Sie wagte nicht, daran zu denken, ob er hier auf sie warten und was dann geschehen würde. Oh, hallo. Sie auch hier? Scheißwetter, nicht?

Der Mann kam zurück und lief an ihr vorbei zum Ausgang. Sie hörte das Quietschen des Gitters. Er würde doch nicht hinaus in den Schneesturm und zurück nach Siebenlehen gehen? Unverrichteter Dinge? Ratlosigkeit, Todesangst und eine zaghafte, mühsam im Zaum gehaltene Hoffnung, vielleicht doch noch davon gekommen zu sein, lieferten sich in Nicos Innerem einen erbitterten Kampf. Dann hörte sie ein metallisches Klicken, das sie nicht einordnen konnte. Und sie war allein.

Nico traute dem Frieden nicht. Sie blieb, wo sie war, und zählte bis hundert. Dann bis zweihundert. Dann bis dreihundert. Schließlich wagte sie es, einen Blick in die Eingangshöhle zu werfen. Es war stockfinster. Nur das niedrige Mundloch weiter oben war verschwommen zu erkennen. Saß er davor und wartete auf sie? Wohl kaum, denn der Wind blies unvermindert scharf. Kein Mensch würde da draußen reglos sitzend länger als zehn Minuten aushalten. Sie versuchte, seine Gestalt in der Höhle zu erkennen, musste sich aber eingestehen, dass sie die Hand nicht vor Augen sah.

Aber sie spürte, dass sie allein war. Gerade, als sie aufatmen wollte, fiel ihr siedend heiß ihr Rucksack ein. Er musste noch immer draußen auf dem Boden direkt neben der Eisentür liegen. Sie stöhnte auf vor Wut und Verzweiflung. Genauso gut hätte sie ein Schild mit der Aufschrift »Nico ist hier« aufstellen können. Und wenn der Mann nicht blind gewesen war – wogegen alles, aber auch alles sprach, am meisten aber die Sicherheit, mit der er sich durch die Gänge bewegt hatte –, musste er ihn gefunden haben. Ein trockenes Schluchzen stieg ihr in die Kehle. Sie wusste nicht, was sie mehr ängstigte: dass er sie gesucht hatte oder dass er es, wider besseres Wissen, unterlassen hatte.

Noch wagte sie nicht, ihre Taschenlampe anzumachen. Vorsichtig begann sie den Aufstieg über die eisglatten Steine und den Morast nach oben. Je näher sie dem Tor kam, desto schneller ging ihr Puls. Mehrfach rutschte sie aus und schlitterte ein paar Schritte zurück, fiel auf die Knie und versuchte, den stechenden Schmerz zu ignorieren. Endlich hatte sie das Mundloch erreicht. Ihr Rucksack war verschwunden.

Sie wollte aufheulen wie ein Wolf. Der Verlust war unersetzlich. Der letzte Rest heißer Tee. Ihr Handy. Der Handwärmer mit dem aufgedruckten Winnie Puh, den sie genau deshalb nie benutzt hatte. Ein paar Karamellkekse in Cellophan, wie es sie zu Cappuccino dazugab und die sie nie gegessen, aber aus einem unerklärlichen Grund gesammelt hatte, bis sie eines Tages, pulverisiert, entsorgt wurden. Alles Dinge, die ihr den Weg zurück irgendwie erleichtert hätten. Sie lehnte die Stirn an das eiskalte Eisen. Es half nichts. Sie musste orientierungslos und ohne jede Hilfe im Schneetreiben zurück nach Siebenlehen finden.

Zumindest heulte der Wind nicht mehr ganz so stark. Sie wollte das Tor aufstemmen und hinauslaufen, aber es ging nicht. Sie rüttelte, zerrte und drückte, warf sich dagegen, dass das Gitter in seinen rostigen Angeln zitterte, aber es blieb geschlossen. Schließlich knipste sie die Taschenlampe an, und was sie sah, ließ den letzten Rest Hoffnung verpuffen. Das Tor ging nicht auf, weil es mit einem Schloss verriegelt worden war. Ein altes Sicherheitsschloss, herzförmig, abblätterndes Email, mit einem Schlüsselloch in der Mitte. Blitzartig erinnerte sie sich, wo sie dieses Schloss schon einmal gesehen hatte: an Maiks Gürtel.

Ihr wurde schwarz vor Augen. Die Taschenlampe fiel

herunter und rollte weg. Sie klammerte sich noch an den Eisenstreben fest, um nicht hinzufallen, und glitt dann doch zu Boden. Sie hörte etwas keuchen. Schnell, atemlos nach Luft ringend, fast ein Schluchzen – sie hörte sich selbst, als wäre Watte in ihren Ohren. Wieder tanzten glühende Punkte vor ihren Augen. Das ist das Ende. Jetzt ist es so weit. Du hast es weit gebracht, Nico, aber hier oben holt dich keiner mehr raus.

Maik.

Wie konnte er so etwas tun? Was hatte den Mörder, das Tier in ihm geweckt? Warum hatte er sie erst heraufgelockt, um sie dann ihrem Schicksal zu überlassen? Hatte er insgeheim gehofft, dass sie sich verlaufen würde? Abstürzen? Erfrieren? Und damit wäre das Problem gelöst?

Aber welches Problem?

War Maik der Mann gewesen, der Fili wehgetan hatte? Sie blinzelte und hatte Mühe, ihre Augen aufzubekommen. Ihre Tränen gefroren, ihre Nasenflügel klebten zusammen, wenn sie scharf einatmete. Sie konnte hier nicht sitzen bleiben. Sie würde sterben. Schon spürte sie, wie ihre Beine gefühllos wurden und ihre Finger ganz taub waren, obwohl sie Handschuhe trug. Mühsam, unter Auferbietung aller Kräfte, zog sie sich an den schmiedeeisernen Querstreben hoch.

»Maik!«, brüllte sie. »Hol mich hier raus! Wir können über alles reden, hörst du? Maik!«

Weit hinten, fast verschluckt von der Dunkelheit und dem fallenden Schnee, glaubte sie, eine dunkle Silhouette erkennen zu können.

»Maik!« Ihr Schrei wurde vom Wald und vom Wind verschluckt. »Komm zurück!«

Der Schatten war verschwunden.

»Maik! Lass mich nicht allein, bitte ...«

Nico schrie, brüllte, wimmerte, hieb mit den Fäusten gegen das Gitter, spürte den Reif nicht auf den Wimpern, genauso wenig wie die Tränen aus Eis, heulte sich die Seele aus dem Leib, nur um den Moment hinauszuzögern, in dem sie erkennen würde, dass sie alleine mit dem Unfassbaren war. Nur sie, der Schneesturm und der Tod waren jetzt noch hier.

ZWEIUNDVIERZIG

Leon glaubte, einen Schrei zu hören.

»Nico?« Er war schon ganz heiser vom Rufen. »Nico! Wo bist du?«

Er lauschte. Nichts. Wahrscheinlich war es ein Vogel, den das Unwetter aufgestört hatte. Am liebsten wäre er den Weg zur Kreuzung gerannt, doch er wusste, dass das ein Fehler wäre. Langsam und stetig, mit sicherem Tritt, so kam man ans Ziel. Nur Anfänger überschätzten sich und jagten los, um irgendwann völlig aus der Puste keinen einzigen Schritt mehr weiterzukönnen.

Offenbar waren Nico und Maik solche Anfänger, aber leider ziemlich gut trainierte. Leon spürte die wachsende Angst, dass er zu spät kommen würde. Zu spät für was, das wagte er sich nicht auszumalen. Nico und Maik alleine am Berg. Der sanftmütige Riese mit dem Kinderblick und seinem Hang zu Märchen, den Nico fatalerweise auch noch teilte. Wie schnell diese Märchen zum Albtraum werden konnten, hatten sie hier alle schon einmal erlebt. Zwölf Jahre war das her. Seit Nicos Auftauchen schien es, als wären die furchtbaren Ereignisse erst gestern passiert.

Jedes Wort, das er in seiner Wut gesagt hatte, tat ihm leid. Er hoffte inständig, noch eine Gelegenheit zu bekommen, um sich zu entschuldigen. Und dass Nico ihm verzeihen würde. Sie hatte ihn dazu gebracht, mit seinem Vater zu reden. Er war heilfroh, dass er dieser Konfrontation nicht ausgewichen war. Nicht auszudenken, wie er mit diesem Verdacht hätte leben sollen. Wie böses Gift hätte das alles zersetzt, woran Leon glaubte. Wie glücklich durfte er sich fühlen, dass sein Vater ihn verstanden hatte. Und dass er jeden einzelnen Vorwurf plausibel hatte widerlegen können.

Leon erreichte die Kreuzung und blieb einen Moment stehen, um zu verschnaufen. Was, wenn es anders gekommen wäre? Wenn sein Vater die Untat gestanden hätte? Wie ging man um mit einem solchen Frevel in der eigenen Familie? Löschte er alles aus, was bis dahin gegolten hatte – Liebe, Vertrauen, Achtung? Gab es überhaupt einen Ausweg aus einem solchen Abgrund von Schuld? Ja, dachte er. Es gibt ihn. Ich hätte ihm ins Gesicht geschlagen, aber dann hätte ich ihn in die Therapie geschleift. Es gab solche Einrichtungen, die Männern halfen, ihre Pädophilie als das zu erkennen, was sie war. Eine grausame Verirrung, die Kindern unermessliches Leid zufügt. Eine Krankheit der Psyche, die man behandeln konnte. Aber wer dem Trieb nachgab, beging ein Verbrechen. Dafür gab es keine Entschuldigung. Wer das merkte, an sich oder anderen, und die Augen verschloss aus Angst, dass alles in Scherben zersprang, wusste nicht, dass er schon längst in einem Scherbenhaufen saß.

Maik. War es doch Maik gewesen?

Was hatte sich damals abgespielt? Und Trixi? Vielleicht

hatte sie etwas geahnt, aber ihre Angst, den wenigen Hinweisen nachzugehen, war zu groß gewesen. Was, wenn sie einen zahlungskräftigen Gast mit einem unbewiesenen Verdacht verprellt hätte? Was, wenn so etwas die Runde gemacht hätte? Sie hatte sich kaum um ihre Tochter gekümmert. Hatte es nicht an sich rangelassen, dass das Mädchen immer stiller und in sich gekehrter wurde? Dass es Angst hatte, allein zu sein. Nicht in seinem Zimmer bleiben wollte. Hatten nicht alle Kinder schwierige Phasen? Ihre einzige Lösung war, die Ursache zu leugnen und die Wirkung zu bekämpfen. Aber indem sie Fili eingeschlossen hatte, hatte sie dem Peiniger des kleinen Mädchens erst recht Tür und Tor geöffnet. Kianas Versuch, mit Filis Eltern zu reden, war mit einem Fiasko geendet. Fili war in der Ecke des überspannten Kindes gelandet, Kiana in der der üblen Nachrede.

Leon ging weiter. Mit langsamem, sicherem Tritt. Dabei schnitt der Schmerz wie mit einem Messer durch seine Eingeweide. Er versuchte, sich an die letzten Ferien zu erinnern, in denen Fili noch gelebt hatte. Fröhlich war sie gewesen. Leicht und zart wie eine Feder. Er war sich sicher, dass das Grauen damals noch nicht in ihr Zimmer geschlichen war. Oder dass es erst am Anfang gestanden hatte. Wie begann Missbrauch? Mit einem Kuss? Einer fast absichtslosen Berührung? Einem »Zeig mir doch mal, wie lieb du mich hast«? Einem »Fass mich doch mal an«? Er schüttelte sich.

Wenn ich ihn erwische, dachte er, ist er ein toter Mann.

Er war kaum anders als all die, die Kiana am liebsten

geteert und gefedert aus dem Dorf gejagt hatten. Er war keinen Deut besser in seiner Wut. Aber was war die Alternative? Dass dieses Schwein unbehelligt weiterleben durfte, weil die Beweise fehlten?

Die Angst trieb ihn weiter und ließ ihn schneller werden. Nico hatte etwas gefunden und Maik wollte es ihr zeigen. Etwas, das den Schuldigen überführen würde. Aber warum stiegen sie dann mitten in der Nacht auf den Berg und wollten ins silberne Grab? Warum hatte das nicht Zeit?

Die Antwort gab er sich selbst. Weil Nico niemanden mehr hatte, der ihr glaubte. Sie stand mit dem Rücken an der Wand. Maik war ihre letzte Chance. Maik, der der Einzige war, der das silberne Grab wirklich kannte. Der tief im Labyrinth gewesen war. Der entweder etwas zeigen oder ... etwas für immer verbergen wollte.

Undeutliche Spuren im Schnee, kaum noch zu erkennen im Licht der Taschenlampe. Im Wald wurde es besser. Leon sah die kleineren Abdrücke, die wohl zu Nico gehören mussten, und Maiks schwere, schleifende Stiefelabdrücke. Nach einer halben Stunde, die ihm vorkam wie eine Ewigkeit, erreichte er die Senke vor dem Bergrücken. Der Wind trieb die Wolken auseinander, und bevor er sie wieder übereinandertürmen konnte, fiel Leon etwas Merkwürdiges auf. Die ebene Fläche war übersät von ... Hügeln. Sie erinnerten an winzig kleine, frisch aufgeworfene Gräber, vom Neuschnee gnädig bedeckt.

Er beleuchtete das Areal vor ihm, so gut es ging, aber es erklärte dieses Mysterium nicht. Überdimensionale Maulwurfshügel vielleicht. Aber das konnte nicht sein. Unter seinen Stiefeln knirschten Steine. In dieser Höhe und bei dieser Bodenbeschaffenheit konnten die Tiere nicht existieren. Ganz zu schweigen von den eisigen Temperaturen, die gerade jedes Gartenbeet in Permafrostboden verwandelt hatten.

Vorsichtig ging er auf den ersten Hügel zu. Fast sah es so aus, als ob sich etwas Dunkles bewegen würde. Er blinzelte. War das ein Winken? Eine schwarze, leblose Hand, mit der der Wind spielte? Dann bemerkte Leon die Blutspritzer rund um den kleinen Schneehügel. Es sah aus, als ob hier ein Tier geschlachtet worden wäre. Ein Opfertier. Dunkelrote Tropfen gefrorenes Blut, in weiten Kreisen um den Hügel, als ob ein durchgeknallter Maler seinen Pinsel ausgeschüttelt hätte. War das hier oben etwa eine Stätte dunkler Rituale? Die Winterhexen kamen Leon in den Sinn. Verwirrte Seelen, die die Nähe zum Blocksberg und dem Teufel suchten …

Schnee fiel in zarten Schleiern über die Hochebene. Noch ein, zwei Stunden, und die kleinen Hügel wären verschwunden. Ihm fiel auf, dass Nicos und Maiks Spuren bereits verweht waren. Die Zeit drängte. Er wollte nicht, dass er den Anschluss verpasste und und im silbernen Grab etwas geschah, das niemand wieder gutmachen konnte.

Ihm schien, als ob die seltsamen Hügel zu diesem grausigen Märchen dazugehörten. Sie waren wie Steine in einem riesigen Brettspiel, dessen Regeln noch keiner von ihnen erfasst hatte. Wie Bilder, die erst einen Sinn ergaben, wenn man alle gesehen hatte. Schau nach, was da liegt, dachte er trotz seiner Eile. Er ging auf eine der unnatürlichen Erhebungen zu und berührte sie mit dem Fuss. Sofort sprang er zurück. Das, was dort verborgen lag, musste etwas Lebendiges gewesen sein. Aus dem Schnee ragte ein schwarzer blutverkrusteter Flügel. Leon ging in die Knie und begann hektisch zu graben. Was er schließlich in den Händen hielt, verdichtete Angst und Übelkeit zum Schock. Es war eine Krähe. Gefroren und hart wie ein Stein. Und ihr fehlte der Kopf.

DREIUNDVIERZIG

Nico wusste nicht, wie lange sie am Gitter gestanden, daran gerüttelt und geschrien hatte. Irgendwann hatten sie die Kräfte verlassen und sie hatte nur noch hinaus in die Dunkelheit gestarrt.

Vielleicht war es dieses Atemholen und Innehalten gewesen, das sie auf den inneren, schwach glühenden Kern ihrer letzten Reserven aufmerksam gemacht hatte. Hier oben war sie verloren. Wenn sie aber Schutz im Berg suchen würde, hätte sie vielleicht noch eine Chance.

Mühsam zog sie ihre Handschuhe aus und wühlte in den Taschen nach etwas, das sie vor dem Gitter ablegen konnte. Ein Zeichen, dass sie hier gewesen war. Ein Hinweis an etwaige Retter weiterzusuchen. Aber sie fand nichts. Nur Kianas Stein. Und der sah genauso aus wie alle anderen, die hier herumlagen. Alles, was sie bei sich getragen hatte, war in dem Rucksack verstaut gewesen. Und den hatte Maik wohl längst irgendwo im Wald entsorgt.

Weder auf ihre Mütze noch auf die Handschuhe konnte sie verzichten. Schließlich knotete sie mühsam die Schnürsenkel ihres linken Stiefels auf. Es kostete sie unendliche Mühe, die nassen Bänder aus den Ösen zu bekommen. Als sie es endlich geschafft hatte und sie sich wieder aufrichtete, wurde ihr schwindelig. Den Schnürsenkel am Stil des eisernen Schlägels festzuknoten, war mit ihren steifen Fingern fast ein Ding der Unmöglichkeit. Endlich hatte sie es geschafft.

Schnaufend und tatterig wie eine alte Frau hangelte sie sich an der glitschigen Wand entlang hinunter bis zu dem eigenartigen Vorraum, von dem die Erzgänge abzweigten. Welchen sollte sie nehmen? Das Licht ihrer Taschenlampe leuchtete nicht mehr so hell. Panisch erkannte sie, dass die Batterien langsam, aber sicher zur Neige gingen.

Es war immer noch eisig kalt. Irgendwo hatte sie einmal gehört, dass die Temperatur im Inneren eines Berges immer gleich blieb. Zwischen zehn und zwölf Grad. Verglichen mit dem, was sie gerade durchmachte, war das Hochsommer. Also sollte sie am besten einen Stollen wählen, der möglichst weit in den Stein getrieben worden war. Das allerdings würde ihre Chance schmälern, schnell gefunden zu werden. Was tun?

Sie fädelte den zweiten Schnursenkel aus und wickelte ihn um Kianas Stein. Dann traf sie ihre Wahl. Sie würde es mit dem mittleren Gang versuchen. In ihm war Maik am längsten verschwunden gewesen.

Sie platzierte den Stein auf dem Boden direkt vor der dunklen Öffnung des Stollens. Mehr konnte sie nicht tun. Wie spät war es? Mitternacht? Ein Uhr morgens? Ich muss bis zum Morgen durchhalten, dachte sie. Meine Mutter wird kommen und Himmel und Hölle in Bewegung setzen, um mich zu finden. Sie wird mit Leon sprechen, und der wird ihr sagen, dass ich hier hoch wollte …

… wenn Leon überhaupt noch in Siebenlehen war. Der Gedanke, dass er und sein Vater das Dorf verlassen würden, sobald die Räumfahrzeuge es erreicht hatten, ließ die schöne Vorstellung ihrer Rettung platzen wie eine Seifenblase.

»Scheiße!«, brüllte sie. Und wieder: »Scheiße!«

Sie trat gegen die Felswand, aber weh tat sie damit eigentlich nur sich selbst. Und sie verlor beinahe ihre Stiefel.

Reiß dich zusammen, sagte sie sich. In diesem Gebirge aus Erz und Stein bist du die einzige lebende Person. Und wenn du vorhast, dass es auch so bleibt, dann tu endlich mal was, was dich weiterbringt und nicht fertigmacht.

Der mittlere Gang. Sie holte tief Luft, leuchtete mit dem immer dünner werdenden Strahl ihrer Taschenlampe in die schwärzeste Dunkelheit, die sie jemals gesehen hatte, und marschierte los.

VIERUNDVIERZIG

Der Wind raste ungebremst über das schmale Hochplateau und warf sich Leon mit einer Wucht entgegen, die ihn fast in die Knie zwang. Das Unwetter nahm an Heftigkeit zu, wurde zu einem Blizzard, einem Schneesturm, der hier oben in einer Wut toben konnte, von der man unten im Tal allenfalls noch ein paar laue Lüftchen mitbekam. Wie sollte er Nico finden? Und wie den Eingang zum silbernen Grab? Als er zum letzten Mal so weit oben gewesen war, war es Sommer gewesen. Die Sonne hatte geschienen, der Duft von Harz, Kiefernnadeln und heißem Stein war ihm in die Nase gestiegen und hatte vor Glück fast zu einem kleinen Höhenrausch geführt. Klare Bäche hatten seinen Weg begleitet, sattgrünes Moos seine Schritte gedämpft. Er hatte aus einer Quelle getrunken und Walderdbeeren gepflückt, die auf seiner Zunge einen fantastisch süßen Geschmack entfaltet hatten.

Glück. Wenn er an diese einsamen Wanderungen im Sommer dachte, hatte er eine Ahnung von Glück. Und das hier war das genaue Gegenteil. Es war die weiße Hölle.

Er zog den Kopf ein und marschierte weiter. Wenn er das Plateau überquert hatte, würde er an die Ausläufer des nächsten Berghanges gelangen. Ein Wunder, wenn Nico es bis hierhin geschafft haben sollte. Mit jedem mühsamen

Schritt verdichtete sich die Ahnung, dass er sie verloren hatte. Er konnte auch an ihr vorbeigelaufen sein. Was das bedeuten würde, wollte er sich gar nicht erst ausmalen.

Eine besonders scharfe Windbö versetzte ihm einen Stoß, sodass er beinahe rücklings in den Schnee gefallen wäre. Sie erfasste seine Kapuze, die nach hinten flog, und riss ihm die Mütze vom Kopf. Leon bekam gerade noch aus den Augenwinkeln mit, wie der Wind sie packte und damit spielte wie ein übermütiges Kind. Das Letzte, was er von ihr sah, war ein Salto, bevor sie über die Kante des Felsens in die Tiefe fiel.

In Sekundenschnelle waren seine Ohren taub. Er riss die Kapuze hoch und schnürte sie, so eng es ging, um Gesicht und Kinn fest. Eine Notlösung. Sobald er an eine windgeschützte Stelle kam, musste er den Schal um seinen Kopf wickeln. Der Wind bretterte um seinen Kopf, dass ihm Hören und Sehen verging. Gebückt kämpfte er sich weiter. Seine Hand, die die Taschenlampe hielt, wurde steif. Er hatte Angst, die Lampe würde in den Schnee fallen und er gleich dazu. Wenn das passieren würde – er käme nicht mehr hoch. Der einzige Gedanke, der ihn noch aufrecht hielt, war Nico. Sie musste es geschafft haben. Vielleicht war der Sturm erst vor Kurzem richtig in Fahrt gekommen und sie hatten den rettenden Eingang in den Berg noch gefunden.

Aber war das Rettung: mit Maik im Berg?

Er stolperte über einen großen Stein, den er, halb blind wie er war, nicht gesehen hatte. Dann kam noch einer. Und noch einer. Er blieb kurz stehen, strich sich über die Augen und starrte in die wirbelnde weiße Wand direkt vor sich. Und genau in diesem Moment hielt der Sturm inne. Es war nur ein kurzes Atemholen, bevor er mit noch größerer Wut zurückkehren würde. Aber für einen kurzen Moment hatte Leon etwas gesehen: eine dunkle Bergwand und in ihr, herausgeschlagen vor Hunderten von Jahren, einen steinernen Eingang mit einem Tor aus Eisen.

FÜNFUNDVIERZIG

Das Licht wurde immer schwächer. Nico knipste es aus, um der Batterie Zeit zu geben, sich etwas zu erholen. Sie zog die Handschuhe aus und hauchte auf ihre erstarrten Finger. Tatsächlich hatte sie das Gefühl, es wäre hier unten nicht ganz so kalt. Immer noch unter dem Gefrierpunkt, aber wenigstens nicht mehr so tödlich und beißend wie oben am Eingang. Sie spürte ihren Herzschlag wie ein Trommelfeuer in ihren Ohren. Es war die uralte Angst vor der Dunkelheit und dem, was sich in ihr verbergen konnte.

Es gibt keine Wölfe mehr, dachte sie. Auch keine Bären. Also stell dich nicht so an. Sie erinnerte sich, dass der Boden des Stollens aus Stein und festgetretener Erde bestanden hatte. Obwohl sie keine Hand vor den Augen sehen konnte, setzte sie vorsichtig einen Fuß vor den anderen und tastete sich an der Wand entlang immer tiefer hinein, bis sie auf etwas trat, das ganz anders klang als das Knirschen von Staub und Eis. Vor Schreck schnellte sie zurück und stieß sich den Kopf unsanft an einem Felsvorsprung. Fluchend ging sie in die Knie und machte die Taschenlampe an.

Vor ihr lag eine kaputte Brotbox aus Plastik. Schwere Stiefel mussten sie zertreten haben. Sie war rosa und auf ihr sprang ein kleines Pony über einen Regenbogen. Mit einem Stöhnen richtete Nico sich wieder auf. Sie war im richtigen Stollen. Diese Brotbox kannte sie. Kiana hatte sie ihr mitgegeben, wenn sie auf Ausflüge gingen. Sie hatte sie gefüllt mit selbst gebackenen Keksen, Obst und einem Stückchen Schokolade. Nico fühlte sich wie betäubt. Sie hätte heulen sollen. Schreien. Zusammenbrechen. Dieses kaputte, verblichene Ding aufheben und an ihr Herz drücken. Aber selbst dazu fehlte ihr die Kraft. Je weiter sie in den Stollen vordrang, desto größer wurde der Impuls, umzudrehen und zurückzurennen. Dieser Fund bestätigte ihr, dass sie der Stelle, an der Fili gestorben war, immer näher kam. Nico bezweifelte mehr und mehr, ob sie überhaupt noch so weit vordringen konnte – und wollte.

»Nico?«

Der Ruf geisterte durch die Stollen. Sie wusste nicht, aus welcher Richtung er kam. Die Stimme war verzerrt, gebrochen durch die Windungen und Gefälle des Gangs.

»Nico!«

Hohl klang sie, geisterhaft. Was tun? Sich zitternd verkriechen oder zurückkehren an das Mundloch? Sie war ihrem Verfolger schon einmal entkommen. Ob es ihr in dieser Verfassung ein zweites Mal gelingen würde, stand in den Sternen.

»Ich bin's! Leon! Nico, wenn du da unten bist, komm raus!«

Das Echo zerschnitt die Worte und warf sie wie Müll durcheinander. Das Einzige, das Nico verstand, war Leon. Sie fühlte sich, als ob jemand in ihrem Inneren den Heißwasserhahn aufgedreht hätte. Er war da. Er suchte sie. Alles war gut. Sie drehte sich um und lief los.

Mit dem letzten Glühen der Taschenlampe erreichte sie den Vorraum.

»Nico! Bist du da unten?«

Sie wollte schreien, aber sie bekam keinen Laut über die Lippen. Als ob ihre Kehle zugeschnürt wäre. Helles, blendendes Licht tanzte über die Wände und traf sie direkt in die Augen. Es schmerzte wie die Hölle.

»Oh mein Gott. Nico, komm rauf!«

Warum kam er denn nicht runter? Idiot. Musste sie alles selbst machen? Mühsam gelang es ihr, noch einmal die Steigung zum Mundloch hinaufzuklettern. Mehrfach geriet sie ins Straucheln, konnte sich aber in letzter Sekunde an der Wand abstützen. Mit letzter Kraft erreichte sie das Gitter und konnte hochsehen.

Leon stand dahinter. Die Stäbe waren zu eng gesetzt, um mit der Hand durchgreifen zu können. Aber er klammerte sich von außen daran fest und sie berührte seine Finger von der anderen Seite. Die Taschenlampe hatte er weiter unten in der Tür eingeklemmt. Sie beleuchtete jetzt den Boden und blendete nicht mehr.

»Leon …«, krächzte sie. Mehr fiel ihr nicht ein. Sie bemerkte, wie er sie ansah. Wahrscheinlich sah sie fürchterlich aus – genau wie er. Angespannt, schmal. Seine Nase war ganz spitz und weiß. Hoffentlich fror sie ihm nicht ab. So eine hübsche Nase.

»Gott sei Dank.« Er wies auf den Schnürsenkel. »Als ich den gesehen habe, wusste ich, dass du hier bist. Wo ist der Schlüssel?«

Sie begriff nicht.

»Der Schlüssel zum Schloss, Nico. Du musst ihn irgendwo haben. Erinnere dich.«

Schlüssel? Schloss? Sie hatte gar nichts. Eine kaputte Brotdose unten im Stollen, das war im Moment das Einzige. Und eine Taschenlampe, die ihren Geist aufgegeben hatte.

»Hab keinen Schlüssel.«

»Aber du hast dich doch eingeschlossen. Mach auf. Ich bin da. Ich habe mit meinem Vater gesprochen. Nico, ich glaube, dass Maik ...«

»Maik? Wo ist er?«

Seine Finger umklammerten sie. Beinahe hätte Nico aufgeschrien.

»Ist er nicht bei dir?«

»Er ist verschwunden. Er hat mich hier oben allein gelassen.« Sie entzog ihm die linke Hand und deutete auf das Schloss. »Das ist eins von seinen. Ich erkenne es wieder. Er hat es an seinem Gürtel gehabt. Mach auf!«

»Ich kann nicht.«

Nico brauchte ein paar Sekunden, um zu verstehen, was er gerade gesagt hatte. Zum ersten Mal wurde ihr bewusst, in welchem Zustand sie sich gegenüberstanden. Beide am Ende ihrer Kräfte, inmitten eines Schneesturms und einer so tödlichen Kälte, dass sogar Vögel wie Steine vom Himmel fielen. Und sie hatten nichts. Nichts, womit sie dieses Schloss aufbekommen könnten. Nichts, was sie aus dieser desaströsen Lage befreien konnte.

»Hast du gar nichts dabei?«, fragte sie verzweifelt. »Autoschlüssel. Ein Taschenmesser. Irgendwas! Ein Stein? Nimm einen Stein!«

»Hab ich alles schon versucht. Ich habe nichts dabei. Ich bin so schnell aufgebrochen, ich dachte, ich erwische dich noch. Wie kannst du denn mitten in der Nacht hier hochwollen? Und vor allem warum?«

Nico biss sich auf die Lippen und stöhnte auf. Ihr ganzes Gesicht schien eine einzige spröde Wunde zu sein.

»Er hat gesagt, er wollte mir was zeigen. An der Stelle, an der Fili gestorben ist.«

»Und du hast das geglaubt?«

»Ja was denn sonst!?«, schrie sie gegen das Heulen des Windes. Das Sprechen fiel ihr immer schwerer. Ihre Gesichtsmuskeln schienen ihr nicht mehr gehorchen zu wollen. Tief in ihr ballte sich etwas zusammen, was man nur sehr verharmlosend mit finaler Verzweiflung beschreiben konnte. Alles sah so aus, als wäre ihr Weg hier zu Ende. Wenn Leon nicht schnellstens eine rettende Idee aus dem Hut zauberte. »Es klang so echt, so überzeugend! Und morgen wäre es zu spät gewesen. Ist das nicht irre? Der Berg öffnet sich nur alle zwölf Jahre und dann auch nur für ein paar Stunden. Genau so ist es.« Sie sah ihn ängstlich an. »Genau so ist es.«

Sie erkannte in Leons Augen, dass er ihr nicht glaubte.

»Maik ist doch kein Mörder. Ich weiß nicht, was in seinem

Kopf passiert, aber er bringt doch niemanden um! Oder? Sag was! Er würde mich doch nicht einfach hier aussetzen und einschließen! Das kann doch nicht sein!«

»Hast du dir einmal überlegt, warum ausgerechnet er Fili gefunden hat? Und hast du mal ausgerechnet, wann er losgezogen und wann er damals wiedergekommen ist? Mir fehlen da ein paar Stunden.«

»Du meinst ... Du denkst, er war bei ihr? So lange, bis ... Oh nein!«

Sie rutschte an der Wand entlang auf den Boden. Leon ging in die Knie.

»Er hat dich eingeschlossen und ist in aller Gemütsruhe wieder zurückgegangen nach Siebenlehen.«

»Das glaube ich nicht. Ihm muss etwas passiert sein!«

»Nico, er hat die Augen aus deinen Schuhen gestochen. Ich habe sie in seinem Zimmer gefunden. Er war es, der um Schattengrund geschlichen ist. Und vorne auf dem Felsplateau liegen jede Menge tote Krähen.«

»Dafür kann er nichts. Die fielen einfach runter.«

»Einer fehlt der Kopf.«

Sie rollte zur Seite und würgte. Ihr Magen verkrampfte sich schmerzhaft, weigerte sich aber glücklicherweise, mehr als ein bisschen Galle in die Kehle zu drücken. Sie hustete und spuckte und fuhr sich schließlich mit dem Handrücken über die aufgesprungenen Lippen.

»Wann kommt Hilfe?«, fragte sie, als sie sich wieder aufgerichtet hatte. Mit einem Mal schien es ihr, als ob sie wieder glasklar denken könnte.

Leon sah zu Boden. Das Licht der Taschenlampe traf seitlich auf seine Kapuze, sein Gesicht blieb im Dunkeln.

»Wann kommt Hilfe?«, fragte sie noch einmal, so laut und deutlich, wie es ging. Er hob entschlossen den Kopf.

»Gar nicht. Ich muss zurück und die Leute alarmieren. Das Handy funktioniert hier oben nicht. Ich denke, in einer Stunde auf halber Strecke habe ich Empfang. Runter nach Siebenlehen dauert es noch mal so lange, wenn ich renne.«

»Zwei Stunden? Und dann? Kommst du zurück oder was? Heißt das, ich muss hier alleine bleiben? Wie lange?«

»Wir können auch beide am Gitter festfrieren und hoffen, dass man uns in ein paar Tagen in Blöcken abtransportiert. Nico. Was soll ich denn sonst tun?«

»Ich will nicht sterben.«

Sie konnte seine dunklen Augen im Halbschatten erkennen. Sie wollte seinen Blick behalten. Er würde das einzig Helle sein, das sie mit hinunternehmen konnte in die eisige Dunkelheit.

»Das wirst du nicht. Ich schwöre dir, ich komme wieder.«

»Das habe ich auch mal getan. Ich habe jemandem geschworen, dass ich wiederkomme. Und ich habe mein Versprechen gebrochen.«

»Das war etwas anderes.«

»Nein!«, schrie Nico. »Das ist nichts anderes! Siehst du das denn nicht? Mir wird das Gleiche passieren wie Fili. Dir wird etwas zustoßen. Du wirst Maik in die Arme laufen oder du fällst in eine Schlucht. Du verirrst dich, genau wie ich mich verirrt habe. Ich werde sterben, Leon. Ich weiß es. Das ist die Strafe dafür, dass ich Fili vergessen habe. Ich glaube nicht an Märchen und Legenden. Aber irgendetwas ist hier, und ich will damit nicht alleine bleiben, hörst du? Wir waren damals zu zweit und wir wollten ins silberne Grab. Und nur eine ist dorthin gekommen und die andere hat gekniffen. Kapierst du das nicht? Es ist noch nicht vorbei! Jetzt bin ich an der Reihe.«

Die letzten Worte gingen unter in einem hilflosen Schluchzen.

»Nico!« Leon schrie so laut, dass sie zusammenzuckte. »Reiß dich zusammen, verstanden? Dreh hier nicht durch! Komm runter, okay? Komm runter!«

»Ich bin schon unten!« Nico klammerte sich an dem Eisengitter fest. Er sollte nicht gehen. Er durfte sie nicht alleine lassen. Sie hatte Angst vor diesem Moment, der unausweichlich schien, wenn sie nicht beide hier oben den Tod finden wollten. »Ich bin so weit unten, wie ein Mensch nur sein kann.«

Sein Daumen streichelte sie, hielt sie fest. Sie waren sich so nah, doch das Gitter trennte sie und würde den einen zurückschicken ins Leben und die andere zurück ins Grab.

»Hör mir zu.« Sein Gesicht kam näher. Die Stäbe waren so eng, dass gerade drei Finger hindurchpassten, mehr nicht. Sie konnte seinen Mund sehen, der sich bewegte und ihr etwas sagte. Aber sie wollte es nicht hören.

»Ich komme zurück. Ich schwöre es dir. Das, was hier passiert ist, wird sich nicht wiederholen. Verstehst du mich?«

Sie schüttelte wild den Kopf.

»Wenn ich zurückkomme, Nico, werde ich das tun, was ich jetzt nicht tun kann. Ich will, dass du das weißt. Wenn ich wiederkomme, Nico ...«

Sie ließ den Kopf sinken. Ihre Stirn berührte das eiskalte Metall.

»... werde ich dich küssen.«

Was sagte er da? Seine Finger lösten sich.

»Ich werde dich küssen und in den Arm nehmen und nicht mehr loslassen. Hast du das verstanden? Ich schwöre dir: Ich bin in zwei Stunden wieder da und wir holen dich raus. Hier.«

Er biss in die Spitze seiner Handschuhe und streifte sie ab. Dann löste er seine Armbanduhr vom Handgelenk und reichte sie ihr hinein.

»Es ist kurz vor Mitternacht. Um zwei sind wir hier. Bis dahin musst du durchhalten. Geh in den Berg, so tief es geht, und komme in zwei Stunden wieder hier hoch. Dann sind wir da.«

»Leon ...«

»Und dann wird alles gut. Alles. Okay?«

Ihre Hände in den dicken Fäustlingen konnten die Uhr kaum fassen. Sie hatte aufgehört zu zittern, weil sie sich fühlte, als wäre sie durch und durch aus Eis.

»Okay? Hast du mich verstanden?«

Sie nickte.

»Das mit dem Küssen auch?«

Nico versuchte ein schwaches Lächeln.

»Ja«, sagte sie mit rauer Stimme. Irgendwie hatte sie sich eine Liebeserklärung anders vorgestellt. Vielleicht war es ja auch gar keine. Wahrscheinlich wollte er ihr Mut machen und glaubte, der Gedanke an einen Kuss von ihm könnte Tote aufwecken und Halbtote am Leben erhalten. Nico war sich da nicht ganz sicher. Aber geküsst zum Abschied hätte sie ihn schon gerne. Oder einmal sein Gesicht gestreichelt. Die schmalen Wangen mit den hellen Bartstoppeln, das energische Kinn, die Lippen, die ihr spöttisches Lächeln verloren hatten, und, ja, vielleicht hätte sie auch einen Kuss auf seine Augen gehaucht. Und auf den Mund. Und ... Er sah sie mit unendlicher Trauer und Sorge an.

»Ein bisschen wie in *Titanic*. Nur nicht so nass«, sagte sie.

Er lächelte. Wie konnte man in so einer Situation noch Witze reißen? Und dann auch noch so dämliche?

»Und mit dem Unterschied, dass keiner von uns untergeht«, sagte er. »Ich werde jetzt losmarschieren. Denke daran. In zwei Stunden bin ich wieder da. Ich ...«

Er stand auf. Auch Nico kam schwerfällig auf die Beine.

Plötzlich grinste er. »Jetzt weiß ich, wie es sein muss, wenn du im Knast sitzt und ich dich besuche.«

»Komm wieder«, sagte sie nur. »Komm einfach wieder.«

»Das werde ich. Bis gleich.«

Er drehte sich um und lief los. Nach zwanzig Metern hatten die Schneeschauer und die Dunkelheit das Licht seiner Taschenlampe verschluckt.

Nico wandte sich um und starrte hinunter in die Höhle.

Sie wollte nicht wieder zurück, aber sie hatte keine Wahl. Ihr Verstand sagte ihr, dass er Siebenlehen erreichen würde, dass er zurückkäme und dass sie eigentlich nur hinuntergehen und auf ihn warten musste.

Aber ihr Herz hatte Angst. Denn dort unten wartete Fili.

SECHSUNDVIERZIG

Leon lief über das unwegsame Gelände, so schnell es ging. Zum Teufel mit den Gedanken über »langsam« und »zügig«, Nicos Leben war in Gefahr. Und dann verabschiedete er sich mit diesem blöden Spruch vom Küssen. Sie musste glauben, er wäre übergeschnappt. Dabei hatte er nur Angst um sie und wollte, dass sie irgendetwas hätte, an dem sie sich aufrichten könnte. Ob das ausgerechnet seine Küsse sein würden, wagte er zu bezweifeln. Aber er wollte es tun. Er hatte kein größeres Verlangen, als sie in die Arme zu nehmen und nach Hause zu tragen, egal, wo dieses Zuhause sein würde.

Nach einer Ewigkeit erreichte er das Hochplateau mit den toten Vögeln. Ein Schauer lief ihm über den Rücken, als er an die geköpfte Krähe dachte. Hier draußen war ein Irrer unterwegs, und der Gedanke, dass dieser Wahnsinnige den Schlüssel zu Nicos Gefängnis bei sich trug, machte ihn rasend. Er ärgerte sich, dass er keine Waffe mitgenommen hatte. Ein Messer, eine Eisenstange, irgendwas. Halt durch, dachte er, halt um Himmels willen durch …

Er stolperte über einen Vogel und wäre fast gestürzt. Das Licht der Lampe tanzte hektisch über Steine, Felsen, Bäume. Er rannte weiter. Bergab ging es zwar schneller, aber er musste genau hinsehen, wohin er trat. Das war schwierig, denn es war immer noch stockfinster, aber das Glück war endlich einmal auf seiner Seite. Völlig außer Atem erreichte er die Kreuzung und erlaubte sich, einen Moment zu verschnaufen.

Was war zu tun? Er holte das Handy heraus, hatte aber immer noch keinen Empfang. Er erinnerte sich, dass er frühestens am Ortsrand von Siebenlehen damit rechnen konnte. Natürlich hatte er Nico angeschwindelt. Man konnte niemandem in einer so ausweglosen Situation sagen, dass es keine Chance gab, Hilfe zu holen. Außer, man machte sich selbst auf den Weg.

Sobald er Schattengrund erreicht hatte, würde er die Polizei alarmieren. Die würde sich mit der Bergwacht in Verbindung setzen, und die ... müsste warten, bis der Räumdienst die Straßen frei gemacht hätte. Als Leon dieser Umstand einfiel, hätte er am liebsten laut geschrien vor Wut. Immer kamen die kleinen Dörfer als Letzte ran. Als ob es dort keine Notfälle gäbe! Ein Hubschrauber vielleicht? Aber wo sollte er landen? Wie lange würde das dauern? Er hatte keine andere Möglichkeit: Er musste Zach und den Pfarrer alarmieren und dann versuchen, mit drei, vier gut ausgerüsteten Männern wieder loszuziehen. Das alles würde länger als die versprochenen zwei Stunden dauern. Nico würde ihn hassen. Mit jeder einzelnen Minute, die sie zu spät kamen, mehr.

Er holte tief Luft und marschierte weiter. Es würde reichen, sich Werkzeug aus dem Schwarzen Hirschen zu besorgen und mit Zach loszuziehen. Wenn der nicht wollte, schlimmstenfalls auch allein. Er ärgerte sich maßlos, dass ein einziger kleiner Schraubenzieher, ein Stechbeitel, eine Zange über Leben und Tod entscheiden sollten. Warum hatte er nicht an Werkzeug gedacht, bevor er genauso kindisch wie kopflos losgestürzt war?

Im Vergleich zu dem Trampelpfad durch die Wildnis war der Weg nach Siebenlehen ein Prachtboulevard. Leon kam gut voran. Er schätzte die verbleibende Zeit auf eine knappe halbe Stunde. Zum Hirschen, Zach und seinen Vater alarmieren, Zange holen, Polizei anrufen, wieder los. Mit etwas Glück könnte er es schaffen. Mit ein bisschen gutem Willen von ganz oben müsste Nico nicht länger als nötig in diesem eiskalten Grab ausharren.

Das Licht seiner Lampe erfasste eine unnatürliche Erhebung etwa zwanzig Meter voraus. Leon zügelte seine Schritte und kam vorsichtig näher. Der Erhebung bewegte sich. Sie war ein Mensch. Es war ein großer, vom Schnee halb zugewehter Körper, der quer auf dem Weg lag. Das Licht musste ihn geweckt haben. Er hob den einen Arm vors Gesicht, mit dem anderen stützte er sich mühsam auf. Leon blieb stehen. Begegnungen dieser Art unter diesen Umständen bedeuteten selten etwas Gutes.

»Hallo?« Er versuchte, seiner Stimme einen festen Klang zu geben. »Wer sind Sie? Sind Sie verletzt?«

Ein Stöhnen, ein unnatürlicher Laut entrang sich der Kehle des Gestrauchelten. Es war ein Mann, ein großer Mann, und etwas an ihm kam Leon bekannt vor. Er entschloss sich, ein paar Schritte auf ihn zuzugehen.

»Stehen Sie auf. Los!«

Der Mann ließ die Hand sinken und Leon erkannte ein blutverkrustetes, zerschlagenes Gesicht. Was zum Teufel war hier passiert? War das ein Unfall oder … etwas Schlimmeres, das sich in diesem Wald ereignet hatte?

Der Mann stieß einen gurgelnden Laut aus und fiel zurück. Dunkles Blut vermischte sich mit Schnee. Vor ihm lag etwas, das Leon nicht erkennen konnte. Er kam noch ein Stück näher, so nahe, dass er den Verletzen beinahe berühren konnte. Aber er tat es nicht, weil er in diesem Moment erkannte, was vor seinen Füßen lag. Der abgerissene Kopf einer Krähe.

»Maik?«

Leon ging in die Knie. Der Mann wälzte sich herum. Er hatte nur noch ein Auge, zumindest sah es im ersten fürchterlichen Moment so aus. Das andere war zugeschwollen. Ihn musste ein schwerer Schlag mitten ins Gesicht getroffen haben.

»Maik … was ist passiert? Wie kommst du hierher?«

Immer noch konnte Leon sich nicht überwinden, den Mann zu berühren. Vielleicht würde er im selben Moment aufspringen und sich auf ihn stürzen? Er verwünschte seine eigene Hilflosigkeit, mit der er dieser Situation ausgeliefert war.

»Bin gefallen«, stöhnte Maik. »Weiß nicht, wie lange ich hier liege. Hilf mir.«

Widerwillig stand Leon auf und reichte Maik die Hand. Beinahe wäre er kopfüber in den Schnee gefallen, als der andere sie ergriff und sich daran hochzog. Endlich stand Maik. Er schwankte etwas und sah sich unsicher um. Sein offenes Auge flackerte, als er Leon ansah.

»Sie ist im silbernen Grab? Allein?«

Unwillkürlich trat Leon einen Schritt zurück. Die ganze Situation gefiel ihm nicht. Maik war nicht der harmlose große Junge. Etwas in der Stimme, dem Blick, der ganzen Haltung seines Gegenübers verriet Leon, dass Maik sich verändert hatte. Sehr verändert.

»Ja«, antwortete Leon gedehnt.

Er hörte noch ein metallisches Klicken, als ob sich eine Öse aus einem Karabinerhaken löst, doch bevor er reagieren konnte, war es zu spät. Maik richtete sich auf. Wie ein Riese stand er da, mit hängenden Armen, und in der rechten Hand hielt er einen Hammer.

SIEBENUNDVIERZIG

Zwei Stunden waren vergangen.

Nico hatte sich hoch ans Gitter geschleppt, doch keiner war gekommen. Sie hielt es nur ein paar Minuten lang aus, dann beschloss sie, wieder in den Gang zu kriechen. Wenn Leon kam, würde er sie dort finden.

Wenn.

Sie erreichte den Stollen und tastete sich zurück zu der Stelle, an der sie zitternd gesessen und gewartet hatte. Das Licht der Taschenlampe war so schwach geworden, dass zum Schluss nicht mehr als ein schwach glühendes Fädchen in der Birne leuchtete. Nico hatte beschlossen, sie nur noch ein letztes Mal anzuknipsen. Dann, wenn sie keine Hoffnung mehr haben würde und dieses zarte Glühen das Letzte wäre, das sie sehen könnte.

Leon, betete sie. Bitte komm heil an. Hol Hilfe. Bitte.

Der kleine Zeiger der Uhr leuchtete ganz schwach Richtung drei. Leon war schon über eine Stunde fällig. Sie hatte das Gefühl, Tonnen von Stein lägen auf ihrer Brust. Kein Laut war zu hören, nur ihr eigener, hektisch ausgestoßener Atem klang in ihren Ohren. Die Kälte legte sich zunächst über ihre Beine und machte sie taub. Dann kroch sie hoch und begann, über ihre Arme herzufallen, die sie eng um den

Oberkörper geschlungen hatte. Was kam als Nächstes? Irgendwann, hatte sie einmal gelesen, würde ihr unglaublich warm werden. Heiß. So heiß, dass sie sich ausziehen würde, weil sie es sonst nicht mehr aushalten könnte. Das wäre die letzte Reaktion ihres erfrierenden Körpers.

Ihre Hand tastete über den Boden. Sie hörte ein leises Klirren wie von einem verlorenen Schlüssel. Mit jagendem Herzschlag riss sie sich den Handschuh ab und tastete danach. Als ihre tauben Finger den Gegenstand gefunden hatte, jaulte sie auf vor Schmerz und Enttäuschung. Kein Schlüssel. Ein kleines Ding aus Eisen. Zwei kreuzweise aufeinandergeschmiedete Nägel.

Es dauerte einen Moment, bis ihr betäubter Verstand begriff, was sie gefunden hatte. Das kleine Kreuz, das sie als Kind verloren hatte – hier, an dieser Stelle. Was hatte das zu bedeuten, dass sie es ausgerechnet in dieser Stunde höchster Not wiederfand? Ein so unglaublicher, unwahrscheinlicher Zufall … Und dann fiel ihr ein, dass dies die Stelle sein musste, an der sie mit Fili gesessen hatte.

Sie stöhnte auf und ließ den Kopf zurück an die Wand fallen. Jede Bewegung kostete unendlich viel Kraft. Nach einer halben Ewigkeit gelang es ihr, das Kreuz in ihre Jackentasche zu stecken und den Handschuh wieder anzuziehen. Als sie endlich fertig war und die Arme wieder kraftlos in den Schoß sinken ließ, dachte sie an ihre Eltern. Eines Tages würde man sie finden. Sie und das Kreuz. Für Steff und Theo wäre das kein Trost, aber ihr half der Gedanke, dass sie in dieser dunklen Stunde nicht auch noch von Gott verlassen war.

Sie blinzelte. Helle Schlieren huschten über ihre Augen, obwohl sie sie geschlossen hielt. Gehörte das zum Sterben dazu? Dass man Schleier sah und plötzlich das Gefühl hatte, jemand wäre in der Nähe?

Sie riss die Augen auf – nichts. Absolute Dunkelheit. Langsam wendete sie den Kopf nach rechts, in die Richtung, in die der Stollen noch weiter, noch tiefer in den Berg führte. Wer wusste, wohin? Zum Kyffhäuser? Nach Thale? Zum silbernen Grab?

Die zarten Schleier verdichteten sich. Es sah so aus, als ob in weiter, weiter Ferne ein Licht durch den Gang geistern würde. Nico blinzelte noch einmal. Das musste eine Täuschung sein. Sie war alleine hier. Und wäre sie das nicht, hätte sie es längst bemerkt. Was dahinten geschah, so weit weg, so unendlich tief unten, musste etwas anderes sein. Sankt Elms Feuer. Oder, natürlich, eine Sinnestäuschung.

Das Licht wurde heller und verdichtete sich zu einer kleinen Gestalt. Der Gestalt eines Kindes, das über dem Boden zu schweben schien. Fassungslos beobachtete Nico die Erscheinung, die langsam durch den Gang auf sie zukam und immer klarer, immer deutlicher wurde.

»Fili?«

Wer hatte das gesagt? Ihre Lippen waren verschlossen. Sie schmerzten. Ihre Haut war trocken und aufgerissen. Das Sprechen hatte ihr schon bei Leon Mühe bereitet.

»Fili?«

Doch, das musste sie sein. Ihre Stimme hatte ihren Körper verlassen, genau wie der Geist oder die Seele oder die Aura des Mädchens, oder was auch immer dieses Hirngespinst war, das immer näher kam. Jetzt sah Nico die langen hellen Haare, die ihm über die Schultern fielen. Sie war sich sicher, dass sie Angst empfinden sollte. Wenn schon nicht vor dieser Erscheinung, dann wenigstens deshalb, weil sie anfing, verrückt zu werden.

Dabei erkannte sie immer klarer jede winzige Einzelheit: dunkle Sommersprossen, ein wachsbleiches Puppengesicht, den viel zu großen, abgetragenen Anorak und Stiefel – in einem ausgeblichenen, ausgelaugten Rot. Spröde und farblos, wie Plastik, das zu lange in der Sonne gelegen hatte. Das Mädchen blieb stehen oder hörte mit dem Schweben auf, was auch immer, jedenfalls hielt es ungefähr einen Meter von Nico entfernt an. Das schimmernde Geschöpf erhellte die Umgebung gerade so weit, dass Nico ihre eigenen Stiefel noch erkennen konnte. Sie hatte Angst, dieses Etwas würde verschwinden, wenn sie nur einmal pusten würde.

»Du bist zurückgekommen.«

Eine klare, helle Kinderstimme. Freude flutete in Nicos Herz, als sie sie wiedererkannte. Das war das Mädchen, mit dem sie in den Ferien immer gespielt hatte. Ihre erste, richtige, feste Freundin. Nie wieder hatte sie sich später anderen Menschen so verbunden gefühlt – ihre Eltern vielleicht ausgenommen, aber die lebten für ein Kind sowieso auf einem anderen Stern. Meine Freundin. Meine beste, einzige Freundin. Wie schön das gewesen war und wie lange sie gebraucht hatte, wieder so einen Menschen zu finden. Wie hatte sie das alles jemals vergessen können?

»Es tut mir leid.« Nico hörte sich sprechen, aber sie tat es nicht. Auch ihre Stimme klang anders – jünger, kindlicher. »Ich wollte dich nicht allein lassen. Wirklich.«

»Das weiß ich.« Fili lächelte. Dieses Lächeln erinnerte Nico an die Figur der heiligen Barbara. Genau derselbe leicht gesenkte Kopf, die halb geschlossenen Lider und die Tränen aus Eis in den Wimpern. Sie konnte nicht erkennen, ob Fili weinte. Wahrscheinlich nicht. Sie sah glücklich aus.

»Magst du mitkommen?«

»Wohin?«, fragte Nico. Ihr wurde klar, dass sie zwar irgendwie mit diesem Wesen kommunizierte, dabei aber gleichzeitig wie ein Eisblock zusammengekauert auf dem Boden saß und sich keinen Millimeter bewegte.

»Nur ein kleines Stück. Es dauert nicht lange. Du wirst sehen, es ist wunderschön.«

Nico stand auf. Sie fühlte sich leicht wie eine Feder. »Hast du den silbernen Ritter gefunden?«

Die Augen des Mädchens glühten grün wie dunkle Fjorde. Es sah unheimlich aus in diesem blassen Gesicht, aber Nico fürchtete sich nicht. Sie warf einen Blick über die Schulter zurück und sah sich immer noch auf dem Boden sitzend, den leeren Blick ins Dunkle gerichtet.

»Etwas viel Schöneres. Es wird dir gefallen.«

Fili griff nach ihrer Hand, aber Nico spürte die Berührung nicht. Sie waren beide gleich groß. Das Mädchen zog sie mit sich in den Gang. Nico wusste nicht, ob sie lief oder schwebte. Alles fühlte sich schwerelos und leicht an. Noch einmal sah sie zurück. Ihr Körper war nur noch ein Schatten, der von der Dunkelheit verschluckt wurde. Irgendetwas in ihr sagte ihr, dass das nicht gut war: So den Kontakt zu sich selbst zu verlieren.

»Ich will nicht.«

Fili ließ sie los und sah sie mit großen, traurigen Augen an. »Das ist aber schade.«

»Wo ... Wo bist du?«

Erstaunt antwortete das Wesen: »Hier. Hier bin ich. Bei dir. Ich habe auf dich gewartet, so lange. Ich war immer bei dir. Ich hab geschlafen in dir. Du hast das gar nicht bemerkt. Erst als du wieder hier warst, konnte ich aufwachen.«

»Es tut mir so leid.«

Das Mädchen schüttelte den Kopf. Die langen Haare schwebten um sie herum, als ob sie unter Wasser wären. »Ich wollte nie, dass du traurig bist. Das war nicht deine Schuld, dass du dich verlaufen hast. Vielleicht habe ich es sogar gewollt und dich in die Irre geschickt? Ich bin glücklich, da, wo ich jetzt bin. Da wollte ich immer sein. Ich bin nicht allein. Viele andere sind auch hier.«

»Wo ist das?«

»Auf der anderen Seite vom Berg«, flüsterte das Wesen. »Alles ist so, wie ich es geträumt habe. Nur noch viel schöner.«

Sie waren stehen geblieben. Nico wusste nicht, wie weit sie sich schon von ihrem Körper entfernt hatte. Sie wollte zurück.

»Ich will nicht mit«, sagte sie. »Ich finde leben auch ganz schön. Im Moment wenigstens. Ich würde gerne noch ein bisschen weitermachen.«

Fili nickte. Sie schien ein wenig bleicher zu werden, falls das noch möglich war. Oder verschwand langsam das Leuchten um sie herum?

»Dann geh ich jetzt. Soll ich dich allein lassen?«

»Nein!« Nico wollte die Hand ausstrecken und Fili zurückhalten, aber sie griff ins Leere. Das Wesen wurde noch durchsichtiger, war zart wie ein Hauch. »Geh noch nicht! Sag mir, wer dir das angetan hat. Wer hat dir wehgetan? So sehr, dass du lieber auf die andere Seite gegangen bist?«

Fili war nur noch ein schwaches Glimmen. Der Umriss ihres Körpers schien sich aufzulösen und mit der Dunkelheit zu verschmelzen.

»Sag es mir!«

»Ich kann nicht!« Nun weinte das Wesen doch. Das Schluchzen war leise, so als ob es sich immer weiter von Nico entfernte. »Ich kann nicht … Leb wohl, Nico. Danke, dass du gekommen bist. Du hast dein Versprechen gehalten. Denk immer daran, du hast es gehalten …«

Ein allerletztes Schimmern, und unmittelbar, bevor die letzte Ahnung von Filis Geist verschwunden war, sah Nico eine Zeichnung an der Wand. Ein Bett, ein schwarzer Mann, vier Buchstaben … aus. Ende. Nico fiel, und der Abgrund, der sich auftat, war bodenlos.

ACHTUNDVIERZIG

Sie schlug auf, dass es klatschte. Links, rechts. Es schmerzte höllisch und fuhr durch Mark und Bein. Ihr Körper wurde hin- und hergeschleudert, sie prallte gegen Felsen und etwas anderes, Weicheres.

»Wach auf!« Klatsch. »Nico!« Klatsch.

Sie hob die Hände, um die Schläge abzuwehren. Augenblicklich hörten sie auf. Jemand schnaufte neben ihr, keuchte, als ob er Stunden gerannt wäre. Es war nicht Leon. Es war Maik.

Benommen öffnete sie die Augen und starrte in eine Horrorfratze. Maiks halbes Gesicht musste in einen Fleischwolf gekommen sein. Eine klaffende Wunde zog sich von seiner Stirn über das linke Auge und quer über die Wange. Immer noch sickerte Blut. Entsetzt versuchte Nico, von ihm wegzurücken. Aber ihr Körper gehorchte ihr nicht mehr.

»Was ist passiert?«, krächzte sie.

»Komm mit.«

Er zog sie hoch. Nicos Beine glitten weg. Sie strampelte und suchte nach Halt, bis sie schließlich, immer noch in Gefahr wegzurutschen, in seinen Armen hing. Sie verstand das alles nicht.

»Du hast mich eingeschlossen?«, keuchte sie mit letzter Kraft.

»Hab ich nich.«

»Wo ist Leon?«

Er ließ sie los. Sie konnte sich nicht schnell genug abstützen und geriet ins Straucheln. Maik fing sie wieder ein.

»Leon kommt gleich.«

»Wie gleich? Wo ist er? Hast du ihn getroffen?«

Er wich ihrem Blick aus. Versuchte, sie aus dem Stollen Richtung Eingangshalle zu schleifen. Nico wehrte sich verzweifelt.

»Lass mich los! Wo ist er?«

»Draußen.«

»Du weißt, wo er ist! Was hast du mit ihm gemacht?«

Ihre Stimme war wieder da. Hell, gellend, glasklar vor Angst. »Was hast du ihm angetan? Was ist mit ihm passiert?«

Er schleifte sie weiter, achtete gar nicht auf sie. Ein dumpfer Muskelberg, der nur seinen eigenen Befehlen folgte. Nico hatte keine Kraft mehr, sich zu wehren. Für einen verzweifelten Moment sehnte sie Fili herbei, Fili, die sie mitgenommen hätte an einen Ort ohne Angst und Gewalt. Sie fühlte sich so ausgeliefert wie noch nie in ihrem Leben.

»Maik…« Sie begann zu schluchzen. »Maik, lass mich los. Bitte! Ich hab dir doch nichts getan!«

»Kann nicht.«

»Aber warum denn nicht? Lass mich einfach liegen und geh, keiner wird erfahren, was hier passiert ist. Keiner!«

»Kann nicht. Darf nicht.«

»Dann sag mir ...« Wieder versuchte sie, sich loszureißen, und wieder musste sie, rasend vor Wut und Verzweiflung, einsehen, dass er stärker war. »... sag mir, wo Leon ist!«

»Hier!«

Nico glaubte, ihren Ohren nicht zu trauen. Während sie von Maik in die Eingangshöhle geschleift wurde, polterten von dort, wo der Eingang zum Stollen war, schwere Schritte hinunter, begleitet vom Rutschen und Kollern kleiner Steine.

»Nico! Hast du sie?«

»Ja«, brüllte Maik, dass die Wände zitterten. »Hab sie!«

Jemand rannte auf sie zu und riss sie in die Arme. Bedeckte ihr Gesicht mit Küssen, hielt sie fest, zärtlich und stark zugleich, und flüsterte lauter merkwürdige Dinge in ihre Ohren, so in etwa wie »Dass du lebst! Nico! Mein Gott, ich bin so glücklich!«, und Nico konnte nichts anderes tun, als zu versuchen, nicht wie eine viktorianische Salonschönheit in Ohnmacht zu fallen.

Vorsichtig ließ Leon sie auf den Boden gleiten. Maik wickelte ein Bonbon aus und steckte es ihr in den Mund.

»Hab nichts anderes.«

Nico schmeckte Zucker, Sahne, Karamell. So unglaublich es war, dieses Bonbon schien ihr das Leben zu retten. Sie spürte, wie ein wenig Kraft und Wärme in ihre Glieder zurückkehrte.

»Wie lange warst du weg?«

»Über drei Stunden. Maik ist schwer verletzt, aber er wollte unbedingt zu dir, um dich hier rauszuholen. Ich hätte ihn nicht liegen lassen können, er wäre erfroren. Also sind wir beide wieder hoch, aber das hat eben gedauert und er ist wie ein Irrer vorangelaufen. Er hat das Schloss mit dem Hammer zerschmettert. Alles andere wäre Zeitverschwendung gewesen. Irgendjemand muss es Ihnen geklaut haben. Schaffst du es? Sonst trage ich dich.«

»Danke, danke.« Nico lutschte voller Hingabe ihr Bonbon. Ihr war mit einem Mal so leicht ums Herz. Maik sah sie treuherzig aus seinem einen, nicht so verschwollenen Auge an, und Leon ... Leon hockte vor ihr und hielt ihre Hände, als ob er sie nie wieder loslassen wollte.

»Ich habe Fili getroffen.«

Maik nickte. »Ich seh sie auch manchmal. Da drinne, nich?«

Er wies auf den mittleren Stollen. Nico wunderte sich nicht. Sie musste eine Grenzerfahrung gehabt haben. Völlig erschöpft, kurz vorm Erfrieren, dazu noch unendlich verzweifelt – sie hatte geträumt oder fantasiert. Und Maik, Maik konnte eben noch eine Menge anderer Dinge sehen, von denen »normale« Menschen höchstens träumten.

»Du bist fast erfroren«, sagte Leon, der Einzige, der offenbar noch mit beiden Beinen auf dem Boden der Realität stand. »Da gaukelt einem der Geist manchmal etwas vor.«

»Wir müssen noch mal da rein.« Sie griff nach Leons Taschenlampe und leuchtete in den mittleren Stollen. »Da ist was. Ich habe es gesehen.«

»Du konntest gar nichts sehen, da drin ist es viel zu dunkel!«

»Fili hat es mir gezeigt. Sie hat dort etwas an die Wand gemalt. Maik, du hast es doch auch gesehen, oder? Was ist es?«

Der Riese senkte den Kopf. »Hab nicht so genau hingeguckt. Ging mich nichts an.«

Nico zog scharf die Luft ein, entspannte sich dann aber, soweit es möglich war. Maik steckte seine Nase eben nicht in fremde Angelegenheiten, Punkt.

»Du gehst nirgendwohin. Außer mit mir zusammen zurück nach Siebenlehen.« Leon stand auf. Die liebevolle Wärme war einer finsteren Entschlossenheit gewichen. »Wir haben dich in letzter Sekunde befreit. Ich will nicht, dass du da noch mal reingehst.«

»Maik?«, fragte sie. »Kommst du mit?«

Der Angesprochene zog es vor, nach einem kurzen Blick auf Leon zu schweigen.

»Dann geh ich eben alleine.«

Sie stand auf. Zornig. Ihre Knie knickten weg, Leon konnte sie gerade noch auffangen. Aber der Schwindel verflog schnell.

»Siehst du?«, fragte er. »Du schaffst es ja noch nicht mal, gerade zu stehen.«

»Und ob.« Sie schob ihn auf Armlänge weg. »Geht wohl. Ich muss da rein, Leon. Und wenn du ehrlich zu dir selbst bist, willst du es auch. Und du Maik, auch. Dich haben sie alle schief angeguckt, weil du so lange in diesem Stollen gewesen bist, als Fili starb.«

Maik ging ein paar Schritte auf und ab. Er schien die Schmerzen gar nicht zu spüren, die man ihm zugefügt hatte.

»Sie war fast tot«, sagte er leise und blieb stehen. Ängstlich starrte er in den Eingang des Stollens. »Sie war weg. Sie hat noch Tschüss gesagt, aber anders. Wie ein Geist. Aber sie selbst war tot und kalt. Und da habe ich geweint und versucht, sie aufzutauen, aber das ging nicht. Und da hab ich sie runtergetragen. Bin selbst fast erfroren dabei, aber ich wollt sie nich fallen lassen. Um nichts auf der Welt. Und auch nich alleine lassen, um Hilfe zu holen. Ich dachte, so ganz allein hier oben darf kein Kindlein sein.«

Nico ging zwei Schritte zu Maik und berührte ihn sanft am Arm. »Weil es dich daran erinnert hat, was dir hier passiert ist?«

Er nickte, heftig und aufgewühlt. »War ich zwölf. War ich hier unten, aber in dem anderen Gang.« Er wies nach rechts und deutete auf den verfüllten Stollen, in dem Nico sich zuerst vor dem unbekannten Verfolger versteckt hatte. »Da ging er noch tief in den Berg und ist dann zusammengestürzt. Ich war lange bewusstlos und sie haben auch viel zu spät nach mir gesucht. Und als ich fast tot war, da kamen die Kinder. Viele Kinder. Kinder mit Holzschuhen und Kitteln, in Lumpen oder mit Fellen, und Kinder mit schwarzen Gesichtern und Kohle überall. Welche mit zerrissenen Hosen und Kopftüchern und so. Eins hat eine Kiepe, mit der musste es immer barfuss über den Berg, um Ziegenfutter zu holen. Und wieder eins hat noch die Hacke in der Hand, mit der es ins Bergwerk geschickt worden ist. Ein paar sehen auch ganz verhungert und erfroren aus.«

Nico und Leon wechselten einen schnellen Blick. Was

Maik gerade stammelnd erzählte, waren die seit Jahrhunderten, wenn nicht Jahrtausenden ewig gleichen Schicksale von zu Tode geschundenen Kindern, die Armut, Hunger, Not und Willkür wehrlos ausgesetzt gewesen waren. Woher wusste er davon? Hatte er es auf den verwitterten Inschriften der Grabkreuze gelesen oder das Flüstern alter Frauen belauscht, die sich grausame Geschichten erzählten?

»Und die siehst du?«, fragte Nico.

Maik hob die Schultern, als ob er sich das selbst fragen würde. »Manchmal. Es heißt ja immer, die sind ins silberne Grab. Ist eine Geschichte, die man sich nicht mehr erzählen darf, weil die Kindlein sonst weggehen und nie mehr wiederkommen.«

»Woher weißt du von der Geschichte?«

»Von meiner Mutter. Und die hat sie von ihrer Mutter. Als ich klein war, hat sie immer gesagt, sie schickt mich dahin, wenn ich nicht brav bin.«

Nico merkte, dass Leon näher an sie herangetreten war. »Deine Mutter hat dir solche Schauergeschichten erzählt?«

Maik nickte unsicher. Ihm war nicht wohl dabei. Er wollte seine Mutter nicht schlechtmachen, aber irgendwo in seinem Kopf begriff er, dass diese Geschichte eine Menge Unheil angerichtet hatte.

»Und Fili hatte sie von dir?«

Maik nickte. Tränen traten in sein eines Auge. Er blinzelte und wandte sich ab.

Leon legte seinen Arm um Nicos Schulter. Sie hob ihr Gesicht zu ihm und hatte eine wahnsinnige Sehnsucht, ihn zu küssen. Richtig. Voller Hingabe. Aber stattdessen sagte sie: »Und Fili ist damit zu Kiana gegangen, die uns natürlich eine Soft-Version des Ganzen aufgetischt hat.«

»Die Geschichte vom silbernen Ritter, der hier oben seine schützende Hand über all die Kinder legt, die verloren sind«, ergänzte Leon.

»Verloren.« Nico löste sich sanft aus seiner Umarmung. »Lass uns nachsehen. Ich will wenigstens die Seele eines dieser Kinder retten. Fili ist tot. Aber der Schuldige muss gefunden und bestraft werden. Darum sind wir doch hier.«

Leon kämpfte mit sich. Schließlich nickte er.

»In Ordnung. Aber lass mich vorgehen.«

Er lief los. Nico folgte ihm und als Schlusslicht trottete Maik hinter ihnen her. Nico brach fast das Herz, wenn sie daran dachte, wie man ihn als Kind eingeschüchtert hatte.

»Warum bist du damals eigentlich hier hochgekommen, wenn das silberne Grab so schrecklich war?«

»Hab mich beim Beerensammeln verlaufen. Und wusste den Weg nicht zurück. Und als es dunkel wurde, bin ich hier rein. So kam das.«

Ja, dachte Nico, so kam das. Der Junge versteckte sich, wurde verschüttet, keiner vermisste ihn so richtig, und seitdem war er nicht mehr ganz richtig im Kopf.

»Und wer hat dich so zugerichtet?«

»Weiß ich nich. Habs nich gesehen. Kam von hinten, bumm.«

Bumm. Fast wäre sie in Leon hineingelaufen, der abrupt stehen geblieben war und sorgfältig den Boden ableuchtete.

»Meinst du die Stelle hier?« Er wies auf die zertretene Brotbox.

»Ja, aber noch ein Stück weiter.«

Wie ein Indianer auf dem Kriegspfad setzte Leon seine Suche fort. Etwa fünfzig Meter weiter wurde er fündig. Nico, die ihm aufgeregt gefolgt war und nicht aus den Augen ließ, was er beleuchtete, hielt die Luft an.

»Streichhölzer.«

Nico wandte sich an Maik. »War das hier?«

Ratlos kratzte sich der Riese am Hinterkopf. In diesem Licht sah er gemeingefährlich aus. Er braucht einen Arzt, dachte Nico, so schnell wie möglich.

»Ich denk schon.«

Leon ging in die Hocke. Er beleuchtete den gegenüberliegenden Felsen und hob die andere Hand, um sanft über etwas zu fahren, das Nico nicht erkennen konnte. Sie ging zu ihm. Auf dem Boden lag ein angekokelter gelber Buntstift, mit dem Fili mit letzter Kraft etwas auf die Wand gemalt haben musste.

Es war fast die gleiche Zeichnung wie auf den Blättern aus Kianas Märchenbuch. Nur gröber, wie mit Holzkohle gezeichnet. Ein Bett, ein Kind darin, davor ein schwarzer Schatten. Und darüber vier Buchstaben.

»Ich kann es nicht glauben«, flüsterte Leon.

Er zitterte so stark, dass er die Taschenlampe sinken lassen musste. Vier Buchstaben, die alles, aber auch alles in Grund und Boden traten, an das man einmal geglaubt hatte. Nico nahm ihm vorsichtig, beinahe zärtlich die Lampe aus der

Hand. Es war so klar. So einfach. Sie wusste jetzt, warum Fili geschwiegen hatte. Warum Kiana verflucht worden war. Warum Maik zu einem Irren abgestempelt worden war. Warum alles, aber auch alles darangesetzt worden war, diese Untat verheimlichen. Warum sie, Nico, von einem Menschen so gehasst wurde, dass er bereit gewesen war, sie umzubringen.

Vier Buchstaben. Nico leuchtete sie noch einmal an. Filis Vermächtnis, zwölf Jahre in einem Berg begraben. Sie hatten es gefunden. Und die Welt würde nie mehr so sein, wie sie gewesen war.

Hinter ihr begann Maik zu schluchzen.

NEUNUNDVIERZIG

Pfarrer Gero nahm die Kerze und ging zum Ausgang der Kirche. Dabei musste er die kleine Flamme mit vorgehaltener Hand vor der Zugluft schützen. Vergebens. Ein kräftiger Windhauch blies sie aus. Jemand hatte die Tür geöffnet.

Es war dunkel, und durch das wenige Licht, das von draußen hineindrang, erkannte er eine Gestalt, die durch den Spalt schlüpfte.

»Ja bitte?«

Er hatte nicht damit gerechnet, bei seiner Zwiesprache mit dem Herrn gestört zu werden.

»Ich muss Sie sprechen.«

Heiser, flüsternd, in tiefster Verzweiflung. Er erkannte die Stimme und fragte sich, was diese arme Seele um die Uhrzeit aus dem Haus getrieben haben mochte. Es war gleich vier Uhr morgens. Er hatte kein Auge zugetan in dieser Nacht, und er war sich sicher, dass er nicht der einzige Schlaflose war. Trotzdem, eine Beichte um diese Uhrzeit … Und so viele Stunden waren seit der letzten ja nicht vergangen.

»Was kann ich für dich tun, meine Tochter?«

Kratzend und schlurfend kamen die Schritte näher. Gero suchte in seinen Taschen nach dem Feuerzeug, um die Kerze wieder anzuzünden.

»Ich habe bereut. Aber reicht das? Reicht das denn wirklich?«

»Du musst es von ganzem Herzen tun.«

»Das mach ich doch!«

Er hörte, wie die Frau sich auf eine der Kirchenbänke setzte. Endlich hatte er das Feuerzeug gefunden und zündete die Kerze an. Die kleine Flamme tänzelte, und er hatte Mühe, sie am Leben zu erhalten, bis er sich neben die Frau gesetzt hatte.

»Jeden Tag tue ich das«, sagte sie schluchzend. »Aber es wird nicht besser. Und das wissen Sie. Sie sind doch der Einzige, der es weiß. Was soll ich tun?«

Gero schwieg. Er sah das dunkle Holz der Lehne vor ihm, abgerieben und glänzend von so vielen Sündern, die mit schwerer Hand darüber gestrichen hatten.

»Und ... wenn ich die Wahrheit sage?«

Gero zuckte zusammen. Das heiße Wachs tropfte auf seine Hand. Aber der kurze Schmerz war nichts im Vergleich zu dem, was ihre Frage in ihm auslöste.

»*Qui bono?*«, fragte er. Cicero hatte einst die Frage gestellt. Wem ein Verbrechen zum Vorteil gereicht, der hat es begangen. Längst verwandte man dieses geflügelte Wort auch in anderen Zusammenhängen. Zum Beispiel, wenn man die berechtigte Frage stellte, wer nach so langer Zeit überhaupt noch von der Wahrheit profitieren – oder von ihr in den Abgrund gerissen würde. »Du machst deine Tochter damit nicht wieder lebendig.«

Er hörte ihr Aufschluchzen, und er fragte sich, wie lange er das noch ertragen konnte. Ihr rücksichtsloses Selbstmitleid, das nie Raum gelassen hatte für andere. Das einzige Mitgefühl, das Trixi empfinden konnte, war das für sich selbst. Es waren keine gottgefälligen Gefühle. Er schämte sich vor dem Herrn und war froh, dass der Schein der zuckenden Flamme der Kerze sein Gesicht nicht erreichte. Er wollte nicht, dass sie ihm ansah, was er dachte. Oder was er vorhatte zu tun, wenn die Dinge aus dem Ruder liefen. Er konnte ihren sauren Atem riechen. Sie hatte wieder getrunken.

»Natürlich wird sie nicht lebendig. Aber seit sie tot ist, ist sie mehr da als vorher.«

Sie sah hoch in Richtung Apsis, wo sie irgendwo in der Dunkelheit die heilige Barbara vermutete. »Am Schlimmsten ist es, sie jedes Jahr wiederzusehen. Ich ertrage das nicht. Fili in Wachs. Was hat er sich nur dabei gedacht?«

Prozessionsfiguren waren teuer. Die Gemeinde hatte nicht lange gefackelt, als Zacharias das Angebot gemacht hatte, die Kosten für die Heiligengestalt zu übernehmen. Sie alle waren schockiert gewesen, als sie sie schließlich zum ersten Mal gesehen hatten. Mittlerweile hatten sie sich an den Anblick gewöhnt. Noch ein paar Jahre, noch ein, zwei Generationen, und keiner würde sich mehr erinnern, wer das kleine, bleiche Mädchen gewesen war.

»Es ist die heilige Barbara.«

»Es ist Fili! Und es ist ein Albtraum! Hört das denn nie auf? Ich kann nicht mehr. Alles geht den Bach runter. Der Hirsch ist pleite. Zach sitzt nur noch da. Und alle Jubeljahre kommt die Sippschaft aus England mit den tollen Autos vorgefahren und reibt uns unter die Nase, was wir alles falsch machen. Und Sie – Sie sagen mir jahraus, jahrein, das ist alles nicht so tragisch, das wird schon wieder, das muss man jetzt alles endlich mal vergessen … Ich vergesse nichts. Gar nichts.«

Die letzten Worte hallten in der Kirche wieder und sie klangen wie eine Drohung.

»Ich will weg. Ich mache reinen Tisch und gehe. Es ist mir egal, was Sie sagen. Egal! All der Scheiß von Vergessen und Vergeben. Damit alle hier weitermachen können, als wäre nichts geschehen? Ohne mich.«

Sie wollte aufstehen, aber Gero legte ihr die Hand auf die Schulter und zwang sie, sitzen zu bleiben. Die Kerze stand näher bei ihm als bei ihr. Er konnte die Angst in ihren Augen sehen.

»Tu es nicht.«

Sie biss sich auf die Lippen. In diesen aufgeschwemmten Zügen, diesem von Enttäuschung, Leid und Egoismus geprägten Gesicht blitzte mit einem Mal Entschlossenheit auf.

»Tu ich doch. Sie werden mich nicht abhalten.«

Gero ließ die Hand sinken. Er sah zu Boden. Vergib mir, Herr, dachte er, vergib mir. Trixi stand auf und musste, wenn sie nicht über ihn hinübersteigen wollte, durch die ganze lange Bankreihe auf die andere Seite gehen, um die Kirche zu verlassen. Plötzlich wusste er, was zu tun war. Er holte tief Luft und blies mit einem einzigen kurzen Atemstoß die Kerze aus.

FÜNFZIG

Was hatte ihr die Kraft gegeben, diesen Weg zu gehen? Als Nico hinter den Baumwipfeln zum ersten Mal Schattengrund erkannte, ging die Sonne in ihrem Herzen auf. Vielleicht hatte sie die Strecke geschafft, weil es bergab ging. Vielleicht auch, weil Maik ihr immer wieder Karamellbonbons zusteckte und das Klirren seines Gürtels wie die Rüstung eines mittelalterlichen Soldaten klang, der sie alle beschützen würde. Vielleicht, weil Leon vorangegangen war und sie in seine Fußstapfen treten konnte. Immer wieder hatte er sich nach ihr umgesehen, sie gefragt, ob sie es schaffen würde, ihr die Hand an besonders gefährlichen Stellen gereicht oder ihr einfach ein aufmunterndes Lächeln geschenkt. Ja, es musste dieses Lächeln gewesen sein, das sie den ganzen Abstieg lang getragen hatte.

»Wir sind da!«, jubelte sie.

Das Gelände war nicht mehr so steil. Leon, der wieder ein paar Schritte voraus war, blieb stehen, um auf sie zu warten. Der Gedanke an heißen Tee, prasselndes Feuer und Minx, die sich an sie kuscheln würde, saugte Nico beinahe die letzte Kraft aus den Knochen.

»Das war großartig«, sagte er. »Wir bringen dich noch ins Haus.«

»Wir müssen uns alle erst mal aufwärmen.«

Er antwortete nicht und lief weiter. Nach ein paar Minuten hatten sie Kianas Grundstück erreicht – den Waldsaum, der sich an das flach abfallende Gelände schmiegte. Das Haus lag still und friedlich da, ein bisschen verwunschen, tief verschneit, und zum ersten Mal hatte Nico das Gefühl heimzukommen.

Im Vergleich zu der beißenden Kälte im Freien war es drinnen mollig warm. Die Wanderer hielten sich nicht damit auf, die Stiefel abzuklopfen. Die drei stürmten gleich in die Küche, wo Nico als Erstes den Wasserkocher in Betrieb nahm. Dann ließ sie sich auf den nächsten Stuhl fallen, dass es krachte.

»Zu Hause. Ich glaube es nicht.«

Maik setzte sich auch, Leon blieb stehen. Er sah auf seine Uhr.

»Es ist gleich fünf Uhr morgens. Ich gehe in den Schwarzen Hirschen, wecke alle und rufe dann die Polizei.«

»Ich komme mit«, sagte Nico schnell.

Aber Leon schüttelte entschlossen den Kopf. »Sorry, aber du legst dich ins Bett und ruhst dich aus. Und du«, er wandte sich an Maik, »musst ins Krankenhaus. Kann man hier irgendwo telefonieren?«

»Vom Dachboden«, sagte Nico. »Bist du jetzt mein Pfleger oder was? Natürlich gehe ich mit. Das geht mich genauso viel an wie dich.«

Der Wasserkocher schaltete sich aus. Nico wuchtete sich hoch und hatte das Gefühl, ihre Beine wären aus Beton.

»Da reden wir noch mal drüber.«

Leon verließ die Küche. Sie hörte, wie er die Stufen hinauflief. Maik legte die Arme auf den Tisch und bettete seinen Kopf darauf. Er sah erbarmungswürdig aus.

»Tee?«, fragte sie.

Er grunzte nur. Noch bevor Nico drei Becher aus dem Regal geholt hatte, war das Grunzen in Schnarchen übergegangen. Sie hatte ein schlechtes Gewissen, dass sie ihn nicht gleich auf die Couch gelegt hatten, aber jetzt schien es ein Ding der Unmöglichkeit, ihn zu wecken oder ins Wohnzimmer zu tragen.

Noch bevor der Tee fertig war, kam Leon zurück. »Sie schätzen, dass in drei Stunden die Straße frei ist, und schicken dann sofort einen Krankenwagen.« Er nahm einen Becher und trank. Dabei vermied er es Nico anzusehen.

»Und die Polizei?«

»Die rufe ich hinterher an. Wenn ... Wenn wir alles besprochen haben.«

Mit einem misstrauischen Blick entfernte Nico den Teebeutel aus ihrem Becher. »Was soll das heißen, hinterher? Warum nicht gleich?«

Er stellte den Becher ab. Dann beugte er sich kurz hinunter zu Maik und überzeugte sich, dass der tief und fest schlief. »Was haben wir denn in der Hand?«, fragte er leise. »Eine Kinderzeichnung.«

»Einen Namen.«

»Das reicht noch nicht mal für eine Anzeige. Das ist nichts, Nico. Nichts.«

»Nichts?«, fauchte sie. »Fili hat ihren Peiniger gemalt! Sie hat seinen Namen an die Wand geschrieben! Wovor hast du Angst? Dass man dich in Siebenlehen auch nicht mehr leiden kann, wenn die Wahrheit ans Licht kommt? So weit waren wir doch schon mal.«

»Ja. Und ich habe mit meinem Vater gesprochen. Das war kein schönes Gespräch, das kannst du mir glauben. Wie wird es erst ablaufen, wenn wir den Richtigen haben? Denkst du, er knickt ein, gesteht alles und bittet um ein paar nette Jahre Knast mit anschließender Therapie? Es gibt keine Beweise! Fili ist tot! Seit zwölf Jahren!«

»Dann wird es Zeit, dass das endlich gesühnt wird!«

»Indem du die Polizei einschaltest und alles nur noch schlimmer machst? Was willst du denen sagen? Dass du was aufgeschnappt hast, als du ein kleines Mädchen warst? Dass dein lieber Freund Maik tote Kinder im Berg sieht? Dass Fili ein Märchen, ein blödes, dummes Märchen, für bare Münze genommen hat?«

Nico wandte sich ab. Ihre Knie zitterten. Mit der Enttäuschung kam ein mindestens genauso furchtbares Gefühl: Leon hatte recht. Sie würden den Täter niemals zur Rechenschaft ziehen können. Leon trat auf sie zu und wollte ihre verletzte Wange berühren. Unwillig drehte sie den Kopf weg. Er sollte nicht sehen, wie sehr sie das alles mitnahm.

»Und dass er mich umbringen wollte?«, fragte sie mit tränenerstickter Stimme.

Leon seufzte. »Alles, was da oben zu finden ist, ist Maiks

Schloss. Damit wirst du höchstens den Falschen in den Knast bringen.«

»Seine Verletzungen?«

»Ein Sturz. Selbstverstümmelung. Irgendwas. Ich hasse es, dir das zu sagen. Aber alles, was wir tun können, ist, den Täter mit unserem Wissen zu konfrontieren und zu sehen, wie er reagiert. Und da, Nico, will ich dich lieber raushalten.«

»Ich komme mit. Ich will ihm ins Gesicht sagen, was er Fili angetan hat!«

»Nein!«

»Doch!«

Leon umfasste ihr Gesicht mit beiden Händen. In seinen Augen funkelten Wut und Zärtlichkeit. Eine Mischung, die Nicos Knie noch wackeliger machten.

»Du kannst dich kaum noch auf den Beinen halten. Überlass es mir. Bitte.«

»Nein.«

Sie sahen sich in die Augen. Keiner senkte den Bick, keiner gab auch nur einen Millimeter nach.

»Okay«, sagte er schließlich.

»Wann?«

»Jetzt. Im Morgengrauen fällt das Lügen schwerer.«

EINUNDFÜNFZIG

Es war kalt im Schwarzen Hirschen, dunkel und kalt. Nico ging gleich in die Gaststube. Leon rannte nach oben, um seinen Vater zu wecken und ihm von den Ereignissen der Nacht zu berichten. Er hatte darauf bestanden, ihn dabeizuhaben. Als Zeugen, vielleicht auch als Beschützer, wenn jemand durchdrehte. Es würde das schwierigste Gespräch werden, das Nico jemals geführt hatte. Ihr war schlecht vor Angst und der Anstrengung, sie nicht zu zeigen.

Nico ging ans Fenster und sah hinüber zur Kirche. Der Himmel war immer noch dunkel. Eigentlich hatte sie erwartet, einen Vorboten der Morgendämmerung am Firmament zu entdecken, aber dafür war es wohl noch zu früh. Es hätte genauso gut Mitternacht sein können.

Wenigstens hatte es aufgehört zu schneien. Die Räumfahrzeuge waren schon unterwegs. Bald hätte Siebenlehen wieder Anschluss an den Rest der Welt. Sie dachte an ihre Mutter, die verging vor Sorge, und musste sich eingestehen, dass Stefanie mit ihren Bedenken nicht ganz danebengelegen hatte. Kurz geriet sie in Versuchung, das Telefon zu benutzen und sie anzurufen. Dann ließ sie es bleiben.

Ein Licht ging an in einem Haus schräg gegenüber. Es musste das Gemeindehaus sein. Sie wurde unruhig bei dem

Gedanken, dass auch der Pfarrer schon wach war. Vielleicht bereitete er die Morgenmesse vor. Wenn er noch dazu kam und ihn die Ereignisse nicht überrollen würden …

Das Quietschen einer Tür ließ Nico herumfahren. Jemand knipste das Flurlicht an. Nicos Herz klopfte bis zum Hals, als sie die gebeugte Gestalt Zitas erkannte. Die alte Frau trug ein bodenlanges Nachthemd. Das weiße halblange Haar fiel ihr ungekämmt auf die Schultern. Ihr Gehstock wackelte genauso wie ihre Beine, als sie in den Gastraum kam. Aber ihre Augen funkelten böse. So böse, dass Nico sich den Impuls, auf sie zuzugehen und ihr zu helfen, verkniff.

»Schon so früh wach?«, sagte die Alte. »Und die Koffer gepackt?«

»Es wäre besser, wenn Sie wieder ins Bett gingen.« Nico wunderte sich, wie ruhig sie klang. Das musste die Erschöpfung sein. Für alles andere hatte sie keine Kraft mehr.

»Sag du mir nicht, was besser für mich wäre«, zischte die alte Frau. Sie hielt auf den ersten Tisch zu und versuchte, einen der Stühle herunterzuziehen. Das gelang ihr nicht, gleich zwei Exemplare polterten zu Boden. Nico löste sich vom Fenster und ging widerwillig auf Zita zu. Sie hob einen der Stühle auf, stellte ihn vor die Frau hin und machte eine Handbewegung, mit der sie sie aufforderte, Platz zu nehmen.

»Oh, sehr freundlich«, war der bissige Kommentar. »Nun? Genug Unfrieden gestiftet?«

»Nein. Ich habe vor, noch eine Zugabe zu geben.«

»Ah. Eine Gratisvorstellung. Wo denn? Hier?«

»Wenn es sein muss.«

Nico sah ungeduldig zur Tür. Wo blieb Leon? Sie wollte nicht mit Zita allein bleiben. Filis Großmutter war ihr unheimlich. Nicht nur, weil sie so großzügig mit ihren Flüchen umging.

»Und wen willst du dieses Mal an den Pranger stellen?«

»Den Schuldigen, Zita.«

»Für dich immer noch Frau Urban! Und wer wäre das?«

Nicos Blick flitzte wieder zur Tür. »Ich weiß nicht, ob Leon will, dass Sie das mitkriegen. Aber andererseits – Sie haben ja damals so gerne weggesehen, dann wird Ihnen das Hinschauen heute vielleicht ganz guttun.«

»Wie meinst du das?« Die alte Frau stützte sich auf ihren Stock und beugte sich vor. »Weggesehen? Wie meinst du das?«

»Fili wurde missbraucht. In diesem Haus. Vor aller Augen.«

Zita stieß ein Zischen aus. Nico hätte sich nicht gewundert, wenn sie sich vor ihren Augen in eine Schlange verwandelt hätte. »Du wagst es? ... Du wagst es? So eine Anschuldigung? So ein Wort?«

»Ja. Missbrauch. Man könnte es auch Vergewaltigung nennen. Aber das ist für zarte Ohren wie die Ihren wohl noch schlimmer. Ein sechsjähriges Mädchen. Ihre eigene Urenkelin Fili wurde oben in ihrem Zimmer zu Dingen gezwungen, die sie nicht hören möchten. Oder?«

Zita stöhnte auf. In Sekundenschnelle wurde ihr Gesicht zu einer papiernen Fratze. Abscheu, Ekel und Verständnislosigkeit spiegelten sich darin. Sie wusste es nicht, dachte

Nico schockiert. Himmel, sie sieht so aus, als wusste sie es wirklich nicht.

»Es … Es tut mir leid.« Nico räusperte sich. »Aber es ist die Wahrheit. Und wir wissen, wer es getan hat.«

Zita rang nach Worten. Eigentlich rechnete Nico damit, dass nun Widerspruch kommen würde. Empörtes Abstreiten, wüste Beschimpfungen, Flüche. Das ganze Programm. Aber die alte Frau schien noch mehr zu schrumpfen, geradezu in sich zusammenzufallen.

»Kiana …« Die faltige, blau geäderte Hand fuhr ruhelos über die Tischkante. »Sie war meine Freundin. Sie hat versucht, mit mir zu reden, aber ich wollte es nicht hören. Böse Dinge. Schreckliche Dinge hat sie gesagt. Ich habe sie rausgeworfen. Ich habe ihr nicht geglaubt. Warum sollte ich dir glauben?«

»Weil es die Wahrheit ist.«

»Die Wahrheit? Was ist das denn? Das, was man ahnt, oder das, was man weiß? Wovon redest du? Raus mit der Sprache!«

In diesem Moment polterte Leon die Treppe hinunter und lief weiter in Trixis und Zachs Wohnung.

»Ich will lieber warten, bis Leon dabei ist.«

»Leon … ja.« Zitas Blick verlor sich irgendwo in der Ferne. »Der letzte der Urbans. Der Erbe. Mein Urenkel. Wie Philomenia …«

Leon kam um die Ecke und stürmte in die Gaststube.

»Trixi ist nicht da! Wo ist Trixi?« Sein Blick fiel auf seine Großmutter.

Zita schreckte hoch. »Sie wird in der Kirche sein. Saufen und Beten. Ihr Ein und Alles.«

»In der Kirche ist niemand. Aber im Gemeindehaus ist noch Licht«, sagte Nico.

»Ich gehe schnell rüber. Zita, geh ins Bett.«

Er wollte sich abwenden, aber die alte Frau schüttelte erstaunlich energisch den Kopf. »Nichts da. Ich bleibe hier.«

Mit einem hilflosen Schulterzucken ließ Leon Nico mit dem alten Drachen alleine. Sie hörte irgendwo im Haus eine Tür knallen, dann kamen schlurfende Schritte über den Flur. Zacharias erschien, die Haare vom Schlaf zerstrubbelt, einen verwaschenen Frotteebademantel über dem Schlafanzug. Dazu trug er seine Stiefel; die Schnürsenkel hingen aus den Ösen.

»Was ist hier los?«

Nico musterte ihn mit Abscheu. Ihr entging nicht, dass auch Zita über das Auftauchen ihres Sohnes nicht sehr erfreut war.

»Schmeißt mich aus dem Bett und sagt, ihr wollt mit mir reden. Was soll das?«

Er ging direkt auf Nico zu, die nicht mehr schnell genug ausweichen konnte und unsanft von ihm zur Seite geschubst wurde.

»Wo ist der Bengel? Dem wird ich was erzählen.«

»Er sucht Trixi. Und den Pfarrer«, sagte Nico.

Sie hoffte inständig, Leon würde gleich zurückkommen. Sie wollte nicht allein bleiben mit diesen beiden Menschen, in deren Anwesenheit sie kaum noch Luft bekam. Zach lief in die Großküche, Flaschen klirrten, eine Kühlschranktür wurde auf- und wieder zugemacht, und zu ihrem größten Erstaunen kam er wieder mit einer Flasche – Milch.

»Ach ja?« Er beäugte Nico misstrauisch. »Soll ich dir mal was sagen? Du schiebst jetzt deinen hübschen kleinen Arsch zur Tür raus und machst, dass du hier nie wieder auftauchst. Verstanden?«

Er setzte die Flasche an und trank sie in einem Zug halb leer.

»Ich warte auf Leon. Wir haben mit Ihnen zu reden. Mit Ihnen allen.«

»Und worüber? Etwa wieder über meine Tochter?«

»Ja«, sagte Nico tapfer. Sie hatte Angst. Sie machte sich Vorwürfe, dass sie Zita alles gesagt hatte. Ein falsches Wort von der alten Frau, und Zach würde explodieren.

Aber Zita schwieg.

»Meine Tochter geht nur mich etwas an. Nur mich, verstanden? Mach, dass du rauskommst!«

Die letzten Worte brüllte er ihr ins Gesicht. Zita schüttelte den Kopf und hörte gar nicht mehr auf damit.

»Leon wird gleich wieder ...«

»Ich scheiß auf Leon und die ganze Mischpoke! Du hast mir gar nichts zu sagen, gar nichts! Das ist Hausfriedensbruch! Wenn ich will, knall ich dich ab!«

»So wie Trixi das vorhatte?«

Seine Augen funkelten gefährlich. »Ja«, sagte er gedehnt. »Schade, dass sie nichts mehr trifft. Aber ich krieg dich noch. Dich krieg ich. Wer in meinem Haus nicht spurt ...«

Er war so eine lächerliche Figur. Der abgeranzte Bademantel, die Milchflasche, das unrasierte Gesicht. Ein Wicht. Einer, der glaubte, er wäre der Größte. In Nico platzte der letzte Knoten. Sie vergaß, was sie Leon versprochen hatte. Sie fühlte nur noch, wie eine gleißende Stichflamme von Wut in ihr aufflackerte.

»So wie Fili?« Sie fühlte nur noch Verachtung für diesen Mann, der jedes Gefühl dafür verloren hatte, wie jämmerlich er war. »Musste die auch spuren?«

Mit einem Knall stellte er die Milchflasche vor Zita ab, die erschrocken zusammenzuckte.

»Was willst du damit sagen, du Schlampe? Was?«

»Sie waren es. Sie haben Fili missbraucht. Ihre eigene Tochter.«

Stille.

Dann kam von Zita ein würgendes Geräusch, aber Nico achtete nicht darauf. Ihre Wut verpuffte und Angst kroch wie Gift in ihre Adern. Sie hätte sich die Zunge abbeißen können. Wie blöd musste man sein, ausgerechnet in diesem Moment die Wahrheit zu sagen? Allein mit einer alten Frau, die sie hasste, und dem Mann, der sie um ein Haar umgebracht hätte, um seine Untat zu vertuschen?

»Lüge«, krächzte Zach, weiß vor Wut. »Das ist eine Lüge!«

»Fili hat es aufgeschrieben.«

»Ha! Aufgeschrieben! Sie konnte ja noch nicht mal lesen! Wo denn aufgeschrieben? In ihrem Malheft vielleicht?«

»Oben im Stollen, bevor sie gestorben ist. Dort steht es an

der Wand. Ein Kind, ein Bett, ein Mann. Und darüber das Wort Papa. Vier Buchstaben. Die lernt man, glaube ich, recht früh.«

Zach wandte sich ab. Er schwankte.

»Das ist eine Lüge. Ich hab ihr nie wehgetan. Nie! Sie war doch mein kleines Mädchen!«

»Das ihr oben im Zimmer eingeschlossen habt, wenn zu viel zu tun war?«

Er fuhr herum. »Das werft ihr mir vor? Habt ihr eigentlich jemals in eurem Leben gearbeitet? Richtig gearbeitet?«

Zita schnaubte verächtlich. Ihr Blick streifte erst Nico, dann Zach, aber sie sagte nichts. Sie hielt sich einfach raus. So, wie sie das wohl schon immer gemacht hatte. Nico war fassungslos.

»Kiana hat es geahnt, als sie Filis erste Zeichnung gesehen hat«, sagte sie. »Woher wussten Sie, dass es noch eine gab? Eine mit Ihrem Namen? Oben im silbernen Grab? Die Sie verraten hätte, wenn sie jemals gefunden worden wäre? Sie wollten mich aus Siebenlehen vertreiben. Und als Ihnen das nicht gelungen ist, wollten Sie mich umbringen.«

»Du spinnst. Raus!«

»Sie sind mir gefolgt. Den ganzen Weg rauf auf den Berg. Sie haben Maik niedergeschlagen, ihm ein Schloss geklaut und mich in den Stollen gesperrt!«

Ein gefährliches, verschlagenes Lächeln huschte über Zachs Gesicht. »In den Stollen? Welcher Stollen?«

»Sie haben die tote Krähe in meinen Schornstein geworfen, damit ich ersticke!«

»Bisschen Verfolgungswahn, was?«

»Wo waren Sie heute Nacht?«

»Im Bett, Schätzchen. Leider allein. Frag doch mal Trixi.«

Nico sah auf den Boden. Rund um Zach befanden sich feuchte Fußspuren. »Nicht nötig. Es sei denn, Sie gehen mit nassen Stiefeln schlafen.«

Der Schnee, der sich in den Profilen von Zachs Sohlen gesammelt hatte, war geschmolzen. Und die letzten Reste der Feuchtigkeit verteilten sich gerade auf dem Parkett. Entsetzt starrte er auf die verräterischen Spuren.

»Zach?« Zitas Stimme klang dünn und zerbrechlich. »Zacharias?«

Blitzschnell war er hinter der Theke, riss die Schublade auf und kam mit einem Messer in der Rechten zurück. Vorsichtig tastete Nico sich um den Tisch herum Richtung Ausgang – zu spät. Zach schnitt ihr den Weg ab.

»Komm her, Schlampe. Ich schneid dir die Gurgel durch!«

Er kam näher, die Klinge zielte auf Nicos Gesicht. Sie wich aus, rannte um den Tisch herum, aber Zach tauchte sofort wieder vor ihr auf.

»Aufhören!«, schrie sie. »Das hat doch keinen Sinn! Leon hat es gesehen und Maik auch!«

»Maik, der Irre!« Zach lachte und es klang auch nicht gerade zurechnungsfähig. »Und Leon? Wo ist er denn? Ihr seid hier eingebrochen und ich hab mich gewehrt. Jugendliches Gesindel! Glaubt, es gibt hier was zu holen!«

Die Klinge erwischte Nico am Oberarm. Sie spürte einen kurzen, brennenden Schmerz und warf sich zur Seite.

»Zita!« Die Alte saß da und murmelte vor sich hin. »Er bringt mich um! Zita!«

Nico rannte zur Tür, stolperte über einen Stuhl und fiel der Länge nach hin. Sofort war Zach über ihr. Sie hob die Hände und griff direkt in die Klinge. Dieses Mal war es die Hölle. Blut spritzte aus der Wunde und lief ihren Arm hinunter. Zach packte ihren Kopf und zog ihn nach hinten. Sie spürte das Messer an ihrem Hals.

»Ihr wollt mich fertigmachen, ja?«

»Nein«, wimmerte Nico. »Nein!«

Etwas zerschnitt die Luft. Der Schlag klang wie Holz auf Holz. Zachs Kopf kippte nach hinten. Er riss die Augen auf und sank, beinahe anmutig, zur Seite. Über ihm, aus Nicos Sicht fast überirdisch groß, stand Zita, den Gehstock in der Hand, schwer atmend, zitternd, und ließ ihn nach einer Ewigkeit sinken.

Die Haustür wurde aufgestoßen. In dem Stimmengewirr identifizierte Nicos Hirn einzig und allein Leon. Leon, der hereingestürzt kam, seine Großmutter im letzten Moment auffangen und zum Stuhl begleiten konnte, sich dann über Nico beugte und ihr hochhalf.

»Dieses Schwein«, sagte er. »Dieses miese Schwein.«

Um Nico und Zach drängelten sich Trixi – sie fiel erst einmal theatralisch auf die Knie und überzeugte sich davon, dass ihr Mann noch lebte, – der Pfarrer und ein Mann, den Nico noch nicht kannte, der aber eine große Ähnlichkeit mit Leon hatte: die gleichen dunklen Augen und widerspenstigen Haare, die gleichen schlaksigen Bewegungen. Sein

Gesicht war gröber – wahrscheinlich das Alter, er war vielleicht Anfang fünfzig. Aber er sah sympathisch aus.

»Urban«, sagte er und reichte Nico die Hand. Seine Stimme klang verschnupft »Lars Urban. Oh, Verzeihung.«

Er sah Nicos Verletzungen.

»Ich kümmere mich mal um einen Verbandskasten.«

Leon führte Nico an Zitas Tisch und schob ihr den Stuhl zurecht. »Danke«, murmelte sie in Richtung der alten Frau. Das hätte sie Zita niemals zugetraut.

»Darf ich fragen, was geschehen ist?« Der Pfarrer sah sich ratlos um. »Wer hat denn Zacharias zusammengeschlagen?«

Nico hob ihre blutende Hand und deutete auf Zita. Alle sahen ungläubig auf die alte Frau, die wachsbleich und schweigend auf ihrem Stuhl saß.

»Er hatte vor, mich zu killen. Ich ... ich hab's ihm gesagt.«

»Du hast was?«, fragte Leon. »Du hast es ihm gesagt? Alleine?«

»Na ja, Zita war noch dabei.«

Trixi kam auf die Beine. »Was hast du ihm gesagt?«, fragte sie drohend.

Zach stöhnte. Trixi sah aus, als könnte sie sich nicht entscheiden zwischen der Option, Nico die Augen auszukratzen, und der, sich um ihren Mann zu kümmern.

»Vielleicht sollten wir uns erst einmal der Verletzten annehmen?«, fragte der Pfarrer.

Lars Urban kam gerade mit einem Verbandskasten zurück. »Gute Idee. Zeigen Sie mir mal Ihre Hand, junge Frau.«

Während Leons Vater Nico verarztete, hoben Leon und

der Pfarrer Zach auf einen Stuhl. Er schien immer noch nicht ganz bei sich zu sein.

»Vielleicht hat er eine Gehirnerschütterung?«, fauchte Trixi Zita an. »Du hättest ihn töten können!«

»Ich glaube, Sie verwechseln da was.« Nico krempelte gerade ihren blutbefleckten Ärmel hoch. »Zita hat mir das Leben gerettet.«

»Schlampe«, murmelte Zach.

Sein Bruder sah kurz von Nicos Hand und dem Verband hoch. »Du solltest ruhig sein, ganz ruhig. Leon hat mir erzählt, was Fili an die Höhlenwand geschrieben hat. Ist das wahr?«

»Natürlich nicht!«, brauste Zach auf. »Das haben die sich ausgedacht, um einen Schuldigen zu haben.«

Leon war in drei Schritten am Tisch und fixierte Zach mit einem wütenden Blick. »Dann war es also auch der große Unbekannte, der Nico oben im Berg eingeschlossen hat?«

»Seht euch seine Schuhe an«, sagte Nico. »Sie sind noch ganz feucht vom Schnee. Er war oben. Er hat Maik niedergeschlagen und mich wollte er sterben lassen. Nur, damit die Wahrheit nicht ans Licht kommt.«

»Die Wahrheit!«, kreischte Trixi. »Welche Wahrheit?«

Der Pfarrer räusperte sich. »Die, die du schon zwölf Jahre mit dir herumträgst, und vielleicht sogar schon etwas länger. Ich habe dir vorhin in der Kirche einen Rat gegeben. Und wenn du ganz ehrlich bist – du wolltest ihn nicht hören. Denn du hast ihn eigentlich nicht gebraucht. Du bist so weit.«

»Was soll das?« Zach sah voller Abscheu von seiner Frau zu dem Seelsorger. »Macht ihr jetzt hinter meinem Rücken eine Gruppentherapie oder was?«

»Ich verlasse dich.« Trixi holte tief Luft. »Ich weiß, was du getan hast.«

»Was?«, brüllte Zach. »Was hab ich getan?«

»Ich habe weggeschaut! Ich wollte es nicht wahrhaben, was für ein Schwein du bist. Ich dachte, wenn ich es ignoriere, ist es auch nicht da. Aber das stimmt nicht. Es hat mich ausgehöhlt. Ich bin nur noch was Leeres. Eine Hülle. Von mir ist nichts mehr übrig.«

»Dann sauf nicht so viel!«

»Dann hör du auf, dir dieses Zeug im Internet anzuschauen! Diese ekligen Sachen, diese perversen Seiten, auf denen Kinder sind, Kinder! Du Schwein! Ich hasse dich! Ich hasse dich!«

Sie wollte sich auf ihn stürzen, aber dieses Mal war der Pfarrer schneller. Er zog Trixi von Zach weg und hielt sie fest. Sie brach heulend zusammen.

Zach sah in provozierender Frechheit in die Runde. »Na und? Macht das keiner von euch? Oder habt ihr alle was Knackiges im Bett statt so einer Alten?«

Trixi schluchzte auf. »Kinder!«

»Junge Mädchen!«, giftete Zach. »Wenn du nicht aufhörst, mir kriminelle Dinge unterzujubeln, dann werde ich dich ...«

Er holte aus, Trixi zuckte zusammen. Lars und Leon wollten ihr zu Hilfe eilen, aber dieses Mal war der Pfarrer schneller. Mit dem rechten Arm drückte er Zach an den Türrahmen.

»Wag es nicht, die Hand gegen Weib und Kind zu erheben!«

»Ich hör mir das nicht mehr länger an!«, brüllte Zach. »Das ist doch Hexenjagd gegen mich! Ihr steckt doch alle unter einer Decke!«

Nico wechselte einen schnellen Blick mit Leon. Der bückte sich und inspizierte Zachs Schuhe.

»Warum sind sie nass? Du warst im Schnee heute.«

»War ich eben draußen. Ist das ein freies Land oder was?«

Lars Urban war fertig mit dem Verband. Nico hob ihre Hand und betrachtete die Bandage. »Das ist mal mindestens Körperverletzung.«

»Und das da?« Zach deutete auf seinen Hinterkopf und dann auf Zita. »Die ist doch irre. Ihr alle seid irre. Verschwindet aus meinem Haus!«

Er sprang auf und riss mit einer theatralischen Geste die Tür auf. Alle waren still. Scheiße, dachte Nico. Ich habe alles kaputt gemacht. Hätte ich doch bloß auf Leon gewartet. Jetzt steht Aussage gegen Aussage. Dieses Schwein wird niemals zur Rechenschaft gezogen. Was nutzt uns tauender Schnee an Stiefelsohlen? Er trocknet. Trixis Aussage ist nichts wert. Er wird den Rest seines Lebens sich und der Welt in die Tasche lügen. Sie spürte Leons Hand auf ihrer Schulter.

Sein Vater stand auf. »Hast du Fili … Hast du dich an deiner Tochter vergriffen? Wenn ja, dann prügele ich dich aus dem Haus und diesem Dorf, mit meinen eigenen Händen.«

»Raus!«, schrie Zach. Er sah aus wie ein wild gewordener Bulle. »Alles Lügen! Glaubt ihr etwa diesem versoffenen Miststück?«

Er deutete auf Trixi, die verzweifelt die Hände vors Gesicht schlug.

»Oder dieser kleinen dahergelaufenen Schlampe, die von Kiana erst so richtig angestachelt worden ist?«

»Kiana hatte recht!«, rief Nico. Der Druck von Leons Hand auf ihrer Schulter wurde stärker. Bleib sitzen, sollte das heißen. Bleib um Himmels willen sitzen.

»Kiana hatte recht«, wiederholte eine Stimme. Rau wie Sandpapier, brüchig wie altes Pergament. »Und wir haben sie aus dem Haus gejagt.«

Alle Köpfe fuhren herum, alle Augen blickten auf Zita. Die alte Frau mit den tiefen Falten und dem gebeugten Rücken hatten sie völlig vergessen. Zita umklammerte noch immer ihren Stock mit zitternden Händen. Sie sieht aus wie eine alte Indianerin, fuhr es Nico durch den Kopf. Eine Schamanin, die im Begriff ist, ein grausames Urteil zu verkünden. Auch die anderen schienen von Zitas Verwandlung in den Bann gezogen.

»Du bist nicht mehr mein Blut.«

Fassungslos fiel Zachs Hand von der Türklinke herunter. Mit offenem Mund starrte er Zita an.

»Ich habe dich gesehen, wie du aus Filis Zimmer gekommen bist. Den Reißverschluss deiner Hose hast du hochgezogen. Ich hörte Filis Weinen. Aber ich fürchtete mich, zu ihr zu gehen. Ich fürchtete mich, ein Monster großgezogen zu haben. Wird Gott mir diese Furcht je verzeihen?«

Ihr trüber Blick suchte den Pfarrer. Der ließ Trixi los, die sich das Gesicht abwischte. Er faltete die Hände und senkte den Kopf. Nico dachte an das Beichtgeheimnis. Wenn Trixi ihm tatsächlich von ihrem Verdacht erzählt hatte, musste er sich all die Jahre lang furchtbar gefühlt haben.

»Das ... Das bildest du dir ein«, stotterte Zach. Sein Blick irrlichterte durch den Raum auf der Suche nach letzten Verbündeten. Aber keiner rührte sich.

»Also habe ich geschwiegen«, fuhr Zita fort. Ihre Stimme wurde mit jedem Wort fester. »Lieber habe ich die Mahner vom Hof gejagt als dieser grausamen Wahrheit ins Gesicht zu sehen. Und selbst heute, zu dieser Stunde noch, wäre ich lieber tot als dich zu sehen und zu wissen, was du bist. Geh. Geh mir aus den Augen. Ich will vergessen, dass du geboren wurdest.«

»Zita ...«

»Ich kenne dich nicht. Wäre ich nur mutiger gewesen, ich hätte die Tragödie vielleicht verhindern können. Stattdessen wollte ich vergessen. Das Wegsehen hat Philomenia aus dem Haus gejagt. Und wir haben weiter geschwiegen. Aber das Ungesagte, Ungesühnte hat unsere Familie vergiftet. Die Feigheit hat die einen zu Säufern gemacht und die anderen zu hartherzigen Monstern. Bis dieses Mädchen kam und alles wieder aufwühlte.«

Nico erschauerte unter dem Blick, mit dem die Alte sie ansah.

»Ich habe dich verflucht, weil du die Geister aus den Gräbern geholt hast. Ich konnte es nicht ertragen, noch einmal dieselben Fragen zu hören. Alles kam wieder hoch, wie Moorleichen vom Grund eines trüben Sees. Weil du gekommen bist. Ich wünschte … Ich wünschte …« Nico stockte der Atem. Jetzt bitte kein Fluch, dachte sie. Das halte ich nicht mehr aus. »… ich hätte deinen Mut gehabt, mein Kind.«

Die Stimme der Alte war plötzlich ganz weich geworden. Tränen schimmerten in ihren Augen.

»Es tut mir leid«, flüsterte Nico. »Aber es ging nicht anders.«

Zita stand auf. Sie würdigte Zach, der mit hängenden Schultern dastand und auch nicht mehr weiterwusste, keines Blickes. Stattdessen wandte sie sich Lars zu, und alle Blicke folgten ihr.

»Das Haus gehört dir, Lars. Das hatte dein Vater noch so bestimmt, aber du hast dich immer wieder von Zacharias an der Nase herumführen lassen. Nimm es und mach, was du willst. Ich werde mir einen Platz in einem Heim suchen. Wenn man meine alten Knochen noch nimmt.«

»Das … Das kommt nicht in Frage«, sagte Leon. Er rang nach Worten. Zitas Geständnis, das alles ans Licht gebracht hatte, hatte ihn genauso aufgewühlt wie die anderen. »Du bleibst hier. Der Schwarze Hirsch ist dein Zuhause und wird es bleiben. Nicht wahr?«

Er sah zu seinem Vater. Lars Urban nickte. Er fuhr sich mit beiden Händen übers Gesicht, als ob er etwas abwaschen wollte. Schließlich stieß er einen tiefen Seufzer aus.

»Das wird ein schweres Erbe. Ich weiß noch nicht genau, wie wir es anstellen werden, aber spätestens im nächsten Sommer herrscht hier wieder Betrieb. Und wenn du dann noch deine alte Tracht rauskramst und dich draußen unter den Apfelbaum setzt, werden die Gäste in Scharen kommen.«

Zita wies mit dem Kopf auf Nico. »Und was sagt sie?«

Nico räusperte sich. In die urbanschen Familienangelegenheiten wollte sie sich nicht einmischen. »Ich? Zita hat mir das Leben gerettet. Wenn sie Zach nicht eins über die Rübe gegeben hätte, wäre ich jetzt tot. – Wo ist er eigentlich? Und wo ist Trixi?«

Die beiden waren sang- und klanglos verschwunden.

»Sie werden packen«, knurrte Leon. »Aber weit werden sie nicht kommen. Ich rufe die Polizei.«

Er ging zum Telefon auf dem Tresen, wählte eine Nummer und sprach leise in den Hörer. Nico stand auf. Wenn sie nicht bald in ein Bett käme, würde sie sich auf den Boden legen und einschlafen. Draußen vor dem Fenster begann die Nacht, sich zögernd und langsam aufzulösen.

»Was ist das für ein Geräusch?«, fragte sie.

Es klang wie das ferne Brummen eines Dieselmotors. Oder eine Kettensäge. Oder beides zusammen.

»Die Räumfahrzeuge!« Lars Urban ging in den Flur und öffnete die Haustür. »Sie kommen!«, rief er den anderen zu.

Leon legte auf. Er und der Pfarrer liefen auch hinaus. Nico war die Letzte, die sich noch einmal nach Zita umsah. Sie wollte etwas zu der alten Frau sagen, aber ihr fiel nichts ein.

»Kann man so einen Fluch auch wieder rückgängig machen?«, fragte sie schließlich. Zita schüttelte unwillig den Kopf. »Wer an Flüche glaubt, glaubt auch an Märchen.«

»Ach so. Ja. Gut. Na dann.«

Für ein Lebewohl oder ein Auf Wiedersehen war es vielleicht noch zu früh – oder schon lange zu spät.

ZWEIUNDFÜNFZIG

Die frische Luft blies Nico um die Ohren. Leon, sein Vater und der Pfarrer standen mitten auf der Kreuzung und spähten in Richtung Altenbrunn. Sie waren nicht alleine. Noch einige andere Bewohner von Siebenlehen waren hinaus auf die Straße gerannt. Manche hatten sich in der Eile auch nur einen Wintermantel über den Pyjama geworfen.

»Sie kommen!«, rief einer.

Der Ruf hallte von Haus zu Haus. »Sie kommen!«

Der Schein der Straßenlampen verblasste langsam unter dem fahlen Morgenhimmel. Ein graues Gebirge aus Wolken ballte sich gerade im Norden über dem Brocken zusammen. Es schneite nicht mehr, aber es sah nur nach einer kurzen Atempause aus.

Leon entdeckte Nico und kam strahlend auf sie zugerannt. »Die Räumfahrzeuge. Siebenlehen hat wieder Kontakt zur Außenwelt!«

Er nahm sie in den Arm, hob sie hoch und wirbelte einmal mit ihr um die eigene Achse. Die Freude überwog für ihn in diesem Augenblick offensichtlich alles andere. Auch so kleinliche Gedanken ans Abschiednehmen und Sich-vielleicht-niemehr-Wiedersehen. Nico schluckte. Der Schock, die Schmerzen und eine abgrundtiefe Erschöpfung ließen sie alles erleben wie in einem fast schwerelosen, unwirklichen Traum. War das wirklich das Ende? Hatte sie Kianas Rätsel gelöst? Würde sie Siebenlehen und Leon jetzt verlassen müssen?

Vorsichtig setzte er sie wieder ab und nahm ihr Gesicht in beide Hände.

»Alles ist gut«, flüsterte er. »Hörst du mich? Alles ist gut. Wir werden noch viel reden müssen. Es wird für uns alle nicht einfach werden. Aber es ist gut. So, wie es gekommen ist, und nicht anders.«

Sie sank an seine Brust und fing an, zu weinen wie ein kleines Kind. Alles strömte aus ihr heraus. Das Entsetzen. Die Todesangst, als Zach auf sie losgegangen war. Die Ewigkeit in der eisigen Kälte des silbernen Grabes. Filis letztes Lächeln, ihr letztes Lebewohl. Die Anfeindungen, die Flüche, die Schuldgefühle, jemanden im Stich gelassen zu haben, und schließlich auch die Trauer um zwei Kinder, über deren Leben eine Katastrophe hereingebrochen war. Die ganze Zeit hielt Leon sie in seinen Armen und hielt sie fest. Sie wusste nicht, wie lange sie so ineinander versunken dastanden. Alles um sie herum war unwichtig geworden. Was zählte, war ihre Umarmung. Seine Arme, die sie festhielten und an sich drückten. Die Worte, die er ihr ins Ohr flüsterte. Die Seligkeit dieses Moments, von dem sie wünschte, er würde nie vorübergehen.

Das Brummen der Dieselmotoren wurde lauter. Bald mussten die schweren Geräte die Kreuzung erreichen. Nico sah hoch, blinzelte und fühlte sich, als würde sie aus einem Traum erwachen.

»Komm, ich bring dich noch hoch.«

Er zog sie in Richtung Schattengrund. Nico stolperte mit tränenblinden Augen hinter ihm her. Es war vorbei, aber sie fühlte keine Freude darüber. Nur eine große Leere, dort, wo ihr Schmerz gesessen haben musste. Eines Tages würde diese Einsamkeit in ihr verschwinden. Wenigstens das wusste sie. Es war der Morgen des sechsten Dezembers – ihr Geburtstag. Die Frist war abgelaufen. Sie hatte Schattengrund verloren.

Die Jubelrufe und das Brummen der Motoren wurden leiser, je weiter sie sich von Siebenlehen entfernten. Nico blieb stehen und betrachtete das Haus, das am Ende der Straße lag. Ein bisschen weit weg von den anderen, ein bisschen über den anderen. Und trotzdem Teil von allem, im Guten wie im Bösen.

»Nico!«

Der Schrei ließ sie herumfahren. Suchend blickte sie hinunter zur Kreuzung, wo sich immer mehr Menschen versammelten. Ein gewaltiger Bagger mit der Schneeschaufel bog um die Ecke. Blaulicht zuckte über die Hauswände. Ein Krankenwagen und ein Einsatzfahrzeug der Polizei schoben sich im Schritttempo hinter dem Bagger ins Dorf, ein gutes Dutzend Autos und Geländewagen rollte hinterher. Sie mussten aus Altenbrunn gekommen sein und sich direkt hinter dem gewaltigen Räumgerät eingereiht haben. Manche standen mit offenen Wagentüren mitten auf der Straße, Menschen fielen sich in die Arme. Eine Gestalt kam auf die Kreuzung gerannt. Nicos Herz machte einen Satz.

»Nico?«

»Mama!«

Sie befreite sich mit einem entschuldigenden Lächeln aus Leons Umarmung und lief los.

»Mama!«

Stefanie kam keuchend und mit ausgebreiteten Armen zu ihr hochgerannt. In ihrem dicken Daunenmantel und den Winterboots sah sie aus wie ein Michelin-Männchen. Nico flog in sie hinein, so heftig, dass ihre Mutter beinahe das Gleichgewicht verloren hätte und sie um ein Haar alle beide im Schnee gelandet wären.

»Nico, mein Schatz. Ist alles okay? Ich hatte solche Angst um dich. Was machst du denn für Sachen? Du kannst doch nicht einfach abhauen! Wir sind fast gestorben! Ist dir auch nichts passiert? Wo hast du eigentlich gesteckt die ganze Zeit?«

Stefanie küsste ihre Tochter atemlos zwischen den Sätzen ab. Schließlich hielt sie inne. »Ich glaube, du hast mir eine Menge zu erzählen.«

»Ja«, sagte Nico. Aus den Augenwinkeln bemerkte sie, wie der Krankenwagen von der Kreuzung abbog und mit rasselnden Schneeketten auf sie zufuhr. Das Fahrerfenster glitt hinunter.

»Schattengrund?«, brüllte ein Mann in weißem Kittel.

»Da!« Nico deutete auf Kianas Haus. Der Motor des Wagens brüllte auf, Schnee stob in einer Fontäne in die Luft. Ihre Mutter starrte erst dem Auto hinterher, dann nahm sie Nico ins Visier.

»Was ist passiert?«, fragte sie in genau dem scharfen Ton, den Erwachsene Minderjährigen gegenüber anzuschlagen pflegen. Nico unterließ es, sie darauf hinzuweisen, dass sie seit – sie sah auf Leons Armbanduhr – fast sieben Stunden volljährig war.

»Das erzähle ich dir später. In aller Ruhe.« Leon kam zu ihnen. Er war nervös. Nicos Herz machte einen Sprung. Ein merkwürdiger, aufregender Moment, und sie hoffte, sie würde die richtigen Worte finden. »Ich möchte dir übrigens jemanden vorstellen, den ich hier kennengelernt habe. Leon Urban. Seiner Familie gehört der Schwarze Hirsch.«

»Ah. Ja.« Stefanie klang immer noch überrascht, aber nicht mehr ganz so kühl. Sie sah zerstreut an Nico vorbei zu Schattengrund. Maik, der sanfte Riese mit dem zerschmetterten Gesicht, taumelte gerade durch den Vorgarten, gestützt von zwei Sanitätern. »Und wer ist der Mann, den sie da gerade aus dem Haus holen und der aussieht, als wäre er zwischen zwei Pitbulls geraten?«

»Später«, wiederholte Nico verzweifelt. Gerade bog der Polizeiwagen mit Blaulicht ab und parkte direkt vorm Schwarzen Hirschen. Zach kam heraus, begleitet vom Pfarrer. Nico glaubte, das Klicken der Handschellen bis zu ihnen hinauf zu hören. Verwirrt deutete ihre Mutter auf das zweite, nicht minder interessante Szenario.

»Und … Ich verwechsle doch wohl nichts – das ist eine Festnahme? Im Schwarzen Hirschen? Also … in Ihrem Haus?«

»Äh, ja«, sagte Leon. Er und Nico wechselten einen kurzen

Blick. »Auch das würde ich gerne später, also, … in aller Ausführlichkeit …«

»Schon gut.« Stefanie legte den Arm um Nicos Schulter, um klarzumachen, wer hier die Erklärungshoheit besaß.

»Ich glaube, ich muss erst mal ein paar Stunden schlafen«, säuselte das erschöpfte Töchterchen. Es war schön, dass ihre Mutter da war. Andererseits hätte sie sie in diesem Moment am liebsten in einen Schneemann verwandelt. Sie wollte mit Leon alleine sein. Wenigstens in diesen letzten kostbaren Minuten.

»Wir müssen los.« Leon gab ihr einen flüchtigen Kuss auf die Wange. Dann wandte er sich mit einem charmanten Lächeln an Stefanie, die das mit hochgezogenen Augenbrauen an sich abprallen ließ. »Es hat mich sehr gefreut. Leider müssen wir die Fähre bekommen.«

»Die Fähre«, wiederholte Stefanie. »Verstehe.«

»Mamutsch, ich erklär es dir.« Nico machte sich los. »Geh schon mal vor, okay?«

Mit einem Kopfschütteln drehte Stefanie sich um und stapfte in Richtung Schattengrund. Der Krankenwagen hatte seine kostbare Fracht eingeladen und rollte nun mit leisem Schnurren des Motors an ihnen vorüber.

»Er kommt sofort nach Halberstadt in die Klinik«, sagte Leon. »Und Zach ist in U-Haft. Wir werden wohl nicht beweisen können, was er Fili angetan hat. Und den Mordversuch mit dem verschlossenen Stollen wird irgend so ein Winkeladvokat wohl noch in beste Absichten umdrehen. Aber das mit Maik war schwere Körperverletzung und seine

Messerattacke auf dich auch. Und dann habe ich noch das hier.«

Er holte einen kleinen, quadratischen Metallgegenstand aus seiner Jackentasche.

»Eine Festplatte?«

»Seine Festplatte. Mal sehen, was wir noch alles darauf finden. Es ist zum Kotzen.«

Er verstaute das Beweisstück wieder. »Nico?«

Er sah ihr in die Augen. Sie fühlte einen Stich – genau wie in der Achterbahn oder wenn ein Fahrstuhl zu schnell hält.

»Ich hasse es, so einen Menschen in meiner Familie zu haben. Ich werde Zach nie verzeihen können. Kannst du … Könntest du dir trotzdem vorstellen, mich wiederzusehen?«

Ihre Kehle war wie ausgetrocknet, ihr Kopf leer. Sie hätte gerne irgendetwas Geistreiches geantwortet. So, wie die Girls in diesen witzigen Filmen, die immer einen frechen Spruch parat hatten. Aber ihr fiel nichts ein.

»Schon gut. War nur eine Frage. Ich kann dich verstehen.«

Nein!, wollte sie rufen. Du verstehst mich eben nicht! Ich kann das nicht. Drumherum reden und so tun, als ob es das Normalste der Welt wäre, wenn ein Typ wie du mich fragt, ob wir uns wiedersehen.

»Okay. Ich geh dann mal. Ihr kriegt übrigens immer einen Sonderpreis für die Dachkammer, soll ich euch sagen.« Sein Grinsen verrutschte etwas. »Und mein Dad möchte mit euch gerne über Schattengrund reden. Vielleicht lässt sich da was machen in Richtung Kooperation oder so. Wic auch immer.

War schön, dass wir uns getroffen haben. Ich muss jetzt. Die Fähre …«

»Ja«, flüsterte sie.

»Gut. Also nicht gut. Ich kann nicht so mit Abschied und allem. Ich geh dann mal.«

Er drehte sich um. Nico blieb wie angewurzelt stehen. Gibt es eigentlich noch jemanden auf der Welt, der sich blöder anstellt als ich?, dachte sie. Bin ich das, die hier dumm rumsteht und den schärfsten aller Typen einfach gehen lässt?

»Leon?« Das war zu leise.

»Leon!«

Er lief weiter. Nico rannte los. »Bleib stehen! Warte!«

Sie erreichte ihn und stellte sich ihm mitten in den Weg.

»Ja«, sagte sie.

Und da war es wieder. Sein Lächeln. Irgendwo in den Mundwinkeln. Das Funkeln seiner Augen. Der Blick, mit dem er sie ansah: ungläubig, verletzt, und doch wieder … wie Frühling.

»Was ja?«, fragte er leise. »Ja, ich will dich wiedersehen, egal wo? Egal wie? Nur so bald wie möglich? Wolltest du mir das sagen?«

»Ja«, flüsterte sie. Er nahm sie in die Arme. Das Glück flutete ihr Herz. Sie schloss die Augen und spürte seine Lippen auf ihrem Mund. Dann küsste er sie, wie sie noch nie von einem Mann geküsst worden war, und es war einer dieser Küsse, bei denen die Welt den Atem anhält und die Zeit bedeutungslos wird und den man nie vergessen wird, sein ganzes Leben nicht.

DREIUNDFÜNFZIG

»Ist es was Ernstes?«

Stefanie stellte ein Tablett mit heißem Kakao und Nutellabrötchen auf die Bettdecke. Nico rieb sich die Augen, schnupperte und setzte sich auf. Sie musste geschlafen haben wie ein Stein. Minx, die am Fußende zusammengerollt gelegen hatte, erwachte ebenfalls und dehnte und streckte sich.

»Sein Vater hat mich eben von unterwegs aus angerufen. Er will sich vielleicht demnächst mal mit dir treffen.«

»Mit mir?« Nico war noch nicht wach. »Warum das denn?«

»Später. Jetzt iss erst mal was.« Stefanie legte ihr das Tablett auf den Schoß.

»Woher hast du denn die Brötchen?«

»Vom Bäcker.« Ihre Mutter trat an das winzig kleine Fenster und zog die Vorhänge zur Seite. Mattes Nachmittagslicht fiel hinein. »So eine nette Frau, die Verkäuferin! Sie hat sich nach dir erkundigt und lässt dich herzlich grüßen.«

Nico nutzte den Moment, in dem ihr der Mund offen stehen blieb, um die erste Hälfte des Brötchens hineinzuschieben.

»Heute Nachmittag liefert Krischek senior neuen Brennstoff – das haben die noch nie gemacht. Zumindest nicht für Schattengrund. Und der Pfarrer möchte dich besuchen. Ich hab ihn erst mal vertröstet. Ist dir das recht?«

Nico nickte mit vollem Mund. Stefanie kam zu ihr und setzte sich auf die Bettkante.

»Und dieser Leon ... Ich habe gesehen, wie ihr euch verabschiedet habt. Es heißt, sein Vater übernimmt jetzt den Schwarzen Hirschen und kehrt mit der Familie zurück. Dann geht es hier wohl endlich wieder bergauf.«

Nico stopfte sich die zweite Hälfte in den Mund. Sie musste die Brötchen nutzen, solange sie sie vom Sprechen abhielten. Ihre Mutter beendete die Schonfrist mit der Frage, die Nico am meisten fürchtete, weil die Antwort schätzungsweise mehrere Stunden lang ausfallen würde.

»Was ist passiert?«

Nico kaute. Dann spülte sie alles mit einem halben Becher Kakao hinunter und beschloss, in die Offensive zu gehen.

»Das hätte ich gerne von dir gewusst. Du hattest all diese Jahre hinter meinem Rücken Kontakt zu Kiana. Ich habe die Briefe gelesen, die ihr euch geschrieben habt.«

Stefanie sah zu Boden. »Das habe ich befürchtet.«

»Ich weiß, dass ihr mich schützen wolltet. Aber das hat nicht funktioniert. Solange ich denken kann, hatte ich das Gefühl, dass keiner mich mag. Na ja, ihr mal ausgenommen. Und Valerie auch. Aber der ging es genauso. Wir waren zwei Außenseiter, die sich gefunden hatten. Sie, weil sie dick war und deshalb gemobbt wurde. Und ich? Wir haben oft darüber geredet, Valerie und ich. Ich wusste es nicht. Aber dann habe ich herausgefunden, was mit Fili passiert ist. Ich hatte jemanden im Stich gelassen. Ich habe ein Versprechen gebrochen und Fili ist gestorben. Wie kann man mich mögen, wenn ich so eine glatte Null bin? Ich habe mich selbst gehasst, ohne es zu wissen.«

»Nico, nein ...« Stefanies Augen schimmerten feucht. »Genau davor wollten wir dich bewahren.«

»Es hat aber nicht funktioniert. Kiana wusste das. Ihr letzter Wunsch war nicht, dass ich Schattengrund erbe. Sie wollte, dass ich mich noch einmal meiner Vergangenheit stelle. Der Besen aus ihrer Werkstatt – das waren die Winterhexen. Fili und ich. Wir haben damit gespielt und sind im Schnee ums Haus gejagt und haben herumgealbert und gesponnen.«

Stefanie streichelte über Nicos Bein, das unter der Decke lag. Sie lächelte unter Tränen.

»Der Turm und das Schwert – die Insignien der heiligen Barbara. Schutzpatronin der Bergleute und von Zach in Auftrag gegeben, die Figur nach dem Ebenbild seiner toten Tochter.«

»Oh mein Gott. Das ist ja schrecklich!«

»Es ist furchtbar. Mir ist fast das Herz stehen geblieben, als ich sie zum ersten Mal gesehen habe. Es ist Fili in Wachs. Ob er damit Buße tun wollte für das, was er seiner Tochter angetan hat?«

Stefanies Streicheln hörte auf. »Dann hatte Kiana recht?«

»Ja. Ihr fiel eine Zeichnung in ihrem Märchenbuch auf. Sie wollte mit Zach und Trixi darüber reden, aber sie wurde dafür an den Pranger gestellt. Keiner hat ihr geglaubt. Sie war die Nestbeschmutzerin. Und dann … Dann kam die letzte Aufgabe. Noch einmal zurück in den Stollen.«

Nico erzählte, was passiert war. Zwischendurch wechselte der Gesichtsausdruck ihrer Mutter zwischen Angst, Wut, Trauer und ohnmächtigem Zorn.

»Und mit dem Krähenkopf wollte Zach auch noch Maik die Schuld in die Schuhe schieben?«, fragte sie, sichtlich außer sich. »Das ist ja unfassbar!«

Sie stürzte sich ohne Rücksicht auf Nutellabrötchen, halb volle Kakaotassen und eine empörte Katze auf ihre Tochter und drückte sie an sich.

»Was du ausgestanden hast. Mein Gott! Ich hab's geahnt. Ich habe zu Theo noch gesagt, da stimmt was nicht. Sie meldet sich nicht. Wenn sie in Siebenlehen ist … Alle haben dir die Schuld gegeben, Nico! Das war das Schlimmste! Was diese Leute meiner kleinen Tochter angetan haben!«

»Es ist vorbei.« Mühsam befreite sich Nico aus der Umklammerung. »Jetzt ist der ganze Kakao auf der Bettdecke.«

Anklagend wies sie auf die Bescherung. Aber Stefanie zuckte nur mit den Schultern. »Das bringe ich gleich in Ordnung. Und du steh auf und zieh dich an. Wir müssen zurück. Herr von Zanner wartet auf uns.«

»Wer … Ach so, der Notar. Was gibt es denn da noch zu besprechen? Schattengrund ist futsch. Wahrscheinlich geht es an den Tierschutzverein oder Minx erbt es jetzt.«

Stefanie stand auf. Ein rätselhaftes Lächeln umspielte ihren Mund.

»Wenn du darauf bestehst?«

»Ich? Was ist los?«

Ihre Mutter holte tief Luft. »Es gab da einen kleinen notariellen Fallstrick, über den uns Herr von Zanner erst im Nachhinein informiert hat. Gestern, um genau zu sein.

»Was für ein Fallstrick?«

»Die Frist zur Ablehnung eines Erbes beträgt sechs Wochen.«

»Ja. Und die sind seit Mitternacht um. Ich kann rechnen.«

»Vom Moment der Bekanntgabe des Erbes.«

Nico zog die Augenbrauen hoch. »Was hat das denn zu bedeuten?«

»Du hast erst beim Notar von deinem Erbe erfahren. Das war ein paar Tage, nachdem dein Vater und ich die Einladung erhalten haben. Du erinnerst dich? Und genau diese paar Tage sind es, die du jetzt noch hast. Du bist volljährig. Du kannst selbst entscheiden, ob du Kianas Erbe antreten willst oder nicht.«

Ungläubig starrte Nico ihre Mutter an.

»Na ja. Ich weiß nicht, ob das alles wirklich so hasenrein ist. Sagen wir mal, Herr von Zanner hat einzig und allein deine Entscheidungsfreiheit bewahren wollen. Oder, wenn man es wirklich genau hinterfragt, die von Kiana.«

»Was … Was sagt ihr denn?«

Stefanie zuckte mit den Schultern. »Theo ist immer noch strikt dagegen. Aber er weiß auch noch nicht, was in der Zwischenzeit passiert ist. Und ich? Ich würde sagen: Es ist allein deine Entscheidung.«

Nico atmete tief durch. »Dann will ich es.«

Stefanie breitete die Arme aus. Mit einem Jubelschrei sprang Nico aus dem Bett. »Schattengrund gehört mir? Wirklich mir?«

»Ja. Wenn du dich sofort anziehst und wir umgehend aufbrechen.«

Minx machte mit einem kläglichen Miauen darauf aufmerksam, dass es noch weitere ungeklärte Besitzverhältnisse gab.

»Darf sie mit? Ich … Ich hab es dir versprochen.«

Stefanie küsste Nico auf die Stirn. »Und du hast deine Versprechen immer gehalten, vergiss das nicht. Nie mehr.«

»Nie mehr«, flüsterte Nico. »Nie mehr.«

DANKESCHÖN!

Danke an all die wunderbaren Menschen, die mir geholfen haben, dieses Buch zu schreiben. Ich kann leider nicht alle erwähnen! Aber zuallerst in dieser langen Reihe steht meine Lektorin Susanne Krebs. Was am Anfang nur eine Idee war, wurde durch ihre Hilfe zu dieser Geschichte, die ich hoffentlich spannend genug zu Papier bringen konnte!

Danke an meine Tochter Shirin, die mir so wunderbare Begriffe wie *Vollpfosten* und *übelst gut* beigebracht hat. Ohne sie hätte Nico wahrscheinlich des Öfteren einfach nur »Famos!« gejubelt. In ihrer töchterlichen Liebe, Sanftmut und Zuneigung hat sie mich hoffentlich das eine oder andere Mal vor Schlimmerem bewahrt.

Gemeinsam waren wir im Harz, und das auch noch, wirklich passend, bei minus fünfzehn Grad Tageshöchsttemperatur. Die Seilbahn vom Hexentanzplatz nach Thale bei dieser Witterung zu nehmen, war eine wirklich einschneidende Erfahrung. Danach fiel es um einiges leichter, Nicos Stunden im silbernen Grab zu beschreiben …

Natürlich haben wir auch Schattengrund gesucht, Kianas Haus. Und Siebenlehen. Und den Wegweiser mit der Hexe. Die alten Wege in den Wald. Den Stollen. Manches haben wir gefunden. Wer die Fotos sehen oder wer mir schreiben möchte, den lade ich herzlich ein, mich auf meiner Facebook-Seite »Elisabeth Herrmann und ihre Bücher« zu besuchen.

Und last but not least danke ich Euch. Ihr habt mir mit »Lilienblut« Mut gemacht, und »Schattengrund« wäre nicht entstanden, wenn Ihr mir nicht das Gefühl gegeben hättet, dass Euch meine Geschichten gefallen. Ich hatte so eine Freude daran, dieses Buch zu schreiben. Die habt Ihr mir geschenkt. Danke! Und ... bis bald?

Elisabeth Herrmann

Elisabeth Herrmann

Seifenblasen küsst man nicht

ca. 300 Seiten, ISBN 978-3-570-30867-7

Coralie weiß genau, wohin sie will: auf die Bühne! Aber um sich diesen Traum zu verwirklichen, braucht sie Geld, und das ist bei ihr zu Hause Mangelware. Deshalb trägt Coralie stapelweise Zeitungen aus – und das ausgerechnet im reichsten Viertel der Stadt. Und ausgerechnet bei David, dem Sohn eines ehemaligen berühmten Rennfahrers. David ist selbst begeisterter Kartfahrer, dazu umwerfend gutaussehend und ein bisschen durchgeknallt. Um Coralies Herz ist es geschehen – aber dann passiert es: Aus einem Missverständnis wird eine Lüge – und ruckzuck glaubt David, auch Coralie gehöre zur Welt der Reichen und Schönen. Coralie wird zu einer glamourösen Party im Hause der Rennfahrer-Berühmtheiten eingeladen, muss aber feststellen, dass eine Schwindelei verflixt leicht die nächste nach sich zieht ...

Elisabeth Herrmann
Lilienblut

448 Seiten, ISBN 978-3-570-30762-5

Es ist Sommer und der Rhein glitzert verführerisch. Sabrina und ihre beste Freundin Amelie können stundenlang voller Fernweh am Fluss sitzen. Aber während Amelie von der großen Freiheit träumt, scheint Sabrinas Zukunft festgelegt zu sein – soll sie doch den Weinberg ihrer Mutter übernehmen ... Dann lernen die beiden einen Jungen kennen, der so ganz anders ist als alle Landratten und Winzersöhne. Von dem 19-jährigen Kilian, der mit seinem Schiff am geheimnisvollen »toten Fluss« ankert, geht eine verstörende Anziehungskraft aus. Amelie verfällt ihm sofort – und will über Nacht mit ihm abhauen. Am nächsten Morgen findet man ihre Leiche. Und Kilians Schiff ist verschwunden ...

6485

www.cbt-jugendbuch.de